팔방미인 이영미의

참하고 소박한
우리 밥상 이야기

팔방미인 이영미의
참하고 소박한 우리 밥상 이야기

황금가지

차례

3 밥상 위 지역 갈등

4 어릴 적 먹던 음식들

5 즐거운 시장 구경

서문

이렇게 쉽고 즐거운 일이었다니! 1984년부터 글을 써서 먹고살았지만, 이렇게 글쓰기가 쉽고 즐거운 것은 처음이다.

아마 외도의 즐거움일 것이다. 하던 무엇도 멍석 깔아주면 안 한다는 격으로, 좋아 죽겠다고 그 직업을 선택했는데, 직업이 되고 보니 그 일이 꼴도 보기 싫어지는 경험을 하게 되지 않던가. 나 또한 연극 보기를 즐기고 노래 부르기를 즐겨 이십여 년 동안 연구하고 평론하며 살아왔건만, 이제는 그것들을 만날 때 아무런 흥분도 느끼지 못하고 지루해지고 짜증스러워지는 경험을 하게 되지 않던가.

평론이나 논문만 쓰고 살았던 나로서는 이렇게 경험에 의해 쓰는 글을 만나는 신선함이 새삼스럽다. 그야말로 '붓 가는 대로' 아니, 키보드에서 손가락 움직이는 대로 쓰기만 하면 된다. 각주도 참고문헌도 논리도 필요하지 않고, 오로지 나의 경험과 식욕에만 기대어 즐겁게 쓰는 글이었던 것이다. 하도 글이 쉽게 씌어서 나중에는 약간 억울해졌다. 글이란 게 이렇게 쉽게도 써지는 것이건만, 난 여태껏 그토록 어렵고 까다로운 글을 쓰면서 같은 원고료를 받고 살았단 말인가.

하지만 즐거운 이유가 그것만은 아니다. 바로 '음식'에 대한 이야기였기 때문일 것이다. 글을 쓰면서도 입에 침이 고였고, 맛있는 음식 재료들이 눈에 삼삼했다. 하긴 나에게 음식 만들기도, 음식에 대한 글을 쓰는 것도 모두 외도이고 여가이다. 정말 행복하게도 아무런 의무감이 없다. 나에겐 음식 만들기가 주부로서의 의무가 아니라, 그저 인간 이영미의 '취미'일 뿐이다. 누가 시키는 일도 아니니 하기 싫으면 관두면 되는 일이다. 음식 이야기도 그렇다. 나에게는 식품의 약리 작용이나 영양 성분을 밝혀야 할 아무런 의무가 없으며, 음식의 역사와 그것의 문화사적 가치를 설명해야 할 의무도 없다. 그저 나는 이런 음식을 기억하고 있으며 이런 음식을 해먹고 있다는 것을 이야기할 뿐이다.

1961년 서울에서 삼 대째 살고 있는 집안의 셋째로 태어나 서울에서 줄곧 살았고 십수 년 전 시골에 들어와 장난처럼 채마밭이나 가꾸며 사는 한 여자의 경험 이야기라는 점은 아마 비슷한 경험을 가진 사람들에게 공감을 불러일으킬 것이지만, 나는 그 이상의 아무런 욕심을 가지고 있지 않다. 그런 점에서 나는 음식 평론가가 아니다. 나는 이 책에서 음식을 평론하고 있지 않다. 나는 평론할 만큼 나의 음식 경험을 객관화하고 있지 않으며, 평론이 갖추어야 할 지적인 긴장감 같은 것으로부터 이 글은 자유롭다.

진작부터 알고 있었으나, 나는 이 글을 쓰면서 식욕이 얼마나 자극적으로 강한 것인지 새삼 느꼈다. 나는 영화 「음식남녀」나 방송 드라마 「맛있는 청혼」, 「대장금」, 「내 이름은 김삼순」 같은 것을 보면서, 내용과 무관하게 화면 속의 음식들이 불러일으키는 식욕을 견딜 수 없어 하면서 "이건 정말 포르노야!" 라고 중얼거린 적이 한두 번이 아니다. 드라마가 끝난 11시에 잠을 청할 때면 눈앞에 아른거리는 음식들을 자꾸 지워버리면서 프로이트주의자들이 말하는 억압된 성욕보다 억압된 식욕이 얼마나 끔찍한가를 실감했다.

이 책은 이렇게 오로지 나의 경험과 육체적 욕구에만 충실하면 그뿐, 나머지로부터는 나를 완벽하게 해방시켰다. 나에게만 그런 것은 아니었다. 연극이나 예술 이야기를 할 때에 긴장하며 논쟁을 하던 사람들도, 내가 맥주를 담그고 아침마다 가마솥에 밥을 해먹고 김장독을 묻는다는 이야기를 하면 모두 논리적 무장을 풀고 식욕 충만한 얼굴로 순진하게 맞장구를 치기 시작했다.

이 글들 이렇게 즐겁게 만들어졌고 그만큼 쉽게 읽힐 것이다. 그래서 즐겁다. 다른 어떤 것도 바라지 않으므로.

나에게 이렇게 즐거운 기회를 준 여러 분들에게 진심으로 고마운 생각이 든다. 이 책은 주간지 『시사저널』에 격주로 연재했던 '음식 이야기'를 바탕으로 다시 집필한 것이다. 『시사저널』 서명숙 편집장이 갑자기 음식 이야기를 쓰라는 청탁을 했을 때 나는 못한다고 도리질을 쳤고, 그래도 고집스럽게 청탁하는 선배에게 연말까지만 쓰고 생각해 보겠노라는 단서를 달고서야 청탁을 수락했다. 이렇게 시작한 연재가 즐겁게 2년 이상 계속되었고 이렇게 책으로까지 나오게 됐으니 『시사저널』의 여러 식구들에게 감사한 마음을 금할 길이 없다. 아울러 '음식 이야기'를 연재한 지 얼마 되지도 않아 책으로 묶자고 선동하고 펴내 준 황금가지 출판사에도 고마운 마음을 전하고 싶다.

그리고 무엇보다도 나에게 이런 입맛을 남겨준 엄마와 돌아가신 할머니가 눈물나게 고맙다. 이 책을 갖다 드리면 엄마는 그냥 웃으실 것이고, 아마 깐깐한 할머니가 살아계셨다면 별짓도 다한다고 눈을 흘기셨을 것이다.

2006년 봄, 된장 담그고 나서

이영미

들어가며

내 입맛의 화려한 계보

밥상머리 품평회

내가 음식에 대한 책을 쓰다니, 내가 생각해도 키득키득 웃음이 나온다. 이런 작업을 할 수 있으리라고는 불과 삼 년 전에는 생각조차 하지 못했다. 하지만 다시 생각해보면, 내가 음식에 관한 책을 낼 수 있을 정도로 음식에 집착하고 음식 만들기를 매우 즐겨 하는 것은 어찌 보면 당연하다 싶다.

나는 입맛이 꽤 예민한 편이다. 비위가 약하다거나 음식을 가리는 것은 아니다. 웬만한 것은 다 잘 먹는다. 하지만 먹으면서도 간이 안 맞는다는 둥 양념이 빠졌다는 둥 이런 이야기는 참 잘한다. 맛이 예민하게 감지되어 금방 분석되는 것이다. 음식 잘 만드는 사람의 가장 중요한 조건은 바로 입맛이다. 입맛이 예민하지 못한 사람은 아무리 노력해도 음식이 맛깔스럽게 되지 않는다. 음식 간을 한번 보면 소금이 빠졌는지 설탕이 빠졌는지 참기름이 부족한지를 알아야 그걸 맞추어 넣을 것 아닌가. 남이 만든 음식을 먹어 보기만 하고도 어떤 재료가 들어갔는지 짐작하고, 재료와 조리 순서를 바꾸면 어떻게 맛이 달라지는지를 감별할 수 있어야만 흉내라도 내어 볼 수 있을 것 아닌가 말이다. 무술하는 사람들도 그렇다고 한다. 칼 휘두르는 것보다 더 중요한 것은 눈의 정확함이란다. 순간의 움직임을 정확하게 읽어 내는 감각이 정확하게 몸 쓰는 것의 전제 조건이 된다는 것이다.

음식을 먹으면서 이러쿵저러쿵 품평을 잘하는 것은 우리 친정집 밥상머리에서 늘 볼 수 있는 풍경이었다. 우리 집 식구는 한 상에 둘러앉기 힘들 정도로 대식구여서 남자상과 여자상을 따로 분리해서 차렸는데, 할머니, 어머니, 언니, 나(가정부 언니가 있을 때도 있었다.), 이렇게 둘러앉아 먹는 두레반상에서는 늘 그 이야기뿐이었다. 이 반찬은 너무 달게 되었네, 덜 조려졌네, 생강이 너무 들어갔네, 짜네, 싱겁네, 어쩌고저쩌고 끊이질 않았다. 남의 집에서 음식을 먹고 온 날이면 더 심해졌다. 당연히 그런 품평에는 상세한 원인 분석이 뒤따랐다. 그 집은 전을 부치는데 눌어붙지 않는 코팅된 프라이팬이라고 기름을 적게 둘러서 동태전이 빠닥빠닥하다는 둥, 그것보다도 불의 온도가 너무 낮은 게 주요한 원인이라는 둥, 요즘 동태가 원양 어선 것이어서 맛이 없다는 둥, 심지어 달걀도 옛날 맛이 아니라는 둥, 어느 집 달걀이 맛있다는 둥, 하여튼 온갖 설이 난무한다. 남자상과 여자상을 따로 차린 경우는 괜찮지만, 어쩌다 식구들이 좀 빠져서 한 상에 남녀가 다 둘러앉아 먹는 경우에는 정신없이 오가는 밥상머리 품평회를 듣다 못한 아버지가 결국 한마디 하신다.

"거 참. 좀 싱거워도 먹고 짜도 먹는 거지, 뭐 그렇게 말이 많아! 왜 남의 집 음식 맛있게 먹고 와서는 꼭 흉을 보나?"

이런 잔소리를 들으면 그때는 찔끔하지만, 우리는 솟아오르는 비평적 욕구를 억누르지는 못했다.

이런 분위기 속에서 살아 왔으니, 내가 이렇게 예민한 입맛을 지니게 된 것은 참으로 당연한 일이다.

콧대 높은 개성 입맛

그런데 좀 더 족보를 다면적으로 따져 봐도 내 입맛이 예민할 수밖에 없다는 결론이 나온다.

우리 친가의 원적(原籍)이 있는 곳, 즉 실향민인 할머니, 할아버지, 아버지의 고향은 개성이다. 정확하게 이야기하면 개성 시내가 아니라 개풍군 임한면이란다. 개풍군이란 개성과 풍덕이란 지명이 통합된 개성 주변 지역의 이름이며, 임한면이란 임진강과 한강이 만나는 지점이라는 뜻에서 나온 말이라고 한다. 개성시의 남서쪽, 임진강과 한강과 서해가 만나는 바로 그 지점의 북쪽이 우리 아버지의 고향이다. 휴전선의 이북이라 지금은 갈 수 없는 땅이 되어 버렸지만, 삼팔선을 기준으로 하면 이남일 뿐 아니라 위도상 판문점보다도 남쪽에 위치한, 서울과는 아주 가까운 거리에 있는 곳이다. 지금도 군부대의 허락을 받아 김포 하구 쪽으로 가서 강 건너를 바라보면 그 고향이 빤히 보인단다. 할머니와 할아버지는 바로 옆 동네 사람이었고, 할아버지가 살던 동네인 버드내(한자로 하면 유촌리였다던가.)는 일가들이 모두 모여 살던 마을이었단다.

원래 개성 사람들이 콧대가 세다. 한때 한 나라의 수도였던 곳, 게다가 이성계가 쿠데타로 정권을 탈취하고 수도까지 천도했으니 서울 사람 정도는 우습게 여기는 풍토인 게 당연하다. 삼천리 온 나라 사람들이 "서울에 올라간다."라고 이야기하는데, 유독 개성 사람들만 "서울에 내려간다."라고 말한다. 한마디로 서울 사람을 '아랫것들'로 취급한 것이다. 우리 집안이 전주 이씨 경녕군파이다 보니 직계 조상인 이성계에 대한 욕은 거의 하지 않는 분위기이지만, 류(柳)씨인 할머니한테서는 그런 이야기를 꽤 들었다. 구전되면서 설화화된 최영 장군 이야기나, 최영 장군을 모셔 놓아 온 나라 무당들이 성산으로 여겨 반드시 한번 갔다와야 한다는 덕물산 이야기 같은 것들 말이다. 그런데 개성 주변의 농촌 지역 사람들은 또 개성 시내 사람들을 우습게 본다. 할머니 왈, "우리 동네에선 개성 시내 사람들은 다 신돈의 자식이라고 우습게 봤어. 진짜 양반은 촌에 있지 시내에서 경망스럽게 돌아다니지 않는다." 일제 강점기에도 일본 상인이 뿌리박지 못한 유일한 곳이 바로 개성이었다는 이야기는 유명하다. 아버지에게 어떻게 그럴 수 있었냐고 물어보면 대답은 의외로 단순하다.

"우리가 뭐 상인들을 들어오지 못하게 막은 건 아냐. 일본 사람 가게에서는 아무도 안 사니까 못 배기고 떠나는 거지. 사람들이 그냥 그 가게에서는 안 사는 것뿐인데 순사들도 어쩌겠어."

피켓이나 전단지 없이도 수십 년 동안 자연스러운 불매 운동이 이루어진 것이다. 하여

튼 개성 혹은 개성 주변 사람들은 자존심 하나는 끝내 준다.

그런 개성 사람들은 알뜰한 것도 둘째가라면 서럽다. 그것은 인색한 것과는 다르다. 쓸데없는 낭비나 허투루 돈을 쓰는 짓을 하지 않는 것뿐이다. 그러다 보니 입성은 매우 수수한 것을 좋아하는데, 희한하게도 먹성은 정반대이다. 개성 사람들은 먹는 것에는 끔찍하게 예민하고 화려하다. 아마 고려 수도의 영화(榮華)의 흔적이 입성에서는 다 사라졌지만 입맛에서만은 완고하게 남아 있는 듯하다. 맛있는 음식을 좋아하고 그러다 보니 입맛도 예민하며, 개성을 대표하는 음식도 꽤 여러 가지가 있다. 양은 적고 오밀조밀 구색이 갖추어진 격조 있는 중부 지방 음식인 것이다.

우리 세대만 해도 출신 지방을 그다지 따지지 않는 분위기였는데, 서른이 훨씬 넘은 후에 선후배 사이에 아버지 고향을 물어보기 시작했다. 그런데 놀랍게도 같은 과 선후배 사이에 개성 출신이 꽤 여러 명 있었는데, 개성 음식 이야기를 하자 이들이 모두 음식에 대해 한마디씩 거들기 시작하는 것이었다. 조랭이떡국이니 호박편수니 장떡에 이르기까지 개성 출신 집안이 아니면 알 수 없는 이름들을 줄줄이 늘어놓는 것을 보고 적잖이 놀랐다. 그들이 한결같이 하는 말은, "개성 사람들은 정말 먹는 것에 목숨 건다."라는 거였다.

화려하고 맛깔스러운 전북 음식

우리 어머니는 전북이 고향이다. 부용이란 곳이 고향인데, 초등학교 교사였던 할아버지 부임지를 따라 전북 지역 여기저기에서 사셨고 익산에 있는 이리여고를 다녔으니 전북 토박이라고 할 수 있다. 개성 사람들이 먹는 것에 목숨 거는 까다로운 입맛의 소유자라고 이야기했지만, 사실 전라도 특히 전북이야말로 음식 문화에서는 타의 추종을 불허하는 고장이다. 막걸리 하나만 시켜도 한 상 가득 반찬을 깔아 주어 따로 안주 시킬 필요가 없다든가 하는 이야기는 하도 들어서 귀에 딱지가 앉을 지경이다. 오죽하면 그렇게 한 상 가득 차려 주는 백반 이름을 전주식 밥상이라고 하겠는가. 음식의 가짓수도 가짓수이지만, 맛의 감각도 기가 막히다. 경북 지방에서는 음식점에서 돌솥밥을 주문해도 상에 손이 가는 반찬 찾기가 힘든데, 전주에서는 분식집도 아닌 구멍가게 한귀퉁이에서 끓여 주는 라면조차 그에 따라 나오는 김치 맛에 홀릴 지경이다.

어머니가 그런 전북 출신이니, 음식에 대한 집착도 강하고 맛의 감각도 아주 뛰어나다. 큰 종갓집에서 자란 것은 아니지만 외할머니가 전주 분이셨다니 외할머니에게 배운 입맛이 어디 가겠는가.

어릴 적 나에게 외가는 기차 타고 멀리멀리 가야 하는 곳이었고, 막상 가도 어릴 적 입맛에는 전라도식 음식이 입에 맞지 않아 외가의 음식 맛에 대해서는 별 기억이 없다. 한 가지, 네댓 살 무렵 기억이어서 가물가물하지만 외할아버지 환갑 잔치 때 차려진 음식이 엄청났다는 기억은 남아 있다. 서울 집에서는 보지 못한 색색가지의 떡을 놓고 어떤 것부터 먹어야 할지 고민한 적이 있다. 시골 초등학교 교장 사택인 외할아버지 댁, 장작불 때는 시골 냄새와 붉은 백열 전구, 그 불빛 아래에서 동네 아주머니들이 모여 앉아 마른 문어를 꽃처럼 기기묘묘하게 오려 한 소쿠리 가득 쌓아 놓던 기억은 지금도 선명하다. 그게 어린 시절에 어찌나 신기하던지.

이십 대에 서울로 시집온 후, 평생을 개성 출신들과 함께 살았으니 어머니의 음식 패턴은 개성 출신 할머니 방식으로 바뀌었을 것이다. 처음 시집와서는 만두나 콩국수, 토란국 같은 음식은 입에 맞지 않아 먹을 수 없었고, 음식이 너무 맑고 심심해서 이상했다고 한다. 전라도에서 먹던 고구마순 김치나 온갖 장아찌 같은 것들이 얼마나 그리웠을까 싶다. 그러면서도 그 뛰어난 맛의 감각으로 새로운 음식에 적응하며 사셨을 것이다. 아마 어머니가 음식 만들기에 진저리 치는 사람이었다면 종갓집 맏며느리 노릇을 못했을 것이다.

우리 어머니가 시장 보는 걸 따라가 보면 참으로 유난하다 싶다. 우선 좋은 물건을 싼값에 구입하기 위해 대형 전문 시장을 적극적으로 이용한다. 예컨대 집안 대소사가 있을 때나 고추, 마늘 같은 것을 살 때면 반드시 제기동 경동시장을 가며, 마른 김과 마른 멸치, 곶감 등 마른 것들은 을지로의 중부시장을 이용하는 식이다.

꼭 맛을 보고 사는 것은 물론이다. 어릴 적 나에게 어머니가 두부 사 오라는 심부름을 보낼 때에는 반드시 "냄새 맡아 보고 상하지 않은 걸로 사 오고 잘 모르겠으면 귀퉁이 조금을 입에 넣어 보고 확인해라." 하는 식의 당부를 잊지 않았다. 마른 김도 뜯어먹어 보고 멸치도 먹어 보고 산다. 심지어 김장철에는 배추도 속을 뜯어먹어 보아 달착지근하고 얄팍한 것을 고르며, 생새우도 맛을 보고(씻지도 않은 것을!) 산다. 어느 해인가 명절 전에 중부시장에 곶감을 사러 갔는데 희한한 일을 겪었다. "곶감 좀 보러 왔어요." 하고 주인이 권해 주는 무더기에서 곶감 하나를 집어 입에 넣었는데, 맛은 달착지근하고 희한하게 향기로웠는데 입에서 아작 소리가 나며 뭐가 씹혔다. 이게 뭘까 하고 베어 문 자리를 보니 세상에, 그 곶감 속에 벌이 가득 차 있었던 것이다. 기겁을 하고 주인을 부르니, 그 주인은 이런 곶감은 약에 쓰는 귀한 것이라고 얼른 빼앗아 감추었다고 한다. 모든 것을 혀로 확인하는 우리 어머니에게는 이런 엽기적인 일화가 많다.

지금도 어머니와 나는 전화 통화의 절반이 메주는 어떻게 됐냐, 장은 익었냐, 김장간이 잘 맞느냐, 오곡밥은 해 먹었느냐 하는 음식 얘기이다.

푸짐하고 걸진 경남 바닷가 음식

혹시 이런 집안에서 컸으니 결혼 후 음식으로 주름잡고 살았겠구나 생각한다면 오산이다. 나는 결혼 전에는 할 줄 아는 음식이라곤 엠티용 음식뿐이었다. 집에서는 명절 때에나 부엌에 들어가 조금 거들 뿐 어른들이 해 주는 것만 받아먹고 살았기 때문이다. 겨우 밥과 꽁치 통조림 넣은 찌개, 카레라이스, 복합 조미료 풀어 끓이는 미역국과 수제비 그리고 무 생채 정도가 내가 할 줄 아는 음식의 전부였다.

하지만 아마 내가 음식을 꽤 해 본 솜씨였어도 시댁에서 음식으로 잘난 척하기는 힘들었을 것이다. 무엇보다도 우리 시어머님의 음식 솜씨가 보통이 아니었다. 아니, 시어머님뿐 아니라 시댁 식구들 전부가 기가 막힌 식성과 입맛을 지니고 있는 사람들이었다. 남편의 고향은 부산이고 초등학교 3학년 때 온 식구가 서울에 올라왔다고 한다. 시부모님들은 울산이 고향이다. 그러니 시댁 식구들은 모두 경남 바닷가 식성을 지니고 있다. 입맛의 예민함을 이야기하기 전에 우선 놀라웠던 점은 그 어마어마한 식성이다. 우선 체구가 큰 집안이어서 시누이들의 키가 173센티미터쯤 된다. 우리 형님(손위 동서)의 키가 167센티미터인데, 결혼 전 처음 인사 왔을 때 시어머님 하신 말씀이 "키는 그만 하면 아담하고 됐다." 였단다. 태어나서 아담하다는 소리는 처음 들어 봤다고 한다.

180센티미터나 되는 체구를 유지하려니 얼마나 많은 양의 음식을 먹겠는가. 명절 때에는 온 식구가 정말 줄기차게 먹는다. 녹두전을 커다랗게 부쳐 놓으면, 부치기가 무섭게 남자들이 집어 가 시식을 하는데 일단 열 장 정도가 그 자리에서 없어진다. 경상도에서 '먹다' 란 말을 '묵다' 라고 발음하는데, 그 발음으로 하자면 자타가 공인하는 '묵돌이 집안' 이다. 시아버님 말씀으로는, 서울에 처음 와서 보니 사람들이 정말 깜짝 놀랄 정도로 적게 먹더란다. 그러면서 하시는 말씀, "옛날부터 말이 있다. 깅상도 사람은 먹어 조지고, 서울 사람은 입어 조진다꼬."

시댁 식구들이 좋아하는 음식은 내가 여태껏 익숙해진 중부 지방과 전라도 음식과는 아주 다른 낯선 것이었다. 정갈하고 품격 있는 서울 음식과는 달리 거의 모든 음식에 해물이 들어간 진하고 걸진 맛의 음식이다. 가지가지의 생선회, 멸치와 멸치젓을 이용한 여러 음식들, 생선 조림과 찌개, 미역과 파래 음식 등은 기가 막히다. 하지만 중부 지방 음식은 잘 못하시는데, 거꾸로 나는 결혼 이십 년이 되는데도 시어머님 음식 감각을 흉내조차 낼 수가 없다.

게다가 우리 형님은 전남 해남 출신이니, 요즘 말로 '한 음식' 한다. 나는 식구들 모이는 날이면 그냥 한구석에 앉아 얌전하게 전이나 부치고 설거지나 한다.

절대 미각 내 남편

서정주의 「자화상」에서 "나를 키운 것은 팔 할이 바람이다."라고 했던가. 그 표현을 빌리면 '나를 키운 것은 팔 할이 남편의 입맛이다.'

'묵돌이 집안'에서 자란 남편은, 다른 식구들과 달리 양에 대한 집착은 별로 없으나 입맛 하나는 기가 막히게 예민하다. 게다가 음식에 대한 관심이 높고 새로운 음식에 대한 관심도 거의 '호기심 천국' 수준이다. 1980년대 초반 원경선 선생이 계신 양주 풀무원 농장에서 몇 달 생활한 적이 있었기 때문에 생태적 무공해 식생활에 대한 상식이 매우 높다.

연애 시절, 음식 이야기를 하다 깜짝 놀랄 만한 일이 몇 번 있었다. 어느 날 라면 이야기가 나왔는데, 라면은 몸에 나쁘니 먹지 말라는 것이다. 나는 그저 "화학 조미료가 나쁜 거지, 튀긴 국수가 뭐 그리 나쁘겠어?"라고 말했다가 본전도 못 건졌다. 조목조목 이렇게 설명하는 것이다. 첫째, 화학 조미료 나쁜 것은 다 아는 얘기. 둘째, 면에는 면발 개선제 등의 식품 첨가물이 많이 들어 있다. 셋째, 한번 튀긴 기름을 버릴 리 없으니 당연히 오래 쓴 기름이 좋을 리 없고 튀긴 음식을 상온에 오래 내놓으면 산패(酸敗)할 수밖에 없다. 넷째, 엠프티 칼로리(empty calorie)만 높다. 으잉, 엠프티 칼로리? 무슨 뜻이냐고 물어보니, 지방과 탄수화물 때문에 칼로리는 높으나 비타민과 무기질 등이 턱없이 모자란다는 말이란다. 사탕이나 아이스 바, 콜라 같은 청량음료 등이 엠프티 칼로리가 높은 식품이라는 것이다. 다섯째, 국수는 수입 밀로 만든 백밀가루를 재료로 쓰는데, 역시 좋은 재료가 아니라는 것이다. 물론 우리가 평소 사 먹는 밀가루들도 거의 수입산 백밀가루라고 항변하면 할 수 없지만, 가능하면 백밀가루가 아니라 도정이 덜 된 통밀로 만든 통밀가루를 먹는 게 좋다는 것이다. 요즘에야 이런 정보가 많지만, 이십 년 전만 해도 이렇게 말하는 서른 살 남자는 보기 힘들었다.

전혀 다른 입맛과 놀라운 음식 상식을 지닌 이 남자와 함께 다니면서 새로운 음식도 많이 접하게 되었다. 연애 시절 이 남자와 처음 먹어 본 음식으로 산낙지와 개장국 등이 있는데, 지금 와서 생각해 보면 연애하면서 분위기 있는 음식점을 마다하고 이런 엽기적인 음식을 먹이는 희한한 남자를 내가 뭐 좋다고 따라다녔나 싶다.

입맛도 얼마나 예민한지 모른다. 간이 싱거운지 짠지, 기가 막히게 잘 알아맞추는데, 심지어 간장 바뀐 것까지 안다. 나는 요즘 샘표간장 701을 쓰는데, 그 바로 아래 급의 샘표간장 501과 가격 차이가 꽤 난다. 그래서 어느 날인가 돈을 좀 절약해야지 하는 마음에서 501을 사다 양념장을 만들었더니, 남편이 두부를 찍어 먹으며 대뜸 "왜 간장이 이렇게 맛이 없어?" 하는 게 아닌가. 또 이런 일도 있었다. 어느 날엔가 친구가 몇 년째 찬장만 차지하고 있다며 꿀 한 병을 주었다. 그간 우리는 시누이가 시골에서 보내준 질 좋은 꿀을 먹어 왔는데, 새로 얻어 온 꿀로 남편에게 꿀물을 타 준 적이 있었다. 남편이 한 모금 마시더니 "이거 어째 축협 꿀 같다." 한다. 좀 값싸고 대중적인 꿀 냄새가 난다는 것이다. 실제로 그 꿀이 축협 꿀이었다. 이러니 정말 '슈퍼 테이스트', 즉 방송극 「대장금」에서 유행시킨 말로 '절대 미각' 이라고 하지 않을 수가 없는 것이다.

남편은 입맛은 예민하면서도 아무 음식이나 잘 먹는다. 예컨대 자연식을 좋아하는데, 어느 끼니는 삶은 감자와 집에서 만든 요구르트만 내어 놓아도 잘 먹고, 산에서 따온 취로 나물 한 가지를 맛있게 하면 그걸 중심 요리로 삼아 만족스럽게 먹는다. 또 내가 만든 음식에 대해 적극적으로 품평을 하면서 "와, 맛있다!"를 연발한다. 새로운 음식에 도전해 보고자 이리저리 궁리하면 남편은 적극적으로 호응하며 부추긴다. 이런 남편이 아니었으면 내가 무슨 재미로 음식 연습을 계속 했겠는가.

그래서 나는 결국 음식에 엄청 집착하는 여자가 되어 버렸다. 결혼 때 겨우 엠티용 음식밖엔 할 줄 몰랐고 결혼 후에도 참 질 낮은 솜씨로 만든 간단한 음식으로 끼니를 때운 적도 많았지만, 이십 년 동안 꾸준히 장족의 발전을 하여 이제 음식에 대한 책을 쓴다고 설치게 된 것이다.

오래 만들어진 음식의 깊은 맛을 찾아서

나는 음식 평론가는 아니고 요리 전문가는 더더욱 아니다. 그냥 내가 좋아하는 음식, 내가 만들어 본 음식에 대해 이야기할 뿐이다. 책의 목차를 훑어본 독자들은 짐작했겠지만, 내가 만들어 본 음식이라는 게 어떤 특정 부류의 것이다. 요즘 주부들이 만들기 좋아하는 호두파이나 파운드케이크 같은 것은 만들어 본 적이 없고, 이탈리아 음식 같은 것은 전혀 해 볼 엄두도 안 낸다.

내가 관심 있는 음식들은 예전부터 우리 어머니들이 해 오셨던 음식이다. 그런 것들은 모두 시간이 오래 걸리고, 손님상에 내놓기에는 그다지 시각적인 아름다움이 없는 음식들이다. 재료의 맛으로 먹는 음식이니 좋은 재료, 건강한 재료를 확보하기 위해 오래 찾아다니고 좋은 거름 주어가며 밭에서 오래오래 키워야 한다. 조리 과정도 하루 종일 푹 고아 내거나 몇 달씩 발효시키는 음식이 태반이다. 특히 몇 년 전에야 내가 발효를 즐겨 한다는 것을 알게 되었다. 오래오래 삭히고 띄운 음식들의 묘미를 꽤나 즐기는 것이다.

내가 이만큼 오랫동안 먹어 왔고, 우리 어머니와 할머니가 훨씬 더 오래오래 잡숴 왔던 음식, 그렇게 오래오래 만들어진 내 입맛에 대한 자부심은 그 오랜 시간만큼이나 깊은 맛을 알아낸다는 점일 것이다. 이렇게 오래오래 만들어진 내 입맛은 은근히 화려하다.✻

1

천천히, 자연과 더불어

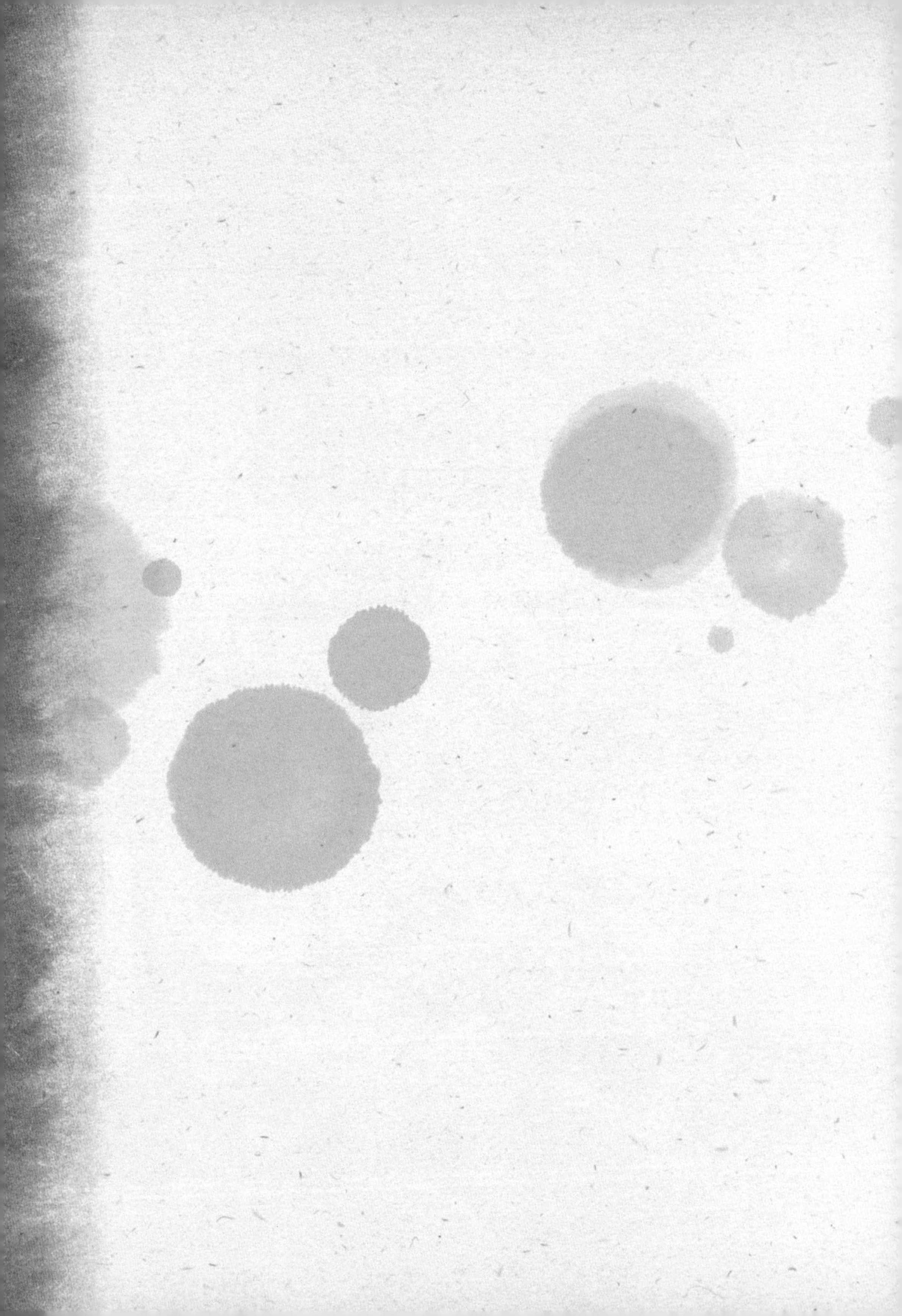

봄나물과 함께하는 황홀한 산책

송사리와 설거지하기

나는 서울내기이다. 서울에서 태어나서 서울에서 자랐다. 개성에 살던 할아버지와 할머니가 초등학교 다니는 아버지 형제를 데리고 서울에 와서 살기 시작했다니, 수백 년 토박이라고는 할 수 없어도 삼 대째 서울에 사는 '서울 사람' 이라고 할 수 있다.

이런 내가 시골에 와서 산다는 것은 내가 생각해도 희한한 일이다. 정년 퇴직한 중늙은이도 아닌데 새파랗게 젊은 나이에 시골에 내려올 수 있었던 것은 아이가 없는 덕이다. 나는 남편이라는 늙은 아들 하나만 키우고 사니 남들처럼 아이 교육 탓을 하며 서울에 눌러 있을 이유가 없었다. 게다가 사사건건 남 안 하는 짓을 잘 저지르는 남편의 결단도 큰 몫을 했다. 1992년 6월에 이 이천 산골에 이사를 왔으니 벌써 십 년이 훌쩍 넘었다.

시골에 살고 싶어서 고양군(지금은 엄청난 신도시가 됐지만), 강화도 같은 데를 찾아다녔는데, 이천에서 도예가 김구한 선배가 자그마한 땅이 나왔다고 손짓을 했다. 나지막한 산을 끼고 골짜기에 있는 논이었다. 돈을 탈탈 털어 그 땅을 사고 비닐하우스를 짓고 오 년을 살았다. 시골에 와서 사는 재미는 이야깃거리가 하도 많아서 이 책에서 다 할 수가 없다. 서울에서는 상상도 할 수 없는 별별 재미있는 일들을 다 겪으며 살고 있으니까.

가장 충격적인 것은 역시 자연이었다. 기껏해야 한옥집 마당의 손바닥만 한 꽃밭이나 안암동 개천가의 들풀들만 대했던 서울내기인 나에게, 자연 속에 폭 파묻히는 느낌은 경이롭도록 신선한 것이었다. 기거할 비닐하우스를 짓기까지 한두 달은 짓다 말아 부엌도 없는 김구한 선배의 집을 빌려 썼으므로 모든 것을 자연에서 해결해야 했고, 생전 처음 자연 품에 안겨 사는 경험을 해 보았다. 밥 먹은 그릇을 들고 시냇가에 나가 설거지

를 할 때 호기심 많은 작은 송사리들이 밥그릇 사이로 들락날락거리고, 서울에 나갔다가 밤늦게 돌아오면 냉장고에 초록빛 청개구리 두어 마리가 장식품처럼 붙어 있는 경이로운 광경들을 어찌 상상이나 해 볼 수 있었으랴.

따뜻한 봄볕, 연한 봄나물들

힘든 겨울을 지나고 맞은 첫 봄, 나는 봄 기분에 취해 정신을 차리지 못하고 집 뒤의 야산으로 돌아다녔다. 그땐 주로 집에서 글을 썼기 때문에 조반을 먹으면 컴퓨터 앞에 앉아 있어야 마땅했는데도, 나는 나물 뜯는다는 핑계로 봄볕 맞으며 서너 시간 싸돌아다니고, 돌아와서는 그 기분에 푹푹 낮잠 자기가 일쑤였다.

이전까지 나는 나물을 뜯어 본 경험이라곤 딱 두 번뿐이었다. 한 번은 초등학교 4학년 봄 방학에 어머니 따라 전북 외가에 갔을 때이다. 시골 외갓집이 있었다는 사실은 참 행운이었다. 시골 마을에 내리면 나는 매캐한 장작 아궁이 냄새, 가마솥 밥 냄새, 뒷간 거름 냄새, 논에 떠 있는 개구리밥 같은 것을 한 번이라도 볼 수 있었으니까 말이다.

외갓집은 충남의 맨 끝 강경에서 전북 쪽의 경계선을 넘자마자에 있는 작은 마을이었다. 외할아버지가 그곳 초등학교 교장 선생님이어서 학교에 딸린 사택에 살고 계셨고, 외할아버지나 할머니의 생신에 가끔 어머니 손을 잡고 가 볼 수 있었다. 짧은 봄 방학에 그곳에 간 것은 외할아버지가 그해 2월로 정년 퇴임을 하시게 되었기 때문이다.

2월 말인데도 남쪽 지방이어서 그런지 양지쪽 마른 풀잎을 헤치면 쑥이 조금씩 푸른 기운을 내밀었고 간간이 냉이도 있었다. 쑥은 칼로 밑동을 싹둑 자르고 냉이는 호미로 땅을 파 뿌리째 캔다. 한 바구니 뜯은 나물은 금방 다듬어져 냄비 안으로 들어갔다. 땅에서 나는 것을 가져다가 금방 국을 끓여 먹을 수 있다는 것이 얼마나 신기한 경험이었는지, 단 며칠의 짧은 경험이 어른이 되어서까지 아주 강렬하고 생생한 기억으로 살아 있다.

도시의 아이들에게 이런 경험을 하게 해 주는 건 참 중요하다고 생각한다. 단 며칠만이라도 말이다. 아이들이 적응을 잘 할까 하는 것은 별로 걱정할 게 못 된다. 그때 나도 첫날은 냉이와 고추냉이(일본말로 와사비라고 부르는 양념의 재료가 될 뿐 다른 용도로는 먹을 수 없다.)를 구별하지 못했지만 둘째 날부터는 웬만큼 가려 낼 수 있었으니, 사람의 적응력이란 참 강한 거다.

두 번째 나물 채취 경험은 결혼 직후였다. 그때 시부모님이 경기도 광주 시골에 잠깐 사신 적이 있었는데, 그 야산에서 시어머니와 함께 취나물과 고사리를 뜯어 본 적이 있었다. 생전 처음 살아 있는 취나물을 구경한 셈이었다. 나는 나물이 눈에 설어 노인분이 한 바구니 뜯을 때까지 그 절반도 못 채웠다.

그래도 지금 봄나물을 뜯어 먹게 된 것은 그 경험 덕분이다. 나물은 캔다기보다는 '뜯는' 것이다. 대부분의 나물은 뿌리채 캐는 것이 아니라 잎과 줄기를 뜯어 먹으며, 그래서 시골 사람들도 '나물 뜯는다', '나물 한다'는 표현을 쓴다. '나물 캔다.'는 말이 익숙해진 것은 시나 노래 가사에서 그 표현을 자주 썼기 때문인 듯하다. "나물 캐러 바구니 옆에 끼고서 / 달래 냉이 씀바귀 나물 캐 보자", "푸른 잔디 너머로 봄바람이 불고 아지랑이 잔잔히 낀 어떤 날 / 나물 캐는 처녀는" 어쩌구 하는 노래들이 있지 않은가. 달래, 냉이, 씀바귀는 다행히 캐는 나물이다.(씀바귀는 뜯기도 한다.) 그러나 쑥, 원추리, 취, 고사리 등은 모두 뜯는 나물이다.

쑥, 씀바귀, 원추리, 취

3월에 먹을 수 있는 나물은 산나물이 아닌 논둑이나 밭둑에서 나는 것들이다.

가장 흔한 것이 쑥이다. 정말 쑥은 지천으로 깔렸고 아무리 뜯어도 멸종될 것 같아 보이지 않는 질긴 놈들이다. 봄에 부지런히 뽑아 내지 않으면 여름에 훌쩍 자라 버려 밭이 말 그대로 '쑥밭' 이 되어 버린다. 이런 천덕꾸러기 쑥도 초봄에는 정말 반갑고 고맙다. 냉이는 쑥만큼 흔하지는 않다. 특히 우리 동네에는 잘 나지 않아 어쩔 수 없이 시장에서 사 먹는다.

쑥과 냉이는 모두 된장국의 재료이다. 된장국이란 게 참으로 희한해서 주 재료가 무엇이냐에 따라 국물 맛을 내는 재료를 다르게 써야 한다. 봄철 된장국이라도 봄동배추나 무시래기로 국을 끓일 땐 멸치나 쇠고기가 제 맛이고, 시금칫국은 멸치나 조개와 어울리며, 아욱국은 새우를 따라갈 수가 없다. 그런데 쑥과 냉이 같은 봄나물은 아무래도 비릿한 멸치보다는 깔끔한 조개가 잘 어울린다. 어린 봄나물들이라 너무 푹푹 끓으면 맛이 없다. 특히 쑥은 끓일수록 독특한 한약 냄새가 나므로 살짝 끓여 신선한 맛에 먹어야 한다. 혹시 쑥내가 좀 강하다 싶으면 매운 고춧가루를 조금 넣어 톡 쏘는 맛을 내면 좋다. 쑥국, 냉잇국을 끓이면 온 집안이 봄나물 향기로 가득해진다.

이런 된장국 말고도 쑥과 냉이는 해 먹을 것이 많다. 쑥은 그대로 살짝 튀김옷을 묻혀 튀김을 하면 신선한 맛이 그만이다. 냉이는 두세 뿌리만 송송 썰어 된장찌개에 넣어 살짝 익히면 된장찌개 향이 거의 예술이다.

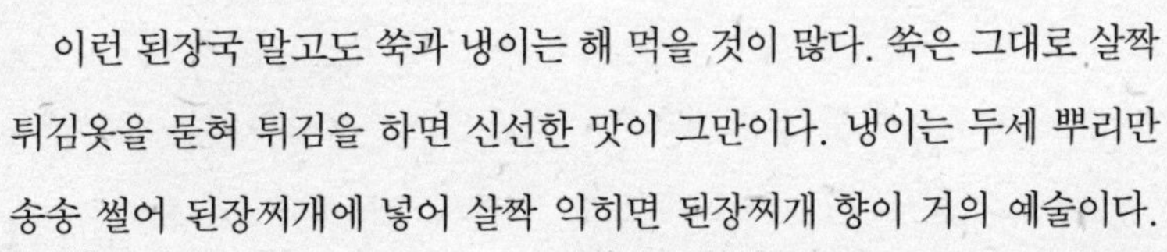

또 냉이는 살짝 데쳐 초고추장에 무쳐도 봄 입맛을 확 돌게 한다.

쑥이나 냉이처럼 봄나물의 대명사처럼 쓰이는 나물 외에도 초봄에는 웬만한 것들이 다 나물 감이다. 다년생 풀들이 처음 싹을 내밀 때에는 독이 별로 없어서 먹을 만한 것이 참 많다. 4월 중순만 돼도 풀 냄새가 나서 먹을 수 없는 개망초 싹도 3월에는 데쳐 무치면 아작아작 신선한 맛으로 먹을 만하다. 별 맛은 없지만 질경이, 명아주, 별꽃, 앉은뱅이풀 같은 것들도 연할 때에는 모두 먹을 수 있다.

4월 초가 되면 산기슭에서는 원추리가, 들에서는 왕고들빼기가 난다. 여름이면 나리꽃보다 좀 작은 진노랑꽃이 피는 원추리는 싹도 먹음직스럽게 크다. 대개 낙엽이 많이 쌓인 산기슭에 나는데, 칼을 원추리 밑동 깊숙이 넣으면 하얀 밑동이 싹둑 잘려 나온다. 위에 파랗게 돋아난 부분은 이미 질겨진 부분이므로 잘라 내고 연한 밑동을 먹는다. 된장국을 끓이는데, 익은 원추리 싹은 달착지근한 맛이 난다.

들에 지천으로 깔린 왕고들빼기는 푸짐하고 먹을 만한 나물이다. 우리 동네에서는 왕고들빼기를 씀바귀라고 하는데, 책을 찾아보니 씀바귀는 노란 꽃이 피는 키가 작은 것이고, 우리 동네에 많은 것은 여름에 이파리와 키가 크게 자라면서 흰 꽃이 피는 왕고들빼기였다. 이 나물은 씀바귀처럼 쓴맛이 있는데 초봄에 새로 난 작은 것들은 아직 쓰기 이전의 연한 것이어서 뿌리까지도 먹을 만하다. 데쳐 그대로 고추장이나 된장에 무치면 아주 맛있다. 계절이 초여름으로만 넘어가도 벌써 이파리가 드세지고 쓴맛도 강해진다. 그럴 때는 데치는 시간을 길게 하고 찬물에 담가 쓴맛을 제거한 후에 무쳐야 한다. 나물 무치는 양념은 식성대로 하면 된다. 내가 가장 잘 쓰는 방법은 왜간장(흔히 '진간장' 이라들 많이 부른다. 그러나 정확하게 말하면 진간장은 전통적인 조선간장이 장독에서 오래 묵어 싱거워지고 색이 검어진 것을 말한다. 요즘 우리가 사다 먹는 제품화된 간장은 식민지시대에 유입된 일본식 간장이므로 '왜간장' 이란 표현이 옳다. '왜' 란 말이 좀 껄끄럽기는 하지만 이 책에서는 이렇게 쓰겠다.), 고추장과 약간의 설탕을 섞고 파 · 마늘 · 깨소금 등을 넣어 무치는 것이다. 참기름을 넣어도 되지만 봄나물은 워낙 연한 재료 맛으로 먹는 것이므로 양념 맛이 너무 강하지 않은 게 좋다. 또 새콤한 것을 좋아하는 사람은 초고추장에 무쳐도 되는데, 초고추장 맛이 너무 강해 나물 맛을 획일화시키는 경향이 있다. 아예 된장에 무치는 방법도 있는데, 고추장과 설탕을 약간 섞고 너무 빡빡하거든 왜간장을 좀 섞어도 된다. 자신 없으면 쌈장을 만들어서 거기에 무치는 것이 가장 간단하다.

5월이 되면 이제 본격적으로 산나물 철이다. 원추리만 빼고는 주로 들에서 나는 것이다. 봄볕이 나무 그늘이 적은 들판부터 따뜻하게 덥혀 주기 때문일 것이다. 5월이 되면 이제 나무 그늘이 있는 곳까지도 춥지 않고 따뜻하다.

그래서 나무 그늘 아래에서 취나물, 고사리, 두릅 같은 것들이 제철을 만나게 되는 것이다. 산에서 뜯은 취나물 맛을 온상에서 재배한 것에 어찌 비할 수 있으랴. 그 향은 열 배는 차이가 나는 듯하다. 밤새 봄비가 내린 다음 날 아침이면 먹음직스러운 고사리 순이 쑥쑥 올라와 있다.

나물 다듬는 게 좀 귀찮은 일이기는 하다. 하지만 이것도 자연 속에서는 즐겁다. 따뜻한 봄볕 쬐며 마당에 앉아 산 한번 쳐다보고 나물 하나 다듬고, 또 나무 한번 쳐다보고 나물 하나 다듬는다. 강아지가 곁에 와서 참견을 하면 야단 쳐서 쫓아 보내고, 또 나물 하나 다듬는다. 일이 아니라 노는 거라고 생각하면 봄나물 다듬는 것은 즐거운 일이다.

하지만 요즘엔 전문 나물꾼들이 너무 많아 산에 나물이 남아나질 않는다. 사람 손이 참 그악스럽다.✽

아기 손처럼 예쁜 두릅

두릅과 땅두릅, 구별하는 법

봄나물 중 최고로 호사스러운 것은 두릅이다.

시장에서 두릅을 사려면 값이 엔간히 비싸질 않아 늘 주위를 맴돌다가 그냥 돌아서곤 했던 품목이다. 조그마한 양재기에 담긴 것이 5,000원, 1만 원이니 장바구니가 부담스러운 것이 사실이다.

가끔 값싸 보이는 두릅이 있기는 하다. 좀 시들시들해 보이고, 이파리가 좀 길쭉하게 자란 느낌의 것들이다. 두릅을 모르는 초보들은 좀 웃자란 것, 시든 것이어서 값이 싸려니 하고 사 들고 들어온다. 그런데 집에서 먹어 보면 영 냄새가 아니올시다이다. 이런 경험을 한 적이 있는가. 이건 땅두릅을 잘못 산 경우이다.

두릅나물이란 두릅나무의 어린순을 따서 나물로 먹는 것이다. 나무는 굵게 자라지는 않지만 키는 꽤 높이 크기도 한다. 가지가 무성하지 않고 키만 죽죽 자라는 멋대가리 없는 나무이고 거죽에는 가시들이 빽빽이 박혀 있다. 그런데 땅두릅은 이와는 전혀 다른 종류이다. 땅두릅은 나무가 아니라 풀이다. 약간 건조한 모래땅에 씨를 심어 채취한다. 씨를 심으면 땅에서 두릅순 같은 것이 삐죽하게 고개를 내미는데, 그것을 따서 먹는 것이다. 그런데 이렇게 완전히 다른 식물인데도, 일단 따 놓으면 순에 가시털이 숭숭 나 있는 것이 생김새도 비슷하고 맛도 비슷하다.

물론 눈썰미가 있는 사람은 척 보면 안다. 아무래도 나무두릅은 어른 엄지손가락 굵기만 한 나무의 꼭대기에서 돋은 순이라 순 자체가 굵고 이파리가 나기 전 단계의 밑동이 탐스러운 것에 비해, 땅두릅은 굵기가 가늘고 밑동이 부실하다. 그러니 당연히 이파리 부분이 좀 길게 자란 것을 채취할 수밖에 없다. 맛도 다르다. 땅두릅은 독특한 향이 좀 얕아서 진짜 두릅 맛에는 비할 바가 아니다.

하지만 두릅이란 게 자주 먹는 재료도 아니니 혼동하는 사람이 많다. 나도 초보 주부 때 한번 혼동한 적이 있었다. 두릅을 사다가 집에 와서 씻는데, 이상스럽게 모래가 자꾸 나왔다. 나중에 보니 땅두릅이었다.

시장에서 바람 잡는 장사꾼들에게 현혹당하지 않으려면, 혹시 모래가 묻어 있지 않은지 유심히 살펴보는 게 좋다. 모래를 뚫고 순을 내밀었으니 순에 모래가 묻어 있는 것은 당연하다. 진짜 두릅은 나무 꼭대기에 높이 달려 있으므로 절대로 모래가 묻을 일이 없다.

두릅 말고도 봄에 이런 방식으로 먹는 것이 엄나무 순과 참죽나무라고 한다. 엄나무는 두릅처럼 가시나무인데 어릴 적에 순을 따 먹는다고 한다. 참죽나무는 가시가 없고 색깔도 자줏빛이 돌며 진액에서 고소한 냄새가 난다. 하지만 나는 둘 다 먹어 보지는 못했다. 시골의 오일장에서만 봤을 뿐이다.

텃밭 주변에 두릅나무를 심어 놓고

산에 나물하러 가서 두릅을 만나기란 여간 힘들지 않다. 우리 집 뒷산은 벌써 나물꾼들이 야멸차게 잘라 간 후이기 때문에 게으른 내 손에까지 귀한 두릅이 들어올 리 만무이다. 두릅나무는 멋대가리 없이 가시 돋힌 가지들이 위로만 솟는데, 그 맨꼭대기에 순이 하나 달린다. 그러니 나무 한 그루 만난다고 해 봤자 순을 서너 개 따면 그만이다. 나물꾼들이 이미 따 간 그 나무 꼭대기에는 진액만 흐르고 있다.

그런데 재작년부터 우리는 봄마다 남부럽지 않게 두릅을 먹고 있다. 순전히 이웃 잘 둔 덕분이다. 옆집 김구한 선배는 산에서 어린 두릅나무를 몇 그루 캐다 집 주변에 심어 놓고 순을 따 먹었단다. 그 댁 노모께서 두릅나무 볼 때마다 "그거 한 뿌리 캐다가 옆집에 좀 심어 드려라." 하셨단다. 김구한 선배는 대답만 건성으로 하곤 실행을 안 하고 있었는데, 막상 어머니가 돌아가시자 그 생각이 나더란다. 어머니 초상 치르고 보름이나 됐을 때인가, 두릅나무 뿌리를 두어 개 들고 와 심어 주고 갔다.

나무도 옮겨 심으면 새 땅에 적응하느라 한동안 몸살을 한다. 그러니 성급히 따먹으려 하지 말고 한두 해는 고이 잘 가꾸어야 한다. 삼 년 되던 해 봄부터 몇 개씩 따 먹었는데, 이제는 꽤 먹을 만큼 난다. 그 두릅이란 식물이 어찌나 왕성하고 드센지 다른 잡초들을 제압하고 무성하게 자라며, 땅속줄기를 뻗어 번식을 한다. 가만 두어도 옆에 새로운 작은 나무들이 생겨나는 것이다. 이제는 그저 내가 따 먹기 좋을 정도의 높이로 잘라 주는 일만 하면 되니 거저 먹기 아닌가.

아침 이슬 머금은 두릅과 초고추장

아침에 가스레인지에 밥과 국을 올려놓고 잠깐 텃밭에 나가는 일은 참 좋다. 식물들도 밤새 잠을 푹 자고 나서 촉촉하게 아침 이슬을 머금은 싱싱한 얼굴을 하고 있다.

두릅도 초롱초롱 이슬을 달고 있는데, 적당한 크기의 순을 칼로 싹둑 잘라 가지고 들어온다. 처음에는 그 연한 순을 자르는 게 적잖이 미안했는데, 생명력이 강한 식물이란 걸 알고부터는 미안해하지 않기로 했다.

팔팔 끓는 물에 살짝 데쳐 꺼내 놓으면 푸른색이 더욱 고와진다. 적당한 두께로 썰어 미리 만들어 놓았던 초고추장과 함께 아침상에 놓는다. 두 식구의 밥상, 그것도 조반이니 그다지 많이 먹는 것도 아니다. 그저 하루에 두릅 네댓 개 정도면 상이 푸짐하다. 혹시 나무에 달린 두릅이 부족하다 싶으면 냉장고를 뒤져 본다. 다행히 쪽파가 좀 있으면, 역시 다듬어 데쳐 돌돌 감아 두릅 옆에 가지런히 담는다. 초고추장을 놓은 김에 함께 먹기 좋은 것이니까.

두릅의 향기와 감촉은 정말 신비롭다. 게다가 시장에 나와 고생하며 시든 것이 아니라 한번 시들어 볼 틈 없이 그냥 밭에서 밥상으로 직행한 것이니 향과 맛이 고스란히 살아 있다. 초봄에만 맛볼 수 있는 귀한 음식을 앞에 놓으면 이게 웬 호강인가 싶다. ✻

호사스러운 봄의 간식

마음이 들뜬다

봄마다 이상 기온이니 황사니 해서 마음을 심난하게 하기는 하지만, 그래도 봄은 좋다. 시골에서 봄을 맞이하는 느낌은 아주 각별하다. 도시는 사철 비슷한 풍경들이지만 시골에서는 계절에 따라 풍경이 완전히 달라진다. 우선 겨울 산의 눈이 녹아 갈색이 드러나고, 조금 지나면 그 갈색 속으로 불그죽죽 혹은 푸르스름한 기운이 조금씩 올라온다. 3월 말과 4월 초가 되면 흰색이 약간 섞인 듯하게 보얀 노랑 연두와 분홍빛이 여기저기 어우러지는데 입에서 탄성이 절로 나온다. 멀리 보이는 산들이 파스텔톤으로 몽글몽글 부드러운 쿠션을 깔아 놓은 것 같다.

이때쯤 되면 공기 색깔, 햇볕 색깔도 바뀌는 듯하다. 손바닥으로 해를 받으면 노란 병아리를 손에 올려놓은 것 같다. 겨우내 그저 그런 것들만 먹고 살던 입도 새로운 재료를 맛보게 된다. 오감에서 즐거운 계절이 바로 봄이다.

이런 날엔 좀 별식을 해 먹고 싶어진다. 평소에는 못 해 본 떡이니 과자 같은 것으로 호사를 부려 보아도 이때만은 자연이 용서하실 듯하다.

진달래의 추억

혹시 화전(花煎)이라고 들어 보셨는지? 말 그대로 꽃을 붙여 기름에 지진 떡, 꽃전이다. 예전에는 삼월 삼짇날(음력 3월 3일) 부근에 화전놀이라는 이름으로 '부녀자 공식 야유회'를 가졌다고 하는데 그때 진달래 화전을 부쳐 먹는 것이다. 해에 따라 차이는 있지만 대개 삼짇날은 4월 초부터 중순께가 되니, 야유회 하기 좋을 정도로 날도 따뜻해지고 산수유부터 시작하여 개나리, 진달래가 피기 시작하여 산이 아름다워지는 때이다.

보통 서울에 진달래가 만개하는 때가 4월 19일을 전후한 바로 이때이다. 이영도의 시조(이영도는 대표적인 현대 시조 시인으로, 청마 유치환의 편지글 모음집인 「사랑하였으므로 행복하였네라」의 주인공으로 많은 사람에게 알려져 있다.)에 한태근이 곡을 붙인 「진달래」란 노래 덕분에 나에게 진달래는 늘 4 · 19를 연상시켰다. 이 노래의 전문은 이러하다.

"눈이 부시네 저기 난만히 멧등마다 / 그날 쓰러져 간 젊음 같은 꽃사태가 / 맺혔던 한이 터지듯 여울여울 붉었네 // 그렇듯 너희는 지고 욕처럼 남은 목숨 / 지친 가슴 위에 하늘이 무거운데 / 연련히 꿈도 설워라 물이 드는 이 산하"

정말 꼭 4 · 19 때만 되면 진달래는 절정을 이루는지, 해마다 봄이 되면 신기한 눈으로 그 꽃들을 쳐다보았다. 내가 대학을 다니던 시절은 1980년대 초였다. 3월 말 4월 초가 되면 개나리 꽃눈이 삐죽이 노란 기운을 내뿜었다. 4월 첫 주를 넘어서면 개나리와 진달래 색깔이 날마다 선명해지는데, 마치 그 진달래의 색깔이 사람을 선동하는 듯했다. 늘 이때쯤 되면 1학기의 첫 시위가 터졌기 때문이다. 언제나 터질까? 10일, 13일이 지나고도 아무 기척이 없으면 초조함은 더해 간다. 오늘일까, 내일일까? 도서관 앞일까, 학생 회관 앞일까? 주동자는 누굴까? 시위는 몇 분이나 지속될 수 있을까? 학생들은 얼마나 동조해 줄까? 그 주동자는 잡혀가면 몇 년이나 징역을 살까? 그런데 왜 아직 조짐이 없는 걸까? 매일 조마조마한 마음으로 그 시기를 보냈다. 그 초조한 심사에 불을 지펴 댄 것은 분명 그 진달래였다.

결혼하고 고양 원당이나 이곳 이천 등 산이 가까이 있는 곳에서 살아 보니, 진달래는 또 다른 맛으로 다가왔다. 학교에서는 늘 개나리와 진달래가 함께 어우러져 옛날 계집아이의 치마저고리 색깔을 연상시켰는데, 막상 산 가까이 살아 보니 개나리와 진달래는 피는 곳이 참 다른 식물이었다. 개나리는 주로 산의 맨 아래쪽이나 집 울타리에 있고, 산에는 진달래뿐이어서 봄 산을 물들이는 것은 주로 붉은 진달래였다. 남쪽 기슭부터 불그죽죽한 기운이 올라와 갈색 산을 변화시키고 날이 갈수록 점점 발갛게 산이 타오른다.

진달래꽃을 놓아 천천히

진달래 화전은 번거롭지는 않으나 간단한 공정에 비해 시간은 좀 걸리는 음식이다. 우선 진달래꽃을 열 장 정도만 딴다. 싱싱한 꽃을 따는 건 정말 나무한테도 미안하고 다른 사람한테도 미안하다. 그래도 화전은 부쳐 먹어야 하니, 핀 지 좀 되는 꽃만 골라 한 식구 입맛만 다실 정도로 딱 열 장만 딴다. 욕심껏 따와 봤자 집에서 부치다 보면 지쳐서 한숨만 나오고 결국 반 이상은 버리게 되니 꽃한테 얼마나 미안한 일인가. 들판의 어린 쑥잎도 꽃잎 수에 맞춰 몇 장 준비한다.

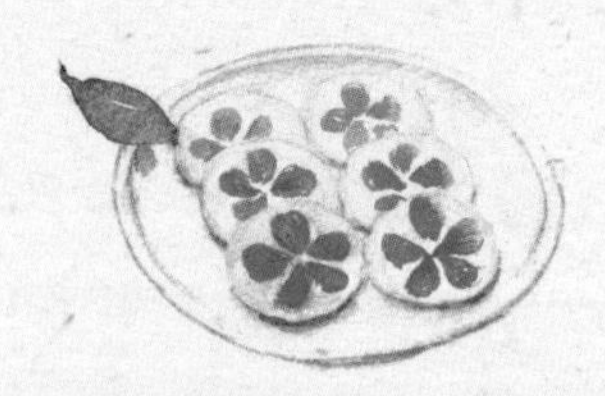

찹쌀가루를 약간의 소금 양념을 한 물에 반죽한다. 찹쌀가루는 가게에서 쉽게 살 수 있다. 반죽을 동글납작하게 손으로 만들어서 기름 두른 팬에 놓아 지지면서, 진달래꽃과 쑥잎을 놓아 장식하면 그게 화전이다. 끈적한 찹쌀반죽에 꽃잎과 쑥잎이 잘 달라붙으니 만들기가 어려운 것은 아니다. 진달래 철이 아닐 때 화전을 부치려면 마른 대추의 붉은 껍질을 오려서 쓰고 쑥갓 잎으로 장식을 하기도 한다.

이때 매우 중요한 주의 사항이 있다. 진달래꽃이 붙은 쪽이 직접 팬에 닿으면 안 된다는 점이다. 그 예쁜 꽃분홍색이 순식간에 갈색으로 변해 버린다. 그래서 화전을 부칠 때에는 처음부터 꽃을 붙이지 말고, 일단 반죽을 팬에 놓은 후 아래쪽이 조금 익었다 싶으면 뒤집어서 그 위에 꽃을 붙여야 한다. 그러고는 불 세기를 줄여 그대로 천천히 아래부터 익어 올라오도록 놔두어야 한다. 이 시간 동안 불 앞에서 지키고 있어야 하는 것이 좀 지치는 일이다. 그러니 꽃 앞에서 헛된 욕심을 부리지 말자.

완성된 떡은 설탕이나 조청을 찍어 먹는다. 맛은 고소하고 말랑한 찹쌀 부침이다. 진달래꽃이나 쑥이 특별한 맛을 내는 것은 아니기 때문이다. 화전은 입보다는 눈이 호사스러운 떡이다.

부슬부슬 쑥버무리떡

모양은 화전보다 예쁘지 않지만, 맛과 향으로는 훨씬 윗길인 것이 쑥버무리떡이나 쑥개떡이다. 만들기가 어렵지는 않으나 재료를 준비하는 과정이 좀 번거로운 것이 흠이다. 왜냐하면 떡집이나 방앗간에서 멥쌀가루를 좀 사 와야 하기 때문이다. 마른 찹쌀가루 등은 제품화된 것이 있지만 쌀을 불려 축축하게 빻은 가루는 가게에서는 구할 수 없다. 쑥도 좀 넉넉히 구해다 다듬고 씻어 놓는다. 여기까지가 귀찮을 뿐 일단 재료가 구해지면 만들기는 더 편하다.

우선 쑥버무리떡을 만들어 보자. 쌀가루에 소금과 약간의 설탕으로 간을 맞춘 후 다듬어 놓은 어린 쑥을 섞는다. 배합 비율은 입맛에 따라 조절하는데, 쑥은 가열하여 익히면 양이 줄어들기 때문에 쑥이 좀 많다 싶을 정도로 넣는 게 좋다. 쌀가루에 쑥을 섞는 것이 아니라 쑥에 쌀가루를 묻힌다는 느낌이 나도록 쑥이 많은 것이 좋다. 떡집에서 만들어 파는 건 아무래도 쑥이 적고 지나치게 설탕을 많이 넣어 만들었기 때문에 깨끗한 맛과 강한 쑥향을 즐기는 쑥버무리떡으로는 좀 품질이 떨어진다.

쑥에 쌀가루를 부슬부슬하게 섞은 것을 그대로 시루나 찜통에 찌면 떡은 완성된다. 깨끗한 소창이나 삼베 헝겊을 깔고 그 위에 떡을 놓아 찌는 것은 누구나 다 아는 상식일 터인데, 대개 요즘 가정에는 이런 게 없는 경우가 많다. 그럴 때에는 냉장고에 굴러다니는 김밥용 김을 한 장을 깔아 보라. 헝겊 빨 걱정도 없고 아주 편하다.

따끈하게 김이 올라와 떡이 익으면 즉시 꺼내어 먹는다. 뚜껑을 열 때부터 풍겨 나오는 기막힌 쑥향은 부슬부슬한 떡을 입에 넣을 때까지 싱싱하게 살아 있다.

강한 쑥 향기, 쑥개떡

쑥개떡은 모양으로만 보자면 못생긴 쑥 절편처럼 생겼다고 하면 쉽게 이해가 될까. 그러나 절편과는 만드는 방법이 아주 다르다.

쑥개떡을 하기 위해서는 쑥이 아주 많이 필요하다. 한 바구니는 뜯어와야 쑥개떡을 해 먹을 수 있다. 일단 쑥을 모두 삶는다. 삶을 때 소금이나 소다를 조금 넣으면 색이 고와진다는 건 기본 상식이니 더 말할 필요는 없을 것이다. 쑥개떡을 아주 많이 할 요량이면 그 쑥을 그대로 방앗간에 가져가 쌀가루를 빻아 달라고 하면 쑥과 쌀가루를 섞어서 빻아 준다. 마치 송편을 만들 때처럼 말이다. 그러나 최소한 반 말 정도는 해야만 방앗간을 이용할 수 있으니, 집에서 조금씩 먹으려고 할 때에는 이런 방법이 불가능하다.

소량으로 집에서 하는 방법은, 쑥 삶은 것을 꼭 짜서(삶은 쑥이 좀 질기다 싶으면 칼로 약간 다진다.) 여기에 멥쌀가루를 넣어 반죽하는 것이다. 반죽은 송편을 할 때처럼 끓는 물을 붓는 익반죽이며, 송편 때처럼 잘 치대어 반죽한다. 익반죽하는 물에 소금을 조금 풀어 간을 하는 것도 기본 상식이다. 이때 단것을 좋아한다고 설탕을 넣으면 안 된다. 마치 절편이 달면 맛이 없듯이 쑥개떡도 달면 맛이 없다.

반죽은 화전보다는 훨씬 크게 둥글납작하게 빚는데, 반죽이 너무 되면 떡이 딱딱해지므로 주의해야 한다. 좀 더 부드러운 떡을 원하면 찹쌀가루를 조금 섞어도 무방한데, 찹쌀가루가 너무 많이 들어가 버리면 찌는 과정에서 너무 물러 형체가 사라져 버린다.

이 동글납작한 반죽을 찜통에 넣어 찌면 완성된다. 다 쪄진 떡을 꺼내어 참기름이나 콩가루 같은 것을 묻혀 서로 붙지 않게 한다.

맛이야 떡집에서 사 먹는 절편에는 댈 것이 아니다. 왜냐하면 쑥개떡은 거의 쌀떡이라기보다는 쑥을 짓이겨 쪄 먹는 것이라는 느낌이 들 정도로 쑥이 많이 들어간 것이기 때문이다. 한입 떼어 물면 쑥이 짓이겨진 것이 촉감으로 느껴질 정도이다. 그러니 색깔도 강하고 향도 강하다. 고소한 콩가루나 참기름 냄새와 어우러진 강한 쑥향은 봄이 왔음을 실감하게 한다. ✽

삼겹살 불판에 대한 집착

소주와 삼겹살 힘으로 살아가다

우리 집에 손님이 오면 가장 손쉽게 해 줄 수 있는 음식이 돼지고기 구이이다. 나는 사람들을 우리 집에 초대하면서 "이 세상에서 가장 맛있는 돼지고기 구이를 먹여 줄게."라고 장담한다. 그 말은 과장이 아니다. 비결? 당연히 있다.

추운 겨울 동안 우리 나라 사람의 고달픈 생활을 버텨 주는 힘은 삼겹살구이이다. 따끈한 불 앞에서 기름진 돼지 삼겹살을 구워 먹는 일은 생활 속에서 가장 흔히 보는 풍경이다. 세계 최고의 주류 소비를 자랑하는 우리 나라 사람들이 가장 자주 먹게 되는 안주가 삼겹살이다. 어느 설문조사에선가 우리 나라 성인 남자들에게 "무슨 힘으로 사는가."라고 물었더니 아주 상위권에 '소주'가 나왔더란다. 그 다음 문항에서 소주 안주로 무엇을 먹느냐는 질문에 당연히 '삼겹살' 이 나왔다. 우리는 소주와 삼겹살 힘으로 이 힘든 세상을 버텨 가는 것이다.

그래서 그런지 우리 나라 사람들은 삼겹살 불판에 대해 좀 심하게 집착하는 경향이 있다.

사실 어떤 불판에서 구워 먹든 고기란 게 워낙 맛있는 거다. 씹을수록 달착지근하고 구수한 동물성 단백질의 맛 말이다. 음식 문화 전문가인 민속학자 주영하의 『음식 전쟁 문화 전쟁』에서 역사적으로 분석했듯이, 삼겹살 문화는 1980년대 초에 들어서서 생긴 것이다. 1970년대까지만 해도 씹는 맛을 즐길 수 있는 날은 일 년을 통틀어도 열 손가락을 채우지 못하는 경우가 많았다. 밥상에 고기가 올라오면 무슨 잔칫날이냐고 묻는 게 우리네 말버릇이었다. 그것도 고깃국이나 찌개도 아니고 고기만 배부르게 먹는 이런 방식은 정말 특별한 날의 메뉴였다. 주영하의 지적에 의하면 대중적인 고기 소비가 시작된 1980년대에 처음 유행한 게 값싼 돼지고기 삼겹살이었고, 사람들은 그 푸짐한 고기구이의 첫 경험으로 대개 삼겹살을 기억하고 있다는 것이다.

그리고 조금씩 생활이 나아질수록 사람들은 좀 더 맛있는 고기구이를 바라게 되었고 그것이 불판에 대한 집착으로 나아간 게 아닐까 싶다. 요즘은 불판에 대한 집착을 넘어서서 고기 자체의 질로 승부하는 경향으로 넘어가고 있는데(생고기, 한방 포크, 와인 숙성 생고기 등), 이걸 보면 이제는 고기가 흔해진 것이 분명하다.

음식점 불판의 역사

삼겹살을 굽는 좋은 불판의 조건은, 언 고기를 올려놓았을 때 순간적으로 팍 익을 정도로 열기를 많이 지니면서도 삼겹살의 기름기가 쪽 빠지는 그런 불판이다. 그래서 집에서 가장 쉽게 쓰게 되는 프라이팬은 열기도 많이 지니지 못하고 기름기도 잘 안 빠져 가장 별볼일 없는 불판이라고 할 수 있다.

삼겹살구이를 파는 음식점에서 쓰는 가장 대중적인 불판은 두꺼운 철로 만든 것이다. 모양은 네모이고 방사선 형태로 골이 패여 있으며 한 귀퉁이에 기름이 빠지도록 만든, 우리가 가장 흔하게 보는 것 말이다. 보통 여기에다 알루미늄 쿠킹 포일을 덮어씌우고 고기를 굽는다.

이 불판은 온도 유지는 그럭저럭 괜찮으나 기름기를 빼는 데는 별로 좋은 게 아니었다. 우선 쿠킹 포일이 기름을 빨아들이지는 못한다. 기름이 가장자리로 흘러내리도록 되어 있기는 하지만 아무래도 빨리 흘러내리지는 않기 때문에, 마치 고기가 기름에 튀겨지는 느낌이 강하다. 기름이 괴지 말라고 레인지를 기울이며 기름을 따라내기도 했다.

물론 이 돼지기름도 아까웠던 시절이 있었다. 1980년대 초만 해도 삼겹살을 엔간히 구워 먹고 나서는 불판 위에 고인 기름에 밥을 볶아 먹기도 했다. 파와 김치, 김 부순 것을 넣어 볶으면 맛이 그럭저럭 괜찮은 편이었으나 엄청 느끼한 음식임은 분명하다. 콜레스테롤 수치를 따지는 요즘에는 생각도 못할 일이다.

이 네모난 쇠 불판이 불만족스러웠던지 새로운 불판이 속속 등장했다. 한동안 게르마늄 도자기 불판이 인기를 끌었는데, 두꺼운 도자기이니 열을 많이 머금는 좋은 불판이었을 것이다. 집에서는 하나씩 사 두고 쓸 만한 것이기는 하나, 까딱 잘못하면 깨뜨릴 수가 있어 음식점에서 쓰기에는 막 굴릴 수 있는 철판보다 편하질 않다.

1990년대 중반에는 가마솥 뚜껑이 유행이었다. 길거리마다 '가마솥 삼겹살' 이라는 간판이 나붙었다. 재료는 철이었으니 별다를 게 없지만, 생김새 때문에 기름기를 빼는 데에는 네모 철판에 비해 윗길이었다. 게다가 알루미늄 포일을 덮지 않고 그대로 고기를 구울 때에 철판에 자르르 기름이 배는 게 훨씬 쾌적한 느낌이었다. 이 가마솥 뚜껑이 얼마나 유행을 했는지 한때는 중국에서 대량 생산해야 할 지경이었다. 물론 가마솥은 없이 뚜껑만 만드는 것이다. 그러다 가스불 직화 구이로 불판이 고급화하면서 가마솥 없는 가마솥 뚜껑의 인기는 수그러들었다.

불판에 대한 집착과 엽기 불판

음식점에서 고기를 굽는 불판에 늘 불만이던 사람들은 어쩌다가 산에서 편편한 돌판을 주워 거기에 구워 먹던 돌 구이 삼겹살의 맛을 잊지 못했다.

사실 산에 가서 삼겹살구이를 해 먹기 적당한 돌판을 구하는 일은 그리 쉬운 일이 아니다. 우리나라 산에 아무리 화강암이 지천으로 깔려 있다 해도 불판에 쓰기 좋을 만큼 넓적하고 얄팍한 것을 찾으려면 한참을 뒤져야 한다. 적당한 크기의 돌이 발견되면 그 무거운 것을 낑낑거리고 들어다 시냇가로 가져가 깨끗이 닦는다.

그 다음에는 버너를 켜고(혹은 자잘한 돌을 주워다 화덕을 만들어 장작불을 피우고) 돌판을 올려놓은 다음 불을 때기 시작한다. 그 두꺼운 돌판이 뜨거워지기를 기다리려면 또 한참이다. 힘들여 산에 올라왔고, 돌과 씨름을 했으니 배에서는 꼬르륵 소리가 나지만, 돌판이 가열될 때까지는 기다리는 수밖에 다른 방법이 없다.

여기까지는 아주 힘들지만, 이 다음부터는 환상이다. 우둘투둘한 돌에 고기를 얹으면 기름기가 쪽 빠진 기막힌 고기 맛을 보게 된다. 게다가 시장이 반찬이니 뭔들 맛이 없겠는가. 산에 가서는 날 오이를 으적으적 씹어 먹고 라면 국물을 들이켜도 맛이 기가 막힌데, 삼겹살구이야 비할 바가 없지 않겠는가. 그러다 보니 주말마다 돌 구이를 위해서 등산을 하는 사람들이 적지 않았다. 그러나 산에서 취사 금지가 되면서 이것도 그만이었다.

간혹 군대나 노가다판에서 먹던 슬레이트 구이를 못 잊어 하는 사람들도 있다. 지붕 재료인 슬레이트 판은 빗물 떨어지라고 요철 형태로 만들어져 있다. 여기에 고기를 구우면 골마다 삼겹살 기름이 흘러 빠지면서 아주 맛있는 구이가 된단다.(나는 못 먹어 봤다.) 그러나 슬레이트에 섞인 석면이 인체에 치명적이라는 것이 알려지면서 이것도 옛말이 됐다.(못 먹어 본 게 정말 다행이다!)

내가 들은 불판 이야기 중 가장 '엽기적인 불판'은 맨홀 뚜껑이었다. 노동 미술 운동하던 화가였는데, 길거리에서 맨홀 뚜껑을 훔쳐 와(힘도 좋지! 세상에, 그 무거운 것을!) 스테인리스 수세미로 박박 닦아(그래도 사람들이 밟고 지나다니던 것인데, 참 비위도 좋다!) 고기를 구워 먹었단다. 하긴 요철이 있는 두꺼운 철판이니 불판으로 쓰기엔 손색이 없었을 듯싶다.

그런데 사실은 그 다음 말이 '예술'이었다. 구운 삼겹살에 그 별표처럼 생긴 서울시 마크가 찍혀 나오더란다.

세상에서 가장 맛있는 돼지고기 구이

그러나 뭐니뭐니 해도 고기구이는 직화(直火)가 최고이다. 전도열이 아니라 복사열로 구워진 고기, 기름은 아래로 떨어져 버리거나 공기 중으로 날아가 버려 맛이 깔끔한 구이가 바로 직화 구이이다.

요즘 음식점에서 가장 대중적인 것은 상 가운데에 가스불이 양옆으로 뿜어져 나오도록 만든 구이 기구이다. 가스불이 아래로부터 올라오면 고기 기름이 떨어져 붉은 불꽃이 커지고 고기가 타기 쉽기 때문에 이렇게 고안했을 것이다. 혹은 전문적인 구이집에서는 아예 숯불을 이용하는데, 이 경우에는 삼겹살보다는 갈비나 안창살 계열의 쇠고기를 굽게 된다.

돼지고기 구이로 관록이 붙은 사람들은 주로 연탄불에 구운 소금구이를 찾는다. 마포에서 서로 원조를 주장하는 돼지고기 소금구이 전문점들이 예전에는 다 연탄불에 구워 주는 것이었다. 나는 1980년대에 가 보고는 여태 못 가 봤는데, 원조라고 소문난 집은 다른 집 텅텅 비어 있을 시간에도 사람이 바글바글했다. 연탄불이 들어 있는 드럼통 둘레로 동그란 의자 놓고 죽 둘러앉은 전형적인 옛날 대폿집 분위기이다. 연탄불 위에 석쇠를 얹고 넓적하고 두툼한 돼지고기를 턱 올려놓고는 굵은 왕소금을 팍팍 뿌린다. 웬만큼 익으면 가위로 잘라 먹는 것이다. 직화니 고기가 맛있고 게다가 두꺼운 고기이니 씹는 맛도 좋다. 그러나 문제는 역시 연탄불이다. 향수가 느껴지기는 하나 아무래도 연탄 가스 냄새가 난다.

우리 집의 돼지고기 구이는 이런 것들과는 차원이 다르다. 죽었다 깨어나도 도시의 음식점에서는 해 먹을 수 없는 구이이다. 바로 장작불에 직접 굽는 것이다.

기름을 쪽 빼는 직화 구이라는 점에서는 앞에서 이야기한 것들과 다를 바가 없지만 장작 구이는 여기에 장작 타는 연기 냄새가 곁들여진다.(그러니 연기를 피울 수 없는 도시에서는 해 먹을 방법이 없다는 말이다.) 신기한 것은 소나무, 참나무, 느티나무 등 나무 종류마다 연기 냄새가 달라 고기에서 풍기는 향취도 다르다는 점이다. 유럽에 살다 온 사람은 단풍나무를 최고로 친다는 둥 벚나무가 좋다는 둥 하는 이야기를 하는데, 왜 이렇게 나무 종류를 따지는지 이해가 된다. 장작에 구운 고기의 맛은 향료를 첨가하여 냄새를 만든 상품화된 훈제 제품들과는 비교할 바가 아니다.

의사들은 불에 탄 고기를 먹으면 위암 발생률이 높아진다고 만류하지만, 나는 암에 걸릴지언정 이 맛을 포기할 수 없다. 난 지금도 단풍나무 장작을 어디서 구하나, 아랫집이 언제나 벚나무를 가지치기를 하려나 하는 생각을 하고 있다. ✽

조선간장 없이 음식을 하세요?

기본 양념 조선간장

봄의 대사(大事)는 장 담그는 일이다. 사십 대인 우리 세대에게 장 담그기는 거의 맥이 끊긴 듯하다. 삼십 대로 내려가면 김치 담그기가 위기이다. 장이든 김치든 모두 제품화된 것을 쓰거나 늙은 어머니에게서 얻어먹고 있다. 그런데 김치도 그렇지만 장도 상품화된 것으로는 음식의 제맛을 내기 힘들다. 왜간장은 다양한 상품이 나오고 있지만 메이저 회사들이 조선간장을 만들기 시작한 것은 아주 최근의 일이다. 예전부터 '국간장' 이라는 이름의 제품이 나오기는 했지만 조선간장 맛과는 아주 달라 대용품으로 쓸 수가 없다. 그래서 요즘은 아예 조선간장을 쓰지 않고 소금으로만 간을 하는 집이 대부분이다.

이런 분들께는 매우 미안한 말씀이지만, 조선간장을 쓰지 않으면 음식

맛이 좀 천박해진다. 우리 나라 국 중 소금으로 간을 하는 건 콩나물국과 곰탕, 조갯국뿐이며 나머지는 대부분 조선간장으로 간을 한다. 그 외 된장이나 젓국을 쓰는 게 몇 종류 있다. 특히 미역국은 특히 조선간장을 넣어야 하는데, 소금으로 간을 한 미역국과는 맛이 천양지차이다.

고기를 푹 고아 끓이는 미역국, 무국, 토란국, 떡국 등은 잘 고아진 고깃국물에 조선간장 한 숟가락을 넣음으로써 비로소 국 맛이 제대로 돌기 시작한다. 낙지나 게, 조기 등으로 국이나 찌개를 끓일 때에도 조선간장으로 간을 해야 입에 착 붙는 맛이 난다. 고춧가루를 풀어 끓인 매운탕도 마찬가지이다. 광어나 우럭 등 회를 뜨고 남은 가시로 매운탕을 끓일 때, 음식점에서는 소금을 넣어 간을 하는데, 그러려니 복합 조미료(소고기나 버섯 등이 주재료라고는 하나 상당량의 화학 조미료가 들어 있는 조미료들)를 거의 한 숟가락이나 퍼 넣어야 겨우 그 맛을 내는 것이다. 깨끗한 맛의 생선 매운탕에 쇠고기 냄새 나는 복합 조미료를 넣을 수밖에 없는 것은 조선간장을 일일이 만들어 댈 수가 없기 때문이다. 생선 매운탕의 깨끗한 맛을 살리려면 역시 조선간장이다.

그뿐만이 아니다. 나물 볶는 데에도, 장아찌나 간장게장을 담그는 데에도 조선간장은 필수적이다. 생선을 조릴 때에도, 고추장을 넣는 방법과 고춧가루를 넣는 방법이 있다. 고추장을 넣을 때에는 왜간장을 넣어 달착지근하게 조리지만, 고춧가루를 넣을 때에는 조선간장으로 깔끔한 맛을 살려야 한다.

그러니 조선간장은 기본 중의 기본이다. 이런 기본 양념 없이 소금만 쓰게 되면 맛이 제대로 나지 않고, 화학 조미료와 복합 조미료를 쓰는 양은 점점 늘어나게 되며, 음식 맛은 점점 얕아진다. 재료를 넉넉히 쓰고 양념을 조선간장으로 하면 화학 조미료는 거의 쓰지 않아도 된다.

친정에서 장독을 집어 오다

결혼한 지 사오 년이 되던 때인가, 겨우 김치 담그기가 그럭저럭 되어 가고 있을 때였다. 어느 날 국을 끓이며 어머니한테 얻어 온 조선간장을 넣다가 갑자기 어머니가 더 노쇠해져서 간장을 대 줄 수 없으면 어떻게 하나 하는 생각이 들었다. 그래서 마음을 먹었다. 다른 건 아니더라도, 세 가지 기본 음식은 꼭 할 줄 알아야겠다는 것이다. 첫째, 김치. 둘째, 장. 셋째, 술. 그때 내가 왜 술을 포함시켰는지 지금도 좀 의외이다. 이렇게 마음을 먹고서도 몇 년이 지나고서야 이 음식들이 모두 발효 식품이라는 점, 내가 발효 식품에 대한 관심 때문에 구태여 여기에 술을 끼워넣었을 것이라는 점을 깨닫게 되었다. 김치는 김장까지도 아파트 공간에서 할 만한 일이었다. 그러나 나머지 둘은 생각조차 할 수 없는 것이었다.

그러다가 이곳 시골로 이사를 왔다. 때마침 친정집은 오십여 년을 산 정든 한옥을 처분하고 분당의 아파트로 이사를 가게 되었다. 환갑이 넘은 어머니가 레일식 연탄 아궁이로 되어 있는 그 불편한 집에서 더 버티기가 힘들었던 것이다. 해방 나던 그해 가을에 이사를 와서 1990년대 초반까지 계속 살아 왔으니, 이삿짐 정리하는 일이 거의 전쟁 치르는 일 같았다. 어머니와 아버지 두 분이 몇 달 동안, 뒤꼍과 다락 구석에 있는 온갖 것들을 끄집어내어 정리했는데, 태반이 아파트에서는 쓸 수 없는 버릴 물건들이었다.

장독도 아파트 생활과 맞지 않는 물건이었다. 늘 장독대 그 자리에 있었던 간장독, 된장독, 고추장 항아리, 그리고 할머니가 개성에서부터 가지고 내려왔다는, 쌀 한 가마가 들어간다는 엄청나게 큰 쌀독까지 대식구를 먹여 살리던 큰 살림들이었다. 아파트에서도 장은 담가 먹어야겠으니 자질구레한 항아리 몇 개는 들고 가야겠지만 나머지 큰 것들은 모두 버려질 처지였다.

어머니는 엄청나게 아쉬워했지만 나에게는 오히려 기회였다. 요즘 항아리를 잘못 사면 광명단인가 뭔가를 써서 중금속이 우러난다던데, 수십 년 써 온 그것들은 그럴 리도 없으니 얼마나 좋은가. 용달차를 불러 그것들을 모두 우리 집으로 가져왔다. 가진 건 땅밖에 없는데, 장독대 넉넉하게 만드는 게 뭐 그리 어렵겠는가. 집 앞에 죽 늘어놓으니 갑자기 부자가 된 기분이었다. 그리고는 본격적으로 장 담그기를 시작했다.

소금물에 메주 띄우면 끝!

장 담그는 일은 생각보다 쉽다. 단 메주만 있다면.

물론 나도 하루아침에 장 담그기가 되었을 리 없다. 내가 관리할 만한 작은 규모부터, 쉬운 공정부터 차근차근 시작하다 보니 그다지 어려운 일이 아니었다는 말이다.

음력 정월 말 드디어 장 담그는 시기가 됐다. 그런데 메주 만드는 일은 아무래도 자신이 없었다. 그래서 어머니한테 딱 한 덩어리만 달라고 졸랐다. 어머니는 처음엔 미쳤다고 했다. 장독을 가져갈 때에도 시골집에 어울리는 장식품이라고 생각했을지도 모른다.

"얘가 무슨 장 같은 소릴 하고 있어. 내가 늙어 죽을 때까지 해 줄 테니까 퍼다 먹어!"

결국 내 고집에 어머니가 졌고, 나는 조그마한 메주 한 덩이를 얻어 왔다.(나는 만약 어머니가 메주를 주지 않으면, 시장에서 딱 한 덩이만 사다가 해 볼 심산이었다.) 메주 표면에 생긴 곰팡이들을 물에다 살살 씻어 내고, 그 메주가 겨우 들어갈 정도의 작은 항아리를 골라 놓은 후 물에 왕소금을 풀었다.

소금물의 농도는 들은 풍월대로 달걀을 띄워 물 위로 노출된 부분이 500원짜리 동전만큼 될 때까지로 맞추었다. 정확하게 하려면 염도계를 쓰면 되겠지만, 사실 소금 푸는 것은 그다지 까다로운 일이 아니다. 왜냐하면 500원짜리 동전 하나 정도 크기로 띄우려면 소금이 더 녹지 않을 정도로 많이 들어가야 하기 때문이다. 하여튼 최대한 많이 푼다고 생각하면 된다. 그러다가 장이 짜지면 어떻게 하냐고? 그건 별로 걱정거리가 못 된다. 장이 짜면 음식에 조금씩 넣으면 되지, 뭔 걱정인가. 장이 싱거우면 금방 상해 버려서 큰일 날 일이지만, 짠 것은 맛이 좀 떨어지는 것일 뿐 그다지 큰일은 아니다. 그런 짠 간장이라도 소금으로 국 끓이는 것보다는 낫다.

이렇게 소금을 풀어 몇 시간이 지나면 검은 불순물이 가라앉는데, 간장에는 깨끗한 윗물만 쓴다. 항아리에 소금물을 넣고 메주를 띄우면 그날 할 일은 끝이 난다. 여기에 숯과 건고추를 띄우면 금상첨화인데 없으면 안 해도 된다. 뭐가 이렇게 간단하냐고? 앞에서 말하지 않았는가! 메주만 있으면 아주 쉬운 일이라고.

항아리 위에 유리로 된 항아리 뚜껑을 덮어 해가 잘 드는 곳에 둔다. 요즘 나오는 유리 항아리 뚜껑은 옆의 철망으로 바람은 통하고 유리로 해가 잘 들면서도 벌레와 빗물이 들어올 수 없도록 만들어져 있어, 장 항아리 관리는 일도 아닌 게 되어 버렸다. "소나기 온다, 장독 닫아라." 어쩌구 하는 말은 이제 다 옛말이다.

이렇게 따뜻한 봄볕을 쬐면서 6주를 보내야 한다. 음력 정월 말이 양력으로는 대략 2월 말 3월 초이니, 이로부터 6주 후면 대략 4월 중순이나 하순이 된다. 이때가 되면 소금물은 이미 거무스름하게 색깔이 변해 있다. 손으로 찍어 맛을 보면 장맛이 우러나 있는 것이다.

어릴 적 그 냄새, 장 달이는 냄새

메주는 건져 놓고, 나머지 물을 큰 냄비나 들통에 옮겨 끓인다. 이게 바로 장 달이는 것, 즉 여태까지 발효를 해 왔던 메주 곰팡이를 죽여 발효를 중지시키는 일이다. 이때 나는 결혼한 후 처음으로, 정말 오래간만에 장 달이는 냄새를 맡고 향수에 젖었다. 어릴 적 골콤하고 짭조름한 간장 냄새가 온 동네를 진동시켰던 기억이 떠올랐다. 지금 맡아 보니 그다지 불쾌한 냄새도 아닌데, 왜 어릴 적에는 이 냄새가 그토록 싫었을까?

그때는 아궁이란 아궁이는 모두 총가동되어 장을 끓이고 있었다. 할머니와 어머니는 연신 장을 퍼다 붓느라 얼굴이 붉게 상기되어 있었고, 아이들이 호기심 어린 얼굴로 얼씬거리기라도 할라치면 "가까이 오지 마라, 엎어지면 덴다." 하며 근처에도 못 오게 했었다. 그땐 그렇게 힘든 작업인 것 같았는데……. 지금 와서 생각해 보니, 워낙 많은 양을 했기 때문인 것 같다. 메주 한 덩이에 작은 항아리 하나 정도의 양은 그저 큰 냄비 하나일 뿐이고, 가스레인지에서 금방 끓는다. 장이 끓기 시작하면 거품이 생기므로 뚜껑을 닫아 놓으면 넘치기 십상이니 주의해야 한다. 10분 정도 팔팔 끓여 양이 조금 줄었다 싶으면 불을 끄고 조금 식도록 놓아둔 다음, 그 물을 항아리에 옮겨 담는다.

이제 간장이 완성되었다. 이때부터는 곧바로 음식에 넣어도 되는 것이다. 다 식은 간장은 불투명한 항아리 뚜껑을 덮어놓아도 무방하나, 그래도 간간이 유리 뚜껑을 덮어 햇볕을 쬐는 것이 상하지 않게 잘 보관하는 길이다. 장마철에 상하지 않게만 관리하면 몇 년 두고 먹어도 괜찮다.

여름이 되고 장마철이 되어 습도가 높아지면 장 항아리를 자주 들여다보는 것이 좋다. 혹시 표면에 얇은 막 같은 것이 느른하게 생겨 있거나, 바람도 불지 않는데 항아리 속 간장이 천천히 움직이면서 돌면 상한다는 징조이다. 그대로 놔두면 장 맛이 변하고 결국 버리게 되므로 발견하는 즉시 다시 달여야 한다. 좁쌀 알만 한 하얀 곰팡이가 필 때도 있는데, 그것은 무방하다. 그냥 건져 버리면 된다.

메주 한 덩이면 한 해가 편하다

희한하게도 간장은 묵으면 묵을수록 색이 진해지고 맛도 덜 짜게 느껴진다. 햇볕을 받으면서 간장이 마르게 되고, 간장 속의 든 소금이 결정체가 되어 항아리 밑바닥에 가라앉는다. 물론 맛은 점점 좋아진다. 그러니 옛날에는 해마다 장을 담가 여러 종류의 장을 만들고, 용도에 따라 각각의 장을 사용했던 것이다. 국물 색이 깨끗해야 하면 맑은 햇간장, 색이 좀 검어도 감칠맛이 진해야 하면 진간장, 이런 식으로 말이다.

전주가 고향인 외할머니는, 늘 장 항아리 대여섯 개는 늘어놓고 살았다고 한다. 그중에는 특별히 애써 담근 간장이 있는데, 그것이 겹장이란 이름의 간장이란다.

겹장은 말 그대로 두 해에 걸쳐 두 겹으로 담근 간장이다. 앞에서 이야기한 모든 공정을 거친 간장에다 다시 새 메주를 넣어 콩 맛을 더 우려내는 것이다. 그러려니 두 번째 메주를 넣는 것은 다음 해 정월에 해야 하고(4월에 새 메주를 넣으면 장이 상하니까), 두 해에 걸쳐 만들 수밖에 없다. 이렇게 메주를 곱절로 넣은 간장이니 얼마나 맛이 달착지근하겠는가. 색깔은 까맣고, 달여 놓으면 끈적하다는 느낌이 들 정도로 진한 간장이 된다. 이것으로 장조림을 하거나 미역국을 끓이면 무지무지 맛있다고 하는데, 나는 아직 시도해 보지 못했다.

이렇게 유별난 짓을 하지 않고, 그냥 메주 한 덩이 구해다가 간장을 담그는 일은 식은죽 먹기이다. 혹시 망치면 어떻게 할까 고민하지 마라. 망치면 버리면 된다. 취미 생활했다고 생각하면 그만이다. 취미 생활치고는 그다지 비싸지도 않다.

메주 한 덩이가 소꿉장난 같다고? 천만에! 이 정도 양이면 두어 식구가 한 해 내내 충분히 먹는다. 나는 그해부터 친정에 간장병 들고 다니는 일은 쫑(終)을 냈다. ✲

된장 독립 선언

시골 된장 찾는 사람들

서울 외곽의 도로 주변에는 나들이 손님들을 맞는 음식점들이 즐비하다. 최근에는 이 속에서 "시골 된장 팝니다."라고 써붙인 간판들도 적잖이 눈에 띈다. 근래 몇 년 사이에 시골에 내려가 된장 만들어 파는 것을 직업으로 삼는 사람들이 많이 늘어났다. '첼로 된장' 같은 이야기는 이미 너무도 잘 알려진 이야기이고, 인터넷에 들어가 보면 꽤 여러 업체들 이름을 얻을 수 있다.

이런 걸 보면, 확실히 제품화된 된장이 불만족스럽기는 한 모양이다. 제품화된 된장은 조선된장과 ('미소'라는 이름의) 일본 진된장 중간쯤의 맛을 낸다. 색이 노랗고 들척지근한 맛이 강한데, 집에서 담근 퀴퀴하면서도 깊은 맛이 나는 된장 맛과는 아주 다르다. 이런 제품화된 된장은 그저 쌈장으로 그럭저럭 쓸 수 있을 뿐 국이나 찌개를 끓이기에는 너무 맛이 얕다.

옛날처럼 장독에서 된장 퍼 주는 어머니도 없고, 해 먹을 줄은 모르고, 그래도 얄팍한 된장찌개는 먹기 싫고. 이런 사람들이 길거리나 인터넷에서 '시골 된장' 들을 구해 먹으려 할 것이다.

아파트에서 된장이 잘 안 되는 이유

나는 어머니로부터 된장도 독립했다. 어찌 보면 이는 당연한 말이다. 간장을 담그면 그 부산물로 된장을 담가야 하기 때문이다. 된장은 간장보다는 좀 까다롭지만, 그래도 복잡한 요리들보다는 훨씬 쉽다. 단 한 가지 조건은 항아리를 놓아둘 햇볕이 잘 드는 곳이 있어야 한다는 것이다. 간장 역시 마찬가지이지만 된장은 간장보다 훨씬 긴 기간 동안 햇볕을 보아야 한다. 그러다 보니 고층 아파트의 아래층이나 빽빽한 빌딩 숲 사이에서는 할래야 할 수 없는 음식이다.

간장, 된장 담그겠다는 나의 고집에 만류하던 어머니가 한두 해 만에 내 고집을 인정해 준 것도 다 아파트 때문이었다. 분당의 고층 아파트로 이사를 간 후 어머니는 늘 된장이 잘 안 된다고 걱정을 했다. 한옥 살 때 하던 것보다 훨씬 짜게 하는데도 이상하게 곰팡이가 핀다는 것이다. 당연한 일이었다. 아무리 볕 잘 드는 베란다에 내놓는다 해도 위에서 내리쬐는 햇볕이 아니라 옆으로부터 비스듬히 들어오는 햇볕에만 의존해야 하니 그런 것이었다.

그에 비해 '쌩초보' 인 나는 첫 해부터 된장에 성공했다. 특별히 재주가 있어서가 아니다. 시골의 햇볕과 공기가 도와준 덕분인 것이다. 그래서 몇 해 후부터는 어머니네 아파트에서 곰팡이 핀 된장을 항아리째 실어다 메줏가루 섞어 다시 제조하여 우리 집 마당에 갖다 놓았더니 멀쩡하게 맛있는 된장이 되었다. 이제 나는 종종 된장을 어머니에게 퍼다 드린다. 관계가 역전된 것이다.

간장에서 건진 메주가 된장

된장을 만드는 기본은 간장 항아리에서 건진 메주를 그대로 으깨어 담는 것이다. 간장이 그리 싱겁지 않았다면 소금도 더 넣을 필요가 없다. 그냥 꺼낸 메주 그대로 알맞은 크기의 항아리에다 넣고 으깬 다음 손으로 다독다독 해 놓는다. 그러고는 위에 고운 소금을 솔솔 뿌리고 유리 뚜껑 덮어 간수만 잘 하면 된다.

이렇게 간장을 뺀 된장은 달착지근한 맛은 적지만 퀴퀴하고 구수한 시골 된장 맛을 낸다. 이미 간장으로 달착지근한 콩 맛이 많이 우러나 버린 것이기 때문이다. 그러나 달착지근한 된장 맛에 질린 사람들은 이런 된장 맛을 못 잊어, 이런 된장에 배추 우거지를 지지거나 이런저런 야채 넣고 끓인 된장찌개 냄새에 "와, 죽인다!"를 연발하게 된다. 그러나 우리 입맛이 벌써 간사해져서, 이런 된장을 계속 먹게 되지는 않는다. 평소에 여러 용도로 즐겨 먹으려면 좀 더 맛있고도 깊은 맛의 된장이 필요하다.

좀 더 맛있는 된장을 먹으려면, 건진 메주를 된장으로 담글 때에 새로운 콩을 더 넣으면 된다. 마치 메주를 하는 것처럼 불린 흰 콩을 푹 무르게 삶는다. 물론 새로운 콩의 양은 메주보다 적은 양이어야 한다. 이 불린

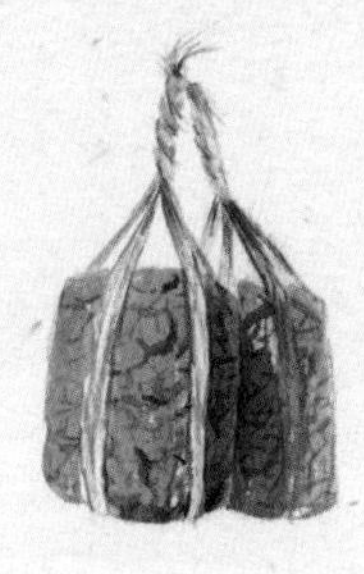

콩을 메주 만들 때처럼 으깨어 간장 독에서 건진 메주와 함께 섞고 소금을 넣어 간을 맞춘다. 소금 간은 간장에서 갓 건진 메주의 짠 맛 정도가 되면 적당하다. 이때 콩 삶은 것만 넣기가 불안하면 메줏가루를 사다가 함께 섞으면 훨씬 잘 된다. 메줏가루를 넣는 것은 메주 효모를 첨가하는 효과를 발휘하기 때문에 된장이 잘못될 염려를 줄여 준다. 이렇게 섞은 것을 항아리에 넣고 다독다독 하면서 표면에 소금을 뿌려 둔다.

햇볕 쬐며 삼 년

이렇게 해 놓으면 부엌에서 덜그럭거리면서 할 일은 다 한 것이나, 사실 된장이 제대로 되는 것은 이 다음부터가 중요하다. 햇볕과 공기가 도와주어야 하는 것이다. 정말 맛있는 된장을 위해서 꽃가루가 필요하다고 봄철에 유리 뚜껑을 열어 놓아 공을 들이는 사람도 있다.

이렇게 자연의 도움으로 긴 세월을 보내야 된장이 제대로 된다. 된장은 최소한 겨울을 한번 나야 하며, 제대로 맛이 들려면 두 해 겨울을 묵혀야 한다. 된장을 담가 놓고 두 해 동안은 가끔 들여다보는 것으로 만족한 채 그냥 참고만 있어야 하는 것이다. 자연이 정한 시간의 흐름을 거스르지 않고 마음으로 받아들이는 것이다. 처음에는 나도 이것이 어찌나 힘든지, 된장 담근 첫 해에는 거의 달마다 맛을 보았다. 그러나 영 메주 냄새만 나고 맛이 나질 않았다. 그런데 희한하게 두 해 겨울을 묵히고 나니 어느새 된장은 맛이 들어 있었다. 된장 맛은 내가 안달을 한다고 되는 일이 아닌 것이다. 사람은 사람이 해야 할 그 한도 내에서 최선을 다하는 것일 뿐 그 이상을 할 수 있는 것은 아니다.

두 해 겨울을 묵히며 햇수로 삼 년을 놓아두면서 사람이 할 일이란 파리와 곰팡이를 막는 일일 뿐이다. 햇볕을 쬐어 표면이 꾸덕꾸덕하게 되면 구더기도 잘 나지 않는다. 이렇게 잘 관리를 하면, 메주 곰팡이는 아주 천천히 제 스스로 된장 맛을 만들어 낸다. 다른 미생물들을 모두 평정하고 만들어 낸 그 깊은 맛을 어찌 제품화된 된장 맛에 비하랴.

막장, 그해에 먹는 된장

사정이 이러하니 좀 성미가 급한 사람은 된장 기다리다 늙어 죽겠다는 말이 나올 듯한데, 그에 비해 담근 지 칠팔 개월만 지나면 먹을 수 있는 된장이 있기는 하다. 그게 바로 막장이다.

막장은 일반 된장에 비해 맛이 훨씬 달착지근하여 요즘 사람의 입맛에 더 잘 어울린다. 하지만 된장을 한번도 해 보지 않은 초보자는 망칠 위험성이 높다. 일반 된장으로 감각을 키운 다음에 시도해 볼 일이다.

막장은 쉽게 말해 간장을 빼지 않은 된장이다. 원래 막장을 제대로 하려면 메주를 만들 때부터 콩과 보리를 섞어 만든다고 하는데, 이렇게 하기가 힘들면 일반 메주를 써도 된다.

보통 된장은 간장에서 건진 메주로 만드는데, 막장은 마른 메주를 가루로 빻아 그 메줏가루로 담그는 된장이다. 메줏가루에 되직하게 쑨 보리죽과 삶은 콩 으깬 것을 함께 섞는다. 일반 된장 담글 때보다 좀 질척질척하다 싶은 느낌이 있는 게 정상이다. 여기에 막장의 핵심인 고춧가루를 넣는데, 고추씨를 빼지 않고 함께 간 거친 고춧가루를 넣어도 되고 고추씨만 갈아 넣어도 된다. 고추가 섞임으로써 약간 매콤한 감칠맛을 낸다.

소금으로 간을 해서 항아리에 담아 역시 표면에 소금을 뿌려 간수한다.

보통 된장은 겨울을 한두 번 나야만 제 맛이 나는데, 막장은 한 해 여름만 나면 금방 맛이 든다. 간장 빼지 않은 된장에 보리죽이 섞인 덕분에 달착지근한 맛이 강하다. 그래서 그냥 날 막장을 찍어 먹어도 "맛있다!" 소리가 절로 나온다. 집에 놀러온 서울 사람들에게 막장을 맛뵈어 주면 된장이 아주 잘 됐다고 칭찬한다. 이런 반응을 보면서 나는 된장을 만들어 파는 장사를 할 때에는 이런 제조 기간도 짧고 서울 사람들의 첫 입맛을 확실히 사로잡는 막장을 만들어 '시골 된장' 이라고 이름 붙여 팔고 싶은 유혹을 떨치지 못하겠구나 하는 생각을 한다.

그런데 된장은 된장이고 막장은 막장이다. 둘은 확실히 용도가 다르다. 희한하게도 막장은 국이나 찌개를 오래 끓이면 떫은맛이 나고 일반 된장보다 깊은 맛도 떨어진다. 그러므로 막장의 용도는 생된장으로 먹을 때, 즉 쌈장으로 먹는 것이 나 살짝 끓이는 찌개 용도로 쓰는 것이 가장 적당하다. 물론 집에서 만든 막장으로 쌈장을 만들면 제품화된 달착지근한 쌈장에 비해 향기로운 생된장 냄새가 입맛을 돋운다.

이렇게 용도가 다르다 보니, 된장 항아리도 여러 개를 늘어놓고 살게 된다. 재작년에 담가 이제 먹기 시작한 항아리, 작년과 올해 담가 고이 모셔 두는 항아리 두 개, 그리고 막장 항아리 하나. 우리 집 장독대에는 고만고만한 항아리들이 나란히 늘어서서 해바라기를 하고 있다. ✲

술 익는 마을마다 타는 저녁놀

신비로운 발효 음식, 술

나는 술을 담가 먹는다. 대개 집에서 술을 담근다고 하면, 매실이나 모과 같은 것에 소주를 부어 묵혔다가 먹는 방식(이렇게 만들어진 술에 향이 나는 것을 섞은 술을 브랜디라고 한다.)을 생각할 것이다. 그런데 내가 술을 담근다는 것은 그게 아니다. 진짜 효모를 섞어 발효를 한 막걸리와 청주, 맥주 같은 술을 집에서 만들어 먹는다는 것이다.

앞서 이야기했듯이 나는 장, 김치, 술, 이렇게 세 가지 기본 음식을 할 줄 알아야겠다고 마음먹었다. 김치는 가장 먼저 성공했고, 장은 이천에 오자마자 시도하여 성공했다. 마지막 남은 것이 술이었다. 모주꾼도 아닌 내가 술을 이렇게 중요하게 꼽은 건 분명 발효 취미 때문일 것이다. 최근에는 이 세 가지 음식에 '젓갈' 한 가지를 더 첨가했는데, 그러고 보면

네 가지 모두 발효 음식들이다.

그러나 네 가지 중 아직도 기분 좋게 성공하지 못한 것은 역시 술, 막걸리이다. 하긴 나머지들은 집에서 만드는 것을 보고 자랐지만 술만은 그렇지 못했으니(당시에는 술을 빚는 것은 범법 행위였다.) 당연한 일이기도 하다. 술 빚는 것은 할머니가 해 주는 이야기로 상상할 수밖에 없었는데 매우 흥미진진하고 신기한 이야기였다.

학교 앞 밀주 막걸리의 추억

내가 술을 담가 먹게 된 것은 맛있는 막걸리를 먹고 싶어서이다. 막걸리야말로 내가 가장 좋아하는 술이다.(그렇다고 나를 술꾼 취급하지는 마시길. 나는 술을 즐기기는 하지만 폭음은 하지 않는다. 폭탄주 같은 야만적인 술은 절대 사절이며, 신고식을 한답시고 짬뽕 그릇에 막걸리를 담아 단숨에 들이키도록 강요하는 것 역시 그 사회적 효용 중 순기능이 있음을 인정하지 않는 것은 아니나 악습의 성격이 짙다고 생각하는 사람이다. 나는 순한 술을 자주 조금씩 마시는 것을 좋아한다.)

사람들을 관찰해 보면 대개 술 취향이 두 가지로 나뉘는 듯하다. 하나는 소주나 위스키를 좋아하고 막걸리나 맥주, 특히 생맥주를 마시면 설사를 하는 사람인데, 이런 사람은 대개 위에 비해 장이 시원찮다. 다른 하나는 막걸리나 맥주를 좋아하면서 소주처럼 도수 높은 술은 못 마시는 사람들. 이런 사람들은 대개 장보다 위가 약한 사람이다. 나는 후자이다. 순한 술은 다 좋아한다. 가장 싫어하는 술이 소주이다. 아예 40도가 넘는 진짜 증류주들은(예컨대 56도짜리 이과두주 같은 것들), 사람들이 독하다는 느낌 때문에 원샷을 강요하지도 않고 술 마시는 속도나 양이 그리 빠르거나 많지 않다. 그런데 소주는 그야말로 막 들어붓는 술이고, 게다가 화학주여서 속에서 더 부대낀다.

그에 비해 막걸리는 참 순하고 술맛도 좋다. 맛도 맛이려니와 부옇게 녹말 성분이 많아 두부나 부침개에 김치를 곁들여 먹으면 밥 한 끼 먹은 것처럼 든든하다.

내가 대학을 다니던 1970년대 말만 해도 대학가 술집에서는 몰래 밀주를 만들어 파는 집이 있어서 다양한 막걸리 맛을 볼 수가 있었다. 혹시라도 강원도 같은 데에 놀러 가면 정종 병에 담아 나뭇잎으로 구멍을 막은 시골 막걸리를 맛볼 수도 있었다. 하지만 이제 이런 것이 없어진 지는 오래 되었다. 한동안 그저 포천 이동 막걸리를 제일로 치더니, 이제는 옥수수 막걸리나 조껍데기 술 같은 다른 재료를 넣은 막걸리를 많이 판다.

포천 이동 막걸리와 원당 막걸리

실상 나는 이동 막걸리에 유감이 많다. 물론 이동 막걸리는 아주 맛있는 술이다. 이동 막걸리의 매력은 걸쭉하게 진하면서 단맛이 강한 것인데, 문제는 이동 막걸리가 우리 나라 막걸리계를 평정하면서 모든 막걸리들이 너무 달아졌다는 것이다.

막걸리들은 점점 더 달아지고 있는데, 더덕 막걸리나 조껍데기 술처럼 다른 재료를 넣은 술들이 더 달다. 그래서 이제는 막걸리의 맛을 음미하기가 힘들다는 느낌까지 든다. 달착지근한 걸 좋아하는 도시 입맛에 맞추려니 그랬겠지만, 술의 고유한 맛은 점점 떨어지는 듯하다. 그래서 요즘은 걸쭉한 맛이 적기는 하지만 대신 덜 달고 깨끗한 서울 장수 막걸리가 낫다. 장수 막걸리는 쌀 막걸리라서 밀가루를 재료로 한 다른 막걸리보다는 촉감도 매끄럽다.

제품화된 막걸리로는 역시 원당 막걸리가 최고라고 추천하고 싶다. 고양시 원당에 있는 양조장에서 만들어 파는 술이다. 막걸리 마니아였던 박정희 대통령이 재임 기간 동안 원당에서 직접 가져다 먹었다는 막걸리이다. 지금도 이 술은 '통일 막걸리' 라는 이름을 달고 이 지역에서 팔리고 있다. 원당 막걸리의 특징은 걸쭉하게 진하면서도 달지 않은 것인데, 요즈음 통일 막걸리는 그 걸쭉하고 빽빽한 느낌은 좀 줄어들어 맑아졌다. 그러나 역시 달지 않고 개운한 맛은 여전하다. 한 오 년 동안 원당에서 살 때에는 이 막걸리를 아주 애용했는데 이천으로 이사를 오고 나니 그 맛을 보기 힘들어졌다. 이천 쌀 막걸리나 부발 막걸리(이천시 부발면에서 만드는 막걸리)도 그리 괜찮은데, 아무래도 달지 않은 원당 막걸리만은 못했다.

독학으로 술 빚기

내가 술을 담그기 시작한 건 그 아쉬움 때문이었다. 좀 달지 않은 막걸리를 먹고 싶어서이다. 수많은 실패를 딛고 막걸리를 대충 성공하기까지 그 우여곡절은 이루 말할 수 없다.

술 담그는 것을 곁눈질로라도 본 적이 있었더라면 아마 좀 나았을 듯 싶은데, 공무원 집안이었던 우리 집은 너무도 준법 정신이 투철하여 밀주(密酒) 같은 것은 생각도 못했다. 그래서 할머니에게 들은 술 빚는 이야기는 더욱 더 환상적으로 느껴졌다. 밥을 해서 누룩 섞어 만 하루를 놓아두면 설탕물처럼 달아지는데, 이 시기를 넘기면 단맛이 가시고 쓴맛이 돌면서 술이 된다는 것이었다. 물론 이런 이야기를 들을 때에는 누룩이란 물건이 어떻게 생겼는지도 몰랐을 때였다. 통밀을 껍질째 갈아 단단히 눌러 틀에 찍어서 메주 띄우듯 띄운 거라는 설명에 머릿속으로는 그저 메주덩이를 떠올릴 뿐이었다.

이천으로 이사 온 후, 어느 날 경동시장에서 말로만 듣던 누룩이란 것이 내 눈에 띄었다. 곡물가루를 뭉쳐 놓은 것처럼 생겼는데, 동글납작한 것이 메주는 아니었다. 나는 직감적으로 누룩이란 것을 알았다. 값을 물어보니 그다지 비싸지 않아, 그냥 버리는 셈치고 하나를 샀다.

그러고는 서점을 다니면서 술 담그는 법이 적힌 요리책을 찾기 시작했다. 교보나 종로서적 같은 큰 서점을 다 뒤졌지만 술 발효에 대한 요리책을 찾기란 여간 힘든 게 아니었다. 요즘처럼 한국 음식에 대한 관심이 높은 때도 아니었으니, 기껏해야 칵테일 만드는 법이나 과실주 담는 법 정도가 고작이었다. 식품 공학 분야로 가서 찾아보니 양조법 책이 있기는 한데 대규모 양조장에서나 쓸 수 있는 내용이었다. 서점을 몇 바퀴를 돌다가 겨우 고른 한 권의 책이 『다시 찾아야 할 우리의 술』이었다.

그 책은 우리 나라의 여러 술들의 제법(製法)들을 정리해 놓은 책이었는데, 가짓수가 수백 가지라 어느 것부터 해 봐야 할지 고민스러웠다. 그러나 결국 다 읽어 보니 원리는 식은 밥과 누룩가루를 섞어 발효시킨다는 것이었다. 에라, 모르겠다. 가장 간단한 것을 하나 골라 직접 부딪혀 보기로 했다.

나의 막걸리 실패기

밥은 고슬고슬하게 해서 식히고, 누룩은 절구에 빻아 가루를 만들었다. 그 두 가지를 물과 함께 섞는 것인데, 그때서야 나는 술에 물이 많이 들어가지 않는다는 걸 알고는 정말 놀랐다. 술이 액체라 곡물에 물을 꽤 섞어 만드는 줄 알고 있었는데, 책에 적힌 용량대로 해 보면 정말 뻑뻑한 밥투성이였다. 애초에 버무릴 때 그 상태의 것이 그게 삭아서 알코올이 되는 것이다. 그걸 해 보고서야, 옛날에 왜 툭하면 나라에서 금주령(禁酒令)을 내렸는지 실감이 났다. 술이야말로 정말 쌀을 엄청나게 소비하는 비싼 음식이었던 것이다.

이렇게 해 본 첫 실험은 처참한 실패였다. 겉모양으로는 막걸리인데, 맛이 영 아니었다. 시골 출신 음식점 아주머니들에게 맛을 보였더니 대뜸 하시는 말이 "누룩이 덜 뜬 거구만!" 하는 게 아닌가. 요즘 누룩은 수입 밀을 쓰기 때문에 농약 성분으로 인해 잘 뜨지 않는다는 거였다. 아, 절망이었다. 우리밀로 만든 누룩을 어디서 구한단 말인가. 우리밀 운동 본부에 연락해 볼까? 거기에서 통밀을 직접 사다가 누룩을 띄워 볼까? 하지만 이내 의문이 생겼다. 다른 사람들도 이런 수입 밀 누룩을 가지고 멀쩡하게 술을 담가 먹지 않는가? 그렇다면 분명 비법이 있을 것이다. 도대체 그게 뭘까?

비법은 간단했다. 누룩의 질이 떨어지므로, 발효를 잘 하도록 만드는 '술약'을 첨가한다는 것이다. 식당 아주머니들이 말하는 그 '술약'이란 다름 아닌 이스트, 즉 효모였다.

그 다음엔 밥, 누룩, 이스트, 물을 섞어 항아리에 넣고 발효를 해 보았다. 그리고 첫 성공!

이삼 일 부글부글 끓던 술은 닷새 정도 지나면 부연 것이 잠잠하게 가라앉으면서, 위에 노르스름한 맑은 물이 고인다. 그 고인 것만 살살 뜨면 청주(약주니 정종이니 말하지만 정확한 우리말 이름은 청주이다.)이고, 아래 가라앉은 부연 것까지 뒤섞어 '막 거르면' 막걸리가 되는 것이다.

도대체 파는 술은 왜 달까?

집에서 만든 막걸리는 하나도 달지 않았다. 제품화된 막걸리는 너무 단 것이 흠인데, 집에서 만든 막걸리는 너무 달지 않아 감칠맛이 없었다.

그 다음에는 감칠맛 나는 막걸리에 도전! 감초를 끓인 달착지근한 물로 술을 빚는 아이디어를 짜내었다. 그냥 맹물로 빚은 것보다는 좀 단맛이 있지만 그래도 제품화된 막걸리에 비하자면 거의 단맛이 없는 상태였다. 나는 아직도 어떻게 술이 달아질 수 있는지를 모른다. 이런 술을 나이 드신 어른들에게 맛을 보이며 "왜 제가 담근 술은 달질 않죠?"라고 여쭈면, "술은 원래 달지 않아. 요즘 술들에 설탕을 많이 넣으니 달지."라고 대답한다. 정말 이분들 말씀대로 감미료를 넣어서 그런 건지, 책 보고 독학으로 술 빚기를 해 본 초보자가 술을 제대로 빚지 못해서 그런 것인지 알 수가 없다.

내가 만든 막걸리는 감칠맛이 없지만, 청주는 생각보다 참 맛이 있었다. 위에 고인 노란 액체를 병에 옮겨 담아 냉장고에 두어 달 숙성시키면 처음에 있던 거친 누룩 맛이 사라지면서 맛과 향이 은은해진다. 청하나 백화수복 같은 일본식 청주나 백세주 같은 최근에 유행하는 청주들에 비해 달지 않은 이 청주는 곡물과 누룩 향이 진한 살아 있는 맛이었다. 이렇게 만든 청주를 아버지 생신 때 갖다 드렸다. 한 모금 드시고선 대뜸 "아니, 용수 박아 만든 술이 어디서 났어?" 하신다. 용수는 술을 거를 때 쓰는 기구이다. 아버지는 집에서 만든 청주 맛을 기억하고 있었던 것이다. 누룩 맛을 아는 옛날 어른들이 어찌 공장에서 나오는 술만 드시고 살았누 싶다.

술 망치면 식초

말로는 이렇게 쉽게 하고 있지만, 성공한 것보다는 실패한 것이 훨씬 더 많았다. 온도가 안 맞으면 술이 되다 말고 시어 버리기 일쑤고, 어떤 때에는 표면에 이상스레 느른한 피막 같은 것이 형성되면서 술맛이 이상해지기도 했다.

실패하고 나면 재료와 품이 아까워 속이 상한다. 하지만 그때 빨리 마음을 고쳐 먹어야 정신 건강에 좋다. 어차피 그것을 버리지는 않으니 손해 볼 것 없다고 생각하는 것이다. 조금 이상해진 술은 그대로 걸러 냉장고에 보관해 두고 생선 요리에 넣으면 비린내 제거하는 데에는 더할 나위 없이 좋다.

시어 버려 망친 술은 그대로 오래오래 놓아둔다. 그러면 그 술은 발효를 계속 진행하여 식초가 된다. 생물 시간에 배운 대로 탄수화물이 알코올 발효를 거쳐 술이 되고, 그 알코올이 초산 발효를 하여 식초가 되는 것이다.(복잡한 분자식과 함께 배운 내용이다.) 식초가 될 때에는 어디서 생기는지 초파리(이것도 생물 시간에 많이 들어 본 용어일 것이다. 초산 발효할 때 생기는 파리여서 이름이 초파리이다. 주로 '유전' 항목에서 많이 등장한다.) 몇 마리가 항아리 안에서 왔다갔다 하다가 식초에 빠져 죽어 있기도 한다. 이렇게 만들어진 진짜 발효 식초는 제품화된 식초보다 덜 시지만 곡물의 향취가 은은하다. 식초는 상하지도 않으니 오래오래 두며 요리에 쓴다. ✲

집에서 만든 맥주 맛 보실래요?

맥주를 마흔 병씩 쟁여 놓고 사는 사연

혹시 맥주를 집에서 직접 담가 먹는 사람들 이야기를 들으신 적이 있으신지? 나도 1990년대 중반부터 맥주를 만들어 먹었으니 꽤 된 셈이다. 사람들이 우리 집에 놀러 와서 가장 신기해하는 게 바로 맥주이다.

어느 자리에서건 맥주 이야기만 나오면 남자들은 "맥주도 만들어 먹어요?" 하며 눈을 동그랗게 뜨고 모여든다. 어떻게 만드느냐, 재료를 어떻게 구입하느냐를 거쳐 맨 마지막 대사는 "참 누구는 좋겠다. 집에서 술 담가 주는 마누라도 있고!"로 끝난다. 요즘은 서울의 몇 군데에서 마이크로 브루어리를 시도하고 꽤 비싼 값에 파는 모양인데, 그 덕에 만들어 먹는 맥주 이야기를 하면 알아듣겠다는 듯 고개를 주억거리는 사람들이 훨씬 늘어났다.

맥주 재료가 맥주보다 월등히 싼 이유

맥주 만들기는 사실 막걸리와 청주를 담가 먹느라 겪은 우여곡절을 겪는 과정에서 얼떨결에 얻어진 값진 보너스였다. 집에서 술 빚는 것을 한 번도 보고 자라지 못한 나에게는 술을 담근다는 것이 마음만 굴뚝 같았지 엄두가 나질 않았다. 그러던 어느 날, 홈 쇼핑 광고지 한 구석에서 맥주 재료를 파는 광고를 발견했다. 발효통과 캔으로 된 재료 몇 개, 효모, 병마개를 닫는 기구 같은 것을 묶은 키트였는데 값도 그리 비싸지 않았다. 옳다구나 싶었다. 그래, 깍두기 담글 줄 알면 배추김치도 웬만큼은 되는 법이니, 맥주를 만들어 보면 술 만드는 원리를 대충 알 수 있겠지. 망설이지 않고 주문을 했다.

나중에 알고 보니 그 물건을 판 사람이 우리 나라에서 처음으로 집에서 만드는 맥주를 시도한 사람이었다. 외국 생활을 하며 갖게 된 취미를 한국에 와서도 잊지 못하고 아예 맥주 재료를 수입하여 파는 일을 하게 된 것이다. 지금도 맥주 재료는 이 사람이 하는 '청맥주' 라는 곳과 '미스터 비어' 라는 업체, 이 두 군데에서 구입할 수 있다. 최근에야 접속해 보았지만 인터넷에는 '맥주 만들기' 란 동호인 카페가 있어 맥주 만들기 노하우를 교환하고 오프라인으로 만나 집에서 만든 맥주들을 시음해 보기도 한단다.

홈 쇼핑을 통해 구입한 키트 중 캔에 든 주 재료는 보리와 호프 등 곡물을 끈적한 물엿 상태로 만든 것이었고 영국제였다. 수입품인데도 수입 맥주는 물론 국산 맥주와 비교해도 싼 가격이었는데, 그 이유는 맥주를 수입할 때에는 술에 붙이는 관세가 붙지만 맥주 재료는 술이 아니라 식품으로 취급하기 때문에 술보다는 관세율이 낮기 때문이란다.

맥주 만들기

캔에 든 몰트가 무엇이냐에 따라 라거, 필즈, 비터, 스타우트 등의 맥주 종류가 결정된다. 우리가 알고 있는 라거나 스타우트라는 이름이 맥주 종류를 일컫는 말이라는 것도 그때 처음 알았다. 내가 구입한 몰트 캔은 대개 1.5나 1.8킬로그램짜리이다. 여기에 설탕 1킬로그램을 더해 물에 섞는데, 저으면서 가열하여 완전히 녹인다. 물의 양은 전체 액체 양이 20리터가 될 정도로 넣으면 되는데, 중간 크기 맥주병이 0.5리터이므로 마흔 병 정도를 만들 수 있는 양이다.

이 액체를 20도 정도로 식힌 다음 효모(이스트)를 넣어 발효시킨다. 모든 술이 그렇하듯이 너무 따뜻할 때에 효모를 넣으면 갑자기 시어 버리기 쉽기 때문에 온도는 매우 중요하다. 발효 온도는 25도 정도이니, 보통 계절에는 그냥 실내에 놓아두면 된다. 이 상태로 일주일이 되면 일차 발효는 끝난다.

다음에는 이것을 일일이 유리병이나 페트병에 옮겨 후발효(後醱酵)를 하도록 한다. 용기를 아무것이나 쓸 수 있는 것은 아니다. 유리병은 기존 맥주병을 깨끗이 씻어 쓰는 것이 가장 좋다. 나사처럼 돌려서 마개를 막는 병은 쓸 수 없고, 오프너로 병마개를 따야 하는 종류의 병들은 쓸 수 있다. 페트병도 밑바닥이 삐죽삐죽하게 발톱이 있는 형태의 것이어야 한다. 보통 물이나 주스를 담는 페트병은 밑바닥이 평평하지만 콜라나 사이다 같은 탄산음료, 그리고 최근에 출시되기 시작한 1.5리터짜리 대용량 맥주를 담는 병은 밑바닥이 울퉁불퉁하게 생겼다. 그러한 모양이어야만 탄산에서 생기는 압력을 견딜 수 있기 때문이다. 평평한 바닥의 일반 페트병을 쓰면 후발효 기간 동안 터져 버리는 수가 있다.

맥주를 빚는 과정에서 가장 재미없고 지루한 일이 바로 병을 씻는 일이다. 특히 처음 담글 때에는 더더욱 그렇다. 한 달 내내 열심히 맥주를 사다 먹으면서 맥주병을 모았고, 그때그때 깨끗이 씻어 말려야 했다. 가게에서 빈 맥주병만 사서 모아도 되는데, 그럴 때에는 솔로 속까지 깨끗이 씻고 젖병 세정제로 소독해서 말려야 한다.

이 지루한 노동을 하면서야 나는 OB맥주와 조선맥주가 맥주병을 함께 뒤섞어 쓰고 있다는 것도 알았다. 멀쩡하게 '라거' 딱지가 붙어 있는데 병은 '하이트' 이거나, 그 반대인 경우도 흔히 발견되었다. 그러고 보니 두 회사의 맥주병은 상표 표시만 다를 뿐 같은 모양이다. 그러나 어느 쪽이든 병이 낡아 있기는 마찬가지이다. 비교적 깨끗한 상태의 병은 '카스' 였다. 병 모양도 특이하고 회사 설립 자체가 비교적 근자의 일이라, 'OB맥주', '크라운맥주' 시절부터 수십 년 굴렀던 맥주병에 비해서는 상대적으로 깨끗한 상태의 병이 많다.

일차 발효된 맥주를 병에 옮겨 담을 때에 0.5리터 한 병에 1티스푼 정도의 설탕을 더 첨가한다. 그리고 유리병은 마개 닫는 기구로, 페트병은 돌려 막는 마개로 닫아 놓는다. 이때 새로 첨가되는 약간의 설탕은 밀봉한 병 안에서 후발효를 활발하게 진행하도록 하는 재료가 되는데, 그때 나온 이산화탄소는 밀봉한 병마개에 막혀 밖으로 새나가지 못하고 물 안으로 녹게 된다. 맥주에서 탄산음료처럼 톡 쏘면서 거품이 생기는 것은 이렇게 이산화탄소가 물에 녹아서 생기는 현상이다. 후발효는 시원한 곳, 대개 15도 이하에서 한 달 정도를 보관하는 것이 좋다.

병에 넣어 놓고도 또 한 달

설명을 말로 하자면 번거롭지만 막상 해 보면 그리 복잡하지 않다. 결국 탄수화물(그것이 밥이건 보리죽이건 엿이건 설탕이건)에다 효모를 섞어 알코올 발효를 해 놓은 게 술이다. 그건 막걸리나 맥주나 마찬가지인 것이다. 물이 많이 들어가면 싱거운 술이 되고, 물이 적으면 독한 술이 되는 거다.

물론 단순한 원리라고 해서 늘 쉽게 되는 것은 아니다. 매번 김치를 담가도 맛이 들쭉날쭉하는 것처럼 술도 할 때마다 맛이 조금씩 다르다. 또 김치를 익혀 보고서야 김치 맛이 다르다는 것을 아는 것처럼, 술도 다 익혀서 병을 따 봐야 맛이 조금씩 다르다는 것을 알게 된다. 어떤 병은 거품이 적게 나오기도 하고 어떤 병은 거품이 너무 많아진 것도 있다. 후발효가 잘 안 되었거나 병이 확실하게 막아지지 않은 것은 아무래도 이산화탄소의 톡 쏘는 맛이 적고, 일차 발효 때 천천히 발효되어 병에 넣은 후의 후발효가 너무 활발해지면 마개를 따는 즉시 샴페인처럼 펑 터진다. 한번은 거실 전체가 맥주 거품으로 뒤범벅이 되기도 했다. 하지만 그렇다고 술이 안 된 것은 아니다. 산전수전 겪으며 사는 게 뭔지 감을 잡는 것처럼, 이렇게 맥주를 만들어 보면서 나는 술 만들기에 별로 겁먹지 않게 되었다.

사람들이 질리는 대목은 병에 넣은 후 한 달의 숙성 기간을 기다려야 한다는 점이다. 물론 병에 넣어 일주일 후부터 먹을 수는 있다. 그 정도면 후발효로 톡 쏘는 맛이 있기는 있다. 하지만 일주일짜리 맥주와 한 달짜리 맥주는 맛에 상당한 차이가 있다. 적어도 한 달 정도는 지나야 성숙하여 맛과 향이 부드러워진다. 처음에는 그걸 못 참고 일주일째부터 야금야금 먹기 시작했는데, 나중에 보니 그건 매우 어리석은 짓이었다.

집에서 만든 맥주는 상품화된 맥주보다 단맛, 쓴맛, 신맛과 향이 모두 강하고 색깔도 진하다. 그래서 한번 맛들이면 상품화된 맥주는 맛이 너무 단순하고 싱겁게 느껴진다.

그러니 우리 냉장고에는 늘 수십 병의 맥주가 쟁여 있다. 한 칠팔 년 이렇게 살다 보니 이제 냉장고에 맥주가 스무 병 이하로 떨어지면 불안하다. 다시 한 달을 기다려야 하니 그럴 수밖에. 저녁에 기분 좋게 한잔 하기 위해 나는 기꺼이 이 '슬로푸드'의 노동을 감수한다. ✼

소박한 외식,
이포 참외밭과 천서리 막국수

집이 바로 휴양지

이천에 와서 사는 좋은 점 중의 하나는 휴일이 편안하다는 것이다. 원래 나처럼 능력 없는 사람들은 변변히 해 놓은 일도 없으면서 쓸데없이 바쁘기만 해서 휴일이나 휴가 때 놀러가는 일을 거의 하지 못하고 산다. 나나 남편이나 일요일이나 휴가 때까지 자질구레한 약속들을 거절하지 못하는 일 중독자들이라 놀러가는 스케줄을 잡는 일이 매우 힘들고, 또 막상 차 몰고 어디론가 가려고 해 봤자 길 밀리고 사람에 치이는 일이 싫어 지레 움츠러든다. 그러면서도 쉬는 날 집안 구석에서 뒹굴거리는 마음은 결코 편치 않았다.

그런데 이천에 오니 그 고민이 사라졌다. 일요일에는 텃밭에서 흙을 만질 수 있어 기분 좋고 뒷산에 산책하고 오면 더할 나위 없이 만족스럽다. 아니, 하루 종일 방안에서 뒹굴며 낮잠만 잔다 해도 서울과는 비교할 수 없도록 공기가 좋아서 휴양지에서 쉬는 느낌이 든다. 교통 체증도 음식점 스트레스도 없이 공기 좋은 데에서 쉬니 이 얼마나 행복한 일인가.

그러다가 문득 좀 색다른 게 보고 싶고 먹고 싶으면 차를 몰고 가까운 이포에 간다. 이포는 이천과 가까운 남한강의 포구 이름으로, 이포대교에서 이천 방향으로 펼쳐져 있는 마을 이름도 이포이다. 이포는 유명한 참외 산지로 길을 따라 참외밭이 이어져 있다. 특히 여름 휴가도 변변히 하지 못하고 8월 말이 되어 버리면 우리는 "이포 참외밭이나 한번 가지." 하고 집을 나선다.

하얀 육질까지 연한 제철 밭참외

8월 말이면 이미 과일 가게에는 참외가 없어지기 시작하지만, 진짜 밭참외는 8월에 시작하여 8월 말과 9월 초가 한창이다. 어느 핸가 괜히 바지런 떨고 7월 말에 참외밭에 갔더니 여전히 비닐하우스 참외였던 기억이 선명하다.

3번 국도로 나와 이천 시내를 거쳐 이포로 가는 표지판을 따라 시골길을 달리다 보면 얼마 안 가 참외밭이 보이기 시작한다. 참외밭을 본 반가운 마음에 초입부터 너무 서두를 필요는 없다. 좀 더 가 보면 정말 끝이 안 보일 정도로 참외밭이 많고, 길 양옆으로 노란 참외를 수북이 쌓아 놓고 파는 천막들이 다닥다닥 늘어서 있다. 참외 파는 곳이 너무 많아 어디에 들어가야 할지 망설이면서 차를 천천히 몰기 시작하면 눈치 빠른 주인들이 손짓을 하며 차를 부른다. 차를 한 옆에 대려는 시늉만 해도 주인은 참외를 깎기 시작한다. 주인들은 아낌없이 참외를 두어 개 깎아 손님들에게 일단 먹인다. 서울에서는 볼 수 없는 인심이다.

육칠 년 전 처음 이포 참외밭에 갔을 때, 나는 햇볕에 뜨뜻해진 밭참외를 얻어먹어 보고 깜짝 놀랐다. 아, 이게 얼마 만에 먹어 보는 옛날 참외 맛인가! 씨는 단단하게 여물어 있고 속은 뜨뜻한데도 아주 달다. 놀라운 것은 속만 단 게 아니라 겉의 하얀 육질까지 달고 연한 것이었다.

제철이 아닌 비닐하우스 참외들은 까딱 잘못하면 하얀 육질은 거의 오이 씹는 것 같을 때가 많다. 최근에는 어떻게 기술적으로 키웠는지 당도는 크게 향상된 참외가 나오기는 하지만 제철이 아니니 육질이 질기고 단단한 것은 어찌할 수 없다. 그런데 이 제철 참외는 정말 냄새부터 달착지근한 것이 입에서 살살 녹는다.

이렇게 제철 참외를 살 때에는 진노란색의 큰 참외를 사려고 욕심을 부리지 않는 게 좋다. 참외들이 잘 익으면 오히려 색이 연해지는데, 색이 좀 하얘지고 자잘한 참외를 고르는 게 값도 싸고 더 연하다.

이렇게 밭참외는 8월 말과 9월 초까지 쏟아진다. 서늘한 바람이 불기 시작하면 우리 눈길은 채 익지 않은 사과나 배 쪽으로 성급하게 기울이지만, 그러고서도 밭참외는 서리 내릴 때까지 계속 달리고 익는다. 가을이 깊어 서리가 내리면 그때까지 채 익지 못한 참외들은 부지런한 주인 손에 거두어져 장아찌 감으로 들어갈 것이다.

후줄근한 원조 막국수집

참외는 한두 개로 그저 입맛을 다시고서 이포대교를 건너 동쪽으로 간다. 천서리라는 곳이다. 다리를 건너자마자 왼편에 수십 개의 막국수집 표지판이 나붙어 있어 이곳이 유명한 막국수 마을임을 실감하게 한다.

쌀이 풍족한 경기도 사람들이 옛날부터 메밀 막국수를 해 먹었을 리는 없다. 이런 국수들은 대개 쌀이 귀한 강원도나 함경도에서 발전했다. 강원도에는 종갓집마다 국수 누르는 틀이 있다고 한다. 일가 친척들이 다 모이는 때에는 영락없이 물 끓이고 국수 반죽해서 국수 눌러 먹어야 했기 때문이다. 질 좋은 쌀이 많이 나는 이천이나 양평 지역에서 뭐가 아쉬워 메밀국수를 많이 해 먹었겠는가. 이렇게 유명한 막국수촌을 이루게 한 것은 막국수로 성공한 음식점 하나 때문이었단다. 말하자면 원조집이 성공하자 그 옆에 수많은 집들이 문을 열어 막국수촌을 형성한 것이다. 그 원조집이 '봉진 막국수' 이다. 이 봉진 막국수는 웬만한 음식점 안내 책자에는 다 있을 정도로 유명하다.

대개 어디에서나 원조집을 찾는 법은 간단하다. 외양은 가장 후줄근한데 사람이 바글거리면 영락없이 원조집이다. 봉진 막국수도 상식적인 방법으로 찾으면 확실하다. 봉진 막국수는 오전 11시나 오후 3시나 할 것 없이 좌석은 늘 만원이며 손님들은 밖에서 기다리거나 합석하는 것도 당연하다고 여긴다. 그만큼 맛있으니까 불편해도 감수한다.

주인이 함경도 사람이라는데, 그래서 막국수 맛은 평안도 막국수와는 달리 맵고 강한 맛이다. 물막국수와 비빔막국수가 있는데, 비빔막국수는 주문 받을 때부터 종업원이 "비빔은 맵습니다."라고 경고 메시지를 날린다. 물막국수는 매운 양념에 진한 육수를 부어 주고, 비빔막국수는 김을 넉넉히 넣어 비벼 먹는다.

양념도 양념이지만 무엇보다 면발이 아주 맛있다. 면이 맛이 없으면 아무리 양념을 잘해도 맛이 없는 법이다. 이 집의 면은 툭툭 끊어지는 메밀의 부드러운 맛이 살아 있으면서도 쫄깃한 맛이 있는 아주 이상적인 메밀국수이다.

서비스로 나오는 육수 국물의 진한 맛도 서울에서는 찾기 힘든 인심이다. 국수로 얼얼해진 입을 따끈한 육수로 달래면서 끝까지 아주 맛있게 먹는다.

막국수를 먹기 시작하면 괜히 참외밭에서 배를 채우고 왔구나 하고 후회하게 된다. 그런데 거꾸로 코스를 잡아도 후회하기는 마찬가지이다. 천서리 막국수로 배 채우고 참외밭에 들르면 공짜로 얻어먹는 그 맛있는 참외를 많이 못 먹어 정말 아쉽다. ✲

풋고추에서 된장에 박은 고추장아찌까지

애걔, 이게 780평이야?

시골에 오면 땅 크기를 보는 감각이 달라진다. 지금 사는 곳의 땅은 780평이다. 도시에서 780평이란 상상할 수도 없이 큰 땅이다. 여덟 식구와 함께 내가 스무 살 넘도록 산 한옥집이 대지 사십 평짜리였으니 그런 집 열아홉 채가 들어설 공간 아닌가. 그런데 그 땅 780평을 처음 본 느낌은, 정말 약간의 과장을 섞으면 딱 손바닥만 하다는 느낌이었다. 산골짜기의 작은 계단식 논 두 층 정도였으니 한 눈에 쏙 들어올 정도의 작은 크기였다. 그런데 웬걸! 막상 호미나 괭이를 들고 그 땅에 들어서서 흙을 헤집기 시작하니 그 땅은 정말 바다처럼 넓어 보였다. 우리 부부의 서툰 연장질은 몇 시간이 지나도록 그 넓디넓은 땅의 작은 한 귀퉁이에서 맴돌고 있었다. 눈으로 보는 땅 욕심이 얼마나 부질없는 짓인가.

주중에는 잠만 자러 들어올 뿐 환한 대낮에 집에 있는 날이란 주말뿐인 우리 부부는 욕심을 접고 정말 손바닥만 한 텃밭을 일구는 데에 만족하기로 했다. 더 이상은 씨를 뿌려 봐야 잡초도 뽑아 줄 수 없으니 아무 소용이 없는 짓이다. 모종 100포기 정도가 우리로서는 적정량이다.

그 작은 텃밭에 가장 공들여 가꾸는 주 종목은 고추이다. 모종은 시장에서 사 온다. 씨를 파종하면 고추 종류를 내 마음대로 고를 수는 있겠지만 비닐 온상에서부터 시작해야 하는 그 일은 불가능하다. 4월 중순 즈음, 시장에 고추 모종들이 지천으로 나올 때에 밭을 갈고 퇴비와 재를 섞고 모종을 뿌린다. 고추 농사를 많이 짓는 사람들은 이랑 따라 긴 비닐을 덮어씌우고 작은 구멍을 내어 모종을 심는 방법을 써서 아예 잡초가 자라지 못하도록 한다. 그러나 그 비닐 역시 쓰레기 아닌가 싶어(농촌에서는 아직도 이런 비닐을 그냥 밭둑에서 태워 유독가스를 풍긴다.) 나는 그냥 심는다. 예순 포기 정도 심으니 그냥 손으로 풀을 뽑아도 되는 수준이다. 키가 좀 크면 대를 박고 고추줄을 매어 준다. 그렇게 하지 않은 채 여름을 맞으면 키가 커 버린 고추들이 비바람에 이리저리 쓰러지고 난리가 난다.

달디단 풋고추

이렇게 하루 이틀 품 들인 고추밭은 일 년 내내 밥상에 즐거움을 안겨준다.

고춧대를 맬 때쯤, 고추 포기의 밑동에 잔가지가 나기 시작한다. 그것은 커 봤자 고추의 힘만 분산시킬 뿐이어서 어릴 적에 다 따 주는 게 좋다. 안타깝고 아깝다고 생각할 필요가 없다. 버리는 게 아니니까. 고추는 농약을 많이 써야 하는 작물이어서 시장의 고춧잎도 무농약이 없을 텐데, 귀한 무농약 고춧잎을 왜 버린단 말인가. 그대로 부엌으로 가져가 당장 무쳐 먹는다. 처음 내민 연한 이파리는 늦여름에 따 먹는 고춧잎과는 비교가 되지 않을 정도로 맛있다.

짧은 봄이 지나고 초여름에 들어서면 하얀 꽃이 피고 열매가 달린다. 팥알만 하던 것이 콩알만 해지고 대추알만 해지고 새끼손가락만 해진다. 날이 더워질수록 쑥쑥 잘 자란다.

이때부터 우리 밥상에는 풋고추가 빠지지 않는다. 시장에서 풋고추를 살 때는 내 마음대로 고를 수가 없어서 너무 맵기도 하고 질길 때도 있다. 그런데 밭에서 딸 때에는 내 입맛과 용도에 맞도록 적당한 것을 딸 수 있으니 그렇게 좋을 수가 없다.

우리 부부는 매운 것을 잘 못 먹는다. 그래서 풋고추는 약간 풋내가 나더라도 어리고 연한 것을 따다 먹는다. 크기는 멀쩡하게 다 컸으나 만져보면 아직 단단해지기 이전의 것을 골라 쌈장에 찍어 먹으면 아작아작하고 달착지근한 맛이 기가 막히다. 고추가 한창 많이 달리는 철에는 주위 사람들에게 한 봉지씩 갖다주기도 하는데, 대개 사람들은 고추 맛을 보고서는 환호성을 지른다. 방송인 오미희 씨는 한번 먹어 보더니 여름 내내 고추 이야기를 입에 달고 다녔다. 이렇게 연한 풋고추는 시장에 출하되기가 힘들다. 운송 중에 다 시들어 버려 불가능하기도 하거니와, 며칠만 놓아두면 더 여물어 무게가 더 나갈 터인데 미리 딸 필요가 없기 때문이다. 오로지 텃밭 덕분에 입이 호사하는 것이다.

탱탱한 고추에 밴 짭짤한 된장 국물

장마가 지나고 계절이 늦여름으로 넘어가기 시작하면 쨍쨍 여름 햇볕을 받은 고추는 점점 더 매워진다. 초여름에는 꽤 클 때까지도 맵지 않은데, 늦여름에는 조금만 굵어지면 금방 톡 쏘는 매운맛이 돈다. 고추 포기가 커져 고추는 마구 달리고, 아무리 열심히 따 먹어도 다 먹지를 못해 가지에 달린 채 탱탱하게 독이 오른 고추들이 벌써 붉은 기운을 드러낸다.

이런 고추는 따다가 장아찌를 담근다. 장아찌를 담글 고추는 만져 보아서 가장 단단한 풋고추를 골라야 한다. 그것들은 육질이 가장 두꺼워진 상태, 빨개지기 직전 마지막으로 푸른빛을 띠고 있을 시기의 풋고추, 그래서 고추의 제 맛이 한껏 무르익은 것들이다.

고추장아찌는 된장과 멸치젓, 두 가지에 담근다. 어떤 것을 하든 고추는 깨끗이 씻어 물기가 빠지도록 놓아두었다가 깨끗한 행주로 남은 물방울을 모두 닦아 내야 한다. 굵은 바늘이나 바늘못으로 고추 중간이나 윗부분에 구멍을 낸다. 이 구멍이 있어야만 된장이나 젓갈이 스며들기 쉽고 고추 속에 맛있는 국물이 잘 배게 된다.

된장과 멸치젓을 각각 유리병이나 작은 항아리에 담은 후, 손질한 고추를 빼곡히 박는다. 고추가 된장과 젓갈에 충분히 잠기도록 넣어야 하는데 병 입구까지 너무 가득 채우지는 않는 것이 좋다. 장아찌가 익으면서 국물이 넘치기 십상이다.

그 상태로 실온에 놓아두는데 너무 더운 날씨라면 냉장고에 넣어도 된다. 냉장고에서는 아주 천천히 익는다. 고추가 노르스름하게 익을 때 국물이 올라오는데, 그 시기가 지나고 나면 다시 국물이 잦아지면서 고추

속으로 스며든다.

이렇게 완성된 장아찌는 일 년 내내 좋은 밑반찬이 된다. 밥맛 없을 때에 한두 개씩 꺼내어 베어 물면 고추 속에서 짭짤한 국물이 쭉 나오면서 입맛을 돌게 만든다. 이 역시 시장에서는 구할 수 없는 장아찌 맛이다. 된장이나 젓갈에 삭힌 고추장아찌를 구하기가 힘들 뿐 아니라, 시장의 풋고추를 사다 장아찌를 담그면 고추의 육질이 얇아 이 맛이 나질 않는다. 이렇게 탱탱한 고추는 시장에서는 구할 수 없다. 이런 고추는 시들면서 금방 색깔이 빨개져 버리므로 제대로 운송할 수가 없다. 또 조금만 놓아두면 빨갛게 익어 고춧가루용 고추로 내놓을 수 있는 것을 구태여 싼값의 풋고추로 팔 이유가 없다. 용도에 맞게 내 맘대로 내 밭에서 따다 쓰니 음식의 제 맛을 낼 수가 있는 것이다.

그러고도 남는 고추

가을이 될수록 고추는 점점 많이 나온다. 빨개진 고추를 갈아 김치를 담그기도 하고, 된장찌개에 넣기도 하고, 이것저것 해 먹어도 고추는 남는다. 농삿집에서는 이때부터 고추를 익혀 고춧가루용으로 잘 가꾸어야 한다. 그러나 매일 직장에 나가야 하는 나는 고추 말릴 틈이 없으니 이런 빨간 고추는 별 필요가 없다. 빨리 풋고추 시절에 다 처리를 해야 하는 것이다.

장아찌를 담그고도 남는 고추는 소금물에 넣어 삭힌다. 노르스름하게 삭힌 고추는 겨울에 동치미에 넣기도 하고 무쳐 먹기도 한다. 또 한두 봉지는 남겼다가 그대로 냉동실에 넣는다. 이런 고추는 겨우내 풋고추가 필요할 때마다 꺼내 쓰기에 좋다. 된장찌개를 끓일 때, 생선조림을 할 때, 조개젓을 무칠 때, 병어나 고등어자반을 찔 때, 풋고추나 빨간 물고추가 꼭 한두 개씩 필요하다. 그러나 그것 때문에 비닐하우스에서 키운 비싼 풋고추 한 봉지를 사기는 정말 아깝다. 이럴 때 냉동 보관한 고추는 정말 요긴하게 쓸 수 있다.

게으른 주인이 제대로 거두어주지 못한 빨간 고추는 밭에서 그냥 삐들삐들 마르기 시작한다. 그런 것들은 그냥 거두어 창문가에 늘어놓아 두면 금방 마른 고추가 된다. 그건 또 그것대로 쓸모가 있다. 내년에 장 담글 때 간장독에 띄워야 하고, 막장 담글 때에는 고추씨째 분쇄기에 갈아 넣는다.

손바닥만 한 텃밭에서 게으르게 키운 고추가 일 년 내내 나를 즐겁게 한다. ✲

봄부터 가을까지
고루고루 쌈밥

뭔가를 심는 버릇

그러고 보니 나는 꽤 오래 전부터 야채를 길러 먹었던 것 같다. 이천 시골에 오기 훨씬 전부터 아파트 베란다 한구석에 기다란 플라스틱 화분을 놓고 상추 같은 것들을 심으니 말이다.

쉬지 않고 뭔가를 기르는 것, 그건 분명 어릴 적부터 보고 자란 것 때문일 게다. 대지 사십 평짜리 작은 한옥에 꽃밭이래 봤자 정말 손바닥만 한데, 거기에 나팔꽃, 봉숭아, 분꽃, 달리아, 샐비어까지 고루고루 심어 놓고 늘 꽃을 보았다. 봄에는 팬지 모종을, 가을에는 노란 국화 화분이라도 사야 우리 집 사람들은 마음을 놓았고, 늦가을엔 어김없이 여러 화분들에 비닐을 씌우는 월동 준비에 바빴다. 모두 부지런하고 꼼꼼한 아버지의 솜씨였다. 이렇게 자랐던 나는 틈만 있으면 뭔가 심고 싶었고, 그게 내

식탐과 결합하여 야채 심는 것으로 발현된 모양이다.

상추 맛이 다르다

도시 사람들이 텃밭을 가지기 시작하면서 가장 먼저 손쉽게 할 수 있는 일이 쌈거리 야채를 키우는 것이다. 사실 두 식구 입이 별 게 아니어서 상추나 쑥갓, 치커리, 청경채, 호박 몇 모종만 있으면 이파리를 실컷 따먹고도 남는다. 이 중 열매까지 키워 먹어야 하는 호박을 제외하면 쌈 싸먹는 야채들의 대부분은 화분에서도 웬만큼은 자란다. 아무래도 밭에서보다는 잘 안 자라지만 그래도 아쉬운 대로 해볼 만하다.

야채를 키워 먹는 맛은 역시 싱싱하고 믿을 만하다는 것이다. 몇 번이나 씻어야 농약이 다 씻어질는지 걱정할 필요 없고, 뭉터기로 사서 냉장고에서 썩혀 버릴 필요도 없다. 그때그때 먹을 만큼만 뜯어 먹으면 된다.

상추 모종은 사다 심은 지 한두 주일만 지나면 따먹을 수 있고, 씨로 심었으면 본잎이 서너 장 날 때부터 자질구레한 것들을 솎아 먹기 시작한다. 봄에 새로 나오는 상추는 시장 것과는 비교할 수가 없다. 봄에 시장에서 파는 상추들의 대부분은 온상에서 겨울과 초봄을 지낸 포기에서 딴 것이라 이파리가 두껍다. 그런데 새로 심어 따기 시작한 상추는 야들야들하다는 표현이 어울릴 정도로 연하다. 이 상추들은 여름이 되면 잎이 강해지면서 쌉쌀해진다. 이 역시 물과 비료를 듬뿍 주어 키운 상추에 비해 쌉쌀한 상추 맛이 강하게 살아 있다.

배추 맛도 그렇다. 시장에서 사는 배추란 일정한 크기의 얼갈이배추이고, 종자도 맛보다는 모양이 좋은 것으로 키워 팔게 마련이다. 그러나 집에서 가꾸어 먹으면 '조선배추'라고 이름 붙은 종자를 사다 심어 먹는데 모양은 없지만 맛은 윗길이다. 흙에 넉넉히 퇴비(이것도 꽃집에서 판다.)를 섞은 다음 자잘한 배추씨들을 뿌려 두면 일주일도 못 되어 금방 싹이 머리를 내민다. 배춧잎이 3~4센티미터 정도 되었을 때부터 솎아 먹는데, 처음 것은 하도 연하여 뿌리째 깨끗이 씻어 쌈장에 찍어 먹으면 입에서 살살 녹는다. 10센티미터 정도가 되면 물김치나 겉절이를 해 먹기 시작한다.

단, 상추나 배추는 기온이 너무 높아지면 싹이 트지 않는다. 그래서 늦여름에는 상추나 배추를 먹기는 힘들고, 가을로 접어들면 새로 뿌린 씨에서 난 것들이 새로운 쌈거리가 된다. 8월 10일경이 되면 김장배추와 무를 심어야 한다. 이때는 날이 한창 더울 때이고 8월 말이 되면 태풍이 와서 여린 싹을 쓸어 버리기 일쑤이므로 밭에 직파(直播)를 할 수가 없다. 작은 포트에 흙을 담아 씨앗을 심어서 모종을 만들고, 싹이 트기 시작하면 서늘한 곳으로 옮겨 주고 물을 주면서 정성을 들여야 한다.

태풍이 지나고 9월이 오면 밭에 모종들을 옮겨 심는데, 이때부터 본격적으로 부쩍부쩍 자란다. 이때부터 서너 개씩 한꺼번에 자라는 것들을 적절히 솎아 주기 시작한다. 역시 이 솎음 배추들은 여릴 때에는 쌈거리가 되고, 좀 자라면 배춧국을 끓여 먹는다. 무는 어차피 뿌리를 먹는 것이라 싱싱하고 연한 무청을 웬만큼 뜯어 먹어도 무에는 큰 지장이 없다. 이것이야말로 시장에서는 구경도 할 수 없는 알싸하게 맛있는 쌈거리이다.

쑥갓은 이파리도 예쁘지만 꽃이 정말 예쁘다. 국화과의 노란꽃이 하도 예뻐서 관상용으로도 키울 만하다. 꽃은 예쁘지만 먹을 수 있는 건 아니다. 그래서 꽃이 피는 줄기는 그때그때 꺾어다가 유리병에 꽂아 둔다.

한여름에는 오이도 한몫을 한다. 툭 꺾으면 물기가 싱싱하게 도는 오이는 그냥 먹어도 비린 맛 하나 없이 끝내준다.

아침 이슬 머금은 야채들

이런 것들이 일년생 야채라면, 한두 해 공들여서 여러 해 즐거운 것들도 많다.

부추가 대표적인 것이다. 시골에 와서 처음 부추 씨를 사다 심고서는 정말 실망이 컸다. 세상에! 첫 해의 부추는 거의 머리카락 수준이었다. 그저 잡초나 뽑아 주면서 가만 두고 볼밖에. 저것이 언제나 먹게 되려나 했는데, 두어 해를 지나고 나니 겨우 부추 모양새를 갖추었다.

희한하게도 부추는 그때그때 칼로 잘라 먹으면 점점 넓고 좋은 부추잎이 난다. 아침마다 칼로 뿌리 바로 위쪽을 싹둑 잘라다 쌈장에 찍어 먹기도 하고 부침개를 하기도 한다. 잘라먹은 위에 재를 살살 뿌려 주어야 한다. 재가 거름이 되어 일주일쯤 지나면 다시 먹을 만큼 자란다.

물기 많은 곳에 자라는 머위와 미나리 역시 다년생이다. 동네를 돌아다니다 시냇가에 머위가 새파랗게 잎을 피우고 있는 것을 보고 몇 뿌리를 뽑아 왔다. 집 앞에 물기 많은 곳에 심어 놓았더니, 그 다음해 봄에 바로 먹을 만해졌다. 머위는 아주 이른 봄에 푸른 잎을 피운다. 아직 추운 기운이 가시지 않은 초봄에 언 땅을 헤집고 밤톨만 한 것이 올라와 꽃망울이 되고 옆에서는 넓적한 푸른 잎을 펼친다. 그 기세가 어찌나 당당한지 한여름에나 볼 수 있는 넓은 이파리를 봄에 보는 당혹감마저 든다. 이 이파리를 따다가 살짝 데쳐 쌈을 싸 먹는다. 처음 따먹기 시작하는 것은 그다지 쓰지 않으나, 봄이 무르익을수록 머위는 점점 써진다. 그럴 땐 데친 후 잠깐 물에 담가 쓴맛을 빼면 된다.

미나리는 시장에서 사 온 미나리의 부산물로 키운다. 겨울부터 초봄까지는 재래시장에 뿌리가 달려 있는 미나리들이 나오는데, 이것을 사다가 줄기와 이파리는 먹고 뿌리는 가까운 물가 흙탕 속에 심어 놓는다. 그 다음에는 연한 잎을 골라 따먹기만 하면 된다. 어릴 적 배운 동요 "엄마 엄마 이리 와 요것 보셔요 / 병아리떼 종종종 놀고 간 뒤에 / 미나리 파란 싹이 돋아났어요" 하는 노래를 그제서야 제대로 느낄 수 있게 되었다. 왜 이것이 노래가 될 수 있을 만큼 경이로운 일인지. 미나리는 흙탕 속에 묻혀 있으므로 싹이 날 때에도 잡풀들에 가려 잘 보이지 않는다. 시골에서 병아리가 부화하는 때가 대개 봄인데, 아이가 병아리떼를 따라다니느라 땅바닥을 보고 가다 보니, 병아리 발자국 위로 미나리 싹이 보인 것이다. 겨우내 누렇게 시든 잡풀더미인 줄 알았는데, 거기서 파란 싹이 돋아나니 이 얼마나 신기하고 반가운 일인가!

작년에는 강원도에 사는 시누이네 집에서 참나물을 몇 뿌리 얻어다 심었으니, 그것도 올해부터는 우리 밥상 위에 오를 것이다. 그것뿐이랴. 길가에서 돌나물도 뿌리째 캐다가 집 근처에 심어 놓으면 해마다 잘 자란다.

봄부터 초가을까지 아침에 눈을 뜨면 밥이 끓는 틈에 밭에 나가 이슬이 채 마르지 않은 채소를 따 가지고 들어온다. 채소를 따는 동안 마시는 아침 공기는 정말 시원하고 상쾌하다. 그 공기 속에서 이제 막 잠이 깬 야채를 한번씩 둘러보고, 먹을 만한 것들을 골라 한 바구니 가득 담아 가지고 들어온다. 그 틈에 밥과 국은 다 되어 있고, 쌈장과 수저 놓을 일만 남았다. 아침 공기 속에서 덤처럼 얻은 쌉쌀하고 향기로운 야채들 덕분에 밥상은 늘 남부럽잖다. ✻

청량음료 없이 여름 나는 법

가루 주스의 추억

혹시 '탱' 가루라는 것을 기억하는가? 오렌지 향이 나는 주황색 분말인데, 물에 타서 음료로 마시는 것이었다. 지금은 청량음료가 별별 것들이 다 많아 집에서도 큰 페트병으로 사다 놓고 먹고 있지만, 1970년대까지만 해도 그런 청량음료를 비싼 돈 주고 사 먹기에는 우리네 형편이 넉넉지 않았다. 아주 어릴 적부터 먹었던 칠성사이다와 스페시콜라(이름도 가물가물한데, 코카콜라나 펩시콜라가 나오기 전에 있었던 콜라였다.)는 소풍이나 운동회 때나 먹는 것이었다. 그 후 초등학교 5, 6학년 즈음부터 환타라는 것이 나오기 시작했는데, 그것 역시 평소에 마음껏 먹어 보기 힘든 음료였다.

집에서 먹는 여름 음료로는 그저 만만한 게 미숫가루였다. 봄이 지나

초여름으로 접어들면 어머니는 미숫가루를 하기 위해 이것저것을 준비했다. 이 시기가 지나면 너무 습도가 높아져 미숫가루를 하기가 힘들다. 찹쌀과 보리 같은 곡식들을 불려 찜통에 쪄 내어 깨끗한 소창 헝겊 위에 잘 펴서 말린다. 찹쌀이 많이 들어가면 미숫가루가 매끄럽고 부드러워지고, 보리가 많이 들어가면 거칠지만 구수한 맛이 좋다. 잘 마른 재료를 방앗간에 가져가면 기계로 볶아서 빻아 준다. 지금 생각하면 재료나 노동력이 보통 드는 게 아니고 영양도 좋은 건강 음료인데, 그때는 돈이 없어 집에서 해 먹는 음료라는 생각에 칠성사이다가 훨씬 멋있어 보였다.

인공 향료와 인공 색소로 만든 음료들

미숫가루처럼 거칠고 뻑뻑한 느낌이 아닌, 좀 더 시원하고 상큼한 음료가 먹고 싶을 때에는 음료 분말을 이용했다. 대개 오렌지 맛, 포도 맛, 파인애플 맛을 내는 새콤달콤한 분말이었다. 가루를 물에 타기만 하면 오렌지 주스나 포도 주스 대용품으로 쓸 수 있다니 이 얼마나 신기한 것인가. 손님이 오면 늘 이런 분말들을 물에 타고, 얼음 가게에서 사 온 덩어리 얼음을 송곳과 망치를 이용하여 잘게 부수어 띄워 다과상에 내놓았다.

탱가루도 결국 음료 분말의 하나인데, 포장지에 크게 'TANG' 이라고 써 있었기 때문에 사람들이 그렇게 불렀다. 미제인 이 탱가루는 이전의 국산 음료 분말에 비해 현격하게 맛이 좋았다. 지금 기억으로는 탄산을 뺀 환타 오렌지 맛과 비슷하다고 생각하면 거의 옳을 것이다.(그래서 나에게 환타 오렌지는 추억의 맛이다. 마치 캔디 바가 옛날 아이스케키 맛을 연상시키는 추억의 맛인 것처럼.)

그러고 보면 사실 제품화된 청량음료란 것들이 별 게 아니다. 단맛은 설탕, 신맛은 구연산, 오렌지색은 인공 색소, 오렌지향은 인공 향료일 터이니까. 이런 것을 적절히 섞은 후 탄산을 넣는가 안 넣는가, 천연 과즙이 몇 퍼센트가 들어 있는가에 따라 조금씩 맛이 달라지는 것뿐이다.

예전에는 이런 인공적인 음료가 그렇게도 좋더니만 이제는 나이가 들어서 그런지 점점 이런 음료가 싫어진다. 그래서 나는 길거리에서 목이 말라 어쩔 수 없이 사 먹게 되는 경우를 제외하고는 직장에서나 집에서 이런 음료는 거의 사 먹지 않는다. 대신 다른 음료를 만들어 먹는다.

차갑게 식힌 차

내가 직장에서 가장 애용하는 음료는 차이다. 흔히 녹차라고 하나, 그것은 일본 사람들이 자신들의 차를 서양에 소개하면서 서양의 홍차와 대비되는 이미지를 갖기 위해 만든 이름일 뿐이다. 차나무 잎을 언제 어디서 어떻게 가공하는가에 따라 차의 이름이 달라지고 맛도 달라지는데, 그래도 통칭할 때는 차나무 잎을 재료로 삼는 것은 무조건 '차' 이다. 차 잎을 쓰지 않는 따뜻한 음료인 대추차와 모과차 같은 것들은 엄격히 따지자면 '차' 가 아니다. 대추차는 푹푹 끓인 것이니까 '탕' 이라고 해야 옳다. 어떤 사람들은 이런 것들을 대용차라고 부르기도 한다.

직장은 하루 중 가장 긴 시간을 보내고 일을 계속하는 공간이므로 가장 일상적으로 상용하는 음료를 갖다 놓고 마신다. 글을 쓰거나 만지는 일을 하면 물을 자주 마시게 되는데, 그러다 보면 하루 종일 거의 차만 2리터씩 마신다. 차는 내게 가장 중요한 음식 중의 하나이다.

직장의 내 방에는 여러 종류의 차가 있다. 내가 산 것도 있지만 얻은 것이 더 많다. 중국이나 일본 여행을 갔다 온 사람들에게 선물받았는데 일 년이 넘도록 영 안 먹어진다고, 필요하면 가져가라고 해서 얻어 온 차들이다. 그런 걸 보면 많은 사람들이 여전히 커피를 애용하는 모양이다.

나는 대학 4학년 때 위장이 나빠진 이후로는 커피를 끊었고, 그래서 줄곧 차를 마신다. 이렇게 살다 보니 어쩌다 커피를 먹게 되면 커피가 코와 입과 위장을 얼마나 강하게 자극하는 음료인지를 실감하게 된다. 가끔 유혹적인 커피 냄새에 넘어갈 때도 있는데 그럴 때에는 아주아주 연한, 거의 보리차 수준의 블랙커피를 마신다. 이제 커피도 차를 먹는 입맛으로 마시게 된 것이다.

이렇게 차를 먹다 보니 티백으로 나온 차는 영 입에 당기질 않는다. 한마디로 말해 너무 맛이 없다. 적어도 이파리가 제대로 보이는 차를 다기에 우려 먹어야 향과 맛을 느끼면서 먹을 수 있다. 꼭 우전이니 세작이니 하는 비싼 차가 아니어도 좋다. 커다란 봉지 가득 담아 놓고 5,000원 정도에 파는 이파리가 커다랗게 자란 값싼 차라도 직접 우려 먹기만 하면 티백 제품보다는 맛있다. 당연히 홍차도 티백 제품은 잘 안 먹게 된다. 홍차야말로 향으로 먹는 것인데 티백은 향이 크게 떨어진다. 그러다 보니 레몬과 설탕 없이는 홍차를 마실 수 없게 되지만 사실 향기 좋은 홍차는 다른 차들 마시듯 그냥 먹어도 좋다.

여름에는 이런 여러 종류의 차를 차갑게 식혀 놓았다가 먹는다. 다기에다 차 잎을 우려 빈 페트병에 넣어 냉장고에 넣어 두고 먹는 것이다. 이런 일이 귀찮다고들 하지만, 글 쓰다가 한숨 돌려야 할 때 나는 이런 일을 하면서 방에서 어정거린다.

차갑게 식힌 차는 아무리 먹어도 질리지 않고 뒷맛도 깨끗해서 좋다.

차는 차갑게 식히면 아무래도 향이 약해진다. 그러다 보니 냉장고에 넣을 차는 따뜻한 차보다는 진하게 우리거나 향이 강한 차를 선택한다. 좋은 홍차가 있다면 그것도 좋고 진한 재스민 차도 좋다. 구수한 현미 녹차도 (티백이 아니라면) 역시 좋다.

차 입맛이 예민해지다 보니 캔이나 병에 든 차는 거의 마시지 않게 된다. 금속 용기에 담은 차는 맛이 현격하게 떨어진다.(스테인리스 보온병에 담긴 차가 맛이 없는 것은 그 때문이다.) 그러나 이보다 더 심각한 것은 이런 제품화된 차들이 오로지 차 우린 물만으로 된 제품이 아니라는 점이다. 아무래도 유통 과정에서 차의 향이 떨어지기 때문에 애초부터 다른 첨가물을 섞어 강한 향을 만들어 낸다. 덱스트린처럼 약한 감미가 도는 것을 넣기도 하고, 차의 구수한 맛을 내는 향을 넣기도 한다. 시중에 유통되는 음료가 워낙 자극적이어서 이런 차 음료를 처음 먹어 보면 정말 잘 우린 차라고 착각하지만, 손수 우린 차를 마시던 사람들은 한입만 마셔 봐도 첨가물이 들어갔다는 점을 금방 알아챌 수 있다.

그러니 어쩌겠는가. 귀찮더라도 내 손으로 우려 먹을 수밖에.

수국잎과 함께 우린 오미자물

집에서는 마치 별식을 해 먹듯이 다른 것들을 해 먹는다.

여름에 좋은 음료로는 오미자물이 있다. 오미자물의 장점은 만들기가 아주 편하다는 것이다. 큰 시장이나 약재상에서 오미자를 사다가 찬물에 담가 놓기만 하면 된다. 하루가 지나면 황홀하도록 빨간 물이 우러나오고 오미자 특유의 향이 강한 신맛이 우러난다. 물론 신선한 오미자를 사는 것은 매우 중요하다. 나만큼 먹는 것을 밝히는 후배는 오미자를 살 때 "냉동실에 있는 것 꺼내 주세요."라고 요구한단다. 아무래도 바깥에 내놓은 것들은 빛깔이 검게 변해 있고 맛도 약해져 있는데, 냉동실에서 갓 꺼낸 것들은 정말 황홀하게 빨간 싱싱한 색깔이라는 것이다.(이 정도면 정말 무서운 손님이다!)

신기한 것은 색깔이다. 오미자물의 빨간색은 끓이지 않고 찬물에 우려내야만 제 빛이 난다. 오미자를 물에 끓이면 (더 진한 빛이 될 것 같지만) 색이 변하면서 우려낸 물도 옅은 분홍빛 정도에 그친다. 향도 그다지 진하지 않다. 그러나 찬물에 담가 놓기만 하면 아주 새빨간 물이 된다. 이러니 만들기에는 아주 편한 음료인 셈이다.

이렇게 우려낸 오미자물에 꿀이나 설탕을 가미해서 먹으면 아주 맛있다. 제품화된 오미자 음료에 비해서는 덜 달게 만들어 먹을 수 있으니 더욱 좋다. 그나마 작은 양의 설탕이나 꿀조차 싫은 사람이라면 '이슬차' 라는 이름으로 나오는 수국잎차를 함께 넣어 우려내는 방법이 있다. 설탕과 꿀 같은 당분들은 먹고 나면 입에서 신맛이 돌며(당분이 입안에서 분해되므로) 뒷맛이 그리 개운하지는 않다. 그렇다고 그 시디신 오미자물을 단맛 없이 먹기는 좀 불편하니, 당분이 없는 단맛이 필요한 셈이다. 수국잎차는 입에서는 단맛이 도는데 당분은 없다.

물론 이런 음료들은 계절이나 몸 상태에 따라 변화를 준다. 연구실에서 먹는 차도 겨울에는 발효가 많이 된 홍차나 푸얼차(普洱茶)를, 여름에는 일본식 찐차 계열의 것을 먹도록 노력한다. 차는 기본적으로 찬 음식이나 발효가 많이 된 것은 따뜻한 성질을 띤다고 한다. 긴장을 덜고 피곤을 풀고 싶을 때에는 국화차 같은 것을 먹는다. 물론 특별히 골라 사는 것은 아니다. 이깃저것 있으니 때에 맞춰 선택해 먹는 것뿐이다.

몸이 으슬으슬하거나 위장이 잘 안 움직이는 듯한 소화 불량 증세가 나타날 때에는 지체없이 생강물로 바꾼다. 이럴 때에는 망설이지 않고 학교 앞 가게로 나가 생강을 사고, 몇 톨 얇게 저며 커피포트에 넣고 끓이기 시작한다. 대추 몇 알이 있으면 더욱 좋다. 설탕 든 음료를 좋아하지 않아 그냥 마시기를 즐기지만 감초가 있으면 한두 쪽 넣어 감미를 내기도 한다. 감초는 큰 시장이나 약재상에 가면 쉽게 살 수 있는데, 모두 중국산이므로 잘못 사면 어쩌나 두려워할 것도 없다. 워낙 맛이 강해서 아주 소량만 넣어야 한다. 생강 손질하는 일은 아주 귀찮은 일이기는 하지만, 그래도 아파서 시간 낭비하는 것보다는 낫다. 커피포트로 끓이면서 하루 종일 생강물을 마시면 감기 기운도 좀 잦아들고 위장의 무기력증도 좀 나아져 속이 편안해진다.

싱싱한 과일 냄새가 매혹적인 생과일즙

요즘 우리 집에서 애용하는 음료는 생과일즙이다. 말 그대로 과일을 녹즙기에 넣어 즙을 먹는 것이다.

시내의 카페에 나가도 생과일 주스라는 것을 판다. 그것들은 토마토나 딸기 같은 과일을 믹서로 갈아 설탕이나 시럽으로 가미를 한 것으로, 정확하게 말하면 '주스(즙)' 가 아니라 '넥타' 다. 이렇게 넥타로 먹을 수 있는 과일은 종류가 한정적이며, 게다가 넥타를 만들기 위해서는 적지 않은 물을 첨가해야 하고 그러다 보니 맛이 싱거워져 설탕 등을 더 넣어야 한다.

그런데 단지 즙을 짜내는 주스는 전혀 다르다. 물을 하나도 넣지 않으므로 과일 그대로의 진액을 먹는 것이고 당연히 설탕도 필요없다. 무엇보다도 그 싱싱한 맛은 넥타와 비교할 수가 없다.

즙을 짜기 위해서는 녹즙기가 필요하다. 십 년 전만 해도 녹즙기에서 쇳가루가 나온다느니 어쩌니 하고 말이 많았는데, 요즈음은 금속을 쓰지 않고 저속으로 으깨어 즙을 짜내는 좋은 녹즙기들이 많다.

물론 이런 녹즙기를 생과일 주스 짜 먹으려고 사지는 않았다. 남편이 녹즙을 먹어 보겠노라 선언하고 텃밭에다가 지성으로 케일을 길렀기 때문에 할 수 없이 샀다. 비위 좋은 남편은 그 맛없는 녹즙을 잘도 먹는데, 나는 아무래도 먹을 수가 없다. 아무리 몸에 좋다고 해도 시푸르등등하고 풀냄새 풀풀 나는 그걸 먹게 되지는 않는다. 그래서 남편에겐 녹즙을 짜 주고 나는 케일 등 녹색 채소를 넣지 않은 채 사과와 당근, 귤 등 과일만 짜 먹는다.

즙을 짜 먹어 보니 웬만한 제철 과일은 다 맛있는 주스가 되었다. 사과와 당근의 조합, 포도 주스처럼 잘 알려진 것은 당연히 맛있는 음료거리이다. 그러나 수박이나 참외 등 넥타로 만들기 힘든 과일도 즙을 짜면 아주 맛있는 음료가 된다. 수박의 즙을 짜 보니 이름이 왜 '수(水)박'인 줄 알겠다. 그야말로 수분 덩어리였다. 수박즙도 짜서 금방 먹으면 참 맛있다. 그러나 30분만 지나면 수박 비린내가 난다. 단 주의할 점 한 가지가 있다. 수박즙을 먹으면 1시간 안에 곧바로 화장실로 직행이니, 외출할 때에는 먹지 않는 게 좋다. 수박은 강력한 이뇨(利尿) 작용을 가진 과일인데, 그것을 즙을 짜서 진액만 먹으니 매우 많은 양의 이뇨제를 먹게 되는 셈이다.

참외즙도 의외로 맛있는 음료이다. 비유컨대 아주 맛있는 멜론 주스 맛이라고나 할까. 비싼 값에도 불구하고 머스크 멜론을 먹게 되는 이유는 부드럽고 물이 많고 달기 때문인데, 참외즙의 진한 맛은 이런 멜론이 결코 부럽지 않다.

겨울이 되면 귤즙이 좋다. 근년 들어 귤이 공급 초과여서 도대체 품값이나 나오려나 하는 가격으로 팔리고 있다. 이런 귤을 한 상자 사다놓고 껍질 깐 알맹이로만 즙을 짜 먹어 보라. 그 싱싱한 향이 제품화된 오렌지 주스와는 비교가 안 된다. 제품화된 오렌지 주스는 껍질째 으깨어 넣은 듯한 냄새가 나고(나는 그 껍질에 뭐가 묻지나 않았을까 하는 의구심을 접을 수가 없다. 아무래도 껍질 깐 알맹이는 잔류 농약이 적지 않을까?) 게다가 맛을 진하게 만들기 위해 가열하여 졸인다고 한다. 맛은 진해질지 몰라도 그 과정에서 싱싱한 과일 냄새는 사라지게 마련이다. 그러니 싱싱한 귤로 갓 짜 놓은 즙과는 비교할 수가 없는 것이다.

혹시 몸에 좋은 녹즙을 먹겠다고 장만한 녹즙기가 부엌 한구석에서 천덕꾸러기가 되고 있지는 않은가? 그렇다면 냉장고에서 시들어 가는 과일들, 베란다 한 귀퉁이에서 물러지고 있는 귤들을 꺼내 즙을 짜 먹어 볼 일이다. ✲

야들야들 애호박전에서 넉넉한 늙은 호박까지

초가을의 느낌

음력이란 게 참 묘하다. 7월 보름, 즉 백중이 지나면 희한하게 무성하던 잡풀들이 기가 꺾인다. 그래서인가, 백중은 머슴들의 잔칫날이었다. 논농사를 지을 때 김을 세 차례 매게 되는데, 마지막 김매기인 '세벌김매기'가 끝날 때가 바로 백중 직전이란다. 음력 7월에 김을 매니 얼마나 덥겠는가. 가장 힘든 공정을 거치는 셈인데, 7월 보름부터는 잡초가 잘 자라지 못하여 벼가 익는 데에는 큰 지장을 주지 못한다. 이때부터 추수가 시작되는 추석 때까지는 머슴들은 짧은 휴식을 누릴 수 있다. 백중에는 호미씻이를 하고, 그해에 가장 일을 잘한 머슴을 뽑아 소에 태우고 놀았다고 한다. 서울내기인 나는 이런 이야기를 책에서 읽고 민속학 하는 사람들에게 얻어들었을 뿐인데, 정말 시골에서 살다 보니 백중이 지나고서부터는 잡풀들이 기세가 달라지는 걸 느낄 수 있다. 아랫도리가 헐렁해지면서 맥을 못 추는 것이다.

그리고 이때부터 열매들은 결실을 앞두고 강한 제 맛을 내기 시작한다. 고추도 맛이 매워지기 시작하고 울타리콩도 알맹이가 탱탱해진다. 그리고 애호박도 확연히 달착지근해지면서 맛이 강해진다.

물큰한 호박나물

애호박이야 여름 내내 지천이지만 그래도 늦여름과 초가을에 먹는 애호박은 맛이 각별하다. 특히 이때 열리는 애호박은 추위가 오기 전에 성숙한 늙은 호박이 될 시간이 없다. 그러니 괜히 어중간한 호박이 되기 전에 빨리 애호박으로 따먹어야 한다. 그래서 추석 즈음에 되면 못생긴 애호박들이 아주 싼값으로 시장에 나온다. 꽤 여러 개를 쌓아 놓고도 천 원 이천 원에 파는 그것들을 어머니는 사다가 동글동글 썰어 청명한 가을볕에 오가리를 말리고, 몇 개는 썰어 반찬을 만들었다.

누구나 그랬겠지만 나도 어렸을 적에는 들척지근하고 물렁한 호박나물이 싫었다. 호박나물에 손도 대지 않고 소박을 놓고(이것은 우리 할머니의 표현이다. 상 위 반찬을 거들떠도 안 보면 "왜 이건 소박을 맞히고 있니?" 라고 하셨다.) 있으면, 어른들은 일본의 유명한 장군의 이야기로 어린 나를 협박했다. 지금은 이름도 잊은 그 일본 장군도 어릴 적에 호박을 싫어했는데, 그 어머니가 모든 반찬을 치우고 호박만 계속 먹여 편식 습관을 고치고 아들을 훌륭한 장군으로 키웠다는 이야기이다. 어린 나에게는 편식을 하면 계속 호박나물만 먹이겠다는 끔찍한 협박으로 들렸다. 하지만 나도 나이가 들면서 호박나물이 맛있다는 생각을 하게 되었고, 이제는 종종 해 먹게 된다.

우리 집 호박나물은 쪄서 무치는 방식이다. 애호박을 길게 이 등분 혹은 사 등분하여 찜통이나 전자레인지에 찐 후, 말캉해진 호박을 반달 모양으로 얄팍얄팍하게 썰어 간장에 무친다. 양념은 조선간장(취향에 따라서는 왜간장을 조금 섞어도 된다.)에 파, 마늘, 약간의 고춧가루와 깨소금만 넣으면 된다. 흔히 많은 사람들이 해 먹는 기름에 볶은 애호박나물을 아작하고 고소한 맛으로 먹는다면, 이 호박나물은 입에 넣으면 곧 흐무러지는 뭉근한 감촉과 부드러운 단맛, 양념장의 맛이 어우러진 부드러운 맛이다.

애호박 음식의 절정, 애호박전

뭐니뭐니 해도 애호박 음식의 최고는 애호박전이다. 야들야들하고 고운 색, 행여 다칠세라 조심조심 따온 호박의 그 느낌이 그대로 살아 있는 것이 바로 애호박전이다. 부쳐 놓은 호박전은 선명한 풀초록빛 애호박이 노란 달걀옷 안에 싸여 있어 보기만 해도 군침이 돈다.

취향에 따라 약간 말캉한 애호박전을 좋아하는 사람이 있고, 사각거리는 신선한 맛을 좋아하는 사람이 있다. 속이 말캉한 것을 좋아하는 사람이라면 호박을 동글납작하게 썰어 소금을 뿌려 한 풀 꺾이도록 조금 놔둔 후 부치면 된다. 혹은 불에 올려놓은 후 좀 낮은 온도에서 부치면 속이 말캉하게 된다.

나는 사각거리는 신선한 맛의 호박전을 더 좋아한다. 가운뎃부분은 말캉하고 겉의 풀초록색 부분은 사각거림이 남아 있는, 그 절묘한 조화가 좋다. 이런 호박전을 하려면 썰자마자 호박에 조금 소금간을 하고서는 빨리 부쳐야 한다. 모든 전이 다 그렇지만, 밀가루는 묻히자마자 탈탈 털어서 쓸데없이 밀가루가 미끈거리지 않게 해야 한다. 이렇게 얇게 밀가루를 묻힌 후 달걀 푼 것에 살짝 담갔다가 금방 팬에 올려놓아야 부침옷이 얇아진다. 팬의 온도도 좀 높은 것이 좋다. 달걀과 밀가루만 익힌다 싶을 정도로 해도 호박은 충분히 맛이 들어 있다.

이런 따끈한 애호박전에 입에 짝 붙는 청주 한잔 곁들이면 늦여름에 부러울 것이 없다.

늙은 것의 아름다움

일찌감치 여름에 열매를 맺어 자라기 시작한 호박은 초가을엔 꽤나 살이 올라 있다. 이것들은 이제 늦가을까지 고이 모셔 두면서 늙은 호박이 되어 갈 것이다.

언제부터 우리는 늙은 것을 추한 것으로 여기게 되었을까. 늙은 것은 주름살이 생기고 힘이 빠지고 쓸데없는 권위를 부리는 것만이 아니라, 혈기가 가라앉은 안정감과 지혜로움, 너그러움과 덕성을 지니게 되는 것이기도 한데 말이다. 어떻게든 젊어지려고 발버둥치다가 어쩔 수 없이 마흔 쉰을 맞이하며 인생이 다 갔다고 슬퍼하게 되는 이 세상의 세태는 아마 속도 자체가 물신화된 자본주의 사회가 만들어 낸 또 하나의 현상일 것이다.

그런데 늙은 호박을 보면 늙음의 아름다움을 생각하게 된다. 늙은 호박은 참 아름답다. 이슬 같은 물기를 머금고 꼭지에 솜털이 보송보송한 연초록빛 애호박 예쁜 거야 말할 필요도 없는 것이지만, 퉁퉁하게 살이 올라 엉덩이가 푹 퍼지고 웬만한 손톱자국에도 개의치 않는 듯 단단한 껍질을 가진 늙은 호박은 그것대로 참 아름답다. 무서리 내린 가을 들판에 뒹그러지거나 추수되어 뉘 집 마루 한 귀퉁이에 놓이거나 하다못해 경동시장 리어카나 슈퍼마켓 판매대에 놓여 있어도, 이맘때쯤에는 그걸 보는 것만으로도 기분이 좋아진다. 그래서 나는 너무 추워져서 얼어 버리기 전에 꼭지가 시든 늙은 호박을 거두어서 집안 구석구석에 놓아두고 가을의 풍성함을 만끽한다.

이 큰 호박을 다 뭐하누?

늙은 호박은 너무 큰 데다가 요리할 줄도 모른다고 구입할 엄두를 내지 못하는 사람들이 많다. 사실 요즘 같은 식구 수에 큰 호박은 부담스러운 크기이기는 하다. 그러나 늙은 호박은 워낙 이것저것 해 먹을 것이 많으니 용기를 내어 사 볼 만하다.

난 일단 늙은 호박을 하나 쪼개면 연주황빛의 싱싱한 속살이 마르기 전에 튀김 요리를 해 먹는다. 가끔 일식집에서 늙은 호박 튀김이 나오기는 하지만 물기를 너무 빼서 요리를 하는지 싱싱한 맛이 없고, 게다가 일식 요리란 것이 일반적으로 너무 달기 때문에 호박의 은근한 단맛을 음미하기도 전에 다른 음식이 입맛을 압도해 버린다.

늙은 호박 튀김은 요리랄 것도 없이 쉬운 음식이다. 튀김하기에 알맞을 정도로 도톰납작하게 썰어서 반죽한 튀김옷을 입혀 기름에 튀기기만 하면 된다. 겉은 바삭하고 고소한데 속은 말랑하고 달착지근하여, 초간장에 찍어 먹으면 참 향그럽고 신선하다. 물론 늙은 호박 자체가 맛있는 것이어야 한다. 호박도 속살의 색깔이 진하게 잘 익은 것이 달고 맛있다.

힘이 좀 남는 날이면 쪼갠 호박의 씨를 걷어내고 숟가락으로 벅벅 긁어 부쳐 먹는다. 손으로 긁는 것이 좀 힘이 들기는 하지만 기계로 가는 것과는 맛의 차원이 다르다. 긁어 놓은 호박 육질에다 부침개를 할 수 있을 정도로 아주 약간의 밀가루와 소금, 설탕을 넣어 부침 반죽을 만든다. 팬에 기름을 넉넉히 두르고 노릇노릇하게 부치면 색도 고운 부침이 되는데 아주 맛있는 군주전부리 거리이다.

호박튀김, 호박부침, 호박죽, 호박떡

이렇게 별별 것을 다 했는데도 늙은 호박은 남는다. 정말 푸지다. 남는 건 뭘 할까? 우리 할머니는 늙은 호박으로 국을 끓여 드셨는데, 난 어릴 적에 들척지근하고 물컹한 국이 입에 맞지 않아 잘 먹지 않았다. 김장 끄트머리에 남은 양념들과 호박을 숭덩숭덩 썰어 김치를 버무려 놓으면 익은 후 아주 맛있는 김치찌개 거리가 된다고 하는데, 이 역시 할머니한테

말로만 들은 것일 뿐 해먹어 보지는 못했다. 신세대 미식가는 호박을 씨를 빼고 푹 쪄서 꺼내 놓고 그 말랑해진 노란 속살에다 버터를 발라 먹으면 기가 막힌 맛이라고 하던데, 그것도 아직 해먹어 보지 못했다.

어릴 적에 가장 맛있었던 기억의 음식은 호박떡이었다. 늙은 호박을 도톰하고 길게 썰어 빨랫줄이나 장대에 널어 오가리를 말린 후, 겨울에 이 오가리를 넣고 백설기나 찰시루떡을 찌면 김이 모락모락 나는 떡 속의 달큰한 호박오가리가 참 맛있었다.

남은 늙은 호박은 가장 고전적인 방법으로 처리한다. 호박죽을 끓이는 것이다. 칼로 도막을 쳐 가면서 껍질을 뚜꺽뚜꺽 썰어 내고, 냄비에 앉혀 물을 자작자작하게 부어 오래 삶으면 호박은 제 혼자 물을 내면서 물컹해진다. 나무 주걱으로 저으면서 물컹한 호박을 으깬다. 거기에 물에 푼 걸쭉한 찹쌀가루를 끓는 호박에 끼얹어 붓고, 팥이나 강낭콩 삶은 것을 좀 넣어 뜸들이듯 저으며 조금 더 끓이면 호박죽은 완성된다. 간은 소금으로 하는데, 단맛이 좀 적다 싶으면 설탕이나 물엿을 첨가해도 된다.

노란 호박죽은 입에 착 달라붙게 부드럽고 맛있다. 오래오래 익은 늙은 호박을 오래오래 끓인 그 시간의 맛이 속을 자극하지 않고 부드럽게 스며든다. ✼

장작 난로에 구워 먹는 고구마와 은행

벽난로가 분위기용이라고?

우리 집 거실에서 가장 중요한 것은 텔레비전도 오디오 세트도 아니다. 다름 아닌 벽난로이다.

집에 벽난로가 있다고 하면, 사람들은 눈을 가늘게 뜨고 녹작지근한 목소리로 "낭만적으로 사시는군요."라고 말한다. 천만에 말씀이다. 우리 집 벽난로의 가장 중요한 기능은 난방과 조리이다. 우리 집은 외풍이 있는 단독 주택인 데다가 심야 전력으로 난방을 하고 있으니 갑작스러운 실내 온도 조절이 불가능한 체제여서 무언가 보조 난방 기구가 있어야 하는데, 벽난로는 그 구실을 톡톡히 해 준다. 그리고 또 한 가지, 우리는 그 난롯불에 아주 여러 가지를 구워 먹는다.

그래서 우리 집 벽난로는 꽤나 지저분하다. 재나 불티들이 날려 주변은 꺼먼 그을음과 허연 먼지투성이이고 방바닥도 군데군데 불 탄 자국이 여럿 있다. 여기에 부지깽이와 불집게, 온갖 땔감들을 늘어놓은 채 살 수밖에 없다. 그뿐이랴. 난롯불에 무언가를 자주 해 먹으니 난로 주변에는 구워 먹을 때에 쓰는 도구들이 여기저기 흩어져 있다.

장작 때는 즐거움

난로에 무언가를 구워 먹기 시작한 것은 이천에 이사오면서부터이다. 집을 제대로 짓기 전, 오 년 동안 임시로 살았던 비닐하우스는 둘이 몸을 누일 방을 빼놓고는 그냥 흙바닥이었다. 부엌 싱크대와 냉장고도 흙바닥 위에 놓여 있었다. 그리고 그 공간 한가운데에 드럼통을 개조하여 만든 장작 난로가 있었다.

난로를 놓은 이유는 단 한 가지, 난방을 위해서였다. 겨울철에는 아침에 일어나서 가장 먼저 해야 하는 일은 가스레인지에 밥을 올려놓고 난로에 불을 지피는 일이었다. 비닐과 보온 덮개로만 덮여 있을 뿐이므로, 난로를 피우지 않으면 너무 추워서 음식을 하거나 밥을 먹기가 힘들었기 때문이다.

그런데 정작 장작 난로를 쓰면서 보니, 그것은 참 여러 가지로 재미있는 물건이었다. 불을 때며 불구경하는 일이 적잖이 즐거운 일이었고, 장작 난로의 온기란 따뜻한 바람을 내뿜는 전기 히터와는 전혀 다른 아주 상쾌한 온열감을 준다. 나무 타는 냄새도 좋았고, 따뜻하게 온몸을 덥혀 주는 그 불기운도 마치 온찜질하듯 사지를 기분 좋게 풀어 주었다.

무엇보다 즐거운 일은 거기에다 무엇인가를 구워 먹을 수 있다는 것이었다. 우리는 일요일마다 달구어진 철판에 은박지를 깔고 돼지고기와 김치를 척척 얹어 구워 먹었다. 원리로 보자면 가스레인지 위에 팬을 얹고 구워 먹는 것과 다를 바가 없는데 어쩌면 그토록 고기 맛이 달라지는지 놀라울 정도였다.

구워 먹는 것에 재미를 들이다 보니 이제 웬만한 것은 다 난로 위에 올려놓기 시작했다. 날이 쌀쌀해지면서 난로는 늘 불이 지펴진 상태였고, 밭에서 추수한 것들을 난로 위에서 구워 먹기 시작한 것이다. 감자와 고구마, 밭에서 갓 딴 풋콩까지 웬만한 것이 난로 덕분에 꿀맛이었다.

조리 기구, 벽난로

집을 짓고 가장 먼저 들여놓은 것이 바로 벽난로였다. 실내에 장작 때는 난로를 놓는 것이 얼마나 실내를 지저분하게 하는지 모르는 바는 아니었지만 불 때는 재미를 포기할 수 없었기 때문이다.

애초에는 집을 지을 때부터 벽난로를 설치하면서 지을까, 아니면 방 하나를 약간 높이를 다르게 하여 재래식 온돌로 만들고 그 밑에서 불을 때면서 벽난로를 겸할 수 있게 할까 별별 아이디어를 내어 보기도 했다. 잡지책을 뒤적거려 보니 산간 지방에는 난방과 조명을 겸하는 코클이라는 것이 있다는 것도 알게 되었다. 하룻밤에도 머릿속으로는 자금성을 지었다 부쉈다 했지만 그저 꿈일 뿐이었다. 돈도 없고 매일 공사 현장에 붙어 있을 수도 없는 처지라 집 짓는 사람에게 복잡한 주문을 하기가 힘들었고, 그 틈에 집은 벽난로 없이 완성되었다.

그 다음 고민은 완성된 건물의 실내에 어떻게 성공적으로 벽난로를 들여놓느냐 하는 일이었다. 까딱 잘못하다가는 연기가 실내로 들어와 집안 전체를 너구리 굴로 만들어 버릴 수 있기 때문이다. 잡지에 실린 전원 주택 사진들을 보니 벽난로 입구가 꺼멓게 그을려 있는 것들이 많았는데 그건 난로가 연기를 잘 빨아들이지 못하기 때문이다. 잡지에 실린 집이 이런 정도라는 것은 그만큼 벽난로를 잘 설치하기가 어렵다는 것을 의미했다.

우리가 선택한 것은 비싸지만 안전한 길, 즉 제품화된 벽난로를 구입하여 설치하는 것이었다. 벽난로를 벽돌 등으로 장식하여 멋지게 설치하면 좋이 수백만 원은 날아가는 일이지만 난로와 연통만 사다가 설치하는 것은 100만 원 이내에 가능했다. 어차피 우리 집 벽난로는 인테리어용이 아니라 난방 겸 조리 기구인 것을, 외양이야 쇳덩어리이면 어떠랴.

사실 벽난로를 인테리어의 일환으로 본다면 그 관리가 보통 일이 아니다. 매일 쓸고 닦아도 날리는 재를 어찌할 수가 없고, 땔감이 실내까지 들어와야 하고 간간이 재를 내다 버려야 하는데, 그것도 깨끗하게 하기 힘들다. 눈을 즐겁게 하기 위해서 벽난로를 놓는다면, 불 때는 일은 거의 포기해야 할 정도이다. 크리스마스에나 한번 때고 분위기 잡는 것으로 만족해야 한다. 그러나 나는 주변의 방석과 담요들까지 불티가 날아와 구멍을 내도 개의치 않는다. 나는 촉각과 미각의 즐거움을 위해 시각적 즐거움을 기꺼이 포기할 수 있는 사람이다.

갓 볶은 은행과 땅콩

날이 썰렁해지기 시작하는 늦가을부터 초봄까지 우리는 벽난로를 애용한다. 조금 여유롭게 밥을 먹을 수 있는 저녁 식사 때나 휴일에는 늘 벽난로에 장작을 지펴 놓고 불을 쬐면서 밥도 먹고 차도 마신다.

가장 많이 애용하는 용도는 역시 고기구이이지만 그것 말고도 이것저것 소소한 것들, 차나 맥주, 와인과 곁들일 수 있는 군것질거리들을 구워 먹는다.

가장 환상적인 것은 역시 고구마이다. 늦가을에 오종종하고 동글동글한 고구마를 한 상자 사서는, 출출할 때 벽난로에 불을 땔 때 그 재 속에 묻어 놓으면 말랑하게 구워진다. 불을 직접 쬐면 겉이 타기가 일쑤이지만, 밑에 떨어진 잿더미 속에 묻으면 뜨거운 재 속에서 타지도 않고 알맞게 구워진다. 고구마에 비해 감자는 좀 더 긴 시간이 필요하다. 하지만 막상 잘 구워지고 나면 찐 감자에서는 맛볼 수 없는 구수한 맛이 일품이다. 감자는 워낙 잘 익지 않는지라 은박지로 싸서 굽기도 한다. 열전도가 빠른 알루미늄이 열을 골고루 전달시켜 주어 빠르게 익는 데에 도움을 주기는 하지만, 은박지 속에 습기가 차기 때문에 껍질이 바삭해지면서 고소한 맛이 나는 묘미는 맛보기 힘들다.

은행 역시 좋은 군것질거리이다. 은행은 한꺼번에 많이 먹으면 좋지 않은 식품이므로 깐 은행을 샀다가 오래 냉장고에서 묵히게 되기 일쑤이다. 나는 겉껍질이 있는 은행을 산다. 모든 식품들이 다 그렇듯 겉껍질이 있는 피은행은 껍질을 제거하여 오랜 시간 유통되는 깐 은행에 비해 훨씬 신선하다. 사람들이 피은행을 싫어하는 것은 껍질 까는 어려움 때문인데, 불에 구워 먹으면 껍질 까기가 매우 쉽다. 은행을 굽기 위해서는 국수 건지는 데 쓰는 자루 달린 체가 두 개 필요하다. 체 하나에 은행을 넣고 나머지 하나는 위에 덮는다. 불에 구우면 은행 껍질이 폭발하여 은행 알맹이가 튀어나가기 때문이다. 장작불에 올려놓고 살살 흔들면서 구우면 몇 분 뒤에 은행이 탁탁 벌어진다. 그 노란 연둣빛의 은행 속살은 쫄깃하고 신비로운 맛이다.

구워 먹는 것은 이것만이 아니다. 땅콩이나 호두살, 심지어 마른 멸치도 구워 먹으면 맛있다. 나는 땅콩도 볶지 않은 생땅콩을 사다 살짝 구워 먹는다. 갓 볶은 땅콩 맛은 볶은 후 오래된 볶은 땅콩과는 비교할 수 없는 달착지근하고 고소한 맛을 느낄 수 있다. 호두도 껍질을 금방 까서 먹으면 신선하지만, 그게 귀찮아서 껍질 깐 호두살을 사면 아무래도 신선한 맛이 덜한데 그때 살짝 불에 구워 먹으면 새로운 맛을 느낄 수 있다. 갓 조리하여 따뜻하게 먹는 건 무엇이나 다 맛있다.

은행이나 땅콩, 호두 등을 불에 갓 볶아 먹는 것에는 꼭 장작불이 필요한 것은 아니다. 가스레인지에 구워 먹어도 좋다. 매혹적인 불꽃을 보며 온몸이 녹작지근하게 불을 쬐는 맛이 없기는 하지만, 그래도 갓 볶아 신선하게 먹는 땅콩과 은행 맛은 맥주 안주로는 그만이다. ✲

2

좌충우돌 실패와 성공

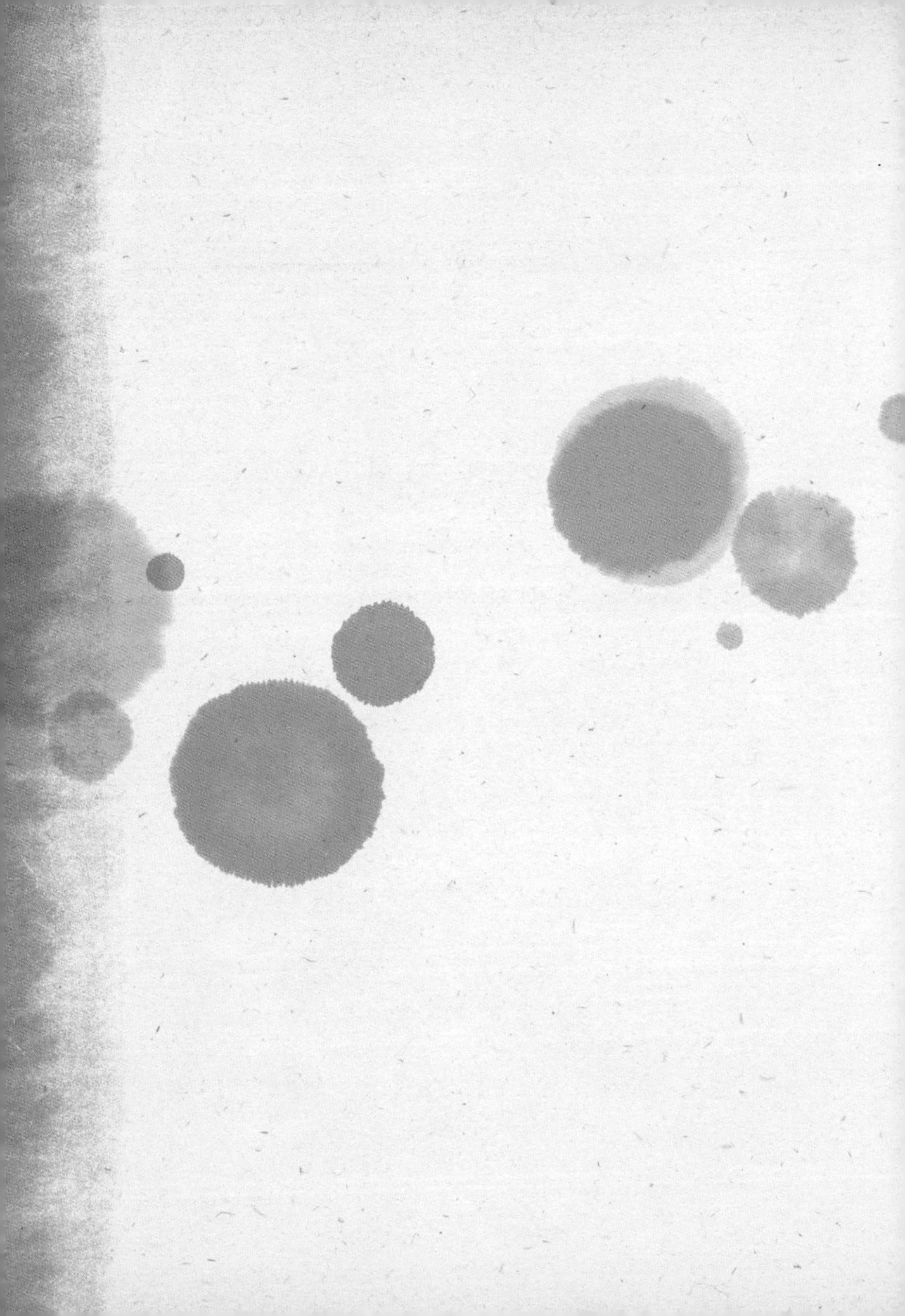

음식의 기본, 밥

스물네 살, 음식 초보

앞에서도 이야기했듯이 나는 결혼 전에는 거의 음식 같은 것은 해 보지 않고 자랐고 요리 학원도 다닌 바가 없다. 그저 명절날 심부름이나 친구들끼리 엠티 가서 해 먹은 경험이 고작이었던 스물네 살짜리가 덜커덕 결혼이란 걸 했다.

그러니 이 책에서 이야기하는 수많은 음식들은 결혼 이후에 조금씩 천천히 개발된 것이다. 물론 이후에도 요리 학원에 가 본 적이 없고, 두껍고 화려한 요리책의 레시피를 놓고 매일 연습하지도 않았다. 그냥 허우적대고 좌충우돌하면서 음식을 하고 먹었을 뿐이다.

처음 내가 얼마나 아무것도 모르는 생초보였는지를 잘 보여 주는 일화가 하나 있다. 결혼 날짜를 잡고 정릉에 단칸방 하나를 얻었다. 자취를 하던 남편이 먼저 그 집에 들어가 살기 시작했고 나는 가끔 이것저것 물건들을 들여놓느라 왔다갔다 하고 있었다.

그러던 어느 날 혼자 사는 아들을 보려고 시어머님이 오셨고 함께 저녁 밥상을 차리게 되었다. 며칠이면 시어머님이 되실 분과 처음으로 부엌에 함께 있어 본 것이다. 그날 시어머님이 들고 오신 장바구니에는 삼치와 풋마늘 같은 것들이 들어 있었는데, 밥 앉히고 풋마늘을 무치시면서 "그 삼치 조릴 끼다. 삼치 조릴 줄 알제?" 하셨다. 나는 엉겁결에 "네." 하고 대답했는데, 그 순간 얼굴이 화끈 달아올랐다. 사실 나는 한번도 생선조림을 해 본 적이 없었다.

어쩌지? 갑자기 손이 부들부들 떨렸다. 그래도 어쩌랴. 이미 대답을 해 버린 것을.

냄비에 씻은 삼치를 앉히고 생각나는 대로 양념을 넣어 조리기 시작했다. 음식들이 다 되어 상을 보고, 남편과 시어머님, 나, 이렇게 셋이 함께 저녁을 먹기 시작했다. 문제의 삼치! 맛을 보니 뭔가 좀 이상하다. 지금 같으면 이유가 뭔지 곰곰이 생각해 보련만, 그때는 생각할 정신도 없었다. 그 와중에 생각은 무슨 생각.

한 도막을 거의 다 먹어 갈 무렵 어머님은 "야야, 그란데 고추장을 좀 넣었으면 좋았을고로." 하신다. 나는 그제서야 고추장을 넣지 않고 왜간장과 설탕만 넣어 조림을 했다는 것을 깨달았다. 아뿔싸! 어쩌지? 또 얼굴이 화끈 달아올랐다. 그래도 어머님은 너그러이 덮어주셨다. "그래도 그리 괜찮다." 하신다. 간은 그럭저럭 맞췄다는 이야기인가, 아니면 매운 것을 싫어하는 서울 사람이라서 간장조림을 했다고 생각하신 걸까, 실수인 줄 아시고서도 민망할까 봐 덮어주신 걸까, 아직도 잘 모르겠다.

결혼 직전 내 수준은 이랬다.

밥맛을 알게 된 나이

이런 실력이란 그저 삼시 세끼 밥 끓여 먹는 것도 가상한 수준이다. 사실 말은 이렇게 하지만 밥이야말로 우리 음식의 기본이다. 이문구의 연작 소설집 『우리 동네』에는 농민들에게 맛이 떨어지는 신품종 쌀을 재배하라는 교육을 하면서, 이런 맛없는 쌀을 누가 사 가냐고 할지 모르지만 모르는 말씀이다, 다 음식점에서 사 간다, 음식점에서 설렁탕 한 그릇 사 먹으면서 밥맛 없다고 하겠느냐 국맛 없다고 하지 운운하는 대목이 나온다. 무작정 증산을 위한 억지 농정을 보여 주는 장면인데, 사실 나도 스무 살 시절에는 밥맛이 없는지 국맛이 없는지 구별을 못하던 때가 있었다. 그러나 날이 갈수록 밥맛에 예민해져서, 이제는 밥을 맛있게 짓지 못하는 음식점에는 들어가기도 싫다. 비싼 한식집들이 즐비한 인사동에 부산식당이라는 허름한 음식점이 있다. 음식맛도 좋지만 무엇보다도 기막힌 것은 밥맛이다. 손님에게 주문을 받으면 그때부터 밥을 앉혀서 윤기 자르르한 새 밥을 내온다. 그러니 밥이 나올 때까지 시간이 좀 걸리는데, 빨리 달라고 재촉하면 주인 아저씨가 막 화를 낸다. 사람들은 이 집 밥을 먹으면서 "그래, 이게 옛날 밥맛인데 요즘엔 아주 잊어버리고 살았어." 한다. 보온 밥통에서 식구마다 따로 퍼 먹고 튀어나가기 바쁜 생활을 하니 당연하다.

나도 남 못지않게 바쁘게 사는 사람이니 별 수 있겠는가. 그런데 무슨 깡다구였는지 나는 전기밥솥 없이 결혼을 했다. 오로지 압력밥솥 하나면 족하다고 생각하여 품목에서 내가 제외시켰다. 가능하면 품목을 줄이려는 생각도 있었지만, 아무래도 전기밥솥에 지은 밥은 맛이 없다는 생각에서였다. 내가 이런 생각을 하게 된 것은 확실히 환경 탓이다. 우리 친정에서는 전기밥솥을 쓰지 않고 그때그때 밥을 지어 먹었다. 아주 어린 시절 명절날에는 무쇠 가마솥에 밥을 했던 기억도 나고, 보통 때에는 양은(알루미늄)밥솥이었고, 압력밥솥이 나온 후에는 그것도 꽤나 애용했다. 그러다 보니 전기밥솥 밥은 맛없는 밥이라고 생각한 것이다. 하긴 전기밥솥을 쓰지 않기로는 우리 언니도 마찬가지이다. 언니도 일일이 밥을 새로 해 먹고 전기밥솥은 그저 보온용으로만 쓴다.

이상은 드높았으나 현실은 달랐다. 아니, 입맛은 드높았으나 손발은 달랐다고 해야 옳은 표현이리라. 생전 부엌 살림을 안 하고 살았기 때문에 매일 아침 음식을 하는 것이 그다지 쉬운 일이 아니었고, 막상 음식을 해 놓아도 그리 맛있지도 않았다. 대개는 밥과 국으로 먹는 게 보통이었지만 정 하기 싫으면 어느 끼는 삶은 감자, 어느 끼는 계란을 곁들인 토스트 같은 것으로 때우기도 했다. 그러나 아침밥하기 싫은 증상은 결혼한 지 사오 년 만에 거의 사라졌다. 아마 이때쯤부터 음식 만드는 실력이 늘어 메뉴가 다양해졌고 부엌일도 그럭저럭 익숙해졌기 때문이리라. 이때부터 본격적으로 맛있는 밥에 대한 욕심이 생기기 시작했다.

압력밥솥의 아쉬움

점심과 저녁을 모두 밖에서 해결하는 나는 아침밥만은 꼭 지어 먹는다. 아직도 전기밥솥은 쓰지 않는다. 몇 년 전에 전기밥솥을 사기는 했는데, 그것은 오로지 식혜 만드는 용도로만 쓰는 대용량이다. 전기밥솥이 없으니 전기밥통도 당연히 없는 것이다. 나는 전기밥솥보다 전기밥통을 더 싫어했다. 전기밥통에서 오래 되어 색깔과 향취가 바래 버린 밥을 먹고 싶지는 않았다. 그래서 밥이 남으면 식혀서 찬밥을 만들고, 전자레인지에 데워 먹거나 냄비 밑에 깔고 물을 뿌려 가열한다. 한 김 오르면 밥은 다시 윤기가 도는데, 새로 지은 밥에 비해 찰기는 떨어져도 밥통에서 푸실푸실해진 밥보다는 낫다.

결혼 직후부터 꽤 오랫동안 우리 집 밥솥은 압력밥솥이었다. 잘 불린 쌀로 밥을 지으면 찰지고 맛도 괜찮으며, 무엇보다도 실력 없는 손으로 해도 크게 실패할 확률이 적다. 말하자면 불 조절을 잘 못하여 밥물이 넘을까 걱정할 필요도 없고, 위에는 설고 아래는 타는 삼층밥을 지을 우려도 거의 없다. 무식하다 할 정도로 강한 압력을 주어 그 안의 쌀을 다 익혀 버리기 때문이다. 뜸 들이는 것도 압력이 저절로 빠지기만 기다리면 되므로 그것도 신경 쓸 일이 아니다. 이렇게 신경 쓰지 않고 지은 밥 치고는 밥이 찰지고 맛이 있게 되는 것이 바로 압력밥솥이다.

그래서 압력밥솥을 오래 써 왔지만 몇 가지 아쉬움이 가시질 않았다. 하나는 아무래도 밥이 좀 질겨진다는 거였다. 나이를 먹을수록 질긴 밥은 점점 싫어진다. 처음에는 현미밥 질긴 것만 싫었는데 이제는 흰쌀밥 질긴 것도 싫다. 내 식성은 약간 진 듯 촉촉한 밥을 좋아하는데, 압력밥솥은 말랑하고 부드러운 느낌이 덜하다.

다른 하나는 맛있는 눌은밥을 먹을 수 없다는 것이었다. 나는 친정에서 늘 밥을 먹고 난 후에 눌은밥을 먹는 습관을 들여 왔고, 특히 입맛 없는 아침에는 밥을 뜨는 둥 마는 둥 눌은밥만 먹기 일쑤였다. 이렇게 이십 년을 살아 왔으니 결혼 후에도 눌은밥 생각이 간절했다. 남은 밥을 다시 가열하여 김을 올리는 방식을 좋아하는 것도 그 밑에 노르스름하게 앉는 누룽지 때문이기도 하다.

타의 추종을 불허하는 가마솥 누룽지의 맛

십 년 전쯤 작은 무쇠 가마솥을 하나 샀다. 6인분 정도 되는 앙증맞은 무쇠솥이다. 가끔 할인점 같은 데에서 가마솥 모양의 작은 솥을 파는 것을 본 적이 있는데 그중 상당수가 무쇠솥이 아니었다. 모양만 가마솥일 뿐 재질은 알루미늄에 검은색 코팅을 한 것이어서 진짜 가마솥이라고는 할 수 없는 것들이다.

가마솥의 진가는 무쇠라는 데에 있다. 두껍고 무거우며 잘못하면 녹이 슬 수 있지만, 열전도율이 높아 사면에서 고루 열을 내보내고 열을 오래도록 지니고 있으며 무거운 뚜껑이 위에서 팍 눌러 주는 진짜 무쇠솥이 아니고서는 밥맛은 제대로 나지 않는다.

무쇠 가마솥에 밥을 지어 먹기 시작하니 이제 압력밥솥은 수납장 깊숙이 처박히는 신세가 됐다. 쌀을 불려 놓기만 하면 조리 시간은 15분 정도로 생각보다 그다지 많이 걸리지 않는다. 전기밥솥처럼 영리하거나 압력밥솥처럼 무식하지 않기 때문에 조금 요령만 익히면 된다. 적당히 밥물을 붓는 것(이것은 한번만 실패해 보면 금방 터득한다.)과 처음에 센불로 가열해서 끓기 시작하면 불을 줄여 밥물이 넘치지 않도록 하는 것 등이다. 이렇게 지은 가마솥 밥은 전기밥솥 밥보다 찰지고 압력밥솥 밥보다는 부드러운 최상의 맛이다.

솥이 뜨거울 때 김이 펄펄 나는 밥을 싹싹 긁어 푸고 나면, 달구어진 밥솥 밑바닥에 노란 누룽지가 바작거린다. 숟가락으로 긁어 과자처럼 먹기도 하지만 대개는 물을 부어 숭늉과 함께 먹는다. 무쇠솥에서 나온 숭늉과 눌은밥은 어디에도 견줄 수가 없다.

특히 잡곡밥을 지으면 숭늉이 더 맛있다. 기장이나 차조도 맛있고 여름에는 보리도 좋은데, 나는 특히 서리태 콩을 좋아한다. 흔히 검은콩이라고 부르는 흑태에 비해 굵고 속이 초록빛이 도는 이 콩은 서리 내릴 때쯤에야 거둘 수 있다고 해서 서리태라 부른다. 흑태나 밤콩, 심지어 알록달록한 선비콩과 비교해서도 맛이 월등하고, 그래서인지 값도 비싸다. 이 서리태 콩을 불려 밥에 두면 밥맛이 달착지근하고 눌은밥과 숭늉은 아주 구수해진다.

누룽지를 못잊는 사람들은 제품화된 누룽지를 사기도 하고 가끔 돌솥밥집에서 향수를 달래기도 한다. 앞뒤를 모두 프레스로 가열하여 만든 제품화된 누룽지는 너무 딱딱하고 맛이 없으며(아마 태반이 중국산일 것이다.) 돌솥밥집에서는 밥이 덜 눌은 상태에서 내오기 때문에 집에서처럼 맛있는 숭늉을 먹기는 힘들다. 음식점에서 서비스로 나오는 눌은밥은 대개 중국산 누룽지를 끓여 주는 것이거나, 대형 압력밥솥으로 밥을 한 후에 나온 것이어서 가마솥 누룽지와는 비할 수가 없다.✲

김치, 첫 번째 이야기

초보 주부 물김치 담그기

무조건 따라하면 이영미만큼 한다

밥 다음으로 중요한 것이 김치련만, 나는 김치도 할 줄 모르는 상태에서 결혼을 했다. 하긴 이미 우리 언니가 결혼하던 1980년대 초반부터도 새색시가 김치를 할 줄 모르는 것은 그다지 흉이 아니었다. 결혼하여 현모양처가 되는 것이 꿈이라고 당당하게 대답하는 여자들이 급격히 줄어들어 가고 있을 때였으니 특별히 신부 수업을 하지도 않았고, 이십 대 중반까지 오로지 학교만 다녔으니 다른 것을 배울 겨를도 없었다. 이때부터 김치는 새색시의 몫이 아니라 친정 어머니와 시어머니의 몫이 되었다. 지금도 우리 또래 중 여태껏 김치를 한번도 제 손으로 해 보지 않았다는 사람이 적지 않다. 그러니 제품화된 김치 시장이 커지는 것은 당연하다.

나도 마찬가지였다. 처음에는 당연히 얻어먹는 신세였으니 친정과 시댁에 가는 날이면 제일 먼저 김치통부터 챙겼다. 그러다 김치가 떨어지고 얻으러 갈 시간이 없으면(오가는 시간도 시간이려니와 친정이나 시댁에 들르면 족히 한나절을 보내게 되니까 말이다.) 뭔가 김치를 대체할 것을 해 먹었다. 결혼 초 내가 할 수 있는 것은 무생채뿐이었는데, 김치 대용으로 먹으려면 음식점의 냉면김치처럼 무를 얄팍얄팍하게 썰어 소금과 식초, 고춧가루, 파, 마늘 등으로 버무려 놓고, 하루 이틀 묵혀 좀 익은 듯할 때 먹었다. 이것 역시 엠티 때 김치 대용품으로 해 먹던 것이었다. 하지만 이것도 하루 이틀이지 늘 이렇게 살 수는 없었다. 어쨌든 김치는 해야만 했다.

이런 상태에서 김장을 하는 데에 이르기까지 족히 삼사 년은 걸린 듯하다. 그 긴 시간 동안 차근차근 쉬운 김치부터 어려운 김치까지 실험하듯 해 나갔으니, 내 경험을 이야기하는 것이 나쁘지는 않을 것이다. '무조건 따라하면 이영미만큼 김치 한다.' 라는 제목의 책을 내도 되지 않을까 싶다.

내가 하고 싶은 이야기는 김치가 그리 어렵고 복잡한 음식이 아니라는 것이다. 그냥 누적된 감각을 많이 요하는 음식일 뿐이다. 감각이라고 하면 해 봐야 느는 것 아니겠는가. 겁먹지 말고 일단 해 보는 게 중요하다.

망치면 버릴 셈치고

내가 가장 먼저 시도한 김치는 무를 썰어 담그는 물김치였다. 젓갈과 고춧가루 양념을 전혀 쓰지 않고 하얗게 담그는 것이므로, 소금과 설탕 간만 제대로 맞출 줄 알면 성공하는 아주 간단한 김치이다. 시간도 적게 걸리고 재료값도 아주 저렴하다. '망치면 말지' 하는 마음으로 한번 해 볼 만하다.

우선 무를 사야 한다. 무는 가을 무가 맛있는데, 그렇다고 사시사철 그런 무가 나오는 것은 아니다. 가을 무에 비해 봄과 여름의 무는 육질이 무르고 맛도 싱겁다. 하지만 초보가 이것저것 가리랴. 일단 무를 하나 산다.

깨끗이 다듬어서 나박썰기로 써는데, 나박썰기란 나박김치의 무처럼 바둑판의 네모 모양으로 써는 것이다. 어떻게 해야 그런 모양이 되는지 모르는 정도의 심각한 왕초보라면 옆집 아줌마한테 물어보거나 기초적인 요리책을 참고하는 수밖에 없다. 김치통 하나를 담글 거라면 큰 무는 한 개가 다 쓰이지도 않는다. 아무래도 물이 많이 들어가는 김치이기 때문이다. 감이 잡히지 않으면 물을 섞어 가면서 적당한 양의 무를 썬다. 여기에서 주의할 점은 소금물에서 무가 절면서 건더기의 부피가 줄어든다는 것이다. 그것을 예상하고 물과 건더기의 양을 가늠해야 한다.

배추를 함께 섞어도 된다. 통배추는 무 썰어 놓은 크기로 썰어 놓으면 된다. 그런데 무와 배추를 섞어서 김치를 담그려면 주의할 점이 하나 있다. 무는 칼이 닿은 단면이 많고 배추는 적기 때문에 소금 간이 배는 속도가 다르다. 따라서 배추에 먼저 소금을 뿌려 약간 간이 배면서 빳빳한 기운이 없도록 숨죽여 놓아야 한다.

양념의 비법? 소금과 설탕

부재료의 기본은 파 혹은 쪽파, 마늘, 생강이다. 쪽파를 적당한 크기로 썰어 넣고(없으면 파를 어슷하게 썰어 넣는다.) 마늘과 생강도 잘 다듬어서 얄팍하게 썰어

함께 넣는다.

붉은 김치는 마늘과 생강을 짓찧어 섞어 넣지만, 물김치는 다르다. 워낙 국물이 맑고 깨끗한 음식이므로 마늘과 생강 찌꺼기가 떠다니면 보기 싫다. 그것을 피하는 방법은 얄팍하게 썰어 넣는 것이다.

조금 더 깨끗하게 보이려면 마늘과 생강을 곱게 갈아 즙을 짜서 넣거나 면 거즈에 싸서 국물만 우러나오도록 한다. 그러나 왕초보에게 어찌 이것까지 주문하랴. 그냥 썰어 넣는 것으로 만족하는 게 좋다.

만약 물김치에 한두 번 성공하고 나면 조금 고급스럽게 부재료를 더 써 보아도 좋다. 배즙이 그것인데, 양파즙을 섞어도 좋다. 배즙이 들어가면 익으면서 톡 쏘는 탄산맛이 나는 예술의 경지를 맛볼 확률이 높아진다. 그런데 이것이야말로 참으로 손이 많이 가고 귀찮은 일이다. 녹즙기가 있으면 즙을 짜는 것이 아주 편한데, 그렇지 않은 경우는 믹서로 갈아 체에 밭치고 쥐어짜는 번거로운 일을 해야 한다. 그게 귀찮으면 양파와 배는 생략하면 된다. 맛에 차이가 나기는 하지만 김치가 안 되는 건 아니다. 그러니 왕초보는 괜히 욕심부리지 말고 기본만 하는 게 좋다.

사람들은 늘 음식에서 비법만을 물어본다. 그러나 가장 중요한 것은 기본이다. 물김치에서도 배와 양파가 중요한 것이 아니다. 가장 중요한 것은 소금과 설탕의 양이다.

소금과 설탕의 양은 다 익고 난 후의 맛을 예상해야 한다. 담근 지 하루 정도 지나면 무에 소금 간이 배면서 국물이 싱거워지는 게 당연하다. 또한 새콤하게 발효될 때에 미생물이 당분을 소모하기 때문에 다 익고 나면 단맛도 줄어든다.(그러니 쓸데없이 다이어트 걱정 같은 건 안 해도 된다.) 그러므로 처음 담글 때에는 짜고 단맛이 좀 강하다 싶게 소금과 설탕을 넣어야 하는데, 생각보다 꽤 많은 소금과 설탕이 들어간다. 영 자신이 없으면 담근 후 이삼 일 후 맛을 보아 다시 소금과 설탕을 첨가하거나, 맛이 강하면 물을 더 부어도 된다. 다시 말하지만 이 대목에서 겁먹지 말아야 한다. 감각을 익히는 지름길은 여러 번 해 보는 것밖에 없다. 한두 번 망쳐 보면 적정량을 알게 되기 때문이다.

이때 주의할 점은 절대로 화학 조미료를 넣지 말아야 한다는 것이다. 사람들은 흔히 물김치가 감칠맛이 나니 화학 조미료를 섞었을 것이라고 짐작한다. 그러나 물김치야말로 정말 깨끗한 맛으로 먹는 것이어서 화학 조미료는 전혀 쓰지 말아야 한다. 이것이 붉은 김치와의 차이이다. 화학 조미료를 쓰면 맛이 느끼해지는데, 음식이 서툰 음식점에 가면 흔히 이런 물김치를 만나게 된다.

국물이 새콤해지면 냉장고로

이렇게 담근 물김치는 상온에서 익혀야 한다. 처음부터 냉장고에 넣으면 맛이 없다. 상온에 두고 이삼 일 정도부터 맛을 보고 한번씩 휘저어 고루 섞이게 하면서 적당한 발효 수준을 가늠한다. 국물 표면에 약간의 거품이 생기고 국물이 새콤하게 맛이 들고 얇게 썰어진 무가 익은 맛이 나면 그때 냉장고에 넣는다. 냉장고에서 이틀 정도 지나면 국물의 발효된 맛이 무까지 충분히 배어드는데 이때부터 먹으면 된다.

혹시 익으면서 무가 불그스름해지거나 국물이 점액질처럼 변하는 경우가 있는데, 그래도 맛에는 별 이상이 없으니 먹어도 괜찮다. 왜 이런 현상이 생기는지 이유를 아직도 모르겠는데 무 탓이려니 하고 있다. 하얀 물김치는 매우 쉬운 김치이지만 워낙 깨끗하고 맑은 음식이어서 재료에 민감하기 때문이다.

김치에 겁먹는 초보라도 짧은 시간에 값싼 재료로 뚝딱 해치울 수 있으니, 이 정도는 충분히 해 볼 수 있을 것이다. 일단 물김치로 김치란 것의 감각을 키우면 그 다음부터는 다른 김치도 훨씬 수월해진다.

나박김치로의 응용은 아주 간단하다. 재료로 배추와 무를 함께 쓰고 미나리를 적당한 길이로 썰어 함께 넣은 후 물에 고춧가루를 좀 풀면 된다. 나머지는 같다. 미나리 향이 독특한 맛있는 김치이다.

알타리무로 물김치를 담글 때에는 좀 달라진다. 알타리무는 깨끗이 다듬어 세로로 사 등분(큰 것은 길이를 반으로 자른 후 사 등분 혹은 육 등분)하는 것이 먹을 때에 알타리무의 아작한 맛을 제대로 느낄 수 있다. 무가 두꺼우므로 소금으로 절인 후 물을 붓는데, 희한하게도 설탕을 거의 넣지 않는 것이 더 어울린다.

또 겨울에 무를 통째로 넣어 담그는 동치미 역시 설탕은 절대 금물이다. 여기엔 소금물에 삭힌 고추를 넣는 것이 맛있다.

그러나 처음에는 역시 그냥 무로 새콤달콤하게 담그는 것부터 해 보는 게 쉽다. 자, 용기를 내 보시길…….✻

김치, 두 번째 이야기

깍두기와 배추김치

물김치에서 깍두기로

내가 물김치에 성공한 것은 아마 결혼한 지 두어 달이 지날 때부터가 아닐까 싶다. 그 다음 쉽고 빠른 것이 깍두기이다.

내가 늘 하는 말이지만, 사실 김치란 의외로 쉬운 음식이다. 적당히 간만 맞춰 주면 미생물이 다 알아서 맛을 내기 때문이다. 미생물이 활동한 이후의 결과를 예측하여 조리를 한다고 생각하면 매우 까다로운 것이지만 이미 우리 문화 속에 오랫동안 있었던 것이라 그 감각의 터득이 그다지 어려운 것이 아닌 것이다. 그런데도 생초보 때에는 그게 그렇게 복잡해 보이고, 또 담가 놓고 기다리는 시간이 왜 그렇게 초조한지 모른다. 그러니 처음 시작할 때에는 쉽고 시간도 적게 걸리는 것을 선택하는 게 좋다.

깍두기의 핵심도 간 맞추기

무로 일단 한 단계를 성공하고 나니, 무란 재료가 배추보다는 훨씬 만만해 보였다. 깍두기의 선택은 이런 이유 때문이었는데 예상은 크게 엇나가지 않았다.

물김치에서 깍두기로 발전한다는 것은 이제 본격적으로 김치의 본령인 붉은색 김치로 진입하기 시작한다는 것이다. 붉은 김치가 되기 위해서는 고춧가루만 필요한 것이 아니라 다른 양념들도 갖추어져야 하니, 이제 깍두기만 할 줄 알면 김치는 해 볼 만한 게 되는 것이다.

일단 무를 사다가 다듬어 깍두기 크기로 썬다. 깍두기 크기는 사람마다 취향이 다르니 좋아하는 크기로 썰면 된다. 깍둑깍둑 썬 무에 소금을 뿌려 일단 절인다. 썰어 놓은 무는 절단면으로 물이 빨리 빠져나와 금방 물이 생기므로 절이는 시간은 짧아도 된다. 무에 소금을 뿌려 놓고, 다른 양념을 다듬고 썰고 하는 시간 정도인 약 1시간 이내면 충분하다.

절인 무를 물에 가볍게 헹구어 바구니에 받쳐 물을 뺀다. 이렇게 겉에 붙은 소금기를 일단 닦지 않으면 나중에 이것저것 양념을 넣은 후에 너무 짜질 수도 있다.

절인 무에 먼저 고춧가루를 넣어 일단 버무리고 난 후에 파, 마늘, 생강, 젓갈, 설탕을 넣는다. 젓갈은 깨끗한 맛이므로 말갛게 달여 놓은 액젓이나 새우젓 같은 것을 쓰는데, 일단 소금에 절인 것이므로 처음부터 많이 넣지 않는 게 중요하다. 취향에 따라서 젓갈을 넣지 않고 오로지 소금으로만 간을 할 수도 있다. 아무래도 여름에는 젓갈의 양을 줄여 깔끔하게 담그고 겨울에는 젓갈의 양을 늘리는 게 좋다. 고춧가루를 먼저 버무리는 것은 무에 빨간 물이 잘 들게 하기 위해서이다. 그러니 순서를 지키지 않아도 맛에는 그리 지장이 없다. 끝이다.

너무 쉽다고? 누차 이야기하지 않았는가? 무지무지 쉽다고 말이다. 양념을 다 넣고는 맛을 보아야 한다. 물김치에서도 말했지만, 핵심은 짠맛과 단맛의 양이다. 역시 무 하나를 입에 넣고 간을 보면, 무의 속 부분이 덜 절어 조금 싱겁다 싶은 생각이 들 것이다. 그러나 익으면서 짠 양념에 절 것임을 예상해야 한다. 단맛도 마찬가지이다. 물김치에서처럼 발효되면서 당분은 소모되어 신맛을 낸다. 그러니 다 익었을 때보다는 조금 단맛이 강해야 익고 난 후에 맛있다.

익히는 요령도 물김치와 같다. 상온에서 충분히 익힌 후에 맛을 보고 국물 맛이 새콤해졌을 때에 냉장고에 넣는다. 익어 가면서 김치는 국물이 흥건히 생긴다. 처음에는 이렇게 국물이 없어서 어쩌나 싶지만 익고 나면 맛있는 깍두기 국물이 생기는 것이다.

성질이 급해서 더 빨리 하고 싶은 사람은 절이지 않고 버무리면 된다. 절이는 절차를 생략하고 모든 양념을 함께 넣고 버무린다. 이렇게 하면 깍두기 무에 고춧가루가 적게 묻고 국물이 너무 많이 생기는 게 흠이기는 하지만, 깍두기 국물을 좋아하는 사람은 그런 대로 괜찮은 방법이다. 무엇보다 아까운 무즙이 빠져나가지 않아 좋다는 사람도 있다.

이러니 얼마나 쉬운 김치인가. 30분이면 뚝딱 해치울 수 있다.

넥스트 레벨! 드디어 배추로

깍두기에 성공하고 난 후 이 감각을 배추김치로 가져갔다. 말하자면 재료만 바꾸어 똑같이 해 보는 것이다.

일단 깍두기와 가장 비슷한 감각을 발휘할 수 있는 것은 통배추이다. 여름에 담가 먹는 얼갈이배추나 열무는 조금 다른 감각을 요하니 일단 접어 두자.

통배추를 사다가 우선 적당한 크기로 썬다. 대개 파는 김치 중 썰어 담근 김치의 크기를 생각하면 된다. 잘게 썰어 놓은 배추에 소금을 뿌려 고루 섞는데, 썰어 놓았기 때문에 배추는 빨리 절여진다. 물론 무처럼 빠르지는 않다. 아무래도 무의 절단면보다는 배추의 절단면이 작을 수밖에 없으므로.

역시 배추가 절여지는 시간 동안 양념을 준비하는데, 깍두기 양념과 동일하다. 그 이후 공정도 이하 동문이다. 절인 배추를 물로 한번 씻어 건지고, 온갖 양념 넣어 버무리면 끝이다. 물론 짠맛과 단맛을 잘 맞추는 것이 관건인데, 깍두기보다는 배추김치가 설탕을 덜 넣는 게 어울린다.

깍두기와 배추김치에 화학 조미료를 쓰고 싶은 욕구가 있을 수 있다. 나는 건강에 나쁜 것은 참아도 맛없는 것은 못 참는 사람이라, 정 먹고 싶으면 넣어야 한다고 생각한다. 그러나 화학 조미료를 넣지 않거나 덜 넣고도 맛을 내는 방법이 몇 가지 있다. 결국 화학 조미료 맛은 단백질의 맛이다. 젓갈은 소금과 달리 단백질의 들척지근한 맛이 강하다. 맛있는 젓갈을 쓰면 화학 조미료는 거의 안 써도 된다. 또한 제품화된 액젓은 만드는 과정에서 화학 조미료가 많이 첨가되었을 가능성이 높다. 그러니 거기에 또 무언가를 넣는 것은 어리석은 일이다.

나는 최근에 마른 멸치와 마른 새우를 가루로 만들어 화학 조미료 대신 쓰고 있다. 김치 담글 때에도 이 가루를 조금 넣으면 마치 화학 조미료를 넣은 것처럼 들척지근한 감칠맛이 난다. 물론 멸치냐 새우냐에 따라 그 재료 냄새가 나기는 하지만, 그게 김치에서는 그다지 크게 문제되지 않는다.

배추김치는 익힐 때 한 가지 신경 쓸 일이 있다. 김치통에 넣고 접시 같은 것으로 눌러 주는 것이다. 아무래도 재료가 공기와 직접 닿는 부분은 다르게 발효되기 마련이다. 물김치는 그래서 하루에 한번씩 휘저어 주는 것이다. 접시 하나를 얹어 익으면서 국물이 배추 위까지 올라오도록 하는 것이 좋다.

여기까지 성공하고 보면, 김치를 사 먹는 돈이 좀 아깝게 느껴질 것이다. 이렇게 쉬운걸.✿

김치, 세 번째 이야기

포기김치

마지막 단계, 포기김치

이제 드디어 마지막 단계이다. 여기까지 마치고 나면 이제 김치를 담글 줄 안다고 이야기해도 된다. 그리고 일 년 내내 김치를 한번도 사지 않고 지낼 수 있다.

그 마지막 단계는 바로 배추로 담그는 포기김치이다. 이것을 마지막 단계로 둔 이유는 가장 긴 시간이 걸리고, 가장 손이 많이 가며, 설탕을 쓰지 않고 깊은 맛을 내야 하는 김치이기 때문이다. 썰어 담그는 배추김치까지 하고 나면 웬만큼 김치에 대한 적응력이 생긴다. 김치 담그기에 겁먹는 수준일 때에는 김치 담그는 시간이 더디고 길게 느껴지며 익기까지 기다리기도 초조하고 조금만 이상해져도 당황하지만, 물김치에서 깍두기, 썰어 버무린 배추김치까지 하고 나면 이런 전 과정이 익숙해지게 된다. 까짓 거, 김치 그거 별거 아니구나. 나도 포기김치를 내 손으로 해 본 것은 결혼 삼 년 차 정도 되어서인 듯하다.

시간 계획을 잘 잡을 것

포기김치는 긴 시간이 필요하므로 즉흥적으로 할 수 있는 게 아니다. 시간을 얼마나 낼 수 있는지 시간 계획을 잘 잡아야만 낭패가 없다. 왜냐하면 배추를 절이는 시간이 오래 걸리기 때문이다.

김치를 담그기 전날 미리 통배추를 사다가 겉의 지저분한 잎들을 따내고 이 등분 혹은 사 등분을 한다. 배추를 거꾸로 세워 놓고 밑동 부분에 칼을 대어 4분의 3 정도까지 칼로 자르면 나머지 부분은 손으로 벌려도 쉽게 쪼개진다. 쩍 하고 자르는 칼맛이 꽤 있다.

쪼갠 배추는 씻지 않은 채 그대로 절인다. 절지 않은 통배추는 포기 사이사이의 이물질을 씻을 수가 없다. 잘못 건드리면 괜한 배추만 부스러뜨린다.(초보들은 이런 사소한 것을 잘 몰라 망설이고 고생한다. 어떤 사람은 절지 않은 배추를 어찌 해야 할지 몰라 칫솔로 일일이 포기 사이사이를 닦아내느라 진을 뺐단다.) 왕소금으로 진하게 소금물을 만들어 놓고, 쪼갠 배추를 담가 소금물을 머금게 하고는 꺼내 놓는데, 이때 소금물이 모두 흘러내리지 않도록 절단면이 위쪽을 향하도록 놓는다. 그러고는 소금을 배추 포기의 두꺼운 곳 사이사이에 뿌려 골고루 절도록 한다. 대개 식구 적은 집에서는 두어 포기씩 하게 되니, 큰 그릇에 열 쪽 가까이 되는 배추가 차곡차곡 쌓이게 된다. 네댓 시간이 지나면 밑에 깔렸던 배추는 벌써 절어 풀이 죽어 있고 위의 것은 생생하다. 이때쯤 배추의 아래 위 위치를 바꾸어 주어야 한다.

이렇게 하룻밤을 재운다. 아침에 절이기 시작했으면 저녁 늦게나 되어야 절임이 완성된다. 물론 소금물이 싱거우면 거의 하루 종일 절여야 할 때도 있다. 이렇게 시간이 걸리니 시간 계획을 잘못 세우면 낭패를 보기 십상이다.

다 절인 배추는 깨끗한 물에 씻는다. 이제야 배추는 풀이 죽어 다루기가 쉬워진다. 물 속에서 흔들어 헹구는데, 그때 포기 사이사이의 이물질들이 다 씻겨지는지 잘 보아야 한다. 다 씻은 배추는 채반에 건져 놓는데, 이번에는 물이 잘 빠져야 하므로 절단면이 아래쪽을 보도록 엎어 놓아야 한다.

양념 준비도 까다롭다

배추에서 물이 빠지는 동안 양념을 준비한다.

무는 채를 썬다. 손으로 채 써는 일이 자신 없으면 과감히 채칼을 이용하는 게 좋다. 그러나 나는 적은 양을 담글 때에는 오히려 채칼이 더 번거로워 손으로 썬다.

반드시 들어가야 할 양념이 파, 마늘, 생강, 젓갈, 고춧가루이다. 깍두기나 썰어 담그는 김치에서는 귀찮으면 생강을 생략하기도 하지만, 포기김치에서는 빠뜨리면 제 맛이 안 난다. 파는 다듬어 송송 썰고, 마늘과 생강은 짓찧거나 분쇄기로 간다. 혹시 액젓을 쓸 생각이면 액젓을 넣고 믹서에 모두 갈면 편하다.

젓갈은 기호대로 쓰면 된다. 여름에는 까나리액젓이나 멸치액젓 같은 달인 맑은 액젓이 좋고, 찬 바람이 불 때에는 건더기가 있는 황석어젓, 멸치젓, 갈치젓의 생젓을 써도 좋다. 단 건더기가 너무 큰 것은 칼로 두드려 잘라 넣는다. 나는 김치의 기본 젓갈로 새우젓을 쓰는 편이다. 쓰기도 편하고 맛이 깔끔하면서도 감칠맛이 난다.

채 썬 무에 준비한 양념을 다 뒤섞으면 김칫속이 된다. 역시 여기에서도 문제는 간이다. 김칫속의 간을 볼 때에는 반드시 배추 절인 것에 싸서 먹어 보아야 한다. 짜게 절여졌으면 속이 싱거워야 하고, 덜 절여졌으면 속이 짜도 된다.

설탕은 넣지 않는 것이 좋다. 포기김치는 썰어 담그는 김치들처럼 얕은 맛으로 먹는 김치가 아니다. 그러나 속을 버무려 맛을 보면 도내체 제대로 맛이 나지 않는 경우가 있다. 대개 늦봄과 여름, 초가을까지 그렇다. 왜냐하면 이때에는 배추와 무 자체의 맛이 싱겁기 때문이다. 배추와 무는 김장철이 제철이다. 따뜻한 계절에는 너무 빨리 자라 맛이 싱거워지고, 그나마 아주 더운 날에는 자라지 않고 뭉그러져 버린다.(그렇기 때문에 여름에는 고랭지에서만 배추를 재배할 수 있는 것이다.) 나는 가능하면 이 기간에는 통배추김치 같은 것은 하지 않는 것이 좋다고 생각한다. 다른 재료로도 얼마든지 김치를 해 먹을 수 있는데, 왜 구태여 포기김치를 고집해야 하느냐 말이다. 하지만 그래도 포기김치를 포기할 수 없다면 설탕을 아주 소량만 넣어 보라. 그러면 맛이 달라질 것이다. 그리고 새우가루 같은 감칠맛 나는 양념으로 맛을 낸다.

정말 맛있는 김치를 하는 사람들은 찹쌀풀을 쑤어 넣거나 밥을 믹서에 갈아 김칫속에 같이 섞기도 한다. 이 방법은 겨울 김장 때에는 쓰지 않는 방법이며 주로 통배추가 제철이 아니어서 맛이 싱거워지는 때에 쓰는데, 설탕을 넣는 것과 비슷한 효과가 있다. 결국 찹쌀풀을 넣는 것이나 설탕을 넣는 것이나 발효 때 필요한 당분을 보충해 주는 것이므로 마찬가지인 것이다. 그러나 설탕을 넣으면 이상스럽게 맛이 얕아지는데, 찹쌀풀이나 밥을 갈아 넣으면 품격 있는 맛이 난다. 그러나 이것은 초보들이 쓸 방법은 아니다. 괜히 머리 복잡하고 손발만 번거로워진다.

북쪽 김치와 남쪽 김치

절인 배추는 이제 물이 웬만큼 빠졌을 것이다. 이제 마지막 공정만 남았다.

배추의 포기 사이사이에 준비한 속을 넣고, 맨 바깥 이파리로 감싸서 항아리나 김치통 속에 차곡차곡 쟁여 놓는다. 전라도나 경상도 사람들은 김칫속에 고춧가루를 엄청나게 많이 넣어 배추의 이파리 부분까지도 모두 고춧가루 양념이 묻도록 한다. 그런 양념은 무보다도 고춧가루와 젓갈을 섞은 것이 주종을 이룬다고 할 수 있다. 이렇게 담근 김치 맛은 강하고 첫 입부터 짝 붙는 느낌이 드는데, 요즘 음식점들은 대개 이런 전라도 김치로 통일되어 가는 추세이다.

그에 비해 중부 지방과 북부 지방 사람들은 고춧가루를 적게 쓰므로 김칫속에 무채가 많아 보인다. 속을 넣을 때에도 포기의 밑동 가까운 부분인 하얀 줄기 쪽에만 집중적으로 넣으며, 이파리까지는 속이 가지 않는다. 무가 주종을 이루니 이파리에까지 속을 넣으면 우수수 떨어질 것 아닌가. 줄기 부분에 무채를 끼워 넣는다는 느낌으로 속을 넣은 후 이파리로 꼭꼭 오므리면 속이 떨어지지 않는다. 이런 김치는 익혀 놓으면 국물이 연한 붉은빛으로 우러나오고 김치도 허연 부분이 많아진다. 고춧가루와 젓갈이 적게 들어갔으니 국물은 시원하고 깔끔하며, 김치 역시 샐러드로 먹어도 되겠다 싶을 정도로 신선하게 아작거린다. 당연히 이런 김치는 절일 때에도 너무 푹 절이면 신선한 맛이 떨어진다. 이런 김치는 요즈음 음식점에서는 거의 찾기가 힘들다. 평안도 사람, 개성 사람들이 직접 하는 음식점에서나 만날 수 있다.

지금 생각하니, 어머니는 김치 담글 때마다 늘 할머니에게 한소리씩 들었던 것 같다. 전북이 고향인 어머니는 고춧가루를 많이 넣는데, 그때마다 할머니는 그것이 못마땅해서 잔소리를 하셨다. 나는 북쪽 김치 성향이고 시어머님이 담근 김치는 완연한 아랫녘 김치이다. 해남이 고향인 형님도 "서울 김치는 시원하기는 한데, 매력이 없어." 하신다. 정말 길들여진 입맛은 강고하다.

마지막 비법

김치통에 접시 하나쯤 얹어 놓는 것을 잊지는 않으셨겠지. 김장김치가 아닌 이상 나는 상온에서 빨리 익히는 것을 좋아한다. 나는 날김치 취향이 아니고 폭 익은 김치를 좋아한다. 날김치가 좋은 사람은 조금 다른 선택을 할 수도 있는데, 그래도 김치를 담그자마자 곧바로 냉장고에 넣는 것은 별로 좋지 않다. 김치에서 쉰내가 나기도 하고 맛도 떨어진다. 적어도 하루 정도는 상온에서 모든 재료의 맛이 충분히 어우러질 시간을 주고, 국물이 조금 올라오는 기색이 있을 때에 냉장고에 넣는 것이 좋다.

포기김치 담그기가 복잡해 보이지만 생각만큼 어렵지는 않다. 거듭 말하거니와 김치란 미생물이 절반은 책임져 주는 것이라, 웬만큼 간만 맞으면 발효 기간 중 자신들이 잘 어우러져 먹을 만한 음식을 만들어 놓는다.

간에 자신이 없다고? 배추 따로 속 따로 준비하는데 어떻게 정확하게 간을 맞추냐고? 그것도 비법이 있다. 김치를 담근 후 하루 이틀 지난 후 국물이 생기면 국물을 떠먹어 보라. 너무 싱겁다 싶으면 액젓을 조금 넣어 간을 맞춘다. 너무 짜면 무를 얄팍하게 썰어 김치 사이사이에 넣는데, 그게 번거로우면 물을 조금 부어도 된다. 물은 반드시 끓여 식힌 물, 혹은 증류수에 가깝도록 깨끗하게 정수된 물을 써야 한다.

여기까지 해 보면 김치는 웬만큼 할 줄 알게 되는 것이다. 이제 남은 것은 알타리무 김치와 여름에 먹는 열무김치, 얼갈이배추 김치 따위이다. 이것들은 쉬워 보여도 은근히 까다로워서 포기김치까지 다 성공한 다음에 시도해 보는 게 좋다. 이것들은 모두 포기김치처럼 설탕을 쓰지 않는 김치로, 완전히 재료 맛으로 승부하는 것이다. 특히 걸진 젓갈로 맛을 낼 수 없는 여름철 열무김치와 얼갈이배추 김치는 더더욱 그렇다. 그러나 물김치에서부터 포기김치까지 성공한 사람은 대충 말로만 들어도 해낼 수 있다.✲

일년지대사 김장

김치 얻어먹기가 귀찮다

포기김치까지 성공한 즈음, 결혼 사 년 차쯤에 드디어 나는 김장을 하기로 마음먹었다. 김장은 보다 큰 결심이 필요했다. 김치는 그저 마음 가볍게 시도해 본 것이었지만, 김장은 양도 많고 재료비도 많이 드니 망치면 큰일이다 싶었기 때문이다.

그 전까지는 친정에서 내내 얻어먹었다. 그러다 보니 겨울철에는 김치 얻으러 다니는 게 일이었다. 자가용도 없던 시절 무거운 김치통을 들고 버스와 지하철을 오르내리는 건 참 번거로운 일이었다. 게다가 김치를 웬만큼 내 손으로 해 먹기 시작할 때부터는 오로지 겨울에만 집중적으로 이 일을 하게 되니 더더욱 하기 싫어졌다. 에라, 김장해 버리자. 망치면 말지, 뭐.

일단 김치통이 될 만한 플라스틱 통, 김장용 비닐 봉투, 채칼, 큰 바구니와 채반 등 김장용품들을 하나씩 사들였다. 김치통을 어디 놓아야 시지 않고 얼지도 않고 잘 먹을 수 있을까. 김치냉장고가 없던 시절, 게다가 아파트에 사는 살림살이에 그것도 꽤나 고민거리였다. 결국 갈 데 없이 베란다가 되어 버렸다. 너무 추우면 덜어다 실내에서 익히고, 너무 따뜻하다 싶으면 김치통에 옮겨 냉장고에 넣으면 될 일이었다. 달랑 두 식구인데 까짓 거 먹으면 얼마나 먹겠는가. 1, 2월 두 달만 잘 넘길 정도만 해 놓으면 될 것을.

첫 해의 김장량은 다섯 포기였다. 여름 배추와 달라 다섯 포기만 해도 잘라 놓으면 큰 김치 쪽이 스무 쪽이나 나오는 것이어서 두 달은 충분히 먹는다 싶었다. 그렇게 생각하고 보니 참 김장이 별 게 아니었다. 평소에 김치를 두 포기는 하지 않는가. 두 포기나 다섯 포기나 그게 그거지.

결론부터 이야기하자면 김장은 성공이었고 충분히 해 볼 만한 일이었다. 딱 하루 고생한 것이었는데 겨울 내내 편안하다. 김치 구걸, 안녕! 하루 고생이라고 해도 옛날 한옥집처럼 추운 마당에서 덜덜 떠는 것도 아니다. 필요하면 온수도 마음껏 쓸 수 있는 아파트 공간 아닌가. 배추 절이는 것은 욕조를 깨끗이 닦아 거기에서 절이면 아주 편하다. 어릴 적 어른들 돕느라 손발이 시려 동동 굴렀던 것을 생각하면 천국이 따로 없는 것이다.

100일 배추?

우리 또래에게 김장은 이제 거의 맥이 끊긴 문화이다. 주문 김장으로 해결하거나 겨우내 사 먹거나 이 나이 되도록 얻어먹는다. 그러나 나에게는 김장이 초겨울의 가장 큰 행사이다. 초봄에 장 담그기와 초겨울의 김장하기는 그야말로 일 년의 음식을 좌우하는 일년지대사라고 해도 과언이 아니다. 이틀 내내 중노동을 해서 뒤꼍 그늘진 땅에 묻힌 김칫독 두 개를 김장으로 채워 놓고 나야만 한시름 놓인다. 도시에 살거나 남부 지방에 사는 사람들은 12월 초에 김장을 하지만, 나는 추운 시골에 살기 때문에 우리 텃밭의 배추와 무가 얼기 전인 11월 20일 즈음으로 김장 날을 잡는다. 찬 흙 속에 묻은 김장은 1월 중순을 넘어서야 제대로 익기 시작하여 2월에 맛이 절정을 이룬다. 4~5월까지 독에서 꺼내 먹고 여름과 가을까지도 별미 반찬이 되니, 김장이야말로 일년지대사라 아니할 수 없다.

김치냉장고가 보편화되어 사시사철 김장 맛을 볼 수 있다고들 하지만, 그래도 김장김치는 다르다. 기계로 온도는 맞춰 놓는다 해도 재료가 제철 것일 수 없기 때문이다. 11월은 8월 초에 심은 배추와 무가 가장 통통하고 달게 맛이 드는 계절이다. 요즘은 농사 기술이 좋아 사시사철 통배추가 시장에 즐비하지만, 비닐하우스에서 싹 틔워 키워낸 봄 배추나 더운 여름에 냉상(冷床) 재배한 고랭지 배추는 김장철 배추와 비교할 바가 아니다. 특히 8월 말과 9월 초에는 통배추가 출하되기 매우 어려운 시기여서, 7월 장마 전에 뽑아서 창고에서 약을 왕창 뿌려 보관한 배추가 시장에 나오는 경우가 많다. 이런 철에 싱싱한 여름 야채를 외면하고 통배추 김치를 담가 먹는 것은 참 어리석은 일이다.

김장배추를 사는 일은 은근히 까다롭다. 직접 키워 먹는 것이 가장 믿을 만하다는 말이 나올 만하다. 8월 초에 심어 11월에 거두게 되면 약 100일 정도를 키우게 되는 셈인데, 그래서 김장배추 중 가장 좋은 것을 100일 배추라고 한다. 싸구려 배추는 70일이나 60일 배추도 있다. 늦게 심어서 빨리 키우려니 요소 비료를 많이 주고 호스로 밭에 물을 대어 계속 줄줄 부으면서 키운 것이므로, 겉보기에는 멀쩡해도 육질이 너무 무르고 맛도 싱겁다. 제대로 사려면 100일 배추나 90일 배추를 사야 하는데 물론 가게에서 100일 배추라고 써붙여 놓고 파는 것은 아니다. 이런 말도 알아듣는 사람이 별로 없다. 며칠짜리 배추냐고 물어보면 물건이 많은 도매 시장에서는 대개 제대로 알려 준다. 어머니는 늘 배추를 뜯어먹어 보고 샀다. 얼마나 달착지근한지, 맛이 싱겁지는 않은지, 너무 무르지는 않은지, 너무 두꺼워 빳빳하지 않은지를 보는 것이다. 나는 어릴 적 길거리에 씻지도 않은 배추를 뜯어먹어 보는 어머니가 너무 창피했지만 지금은 충분히 이해가 된다. 창피한 게 대수인가. 배추 잘못 사서 김장 망하면 겨울 내내 속이 상할 텐데. 이제는 나도 그러고 싶지만, 아직은 먹어 봐도 잘 모르겠으니 아직 멀었다 싶다.

김장 맛은 해물 양념의 맛

김장김치 맛을 좌우하는 그 다음의 요소는 양념에 넣는 해물이다. 김장철이 아닌 때에는 아무리 김치를 맛있게 하려고 해도 김장 맛이 나지 않는 두 번째 이유는 바로 해물 양념 때문이다. 김장에는 평소에는 쓰지 않던 해물을 넣는다. 김치에 들어가는 것이 다르니 맛이 다른 것이 당연하지 않겠는가.

아무리 보관을 잘 한다 해도 봄과 여름에 해물을 넣어 김치를 하기란 꺼림칙하다. 해물의 신선도가 문제될 수 있고, 해물 때문에 김치가 금세 물러질 수 있기 때문이다.

지방에 따라 혹은 김치 종류에 따라 양념을 하는 방법은 매우 다양한데, 서울에서 자란 나는 생새우를 많이 넣는다. 자질구레한 생새우는 값이 비싸기는 하지만 시원하고 달착지근한 맛을 좌우하는 가장 중요한 양념이므로 넉넉히 넣는 편이다.(김장을 처음 하던 해에 생선 가게 아저씨가 꼬시는 대로 생새우를 사다 넣었더니 어머니가 쓰는 양의 거의 두 배를 쓴 셈이었다. 그해 김장은 초보 솜씨답지 않게 무지무지 맛있었다.) 도매 시장에 가 보면 아주 좋은 생새우는 상자 안에서도 팔딱거린다. 시장에 가서 한 번 둘러보면 신선도에 따라 값이 큰 차이가 나는 것을 금방 알 수 있는데, 주머니 사정을 생각하여 적당한 질과 양을 살 수밖에 없다. 어머니는 심지어 생새우도 씻지 않고 날로 먹어 본다. 이쯤 되면 두 손 두 발 다 들 지경이다.

생새우를 기본 해물로 하고, 여기에 명태나 갈치, 오징어나 낙지 같은 해물을 썰어 함께 섞어 넣는다. 명태는 당연히 생태로 쓰는데 이것을 넣으면 맛이 시원해진다. 그러나 김장철만 되면 생태 값이 금값이다. 가장 값싼 해물 양념은 오징어이다. 내장을 빼고 다듬은 오징어를 채 썰거나 분쇄기에 갈아 넣는 것이다. 맛은 달착지근하고 괜찮으나 오징어 냄새가 좀 난다. 오징어보다 급이 높은 것은 역시 낙지이다. 맛도 더 달고 오징어 냄새도 나지 않는다. 갈치는 구워 먹기에는 귀찮은 자질구레한 것들을 사다 썰어 넣으면 된다. 당연히 물 좋은 생물 갈치여야 한다. 흔히 김치가 비리지 않을까 우려할지 모르지만 전혀 그렇지 않다.

이런 해물 양념을 잘 넣고 맛있는 젓갈을 선택하면 화학 조미료와 설탕 따위로 맛을 낸 것과는 비교할 수 없는 깊은 감칠맛을 만들어 낸다.

주의 사항! 굴은 넣으면 안 된다. 굴이 워낙 맛있는 해물이라서 굴을 넣는 집들도 꽤 있으나 나는 굴은 피한다. 김치를 빨리 시게 하여 김장용으로는 쓰지 않고, 겉절이 양념과 곁들여 먹을 때만 쓴다.

무채, 해물, 쪽파, 마늘, 생강, 그리고 기호에 맞는 젓갈들(나는 새우젓을 기본으로 하고 냉장고에 남아 있는 멸치젓, 황석어젓 등 다른 젓갈들을 섞는다.)을 고춧가루와 버무려 속을 만든다. 속 만드는 일이 가장 손이 많이 가고 힘든 일인데, 배추 절여 건져 놓고 속까지 완성해 놓으면 80퍼센트는 된 것이다.

이제는 버무려 넣기만 하면 된다. 김장하기 1~2주일 전 일요일 날 나는 김장독을 씻고, 남편은 땅을 파서 독을 묻어 놓는다. 하나하나 손 가는 일이 많아 김장날 모두 해치우려면 혼자의 손으로는 도저히 해낼 수가 없기 때문이다.

배추에 속을 넣어 독에 차곡차곡 넣으면서, 사이사이에 무 도막낸 것을 넣는다. 김칫국물을 시원하고 맛있게 하기 위해서 넣는 것인데, 겨울에 김장독에서 꺼내 먹는 무 또한 별미이다. 발그스름하게 김칫국물이 배어든 무를 얄팍얄팍하게 썰어 먹으면, 고춧가루가 많이 묻은 걸진 맛의 알타리무 김치나 석박지 등과는 또 다른 개운한 맛이다.

백김치와 기타 등등

김장은 배추김치만 하는 것이 아니다. 길다란 왜무로 여름에 먹을 짠지를 하고, 통통한 조선무로 동치미와 석박지, 갓김치와 파김치, 알타리무 김치, 그리고 백김치와 보쌈김치 같은 것들을 차례차례 하고 나서 통배추김치를 하면 거의 보름 내내 김장이다. 대가족이 함께 살던 때 눈으로 보고 먹어 본 것은 있어서 김장철마다 이런 김치들이 머릿속에 오락가락하지만, 먹을 식구도 없고 힘도 딸려서 번번이 포기한다.

그래도 해마다 손쉬운 것으로 백김치는 빼놓지 않는다. 김장날 백김치를 할 것으로 무채와 배추 절인 것을 몇 포기 따로 떼어 둔다. 고춧가루나 젓갈 등 붉은 양념이 섞이면 안 되기 때문이다. 백김치의 김칫속은 무와 약간의 갓, 파, 마늘, 생강 등 기본적인 양념에 배를 첨가한다. 때에 따라서는 채 썰어 무채와 함께 섞는데, 어떤 사람은 아예 배 몇 개를 반으로 잘라 독에 함께 넣기도 한다. 사과를 넣어도 좋고 좀 더 예쁜 것을 즐기는 사람은 양념에 실고추를 섞기도 한다. 연노란 배추와 푸른 파에 붉은 실고추가 기막힌 색의 조화를 이루게 하기 위해서이다. 간은 소금을 기본으로 하는데, 나는 비린내가 거의 없는 까나리 액젓을 조금 섞는다. 까나리 액젓을 넣으면 감칠맛이 날 뿐 아니라 익어갈수록 고소한 맛이 난다. 백김치는 초겨울에 입 속을 쩡 하고 울리는 시원한 맛을 내니, 김장날이 번거로워도 포기할 수 없다.

나도 텃밭에서 배추를 가꾼다. 그러나 내가 키운 배추는 가게에서 파는 것처럼 알이 꽉 차지 않는다. 아무래도 물을 주지 않고 키우기 때문인 듯하다. 포기가 헐렁한 대신 질기고 고소하여 상품용과는 전혀 다른 맛을 낸다. 이렇게 자잘하고 질긴 배추로는 여름에 먹을 김치를 따로 해 놓는다. 해물과 젓갈을 줄이고 소금을 많이 넣어 아주 짜게 버무려 독 깊숙한 곳에 따로 넣어 놓는데, 7월부터 입맛 없을 때 꺼내 먹기 시작하여 가을까지 짭짤한 밑반찬으로 삼는다. 내가 극성이라고? 천만에. 전라도에서는 이렇게 먹는 시기에 따라 양념과 간을 달리하는 방법은 아주 기본적인 것이다. 전남에서 삼 년 묵은 갓김치를 먹어 본 적도 있다.

앞서도 말했지만 김장김치는 다른 시기에는 아무리 흉내내려 해도 그 맛이 나지 않는 아주 특별한 김치여서, 여름에도 김치찌개나 김칫국, 만두소 등에는 김장김치가 들어가야 제 맛이 난다. 나는 대개 김장날 마지막 남은 그 전 해의 김장김치에 멸치를 넣고 시원한 김칫국을 끓여 먹음으로써 묵은 김장과 작별하는 세레모니를 치른다.

보쌈김치와 돼지고기

김장독이 차오르고 일이 끝이 보이면 허리와 어깨가 뻐근해도 기분은 좋아진다. 김장은 땅 속에서 오래오래 익히는 것이므로 온갖 재료가 내놓는 액즙이 충분히 뒤섞여 맛이 고르게 어우러진다.

그래서 김장은 웬만큼 해도 맛있다. 김장은 웬만하면 망치는 법이 없다. 김칫독 안에서 천천히 다 해결되기 때문이다. 단 날씨가 도와준다면 말이다. 김장 직후 며칠은 날이 좀 푸근하여 액즙이 충분히 우러날 시간을 주고, 그 다음부터는 추운 것이 좋다. 김치를 처음에 빨리 익힌 후 냉장고에 넣어야 하는 원리와 같다.

김장이 끝나면 남은 무 시래기 등을 적당히 정리한 후 김장을 자축할 음식을 만든다. 김장날 호사는 역시 겉절이 아니겠는가. 누구나 김장날의 추억으로 김치 버무리는 함지박 옆에 앉아 김칫속 얻어먹던 경험이 있을 것이다. 어른들은 김장을 버무려 넣으면서 옆에 지나가는 사람에게 간이나 한번 보라고 노란 배춧잎에 빨간 김칫속을 싸서 입에 넣어 주곤 했다. 여기에 돼지고기 편육이 있으면 금상첨화이다. 그게 얼마나 맛있는 것이면 아예 돼지보쌈이라는 메뉴가 생겨났겠는가.

원래 돼지보쌈이란 말은 돼지고기와 보쌈김치를 함께 먹는다는 의미였을 것이다. 보쌈김치란 개성 지방의 독특한 김치로, 배추 절인 것을 먹을 만한 크기로 썰고 온갖 속을 넣고 배추 이파리로 싸서 담는 김치이다.

그릇에 꺼내 놓으면 깨끗하고 예쁘고 일일이 썰지 않아도 되니 편하다. 그러나 김치를 담글 때에는 엄청나게 손이 많이 가는 호사스러운 음식이다. 재료 준비도 조금 까다롭다. 보가 될 만한 넓은 이파리를 따로 골라 놓고 하얀 줄기를 중심으로 안에 들어갈 배추를 일정한 크기로 썰어 따로 정돈해 놓아야 한다. 물론 김칫속은 그것대로 따로 만들어 놓는다. 김치 보시기에 보가 될 이파리 부분을 여러 방향으로 얹고 가운데에 썰어 놓은 줄기 부분을 가지런히 놓는다. 그 속에 김칫속을 끼워 넣는데, 보쌈김치에는 일반 김치와는 달리 밤, 잣, 심지어 곶감까지 넣기도 한다. 마지막으로 이파리로 깨끗하게 싸서 보시기를 뒤집으면 깨끗한 보쌈김치가 완성된다.

우리는 개성 집안임에도 불구하고 너무 손이 많이 가서 잘 하지 않았고, 오로지 설날에 쓸 것으로만 작은 항아리로 하나씩 해 놓았다. 수십 명씩 북적이는 설날 아침에는 일일이 김치를 썰어 내가기가 힘이 드는데, 이때 항아리에서 하나씩 꺼내 놓으면 아주 편하기 때문이다. 하지만 예쁜 모양도 한 끼뿐이다. 남으면 모양은 이미 허물어져 지저분해지므로, 그저 손님상에나 올리는 김치일 뿐이다.

이 호사스러운 김치는 개성이 얼마나 귀족적인 고장인가를 잘 보여 주는 한 예이다. 한 나라의 수도였으니 그럴 수밖에 없을 터인데, 고려가 망하고 조선이 건국한 후에는 벼슬도 하지 않고 옷이나 치장 같은 다른 씀씀이는 놀랄 만큼 검소하게 살면서도 오로지 먹는 호사만은 포기하지 못했다는 것을 생각하면 웃음이 나온다.

이렇게 생각하면 음식점에서 파는 돼지보쌈이란 것의 김치는 보쌈김치의 형태를 제대로 유지하고 있는 것도 거의 없고 게다가 붉은 양념 덩어리인 것이 개성 김치와는 비슷도 하지 않아 그저 이름만 보쌈일 뿐이다. 그저 밤과 잣, 굴 등이 들어간 김치란 것이 비슷하다면 비슷할까.

돼지고기는 목살이 최고

김장날에는 수십 포기 절인 배추에서 한두 개씩 떼어 겉절이 거리를 준비하고 돼지고기를 삶는다.

돼지고기와 함께 먹을 김칫속은 김치에 넣는 속보다 조금 싱겁고 달착지근한 게 맛있다. 원래 김장 김칫속은 양념이 풍부하여 그대로 먹어도 맛이 있다. 하지만 좀 입에 착 붙는 보쌈을 원하면 김장하는 데에서 조금 덜어다가 설탕이나 물엿을 약간만 넣는다. 배를 채 썰어 섞으면 간이 싱거워지니 더 좋은데, 오래 두면 물이 너무 많이 생기니 마지막에 넣는다. 여기에 잘 다듬은 굴과 생률(날밤) 얄팍얄팍하게 썬 것, 잣 등을 섞어 버무려 놓는다. 김장날 밤 까는 게 번거롭기는 하지만, 그래도 붉은 김칫속에 섞인 밤과 잣이 여간 맛있는 게 아니니 포기할 수 없다.

이제 돼지고기만 삶으면 된다. 역시 재료가 중요하다. 가능하면 좋은 생고기를 쓰는 것이 부드럽고 돼지 냄새도 덜 난다. 고기 부위는 목살이 좋은데 기름기 좋아하는 사람은 삼겹살을, 싫어하는 사람은 앞다리살을 쓰면 된다.

돼지고기를 삶을 때에 된장을 풀고 생강 몇 쪽을 저며 넣으면 냄새가 거의 나지 않으며, 청주를 조금 넣으면 부드럽게 삶아진다. 젓가락으로 찔러 보아 적당히 물렀으면 꺼내 먹으면 되는데, 잔칫상 편육이라면 무거운 것으로 눌러 예쁘게 썰어야겠지만 그냥 맛으로 먹자는 것이니 뜨거울 때 적당히 썰어 먹는 것도 좋다.

부드러운 돼지고기에 붉은 김칫속, 달착지근한 배추를 함께 싸서 먹으면 얼마나 맛있는지. 여기에 막걸리라도 한잔 곁들인다면 더 무엇을 바라겠는가.✽

무모한 약식 실패기

효도를 가장한 식욕 채우기?

결혼 첫 해 내가 대표적으로 실패한 두 가지 음식이 있다. 남편은 아직도 이 이야기를 끄집어내어 나를 놀린다. 하나는 약식(약밥)이고, 다른 하나는 호박만두이다. 호박만두는 뒤에서 다시 이야기하기로 하고, 기막힌 약식 실패기부터 이야기하자.

결혼을 2월에 했고 약식을 한 것은 5월 초였으니, 결혼한 지 석 달도 안 된 때였다. 지금 생각해도 무모하기 짝이 없었는데, 그때 무슨 배짱으로 시키지도 않은 짓을 했는지 알 수가 없다. 그때 생각으로는 결혼 후 처음 맞는 어버이날에 시부모님께 뭔가를 해 드리고 싶었던 것 같다. 그게 왜 하필 약식이었는지는 나도 모르겠다. 일반 반찬은 맛을 낼 자신도 없거니와 폼도 나지 않으므로 좀 별식을 해 드려야겠다는 생각이었을 것이다. 아니다. 지금 생각해 보니, 아마 그때 내가 약식이 먹고 싶지 않았을까 싶다. 그때는 전혀 깨닫지 못했지만 지금 유추해서 분석하건대, 충동적 식욕을 효도로 가장하려는 속셈이 아니었을까.

하여튼 약식을 하기로 마음먹었다. 사실 그때까지 나는 약식을 한번도 해 본 적이 없었다. 이럴 때 가장 안전한 방법은 어머니에게 물어보아 차근차근 해 나가는 것이다. 그런데 이 방법은 결과는 좋을지 몰라도 과정이 너무 귀찮은 방법이다. 어머니는 내 말을 듣자마자 펄쩍 뛰면서 하지 말라고 할 것이며, 그래도 내가 하겠다고 박박 우기면 결국 한걸음에 달려와서 해 주고 가거나 약식을 한 들통을 쪄서 그 무거운 것을 낑낑 싸들고 오실 것이 뻔했기 때문이다. 전화를 수십 통을 하며 온갖 잔소리를 듣는 것도 끔찍하려니와 늙으신 할머니까지 온갖 걱정을 다 하면서 왔다갔다 하실 것을 생각하니 끔찍했다. 요즘처럼 인터넷이 있으면 '약식 만드는 법' 을 검색이라도 해 보겠건만, 그때는 일일이 책방에 가서 요리책을 구입해야 볼 수 있는 정보라 그것도 귀찮아 포기했다. '에이, 그냥 혼자 하자! 약식 하는 것을 본 게 어디 한두 해냐? 처음부터 끝까지 지켜본 건 아니지만 대충 감은 잡힌다. 음식이 별 거냐, 그냥 해 보면 되는 거지.' 아, 이 엄청난 무모함!

비슷하게 흉내는 냈는데

재료를 준비했다. 찹쌀, 밤, 마른 대추, 잣, 흑설탕, 왜간장, 참기름 등등. 계절이 봄이니 밤 값이 매우 비쌌는데, 그때서야 비로소 나는 왜 약식을 겨울에 해 먹는지를 알았다.(정말 인간이 체험으로 안다는 것은 매우 중요하다.) 밤과 대추 값이 비싸서 조금밖에 사지 못했고, 그걸 대신할 것으로 값싼 건포도를 샀다. 대추를 써야 할 떡에 새콤달콤한 맛을 내는 건포도를 대용품으로 쓰는 걸 보았기 때문이다.

찹쌀을 씻어 들통에 앉히고 찌기 시작했다. 그 사이에 마른 대추와 잣을 손질하고 밤을 속껍질까지 깨끗하게 깐 뒤 적당한 크기로 잘라 준비해 놓았다. 다 쪄진 찹쌀밥과 온갖 재료를 섞어 다시 찌면 된다고 생각했다.

그런데 김이 오른 찹쌀 맛을 보니, 이상하게도 찹쌀이 잘 무르지 않은 상태였다. 전체가 무르지 않은 것은 아니고 속의 한 부분에 까끌까끌하게 안 익은 부분이 있는 것이었다. '이상하다, 김이 꽤 올랐는데…….' 더 찌면 찹쌀이 모두 뭉그러질지도 모른다는 생각에 다음 공정으로 넘어가기로 했다. 어차피 재료를 섞은 후 다시 찔 테니까 그때 익겠지 하는 생각이었다.

큰 그릇에 뜨거운 찹쌀밥을 엎어 놓고 밤, 대추, 건포도, 잣을 섞은 후 왜간장과 흑설탕으로 간을 하고 참기름을 부어 뒤섞었다. 예전에 어머니는 색깔을 내기 위해 캐러멜을 섞었는데, 캐러멜이 아무리 설탕을 재료로 한 천연 색소라 할지라도 구태여 색깔 때문에 첨가물을 쓰고 싶지 않아 그것은 빼기로 했다. 왜간장과 흑설탕만으로도 웬만큼 갈색을 낼 수 있으니 그것으로 족했다.

잘 섞은 것을 다시 찜통에 넣어 찌기 시작했다. 그런데 아무리 쪄도 처음에 익지 않은 찹쌀의 가운뎃부분이 여전히 설익은 채 까끌까끌하게 남아 있는 것이었다. 건포도는 뭉그러지기 시작하는데 찹쌀 익히느라고 언제까지나 가열을 할 수는 없었다. 일단 불을 껐다.

답답한 일은 실패의 원인을 스스로 알 수 없었다는 것이다. 지금이라면 웬만한 실패도 스스로 원인을 분석할 능력이 있으련만, 그때는 그 정도 실력이 안 되었다. 그러니 실패의 원인이 궁금하면 풀 수 있는 방법은 딱 하나, 어머니에게 물어보는 방법뿐이었다.

기초 부실

야단 맞을 것을 각오하고, 실패한 약식을 싸들고 친정으로 갔다. 생전 해 보지도 않은 것을 묻지도 않고 시도했다고 야단부터 맞은 후 분석에 들어갔다.

역시 어머니는 베테랑이었다. 분석은 아주 쉽게 끝났다. 찹쌀을 불리지 않았기 때문이란다. 나머지 공정은 모두 제대로 한 것이란다.(어머니는 그것만도 가상하다고 했다.) 아, 허망! 이렇게 간단한 것이었다니!

결국 나는 복잡한 조리 과정이 한창 벌어질 때에는 흥미롭게 구경했지만 그 이전에 기본적인 재료 준비는 제대로 보지 못했던 것이다. 가열하고 간장과 참기름을 붓고 뒤섞는 다이내믹한 조리 과정 이전에, 기초적인 재료 준비에 얼마나 많은 손이 가는지를 생각지 않고 있었던 셈이다.(그 해 여름 나는 이것과 아주 똑같은 오류를 호박만두에서 저질렀다. 뒤의 과정은 거의 정확하게 해냈으면서 재료 준비의 단 한 가지 공정을 빼먹음으로써 완전히 실패해 버린 그런 일이었다. 뒤에서 이야기할 테니, 기대하시라.)

맛있는 약식을 먹고, 시부모님께 폼을 잡으려던 계획은 수포로 돌아갔다. 그래도 어쩌랴. 다른 선물을 살 돈도 시간도 없었다. 어버이날, 실패한 약식을 싸들고 시댁으로 갔다. 새 며느리가 실패한 약식을 싸들고 왔으니 시어머니도 기가 막히셨을 것이다. 그래도 첫 해부터 며느리 기 죽이지 않으시려고 시도한 것이 가상하다는 격려성 멘트로 마무리되었다.

약식의 간편 조리법

나는 요즘도 약식을 일 년에 한번씩은 해서 먹는다. 이제는 복잡한 재래식 방법을 쓰지 않고 압력밥솥을 이용하는 간편 조리법으로 한다.

찹쌀은 하룻밤 내내 충분히 불리고(이제 절대로 안 잊어먹는다.) 나머지 재료를 준비한 후, 찹쌀부터 간장, 흑설탕, 참기름까지 모든 재료를 뒤섞어 압력밥솥에 앉힌다.

이때 밥물이 매우 중요한데, 보통 밥 지을 때보다 훨씬 적게 넣어야 한다. 뒤섞어 앉힌 재료의 높이만큼만 물을 부어야 한다. 재료 위로 물이 올라올 정도가 되면 약식이 질어진다. 재료의 양도 매우 중요하다. 모든 재료를 넣은 양이 밥솥의 절반 이상을 넘으면 안 된다. 밑에 깔린 찹쌀들이 너무 강한 압력을 받아 뭉크러질 수가 있다.

압력밥솥을 꼭 닫은 후 가열을 하는데, 가열 시간도 보통 밥 지을 때보다 짧아야 한다. 멥쌀 백미로 밥을 지을 때에는 밥솥 추가 칙칙거리다가 추가 돌아가는 속도가 빨라진 후 2~3분 후에 끄는 것이 정상이다. 그런데 찹쌀은 훨씬 빨리 무르기 때문에, 밥솥의 추가 칙칙 하며 김이 차오르는 소리를 내다가 회전하기 직전에 불을 꺼야 한다. 그런데 이 '직전' 이란 말이 얼마나 까다로운 말인가. 누구에겐가 모르는 길을 물어봤을 때에 "무슨무슨 간판 나오기 전에 좌회전", "버스 타고 가다가 동대문 한 정거장 전에 내려", 이런 식으로 알려 줄 때 가장 황당하지 않은가. 가 봐야만 무슨 간판이 있는지 알 것 아닌가. 그래도 압력밥솥을 오래 써 본 사람은 대충 감을 잡을 수 있다. 압력이 차올라 밥솥이 소리를 내기 시작하면 솥 앞에 지켜서서 언제쯤 추가 움직일 것인가를 주시하다가 적당하다 싶을 때에 불을 꺼야 한다.

불을 끈 채 놓아두면 열이 식고 압력이 가라앉는다. 일부러 압력을 빼지 말고 그대로 두어 충분히 뜸을 들인다. 밥솥을 열 수 있을 정도로 압력이 빠졌을 때에 뚜껑을 열고, 뜨거울 때 주걱으로 전체를 다시 한번 뒤섞어야 한다. 아무래도 흑설탕 같은 단맛 나는 것들이 아래로 내려가 있기 때문에 뜨거울 때 골고루 뒤섞어야 맛이 고르게 된다.

이렇게 압력밥솥에 약식을 하면 편하게 소량을 자주 해 먹을 수가 있다. 따끈한 약식은 차갑게 식혀 쫄깃해진 약식과는 또 다른 맛이 있다.✲

여름 만두, 개성식 호박편수

만두에 대한 강한 집착

이십 년을 함께 살면서 남편과 나는 웬만큼 입맛이 비슷해졌다. 그러나 아직도 입맛에서 부딪치는 것 중의 하나가 만두이다. 뒤에서 설날 떡만둣국 이야기를 다시 하겠지만, 결혼 첫 해에 나는 남편과 또 한 번의 만두 해프닝을 벌였다. 바로 앞에서 이야기한 약식 실패기에 버금가는 결정적인 실수를 했고, 이십 년 동안 두고두고 놀림감이 되고 있다.

나는 여름에도 따뜻한 음식을 먹고 싶을 때가 많다. 특히 비가 추적추적 오는 날이면 따끈한 국물이 있는 음식이 간절하다. 여름 음식은 따끈한 것이어도 겨울 음식처럼 텁텁하지 않고 깔끔하고 개운해야 한다. 대개 손쉽게는 수제비나 칼국수 정도를 선택하게 되지만, 좀 잘 먹으려면 만두를 해 먹는 게 좋다.

나는 먹는 데 엄청나게 집착하지만 특히 만두에는 더 그렇다. 한창 식욕 좋을 중고등학교 때에는 집에서 만든 아이 주먹만 한 만두를 무려 서른 개씩 먹어 치운 적도 있다. 열 식구가 그렇게 먹어 대니, 휴일 날 점심을 만두로 하려면 아침부터 온 식구가 북적거려 200~300개는 만들어야 한다. 만두를 좋아하는 데다가 아버지 쪽 고향이 개성이라 만두 맛에 상당한 자존심을 가지고 있다. 어느 음식점에서도 우리 집에서 만들어 먹던 만두처럼 맛있는 것을 먹어 본 적이 없기 때문이다. 개성 음식 전문점으로 가장 유명한 안암동 개성집 정도에 가야만 그 비슷한 맛을 볼 수 있다.

호박으로 만두를 만든다고?

우리나라 만두의 대표적인 것은 김치만두인데, 이것은 김장김치가 있는 겨울에나 해 먹을 수 있는 음식이다. 김치로 하는 모든 요리는 무엇보다 김치가 맛있어야 한다. 여름의 김치로는 깊은 맛의 김장김치로 만든 김치만두 맛을 제대로 낼 수 없고, 또 두부까지 섞은 부드러운 질감이 아무래도 겨울에 어울리니 김치만두는 대표적인 겨울 음식이라 할 만하다.

여름에 해 먹는 만두는 호박편수이다. '편수'란 야채를 중심으로 한 만두를 말한다. 그래서 호박으로 한 것은 만두라고 하지 않고 편수라고 하는데, '호박편수'란 말을 알고 있는 사람들도 개성 출신 집안 사람들뿐이다. 모양은 동그랗게 꼬부려 만드는 보통 만두와는 달리, 만두피의 네 귀를 맞추어 네모나게 만들거나 반으로 접어 반달 모양으로 만든다. 호박편수는 싱싱한 애호박을 주 재료로 삼아 만드는데, 사람들은 "호박으로도 만두를 해?"라고 반문하지만 그 상큼한 여름 맛이란 먹어 보지 않고서는 모른다.

나는 결혼한 첫 해 어느 여름날 그 식욕을 어쩌지 못하고 만두를 하기로 결심했다. 물론 남편은 시큰둥했다. 경상도 출신의 남편은 만두를 좋아하지 않을 뿐 아니라 서울에 와서 처음 먹어 본 싸구려 분식집 만두가 가장 맛있다고 하는 사람이니까. 호박편수는 오로지 내가 먹고 싶어서 하는 거였다. 물론 그해에는 '이렇게 맛있는 게 있다는 걸 여태 모르고 있지?' 하는 마음도 있었다. 내가 맛있으면 남편도 맛있게 먹어 주려니 생각했기 때문이다.

그까짓 호박편수를 못하랴?

만두야 약식보다는 자신이 있었다. 일 년에도 몇 번씩 온 가족이 둘러앉아 어깨와 등줄기가 뻐근하도록 만두를 빚어 먹었는데 그까짓 걸 못하랴? 밀가루 반죽이야 밀가루에 물을 부어 계속 주무르기만 하면 되는 거고. 단 만두소는 한번도 만들어 본 적이 없었다. 그 정도는 전혀 나의 식욕을 꺾을 조건이 못되었다. 결혼 후 지금까지 거의 대부분의 음식을 먹어 본 기억에 의존해서 짐작으로 해 왔기 때문이다. 먹어 본 기억을 떠올리고, 무슨무슨 재료와 양념이 들어갔을 것이라고 짐작하고, 그것을 넣어 음식을 해 보고는 그 맛이 안 나면 뭐가 빠졌나 다시 생각해서 넣고, 이런 식이었다. 호박편수야 뻔하다. 애호박, 양파, 돼지고기 간 것, 파, 마늘, 식성에 따라서는 고춧가루 정도가 들어갈 것이다. 겨울의 김치만두처럼 두부 같은 것을 넣지 않으니, 여름의 상큼한 야채 맛이 돋보이는 만두인 것이다. 만두를 빚으면서 눈으로 다 확인되는 것이니 소금 간만 잘 맞추면 되는 일이다.

약식도 해 봤는데……. 게다가 약식에 비해서 재료 값도 싸니 얼마나 좋은가. 일단 예쁜 애호박, 당연히 조선호박으로 샀다.(조선호박과 돼지호박이라 부르는 주키니호박을 구별 못하지는 않겠지? 돼지호박은 색이 진녹색으로 크며, 조선호박은 연녹색으로 작다. 키워 보면 돼지호박은 넝쿨이 없고, 조선호박은 넝쿨이 있다. 맛이야 비할 수가 없다.) 여름이면 애호박과 양파는 싸다. 돼지고기도 갈아 왔다. 애호박은 채 썰고 양파는 다진다.

밀가루에 물을 부어 만두피 반죽을 먼저 해 놓고 겉이 마르지 않게 비닐에 잘 싸서 한옆에 둔다. 소를 만드는 동안 만두피는 물기가 골고루 퍼져 맛있어진다. 만두피 반죽을 할 때 주의할 점은 반드시 중력분 밀가루를 써야 한다는 것이다. 우리가 보통 쓰는 밀가루가 중력분인데, 가끔 '찰밀가루' 라는 이름으로 강력분과 중력분을 섞은 밀가루가 시판되는 경우가 있다. 칼국수를 할 때에는 쫀득하고 괜찮은데, 만두피는 지나치게 딱딱하여 만두소와 어우러지지 않고 홀렁 벗겨져 버린다.

역시 기초 부실

온갖 재료를 섞어 소를 만들었으니 이제 싸기만 하면 된다. 그런데 만두를 빚어 보니 이상했다. 채 썬 애호박이 자꾸 삐죽삐죽 만두피를 찔러 만두 빚기가 여간 어려운 게 아닌 것이다. 참 이상하다. 친정집에서 할 때에는 이런 일이 없었는데. 만두 빚을 때 만두피에 구멍이 나면 삶을 때에 다 터져 버린다. 이게 웬 낭패란 말인가?

그때까지도 내가 무엇을 잘못했는지 깨닫지 못했다. 겨우겨우 다 빚어 놓고는 끓는 고깃국물에 만두를 넣고 끓였다. 만두가 끓는 동안 양념장을 만들고 상을 보았다.

상에 올려 입에 넣어 보고서야 내 실수가 무엇인지를 깨달았다. 만두피 속의 만두소가 아주 조그맣게 줄어 있었던 것이다. 옛말에 겉 먹자는 송편이요 속 먹자는 만두라고, 만두는 속이 꽉 차야 하는데 헐렁하게 빈 만두피에 쪼그라져 있는 만두소가 조금 붙어 있는 형국이었다. 게다가 맛도 싱거웠다. 아차, 애호박과 양파를 절이지 않았구나!

약식에서와 마찬가지로 재료 준비에서 실수를 한 것이다. 만두를 많이 만들어 보았다고 해 봤자, 기껏 빚는 공정만 해 보았을 뿐이다.

내가 빼먹은 과정은 이런 것이었다. 애호박을 채 썰고 양파를 잘게 다진 것을 소금에 절인다. 야채가 절여져 숨이 죽으면 손으로 꼭꼭 짠다. 마치 김치만두를 할 때에 김치와 두부, 숙주나물 삶은 것을 손으로 꼭꼭 짜듯 말이다. 이것을 고기나 양념들과 섞어야 만두소가 되는 것이다.

포기할 수 없는 호박편수의 맛

남편은 호박만두 이야기만 나오면 머리 위에 두 손을 올리고 검지손가락을 펴서 삐죽한 뿔을 만들고 장난꾸러기 같은 표정을 짓는다. 절이지 않은 애호박이 만두피를 찌르며 삐죽거렸다는 얘기다.

남편이 좋아하지도 않는 음식이고 그나마 이렇게 놀려 먹는 레퍼토리여서 자주 해 먹지 않게 된다. 하지만 한두 해에 한번씩은 도저히 견디지 못하고 나 혼자 먹을 셈으로 밀가루를 반죽하고 호박편수를 빚는다. 제철을 만난 애호박의 달착지근하고 싱싱한 맛이 어찌나 돼지고기나 밀가루

와 잘 어울리는지, 비가 추적거리며 오는 썰렁한 여름날에 어찌 그 유혹을 떨쳐 버리랴.✻

의지의 한국인,
청국장 성공기

엽기 입맛

아무리 몸에 좋은 약이 입에는 쓴 법이라지만, 몸에 좋다는 건강식품 종류들은 정말 먹기 역겨운 것들뿐이다. 녹즙이 아무리 좋다고 해도 그 쓰고 풀 냄새 나는 시퍼런 물을 먹기란 여간 고역이 아니다. 곡물과 야채 말린 것을 가루로 만들어 물에 타 먹는 생식 역시 역겹기는 마찬가지이다. 세상에 먹는 즐거움만 한 게 없는데 죽으면 죽었지 맛없는 건 먹지 않고 산다 싶은 생각에, 이런 음식을 나는 안 먹고 남편만 먹인다. 남편은 호기심이 많은 데다 엽기적인 음식들까지 아주 잘 먹는 튼튼한 비위를 지니고 있다. 어느 해인가 시어머님께서 개소주를 해 오셔서 냉장고에 보관해 두었는데, 어느 날인가 그것을 뜨끈한 미역국에 퍽퍽 풀어서 먹는 게 아닌가! 무슨 맛이 나오려나 궁금했단다. 와, 정말 강적이다.

이런 남편을 둔 덕분에 몇 년 전부터 우리 집에선 또 이상한 건강식을 해 먹기 시작했다. 바로 청국장으로 찌개를 끓이지 않고 날것으로 먹는 것이다. 근래 청국장 먹는 붐이 일기 시작해서, 학자들의 연구도 대중적으로 알려지고 주변 사람들이 건강에 좋다고 권했다. 청국장 다이어트까지 나올 정도였고, 업체마다 청국장 발효기를 만들어 팔기 시작했다.

아무리 그래도 그 냄새 나는 걸 날것으로 어떻게 먹느냐고 도리질을 치다가, 남편의 호기심을 이기지 못하고 결국은 먹어 보리라 결심했다. 일본의 낫토(納豆)라는 음식이 날청국장과 흡사하니, 그다지 못 먹을 건 아니라고 위안을 하면서.

나 없을 때 띄워

청국장을 날로 먹자니 발효기가 필요했다. 발효기 없이도 띄울 수는 있지만, 매일 계속 먹으려니 발효기가 없으면 지나치게 불편할 듯했다.

그 불편이란 다름이 아니라 냄새이다. 사실 남편이 날청국장을 먹자고 꼬시기 전부터 한겨울에 한 번씩은 청국장을 띄웠다. 결혼 후 얼마 지나지 않아 청국장은 집에서 제대로 띄운 것을 먹어야 한다는 것을 알게 되었다. 왜냐하면 시장에서 파는 제품화된 청국장으로는 영 그 맛이 나지 않았기 때문이다. 모름지기 청국장찌개란 된장찌개와는 달리 장이 많이 들어가서 묽은 죽 정도의 농도로 빽빽하게 끓여야 제 맛인데, 제품화된 청국장은 소금이 너무 많이 들어 있어서 장을 많이 넣어 끓일 수가 없다. 게다가 청국장의 퀴퀴한 냄새조차 적으니, 밍밍하게 맛없는 된장찌개처럼 먹을 수밖에 없는 것이다.

아파트를 떠나 이천에 와서 살게 되면서 결국 나는 청국장 띄우기에 과감히 도전했다. 아파트에 살던 시절에는 어머니가 띄운 것을 얻어다 먹었는데 이제는 어머니조차 아파트로 이사를 해서 얻어먹을 데가 사라졌기 때문이다. 아파트란 공간은 정말 청국장과 친해질 수가 없다. 끓여 먹기만 해도 온 동네에 냄새가 진동을 하는데 하물며 띄우겠다는 발상은 정말 힘든 것이었다.

청국장 발효는 결혼하기 전에 보기는 했으나 정작 해 본 적은 없으니, 맨땅에 헤딩하기나 다름이 없었다. 그런데 의외로 너무나 쉽게 성공했다. 일단 콩을 불려서 솥에 넣고 푹 삶았다. 그 뜨거운 콩을 식히지 않고 그대로 바구니에 담아 따끈한 아랫목에 두고 두꺼운 담요를 뒤집어씌웠다. 하루가 지나면 색깔이 진해지면서 콩 표면에 허연 것이 끼고 청국장 냄새가 진동하기 시작한다. 그때부터 콩에 점성이 강한 찐득한 것이 생겨서 콩 하나를 집어올리면 실이 죽죽 생기고 미끈거린다.(이틀이 지났는데도 이런 발효의 조짐이 보이지 않으면 실패이다. 과감하게 버려야 한다. 콩이 아깝기는 하지만 시골에서는 이 역시 별로 어려운 일이 아니다. 거름더미에 쏟아부으면 된다. 취미 활동치고는 아무런 공해도 남기지 않으니 매우 훌륭하지 않은가.) 사흘쯤 지나면 콩 표면에 끼던 허연 것의 색깔이 거무튀튀한 회색으로 변하고 콩 색깔도 진해진다. 이때쯤이면 냄새는 거의 참을 수 없는 정도에 도달한다.

내가 청국장을 띄우겠다고 하자 엽기적인 입맛의 남편조차 제발 그것만은 하지 말아 달라고 통사정을 했다. 그렇다고 내가 맛있는 것을 포기할쏘냐. 남편이 며칠 집을 비우는 날을 택해 감행했고, 결국 성공했다. 어차피 사흘이면 끝나는 일이니까.

발효가 시작된 사흘쯤 된 그 미끈거리는 콩을 절구에 넣고 소금을 넣으면서 찧는다. 나는 그제서야 왜 제품화된 청국장을 그렇게 짜게 만드는지 이해를 했다. 소금을 적게 넣으면 유통 기간 중 상해 버릴 위험성이 너무 높은 것이다. 된장보다 훨씬 싱거운 청국장은 꼭 냉장고에 보관해야 한다.

초보자에 불과한 내가 이렇게 쉽게 청국장에 성공한 것은 오로지 뜨거운 온돌 덕분이었다. 아파트에서는 냄새만이 문제가 아니라 절절 끓는 아랫목이 없어서 할 수가 없는 것이다. 가끔 극성스러운 사람들은 아파트에서도 뜨거운 찜질 팩이나 전기 담요 같은 것을 이용하는 사람도 있다고 들었다. 온도 유지를 위해서는 보온밥통이 좋은데 이것은 공기가 잘 통하지 않아 실패할 가능성이 높다. 청국장의 균은 일반 공기에 떠다니고 있기 때문에 삶은 콩이 공기와 적절히 접촉을 해야만 발효가 제대로 이루어진다. 바구니에 담아 온돌방 아랫목에 놓고 이불을 뒤집어씌우는 방식은 공기 접촉은 충분히 이루어지게 하되 온도는 높이는 가장 좋은 방법이다.

청국장만 잘 띄워지면 찌개 끓이는 것은 일도 아니다. 뚝배기에 장을 듬뿍 풀고 고기도 약간 넣는다.(쇠고기가 무난한데 얕은 맛은 돼지고기가 더 있다. 단, 한 끼에 다 해치우지 못하고 남기면 돼지 냄새가 좀 난다.) 건더기는 김치면 족하다. 고춧가루 양념을 좀 떨어내고 잘게 썰어 넣으면 된다. 거의 끓으면 두부를 썰어 넣고 한소큼 더 끓인다.

청국장찌개는 시큼한 김장김치와 먹어야 제 맛이다. 그렇게 먹으면 김치가 어찌나 상큼하고 단지 희한할 정도이다. 어떤 사람은 무 생채와 먹는 것을 좋아하기도 하는데, 나는 여전히 신 김치가 더 좋다. 그러니 김치찌개도 지겨워진 초봄에는 이처럼 맛있는 음식이 없다. 이 뭉근하고 부드러운 맛을 어디에 비하랴.

이 맛을 보기 시작하면서 남편의 대사는 바뀌었다.

"나 집에 없을 때 띄워."

왜 발효가 안 되는 거야?

그런데 날청국장 붐이 일기 시작하자 이제는 "나 없을 때 띄워."를 할 수 없게 되었다. 청국장을 날로 먹으려면 한꺼번에 많이 해 놓을 수가 없다. 살아 있는 미생물을 먹는 것이라 아무리 냉장고에 보관해도 지나치게 오래되면 상할 수가 있다. 끓여 먹을 청국장은 냉동을 해도 되지만 날것으로 먹으려면 그럴 수가 없는 것이다. 어쩔 수 없이 일주일에 한번씩은 새로 띄워야 한다. 그러니 매주 온돌방에 풍기는 그 냄새를 어떻게 당하랴.

결국 발효기를 사면 비교적 냄새가 외부로 새지 않을 것이고, 전기로 온도를 유지해 주니 발효기를 반드시 방 안에 두지 않아도 되니 냄새 걱정이 없을 듯했다.

문제는 발효기의 성능이었다. 요즘은 청국장 발효기가 여러 종류가 있지만 그때만 하더라도 한두 군데에 불과했고 그나마 보온밥통 모양의 아주 단순한 것이었다.(최근에는 스스로 콩을 불리기까지 하는 매우 성능 좋은 것도 나오고 있다고 한다.) 그나마 잘 되기라도 하면 문제가 없을 터인데 사정은 그렇지 않았다. 아마 청국장 발효기를 써 본 사람은 알겠지만 실패를 밥먹듯하다 결국 포기하고 요구르트나 발효한 경험들을 가지고 있을 것이다.(그러나 요구르트는 실온에서도 발효된다. 요구르트 때문에 이 제품을 구입했다면 너무 억울하다.)

처음 발효기를 샀을 때는 여름이었다. 콩을 삶는 것까지는 똑같지만 한 가지 다른 점은 발효기에 넣기 전에 한두 시간 정도 실내에 놓아두어 공기를 쏘이는 것이었다. 온돌방과 달리 발효기 속은 공기가 차단되어 공기 중의 청국장 균을 충분히 공급해 줄 수가 없고, 그러니 미리 삶은 콩에 균이 달라붙도록 시간을 주는 것이었다.

여름에는 발효가 잘 되는 편이었다. 온돌방에서 할 때보다 발효기에서는 조금 느리게 진행되기는 했지만 실패는 아니었다. 그러나 문제는 겨울이었다. 날이 서늘해지니 발효는 현격히 더뎌졌고 급기야 겨울에는 발효가 되지 않았다.

계절을 타는 것은 온도 때문이라고 생각했다. 그래서 이번에는 발효기보다 온도가 높은 보온밥통으로 옮겨 봤다. 역시 실패. 이번에는 너무 높았다고 짐작했다. 예전에 어머니는 온돌방과 보온밥통 양쪽에서 모두 성공하는 것을 보았는데, 그때 어머니가 쓰던 밥통은 뚜껑 열판이 고장이 나서 밥통으로 쓰기에는 너무 온도가 낮은 것이었다. 그러니 멀쩡한 밥솥을 청국장 때문에 일부러 고장을 낼 수는 없지 않은가. 그래서 다음번에는 보온밥통을 쓰면서 뚜껑을 조금 열어 놓아 보았다. 이번에는 콩이 말라 실패했다. 온도만이 아니라 적정한 습도도 중요한 것이다.

결국 뚜껑을 완전히 닫은 상태에서 적정 온도를 유지하는 시스템이어야 했다. 다시 발효기를 이용하되, 이번에는 발효기 위에 담요를 뒤집어씌워 보온성을 높였다. 조금 성능이 나아지기는 했지만 충분하지 않았다. 아무래도 콩을 삶은 직후에 1~2시간 공기를 접촉하게 하는 과정에서 과도하게 열이 떨어지는 것 같았다.

이 정도로 포기할쏘냐. 결국 공기는 충분히 쏘이되 온도는 떨어지지 않게 하면 되는 것 아니겠는가. 그래서 선택한 방법은 삶은 콩을 1~2시간 충분히 공기를 쏘이게 한 후에, 다시 그것을 보온밥통이나 슬로 쿠커의 보온 기능에 집어넣어 두어 시간 동안 약간의 가열을 하는 것이었다. 보온밥통이나 슬로 쿠커에 넣어야 하는 것은 너무 센 온도에서 청국장 균이 다시 죽어 버리는 것을 막기 위해서이다. 재가열할 때에 수분이 너무 빠지지 않도록 깨끗한 소창 헝겊을 덮었다. 청국장 균을 잔뜩 묻힌 콩을 다시 뜨끈하게 만들어 놓은 후 그것을 발효기로 옮기고(헝겊은 그대로 덮은 채로) 발효기 바깥에는 담요를 씌워 놓았다.

완벽한 성공이었다. 혹시 청국장 발효기가 애물단지가 되어 있는 집에서는 이 방법을 시도해 보라.

청국장 샐러드

그 다음 문제는 이 냄새나는 것을 먹는 일이다.

코로 냄새를 맡는 것보다 막상 입에 넣으면 냄새가 참을 만하기는 했다. 청국장찌개를 먹는 사람이라면 이것도 그다지 못 먹을 음식은 아니다. 그래도 끼니마다 먹기엔 좀 끔찍한 일이 아닌가. 그래서 이런저런 방법을 시도했는데, 성공적인 방법 몇 가지를 소개하자면 이렇다.

냄새나 미끈거리는 느낌이 싫다면 마른 김이나 상추, 깻잎 같은 야채에 쌈을 싸 먹는다. 청국장 콩은 전혀 소금기가 없는 것이므로(찌개용 청국장은 이런 청국장 콩에 소금을 넣어 짓이긴 것이다.) 간장이나 쌈된장, 고추장 등으로 간을 맞추어야 한다. 특히 야채쌈에 쌈장이나 고추장을 곁들이면 청국장 냄새가 많이 가신다. 일본 낫토를 좋아하는 사람이라면 왜간장으로 간을 하고 고추냉이를 풀어 먹는 방법도 생각해 볼 만하다. 어떤 사람은 사과를 썰어 넣어 함께 먹으면 먹을 만하다고도 한다.

우리가 가장 즐기는 방법은 청국장 샐러드이다. 청국장 콩 한두 술에 마늘장아찌 한 술을 장아찌 국물째 섞는다. 마늘 건더기는 얇게 저며야 먹기가 좋다. 여기에 쌈장과 참기름을 넣어 고루 섞어 소스를 완성한다. 야채는 상추, 깻잎, 치커리, 겨자잎, 적치콘, 쑥갓, 미나리, 무순, 양파 채 썬 것 등을 있는 대로 넣고, 오이도 얄팍얄팍 썰어 함께 섞는다. 이 야채들에 청국장 소스를 섞어 먹는데, 마늘과 쌈장, 참기름 등이 모두 역한 냄새를 없애 주는 것이어서 냄새 걱정은 안 해도 된다. 특히 겨자잎이나 깻잎, 특히 오이는 향이 강해서 청국장 냄새 정도는 완전히 제압한다. 청국장 콩 정도는 양식 샐러드에 섞인 통조림 콩이라고 생각해도 될 정도이다. 아침마다 한 그릇씩 먹으니 아마 우리 부부는 만수무강할 거다.✲

3

밥상 위 지역 갈등

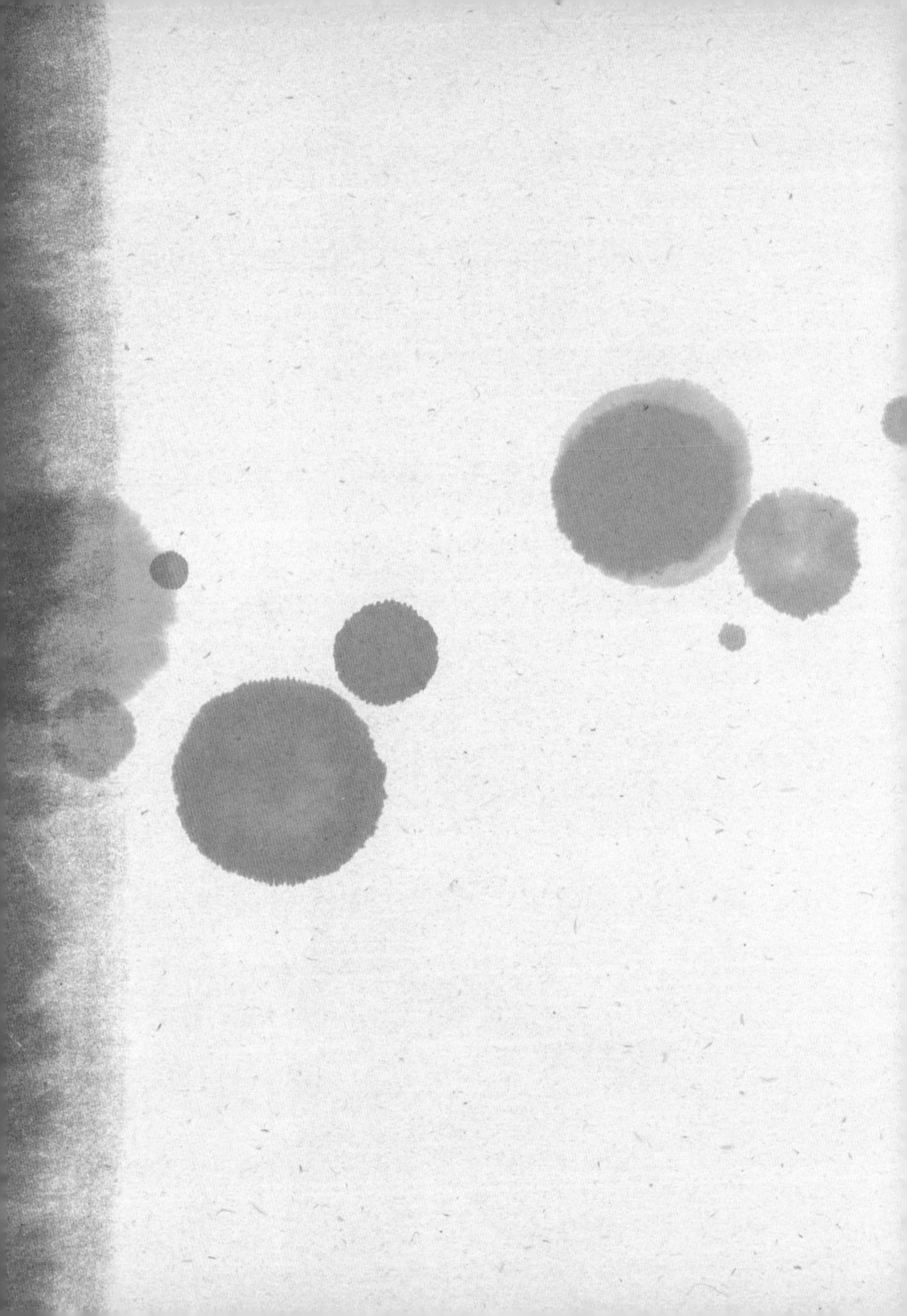

멸치젓 대 조기젓, 그리고 갈치속젓

다른 입맛이 같은 밥상에

1984년 스물네 살의 나이로 결혼한 나는(내가 생각해도 웬 결혼을 이렇게 빨리 했는지!) 결혼한 지 벌써 이십 년을 훌쩍 넘겼다. 어쩌면 이렇게 음식 이야기를 하는 것도 이십 년이란 경력에서 만들어진 것이리라.

지금은 아주 건강하고 다양한 밥상을 유지하며 살고 있지만, 사실 이런 식단과 식성이 하루아침에 만들어진 것은 아니다. 우리 집 밥상 모습이 지금과는 많이 달랐다는 것이다. 결혼 초에는 김치도 못 담그는 왕초보 주부였기 때문이기도 하고, 다른 한편으로는 나의 식성과 남편의 식성이 아주 달랐기 때문이기도 하다.

결혼이란 건 참 희한한 것이다. 스무 해 넘도록 다른 집에서 다른 방식으로 살아가던 두 사람이 갑자기 같이 밥 먹고 같은 방에서 같이 생활하는 괴상한 경험을 하게 되는 사건이 바로 결혼이다. 결혼한 여자들이 신혼 초 몇 개월 동안 이유 없이 피곤함을 느끼는 것도 결코 무리가 아니다. 갑자기 생활과 잠자리가 바뀌니 피로감이 커지는 것은 당연한 일이다.

서로 다른 집안에서 자랐으니 나는 당연히 우리 어머니의 입맛이고 남편은 우리 시어머니의 입맛이었다. 서두에서 이야기했듯이 친정 음식들은 어머니의 예민한 전북 손맛으로 다듬어진 달착지근하고 산뜻한 개성 음식, 서울 음식이고 시댁의 음식은 울산과 부산 바닷가 사람들의 생생하게 걸진 진한 음식이었다. 그러다 보니 나와 남편은 입맛에서 자주 충돌했다.

젓갈 밝히는 부부

남편과 나는 둘 다 젓갈을 좋아한다. 앞에서 이야기한 바 있지만, 지금의 내 취미를 곰곰이 생각해 보면 특히 발효 음식에 관심이 많다. 다른 요리는 인간의 힘으로 변화를 일으키는 것이지만, 발효 음식은 조건만 맞춰주면 미생물 스스로 알아서 재료를 변화시켜 맛을 내는 것이다. 참 재미있고 신기한 노릇이다.

젓갈도 그중의 하나이다. 젓갈은 역시 발효 식품인 김치와 장과 함께 우리 음식의 기본 양념이면서 그 자체로도 맛있는 반찬이다. 나와 남편 둘 다 모두 젓갈 반찬을 좋아하는 일은 참으로 다행스러운 노릇이었다. 발효 음식이란 게 먹을 때 맛은 참 오묘하지만, 냄새는 오묘를 넘어서서 혐오로 느끼는 사람들이 꽤 많다. 된장의 찝찔퀴퀴한 냄새, 김치의 시크무레한 냄새, 무어라고 설명할 수도 없는 청국장 띄우는 냄새는 그다지 유쾌한 일이 아니다. 젓갈 냄새는 또 오죽하랴. 젓갈 항아리를 열면 찝찔하고 비릿한 냄새가 집안 전체에 진동한다. 그러나 다행히도 남편과 나는 둘 다 젓갈 냄새를 맡으면 입에 침이 괴고 갑자기 입맛이 도는 아주 건강한 식성을 지니고 있다.

늘 바쁘게 사는 나는 놀러다닐 시간이 거의 없는데, 어쩌다가 특강 같은 일로 목포나 제주도 같은 곳에 가게 되면 30분이라도 시간을 내어 재래시장에 들른다. 이런 지역의 재래시장에는 서울에서는 찾아보기 힘든 젓갈들이 있다. 제주도에 가면 자리젓과 꽃멸치젓, 성게젓 등이 있고, 서해안에서는 밴댕이젓, 곤쟁이젓, 자하젓, 남서해안 지역에서는 갈치젓, 갈치속젓, 낙지젓, 심지어 게를 껍질째 갈아 장에다 담근 밑반찬 종류들도 있다. 부피도 적으니 조금씩 사서 가방에 넣어 가지고 다니기에도 불편함이 없다. 그래서 우리 냉장고에는 대여섯 가지 젓갈이 병병이 들어차 있고, 젓갈을 골고루 사 가지고 온 어느 날에는 열 가지 젓갈을 늘어놓고 마치 젓갈 감별사처럼 맛을 음미하며 밥을 먹어 본 적도 있다.

멸치젓이냐 황석어젓이냐

둘이 이렇게 젓갈을 좋아하는데도, 결혼 후 우리 부부는 젓갈 때문에 종종 대립했다.

부산 출신인 남편은 모든 것 제쳐놓고 멸치젓이 기본이고 최고라고 생각한다. 호박잎이나 물미역을 쌈으로 먹을 때에는 꼭 멸치젓이고, 미나리나 고춧잎 무칠 때에도 가능하면 멸치젓을 고집한다. 그것도 말갛고 깨끗한 액젓이 아니라, 생선 건더기가 그대로 살아 있는 거무튀튀한 생젓을 월등하게 좋아한다. 그런데 나는 결혼을 하고서야 그런 멸치젓을 처음 먹어 보았다. 멸치젓이라는 이름이 붙은 것이라고는 곱게 달여 걸러 놓은 맑은 액젓만 보았기 때문이다. 그런데도 첫 입맛에도 감칠맛이 도는 부드러운 멸치 살은 맛있었다. 시어머님 말씀대로 '밥 도둑놈' 이었다.

그런데 나는 멸치젓을 먹으면서 친정에서 먹던 조기젓이나 황석어젓이 생각났다. 내가 처음 먹어 보는 멸치젓을 이렇게 잘 먹을 수 있는 것은 조기젓 꼬리 하나, 황석어젓 한 마리 왼손에 들고 밥 한 그릇을 뚝딱 해치우는 입맛을 가지고 있었기 때문이다. 새우젓도 굵고 좋은 육젓이나 오젓 같은 것을 그저 깨소금만 듬뿍 넣으면 너무도 맛있는 밑반찬이 된다. 게다가 새우젓 계열은 비린내도 별로 나지 않아서 밥에 물을 말아 먹을 때나 죽을 먹을 때에도 반찬이 된다.

결혼한 지 이삼 년쯤 됐을까? 황석어젓과 조기젓이 생각난 어느 날 나는 시장에서 황석어젓을 사다 밥상에 놓았다. 내가 처음 보는 멸치젓을 잘 먹었던 것처럼 남편도 황석어젓을 맛있게 먹으리라 기대하면서. 웬걸, 한 점 먹더니만 "음, 서해 바다 냄새군." 하고는 더 젓가락을 대지 않았다. 기름기 많고 비린내가 많이 나는 붉은살 생선 멸치젓보다는 흰살 생선 맛이 깔끔한 조기젓이나 황석어젓이 훨씬 윗길이다 싶은데, 남편은 그 말 한마디로 그만이었다.

참 실망스러웠다. 사람이 취향 차이를 확인할 때에 이질성을 느끼기 마련인데, 이런 남편을 보면서 나는 할머니가 부산 피난 살 때 이야기를 하시면서 아랫녘 경상도 사람의 입맛을 흉보시던 이야기를 꺼내고 싶어 입이 근질근질했다. 생각해 보니 남편도 남해 바다 멸치젓의 비릿하고 '꼬로무레한' 진한 맛을 모르면서 조기젓 같은 걸로 깔끔만 떠는 서울내기들 입맛을 흉보고 싶었을지도 모른다는 생각이 들었다.

남해 바다 젓갈과 서해 바다 젓갈 사이의 대립은 꽤 오래 지속되었다. 대개의 여자들이 남편 위주로 반찬을 마련하듯 나도 맛있는 서해 바다 젓갈은 밥상에 자주 올려 놓지 못했다. 내가 먹고 싶어서 밥상에 올려놓아도 혼자 먹으려니 자꾸 남아 냉장고 안에서 뚜껑 덮인 채로 맴돌았다.

몇 년 후 다행히 우리는 타협점을 찾았다. 그 타협점은 역시 지리적으로 남서해안 정도에서 이루어졌다. 갈치젓, 갈치속젓, 밴댕이젓 등이 그것이다. 갈치나 갈치 내장으로 담은 젓갈과 밴댕이로 담은 젓갈은 조기젓보다는 훨씬 더 비릿하고 진하며 기름기도 많다. 그러면서도 멸치젓의 붉은살 생선의 비린내와는 다른 그런 젓갈이었던 것이다. 봄 가을에 밭에서 뜯은 무잎, 배춧잎에 갈치속젓이나 밴댕이젓을 얹어 먹으면 얼마나 달착지근한지.

맛있는 멸치젓을 위해

그것도 잠시, 이제 내가 멸치젓에 확실히 맛을 들여 본격적으로 멸치젓을 담가 보기 시작했다. 삼사 년 전부터 시작된 일이다.

5월이 되면 큰 시장에 생멸치가 나온다. 정어리처럼 등푸른 생선이지만 아주 작은 생선, 그러나 마른 멸치보다는 두서너 배 큰 생선, 그게 바로 생멸치였다.

첫 해에는 많이 했다가 망칠까 봐 작은 궤짝 하나도 다 사지 못하고 반짝만 샀다.

멸치는 참 살이 무르다. 물에 씻으면 금방 뭉크러지고 사방이 멸치 기름기로 뒤범벅된다. 아이 다루듯 살살 다루어 지저분한 것들을 제거한 후 자그마한 항아리에 담으면서 켜켜이 소금을 뿌렸다.

소금을 얼마나 뿌렸냐고? 잘 모른다. 이제 주부 이십 년 차쯤 되니, 감으로 하는 거다. 이 정도 되면 이 정도 맛이 나겠지. 일주일쯤 지나면 간을 본다. 기존에 먹던 멸치젓과 비교해서 싱거우면 소금을 더 뿌리고, 짜면 어쩔 수 없으니 그냥 놓아두면 된다. 짜니까 상하지는 않는다. 단 익는 속도가 느려질 뿐이다. 나중에 먹을 때 좀 짠 게 흠이겠지만, 양념으로 쓸 때에는 적게 넣으면 되고 그냥 먹을 때에는 마늘이나 풋고추, 파 등 야채를 많이 넣어 간을 중화시키면 된다. 비과학적이라고? 대충대충 얼렁뚱땅이라고? 틀린 말은 아니다. 하지만 감으로 한다는 것은 중요한 일이다. 기본적인 것을 계량하여 처리할 때에도 결국 마지막의 성패는 감에 달려 있다. 생각해 보자. 과학적으로 계량해서 하려면 별별 것들의 조건을 다 맞춰야 한다. 햇볕, 온도, 공기 기타 등등. 그건 공장에서나 가능한 일이다. 그러니 집에서 하는 방법은 대강 감으로 하는 것이고 자주자주 진행 과정을 확인하면서 아이 돌보듯 돌봐 주는 것, 그게 옳은 방법이다. 어려운 말로 하면 퍼지 시스템이고 적정 기술이다.

멸치젓은 기름기가 많다. 그래서 예전에는 기름기를 빨아들이라고 창호지를 덮어 놓았다는데, 요즘에는 창호지 구하기가 쉽지 않다. 어떻게 할까 고민하다가 아주 좋은 생각을 해냈다. 커피 여과지를 쫙 펴 놓았다. 어차피 식품에 쓰는 것이니 그리 나쁠 것 같지 않고 기름기도 잘 빨아들이니 괜찮을 듯싶었다.

항아리를 장독대에 갖다 놓고 다 익기를 이제나저제나 기다렸다. 시어머님께 여쭈어 봤더니 그 옆에 가면 구수한 냄새가 나야 익은 것이란다. 정말 한 달이 넘어가자 항아리 옆에만 가도 구수한 멸치젓 냄새가 나기 시작했다.

이렇게 집에서 담근 멸치젓은 시장에서 파는 멸치젓과는 비교가 되지 않을 정도로 맛이 있다. 달착지근한 맛과 구수한 맛은 아주 강한 반면, 씁쓸한 맛은 적고 짜기도 덜 짜다. 자랑 삼아 한 병 덜어다 어머니한테 갖다 드렸더니, 며칠 뒤에 전화를 하셨다. "야, 그거 무지무지하게 맛있더라." 하신다. 같은 멸치로 담그는데 시장 것과 집의 것이 왜 이렇게 차이가 나는지 알 수가 없다.

어쨌든 맛의 차이가 나니 해마다 안 할 수가 없다. 그러나 첫 해에는 어쩌다가, 소 뒷걸음질치다 쥐 잡은 격으로 성공한 것이니 해마다 잘 된다는 보장이 없지 않은가. 그 다음 해는 싱거워 골콤해졌다. 그래도 먹을 만하고 싱거우니 그 맛도 괜찮다. 자주 확인하면서 공을 들이면 그다지 엄청나게 실패하지는 않는다. 싱거워 골콤해진 것도 냉장고 안에 온도를 낮추어 보관하면 더 맛이 변질되지는 않는다.

봄마다 해야 하는 한 가지 일이 더 늘었다.✽

호박잎쌈과 물미역쌈

물미역을 날로 멸치젓에?

멸치젓 이야기를 하다 보니, 멸치젓을 얹어 먹는 물미역쌈을 함께 이야기해야겠다. 쌈의 양념을 멸치젓으로 한다는 것도 서울내기인 나에게는 신기한 일이었지만, 정작 더욱 놀란 것은 물미역을 데치지 않고 날로 먹는다는 점이었다.

물미역은 겨울에만 나온다. 물에서 꺼내놓자마자 꽝꽝 얼어터질 듯 추운 날씨가 되어야만 물미역은 또록또록 싱싱하고 맛이 있다. 2월이 지나 봄소식이 들려오기 시작하면 벌써 물미역은 흐들거리고 뭉크러진다.

남해안 바닷가 사람이 아니라면, 물미역을 먹는 보통의 방법은 살짝 데쳐 초고추장에 찍어 먹거나 새콤달콤하게 무쳐 먹는 것이다. 데치기 전의 물미역은 검붉은 진한 고동색인데, 뜨거운 물에 넣자마자 예쁜 진녹색으로 바뀐다. 새콤달콤한 양념과 함께 먹는 진녹색 물미역은 겨울 입맛을 돋우는 맛있는 제철 음식이다.

그런데 부산 출신의 남편과 시댁 식구들은 이렇게 먹지 않는다. 데치지 않고 날것으로 먹는다. 왜 데쳐서 바다의 싱그러운 냄새를 다 빼 버리냐는 것이다.

물미역 고르고 씻는 법

날로 먹으려면 우선 물미역이 아주 싱싱해야 한다. 소매점에서 하루 이틀 묵은 것은 신선도가 떨어져서 날로 먹지 못한다.

눈으로 보아 검고 반짝거려야 한다. 윤기가 떨어지는 것은 신선도가 떨어져 있을 가능성이 높다. 또 싱싱하다 해도 너무 누런빛이 강한 것은 지나치게 뻣뻣하고 억세어 날로 먹을 때에 제 맛이 나지 않을 수 있다. 가장 좋은 방법은 미역을 고르면서 손가락으로 이파리를 약간 문질러 보는 것이다. 감촉이 부드러우면서도 뭉크러지지 않는 것을 고르면 된다. 그러므로 대형 마트나 슈퍼마켓 매장에서 랩으로 포장된 것을 사는 것은 아주 위험하다. 신선도를 알 방법이 없기 때문이다.

이런 물미역을 사다가 뿌리 쪽의 굵은 줄기들을 떼어 내고, 일단 물에 한번 헹군다. 그 후에 마치 빨래를 하듯 부걱부걱 소리를 내면서 한참을 문질러 빨아야 한다. 나는 이 과정이 아주 신기했다. 그 부드러운 미역을 이렇게 이불 빨래하듯 한참 문질러 대면, 다 뭉크러질 것 아니겠는가. 그런데 신기하게도 얇은 미역잎은 전혀 뭉개지질 않는다. 단 신선한 미역일 때에만 그렇다. 약간이라도 신선도가 떨어진 것은 줄기만 남고 모조리 뭉개진다.

물미역을 빨 때에, 왕소금을 넣거나 약간 미지근한 물을 쓰는 것이 좋다. 소금을 넣으면 미역이 절면서 풀이 죽어 일단 좀 부드러워진다. 혹은 거꾸로 찬 기운만 약간 가신 듯한 아주 미지근한 물(물 온도가 조금만 높아도 파랗게 익어 버린다.)을 넣고 빨아도 소금기가 빨리 빠져서 쉽게 부드러워진다. 어쨌든 평소에 손빨래를 안 하고 사는 사람이라면, 좀 팔이 아프다 싶을 때까지 벅벅 문질러야 한다. 한참 문지르고 빨면 약간의 거품이 인다. 미역에 배어 있던 바닷물 소금기가 겉으로 배어나오는 것이다. 이때쯤 되면 뻣뻣했던 미역이 약간 풀이 죽으면서 부드러워진다. 이렇게 잘 빨아 부드러워진 물미역을 찬물에 여러 번 헹구면 매끈매끈해지는데, 바구니에 건져 물기를 뺀다.

이것을 상추나 배추처럼 쌈을 싸 먹으면 된다. 커다란 미역을 손으로 죽죽 찢어 손바닥 위에 얹어 놓고 밥 한 숟가락에 양념을 얹어 싸 먹는다. 양념은 당연히 멸치젓이다. 생멸치젓에 마늘 다진 것과 고춧가루를 섞으면 된다.

생미역은 데친 물미역에 비해 바다 비린내가 아주 강하다. 이 강한 바다 냄새는 생멸치젓의 강한 냄새, 구수하고 달착지근한 맛과 아주 잘 어울린다.

간장에 무쳐 나물로 먹는 물미역

두 손을 모조리 적셔 가며 쌈을 싸 먹기는 싫고 얌전하게 먹고 싶다면 나물로 무쳐 먹는다.

길다란 미역을 물기가 빠지도록 짠 다음, 적당한 크기로 썬다. 양념은 아주 간단하다. 파와 마늘은 넣지 않고 깨소금과 왜간장, 참기름만으로 양념을 하여 살짝 무친다. 이 나물은 무친 다음 금방 먹는 것이 좋다. 하루만 지나도 미역 속에 남아 있던 소금기가 겉으로 배어나와 나물이 짜지고 신선도도 떨어진다. 그러므로 한 끼에 먹기가 너무 많으면 잘 빤 미역을 그대로 냉장고에 보관했다가, 먹기 직전에 물에 한번 헹구어 양념을 하는 것이 좋다. 물론 이렇게 보관하는 것도 하루 이틀 정도뿐이다.

이런 미역 무침은 내륙 지방 사람들에게는 매우 생소한 음식이다. 나도 처음에는 바다 냄새가 너무 강하게 느껴져 그다지 달갑지 않았다. 그런데 여러 해 동안 익숙해지다 보니, 이제는 데친 물미역과는 비교할 수 없는 싱싱한 해초의 매력적인 맛에 푹 빠졌다. 멍게나 해삼에서 나는 싱그러운 바다 냄새를 즐기는 사람이면 금방 길이 든다.

한겨울에 먹을 만한 야채가 없을 때 천 원에서 이천 원어치만 사면 실컷 먹고도 남는 물미역이 얼마나 고마운지 모르겠다. 비닐 봉지 하나 가득 담긴 미역이 한 끼에 먹기에는 너무 많아 보여도 걱정이 없다. 적당히 쌈 싸 먹고, 남은 것은 미역국을 끓이면 된다. 물미역국은 싱싱한 맛으로 먹는 것이라 고기보다 굴이나 조개를 넣고 살짝 끓이는 것이 상큼하다.

호박잎에 멸치젓과 강된장찌개

겨우내 멸치젓에 미역쌈을 싸 먹고 봄에는 새로 나는 미나리, 부추, 어린 배추 따위를 밭에서 나는 대로 따다가 멸치젓에 찍어 먹는다. 그리고는 여름을 기다린다. 여름에는 구수한 호박잎이 나기 때문이다.

농촌에서 살던 사람들이 도시에 와서 살면서 가장 아까운 것이, 소소한 푸성귀들을 시장에서 돈 주고 사 먹는 일이란다. 그중에서 특히 호박잎과 고춧잎 같은 것에 돈을 지불하는 일이 그렇게도 아깝단다. 실제로 사 먹어 보면, 시골에서 먹던 그 맛도 나지 않으니 얼마나 아깝겠는가. 그런데 나 같은 서울내기는 거꾸로 시골에 살며 호박잎을 뜯어 먹을 때마다 황감하기 이를 데 없다. 애호박과 늙은 호박을 바라고 심은 것인데, 여름 내내 이파리까지 덤으로 먹을 수 있으니 이 얼마나 고마운 일인가. 게다가 시장에서 살 수 있는 것과는 달리 보드라운 이파리로만 내 맘대로 골라 먹을 수 있는 것도 참 좋은 일이다.

밭에서 딴 호박잎을 들통에 찌는 동안 함께 싸 먹을 간간한 양념을 준비한다. 이 대목에서 남편과 나는 또 의견이 갈렸다. 나는 강된장찌개, 남편은 멸치젓을 고집하기 때문이다. 그래서 대개는 둘 다 준비한다.

강된장찌개는 말 그대로 된장을 많이 넣어 짜고 빽빽하게 끓이는 된장찌개이다. 물론 된장을 풀 때 찹쌀가루나 밀가루 같은 것을 조금 풀어 함께 끓여야 걸쭉하고 빽빽한 맛이 생긴다. 국물을 훌훌 떠먹는 찌개가 아니라 밥 비벼 먹는 용도이므로 다른 점이 많다. 우선 마른 멸치나 새우 등은 건더기로 넣는 것보다 가루로 넣는 것이 먹기에 편하다. 또 호박, 감자, 양파 같은 야채들도 그다지 필요 없다. 오로지 넣는 것은 마늘과 풋고추 다진 것이다. 이 두 가지는 보통 찌개의 열 배 정도는 넣어야 맛이 있다. 그리고 한 가지가 더 있으면 금상첨화이다. 짠지나 겨울에 먹던 동치미 무 남은 게 있으면 채 썰어 넣는 것이다. 이것이 찌개 안에서 적당히 된장 맛이 배면, 쫀득쫀득한 된장 맛의 무가 어찌나 맛이 있는지.

이런 찌개이니 당연히 자그마한 뚝배기에 바글바글 끓여야 제 맛이다. 하도 걸쭉해서 가장자리가 자작자작 눋는데, 그 정도는 빽빽하게 끓여야 맛이 있다. 그러나 호박잎 먹을 때마다 매번 끓이는 것은 귀찮은 일인데, 그래서 나는 한꺼번에 많이 끓여 냉동실에 두고 조금씩 덜어 다시 끓인다. 다시 끓일 때에 풋고추를 더 넣으면 신선한 맛이 살아난다. 잘 쪄진 따끈한 호박잎에 밥과 강된장찌개를 얹어 먹으면 그 구수한 맛이 일품이다. 또 강된장찌개만 보리밥에 싹싹 비벼 먹어도, 여름날 점심 때우기에는 그만이다.

그러나 남편은 이 대목에서도 여전히 강한 냄새의 멸치젓을 고집한다. 양념은 물미역쌈을 먹을 때와 동일하다.

그런데 희한한 일도 있다. 이 강한 맛의 멸치젓을 먹다 보니, 요즈음은 나 역시 부드러운 강된장찌개를 마다하고 멸치젓에 손을 대기 시작한 것이다. 호박잎에 강된장찌개가 비슷하게 구수한 맛이 조화를 이룬다면, 식물성 구수한 맛을 내는 호박잎에 비릿하고 강렬한 멸치젓은 아주 대조적이면서 서로의 맛을 더욱 강하게 해 준다.

이러니, 이제 내가 멸치젓을 포기할 수 없다. 호박잎은 물론, 날로 먹는 물미역쌈도 겨울에는 안 먹고는 살 수가 없다. 이렇게 우리 부부는 닮아 간다.✻

추석날 토란국이 먹고 싶다

내가 먹고 싶은 음식과 내가 하고 있는 음식

결혼 후, 내 머릿속에서 추석 음식이란 늘 분열적이다. 내가 먹고 싶은 것과 내가 하고 있는 것 사이의 분열 말이다. 내가 먹고 싶은 것은 어머니와 할머니가 힘들여 해 주셨던 음식인데, 이십 년 전 추석부터 나는 시댁에서 내가 먹고 싶은 음식과는 다른 음식을 내 손으로 해 먹고 있다.

결혼하기 전까지는 추석 때에는 으레 토란국 끓이고 송편 빚고 녹두전을 비롯한 갖가지 전을 부치고 식혜 띄우는 등등, 이런 것들을 하는 게 당연하다고 생각했다. 일가 친척들이 몰려와 인사하고 밥상 차리기 바빠도 평소에는 못 먹어 보던 몇 가지 음식들을 집중적으로 먹어 보는 것 때문에 추석은 즐거웠다. 추석 전날 마당에 연탄 화덕 준비하고 커다란 번철을 걸고서, 우선 깨끗하게 부쳐야 하는 두부전을 먼저 부치고는 녹두전과 소간, 천엽, 생선살 등을 부쳐 싸리 채반 위에 척척 놓으면 그 따끈한 것을 맛본답시고 몇 장씩 가져다가 입에 넣는 그 맛을 잊을 수 있으랴. 추석날 아침 알큰한 냄새의 토란국에 밥 말아 먹고 송편과 약과, 산자 같은 병과를 하루 종일 입에 달고 다니는 날이 추석날 아닌가.

그런데 나는 결혼을 하고서야 토란국과 송편, 녹두전이 '한민족 보편 추석 음식'이 아닌 단지 서울 중심의 추석 음식이라는 걸 알았다. 그러고 보면 내 사고 역시 얼마나 제국주의적인가! 서울 중심의 취향과 관습을 당연하게 생각하고 있었으니 말이다. 부산이나 광주 출신 사람들에게 물어보니 그네들 말이 걸작이었다. '추석에 먹는 음식, 토란국' 이런 내용은 시험에 나오기 때문에 일부러 외워야 하는 것이었다고 한다. 결혼하여 직접 겪어 보기 전까지는 전혀 생각해 보지도 않던 일이었다.

빨건 무국에 오징어전

시댁의 추석 상차림은 전혀 달랐다. 차례를 지내지 않기 때문에, 삼적(육적 · 어적 · 소적(素炙 · 肉炙 · 魚炙)의 세 가지 적)이니 삼채(도라지, 시금치, 다시마채 등의 색깔이 다르고 산 · 밭 · 바다 등으로 생산되는 곳도 다른 세 가지 나물)니 하는 것들을 전혀 하지 않는 것은 당연한데, 국과 전까지도 다른 것을 보고 깜짝 놀랐다.

결혼하고 처음 맞은 추석, 나는 시어머님이 무와 콩나물을 고춧가루에 버무려 얼큰한 쇠고깃국을 끓이는 것을 보고 깜짝 놀랐다. 평소에도 고춧가루 푼 빨건 국을 잘 먹지 않는데, 이런 명절날 정갈하지 못하게 빨건 국이라니! 그런데 알고 보니 남쪽 지방에서는 제사 때 상을 치를 때처럼 많은 사람이 모일 때에 대개 이런 국을 끓인다는 것이다.

전도 아주 달랐다. 동태살로 생선전을 부치는 것까지는 똑같은데, 나머지는 부추전, 오징어전, 고구마전 같은 것을 부쳤다. 부추는 경상도말로 '정구지' 라고 하는데, 밀가루에 정구지를 섞어 파란 전을 부쳤다. 이 부추전은 확실히 친정집 솜씨보다는 맛이 윗길이었다. 오징어전도 처음 보는 것이었다. 오징어를 사다가 껍질을 모두 벗기고(이 과정이 좀 힘들다.) 전을 부칠 정도의 크기로 썬 후 소금 간을 한다. 그 다음에 밀가루와 달걀옷을 씌워 부치는 것이다. 이것도 동태전보다 맛이 있는데 다음 날 아침 상에 놓으려면 부침옷을 입힌 것이 자꾸 벗겨져 보기에 예쁘지는 않다. 나의 감각으로 가장 희한한 것이 고구마전이었다. 그때까지만 해도 고구마전을 반찬이라고 생각해 본 적이 한번도 없었기 때문이다. 간식 정도밖에 안 되는 것을 명절 음식으로 하다니, 알다가도 모르겠다 싶었다.

어쨌든 시댁에서 맞는 새색시의 추석은 실컷 일만 하고 먹는 재미조차 없는 그런 추석이었다. 정말 낙이 없는 추석이었던 것이다. 이런 경험은 나뿐만이 아닐 것이다. 주부들의 명절 증후군에는 알게 모르게 원하지도 않는 음식만 해야 하는 스트레스도 한몫을 차지하는 게 아닐까.

맛있는 토란국을 끓이고야 말 테다

그 다음 해이던가. 큰동서와 친척들이 추석에 모일 수 없는 사정이 생겨서 시부모님과 우리 부부만 한 끼 밥을 해 먹으면 되는 그런 경우가 있었다. 그 시기 시부모님은 시골 한적한 집에 살고 계셔서 집과 읍내의 시장이 멀리 떨어져 있었고, 내가 읍내에서 장을 보아 가지고 들어가는 것이 효율적인 코스였다. 코스로는 그랬지만, 그때 나는 새색시 티를 못 벗은 뽀사시한 스물다섯 초보 주부였으니 당연히 시어머님께 상의를 드렸어야 옳건만, '기회는 이때다' 싶어 혼자 장을 보아 가지고 갔다.(참 당돌하기도 하지!) 내 장바구니에는 쇠고기 사태살과 토란, 다시마, 두부, 거피녹두 같은 것으로 가득 차 있었다. 지금 생각하니 시어머님이 얼마나 황당하셨을까 싶다. 장바구니를 보시더니 "니 맘대로 해 봐라." 하셨다.

실력 발휘를 할 때가 되었다고 착각(?)한 나는 심혈을 기울여 토란국을 끓였다. 우선 쇠고기 사태를 덩어리째 푹 고아 국물을 낸다. 역시 고깃국은 고기를 썰어 넣어 끓이는 것보다, 통으로 푹 삶아 내는 것이 좀 귀찮기는 해도 국물 맛을 제대로 낸다.(나는 지금도 고깃국은 꼭 덩어리째 곤 국물로 끓인다. 기껏 비싼 고기를 가지고 맛없는 음식을 만들 필요는 없지 않겠는가.) 고기를 덩어리째 삶아 국물을 내려면 네댓 시간은 족히 삶아야 한다. 고기를 삶으면서 중간에 다시마를 넣어 한 시간 정도 우려 내면 달착지근한 맛이 훨씬 강해진다. 다시마도 썰지 않고 넣는다.

다시마를 넣을 때에 두부를 썰지 않고 통으로 한 모 전체를 넣어 함께 삶는다. 삶은 두부를 다시 썰어 넣는 그 대목에서 나는 입에 저절로 군침이 돌았다. 토란국 속의 두부는 특히 맛있다. 두부를 썰지 않고 통으로 넣어 한참 삶으면 두부의 구수한 맛이 국물에 우러나오고 두부 속에 구멍이 숭숭 생기면서 구멍 사이사이에 국물 맛이 밴다. 그런데 두부를 썰어서 넣으면 우리가 늘 찌개에 넣은 두부에서 보듯, 속에 구멍도 안 생기고 국 맛과 그다지 잘 어우러지지도 않는다. 그런데 이렇게 두부를 통째로 넣어 끓인 국은 명절 때나 먹어 볼 수 있었다. 국을 큰 솥으로 많이 끓일 때에만 두부 한두 모를 통으로 넣을 수 있으니 평상시 조금씩 끓여 먹을 때에는 하기 힘든 조리법이다. 한식 때에는 토란국 대신 무국을 끓이는데 그 때 무도 두부와 함께 통으로 넣어 삶았다가 나중에 건져 썰어 다시 넣고 끓인다. 나는 원래 삶은 무를 아주 싫어한다. 물컹하고 들척지근한 무 냄새가 싫어서 무나물과 무국 모두 싫어하는데 한식 때 끓이는 무 건더기까지 고깃국물 맛이 밴 그 무국만은 아주 좋아했다. 무 냄새가 다 사라지고 구수한 맛이 고깃국물과 어우러져 있다. 마치 어묵꼬치(오뎅) 전문점에서 오뎅국물에 넣어 하루 종일 끓여 간이 밸 대로 밴 무가 확실히 맛있듯이 이 역시 그런 것이다. 두부도 무도 이런 식의 조리법은 명절 때에만 가능했다.

재료가 다 삶아졌으면 고기를 적당한 크기로 썰어 결대로 찢고 다시마도 먹기 좋은 크기로 썰고 두부도 건져 손가락만 하게 길죽길죽 썬다. 그리고 그 국물에 껍질을 다듬은 토란을 생으로 넣어 같이 끓인다.

마지막으로 조선간장으로 간을 하고 파와 마늘을 넣으니 국 맛이 살아났다. 그제서야 나는 추석이 된 것 같았다. 입에 짝 붙는 국물 맛에 아릿한 토란 냄새. 아, 몇 년 만에 먹어 보는 제대로 된 추석 토란국인가.

이게 맛없다고요?

문제는 그 다음이었다. 나는 맛있어 죽겠는데, 시댁 어른들은 아무도 맛있다는 말씀을 안 하시는 거였다. 그 달착지근한 국물이 느끼하셨는지 시아버님이 급기야 국에 고춧가루를 푸시는 걸 보고 내 실수를 깨달았다. 경상도분들 입에는 입에 착 감기는 국물도, 아릿한 토란 냄새도 안 맞았던 것이다.

그 다음해 추석부터는 다시 콩나물과 무를 섞은 고깃국으로 되돌아왔다. 어쩌랴, 나는 며느리인걸.

최근에는 시댁에서도 토란국을 끓인다. 서울에 사신 지 오래되어서 이제 서울 음식에 좀 익숙해지신 모양이다. 그런데 역시 내 입맛은 아니다. 고기도 푹 고아 국물을 내지 않고 무 썰고 콩나물을 대가리까지 깨끗이 다듬어 토란과 함께 넣어 끓인다. 그러니 토란국이라기보다는, 이전에 끓이던 국에서 고춧가루를 뺀 정도이다.

게다가 토란 냄새가 너무 강하다고 한번 데쳐서 국물을 버리고, 삶은 토란을 국에 넣어 다시 끓인다. 그러면 아릿한 냄새도 없어지고, 입에서 미끈거리는 토란 특유의 촉감도 줄어든다. 당연히 명색은 토란국이지만, 실제로는 토란국 특유의 풍미는 거의 사라진 국이다.

나는 아무 말도 안 하지만, 속으로는 '토란 냄새와 미끈거리는 감촉이 좋아서 먹는 것인데 맛있는 국물 다 버리고 삶은 토란만 넣으면 무슨 맛이람.' 하고 구시렁댄다. 그러고는 결국 추석이 끝나자마자 내가 먹고 싶은 대로 토란국을 끓여 그 결핍감을 달랜다.✲

떡만둣국과 전병떡국

설날에도 입맛의 자아 분열

명절 음식의 분열은 설날이라고 예외가 아니었다. 왜 평소에는 잠재되어 있던 그 맛의 기억이 명절 때만 되면 강력하게 일어나 나를 괴롭히는지 모르겠다.

설날에 먹는 음식은? 당연히 서울 중심적 사고로 보자면 정답은 '떡만둣국'이다. 심지어 우리 친정 집안은 차례상에도 밥이 아니라 떡국(차례상에 올릴 때에는 떡만둣국에서 만두는 빼고 떡만 골라서 올린다.)을 올린다. 조상님 귀신들도 그 날은 떡국 드시는 날이다. 스무 살 넘게 이렇게 살았으니 설만 되면 나는 지금도 친정에서 먹던 떡만둣국 생각이 간절하게 난다.

겨울의 별미, 흰떡

예전에는 설이 되면 흰떡을 한두 말씩이나 했다. 설이 되기 일주일 전부터 준비해야 하는 음식이다. 함지박 가득 쌀을 담가 충분히 불린 후에 새벽 댓바람부터 방앗간에 줄을 늘어서서 떡을 뽑아 왔다. 자가용도 없고 골목마다 눈이 쌓여 미끄러웠을 그 시절, 불린 쌀 한두 말을 서너 식구가 머리에 이고 방앗간까지 왔다갔다 하는 일은 엄청난 노동이었을 것이다. 어린 마음에는 그날 어른들이 이리 뛰고 저리 뛰고 하는 그 에너지가 흥미진진하고 신나는 일이었지만, 어른들은 참 고달픈 하루였을 것이다.

떡쌀을 방앗간에 이고 가서 차례를 기다리는 동안 나는 추운 날씨를 견디다 못해 집으로 뛰어온다. 그러다가도 엉덩이가 근질거려 오래 있지 못하고 이내 방앗간으로 뛰어간다. 그러기를 몇 번을 하면 우리 떡 뽑을 차례가 된다. 기계에서 떡이 나오는 것은 참 신기했다. 방앗간 아저씨는 익숙한 손놀림으로 떡을 손으로 툭툭 끊어 함지박에 가지런히 놓는다. 어머니는 그 뜨끈한 함지박을 머리에 이고 추위에 뺨이 파랗게 언 나는 어머니 치마꼬리를 붙잡고 깡총거리며 돌아올 때의 기분은 정말 좋다.

방앗간에서 갓 뽑아 김이 펄펄 나는 떡은 우선 아이들 입으로 들어간다. 방앗간에서부터 한입 얻어먹고 오기는 했지만 집에 와서 먹어야 제맛이 난다.

다른 떡은 설탕이나 조청을 찍어 먹는 것이 맛있지만 희한하게도 흰떡은 왜간장을 찍어 먹어야 맛있다. 꾸덕꾸덕 굳은 다음에 연탄불에 구워 먹을 때에도 역시 짭짤한 왜간장이 제 맛이다. 겉은 노랗고 바삭하게 구워지면서 속은 말랑한 떡을 간장 찍어 먹는 맛이란! 설날이 지나고도 오랫동안 흰떡은 항아리에 남아 있었고 추운 겨울밤 군주전부리가 그리워질 때면 항아리에서 꽁꽁 언 떡을 꺼내어 전기화로에 구워 먹었다. 역시 양념은 간장이다.

이렇게 겨우내 항아리에 떡을 재어 놓으려면, 온 식구가 떡을 써는 대역사(大役事)를 치러야 한다. 떡을 뽑은 지 하루가 지나 꾸덕꾸덕 굳을 때쯤 온 식구가 모여 앉아 손이 부르트도록 떡을 썰었고 열 살이 넘으면서는 나도 그 대열에 합류했다. 떡이 너무 굳으면 썰기가 힘이 들고, 또 너무 무른 상태에서 썰면 힘은 덜 들지만 얇고 예쁘게 썰어지지 않는다. 중학교에 들어가면서는 내 칼질도 꽤 쓸 만했던 것으로 기억되는데 그래도 금방 손이 부르트고 물집이 잡혀 한두 시간이 지나면 그 일은 어른들 몫이 되어 버렸다.

개성 출신이었던 우리 집에서 왜 조랭이를 안 해 먹었는지 잘 모르겠다. 아마 손이 너무 많이 가서 그랬던 모양이다. 요즘은 가게에서 조랭이 떡국용을 팔지만 그때에는 보통 사람은 물론 나도 구경조차 못 했다. 조랭이를 해 먹으려면 떡가래를 가늘게 다시 주물러서 나무칼로 일일이 눈사람 모양으로 조랑조랑 만들어야 했으니 온갖 명절 음식을 어머니와 할머니 손으로 만들어야 했던 상황에서는 엄두도 나지 않았을 것이다.

환상적인 맛, 개성식 김치만두

설 하루 전에는 만두를 빚었다.

만두 역시 온 집안 식구가 다 나서야 하는 일이었다. 한번 만두를 했다 하면 명절 때에는 500개 정도, 평상시에도 300개 정도 만들었다. 그것도 온 식구의 대역사였다.

밀가루 반죽을 주물러 응어리진 것이 없도록 잘 치댄 다음 만두피를 만든다. 1970년대부터인가 제품화된 만두피가 나오기는 했지만, 그걸 사서 쓰는 것은 생각조차 하지 않았다. 그런 것에 돈을 쓰는 일이 가당찮다고 여긴 탓이기도 했지만, 집에서 만든 것과는 맛이 완전히 달랐기 때문이다. 제품화된 만두피는 밀가루만이 아니라 전분을 넣어 매우 얇게 만든 것이다. 그래서 마치 중국 물만두의 껍데기처럼 끓이면 부드럽고 매끈하지만 힘이 없고 잘 터진다. 집에서 만드는 한국식 만두의 껍데기는 순밀가루로 만들기 때문에 쫀득하게 씹는 맛이 있다.

만두소도 손이 많이 가는 음식이다. 잘 익은 김장김치를 속을 털고 물에 한번 살짝 헹구어 고춧가루를 대충 털어 낸 다음 송송 썬다. 녹두나물도 데쳐 적당히 썬다. 김치와 녹두나물, 두부 짜는 일이 가장 힘든 일 중의 하나이다. 겨울이니 손이 시리고, 손에 계속 힘을 주니 나중에는 힘이 들어 손이 부들부들 떨린다. 그나마 양이 적을 때에는 손으로 하지만, 양이 많을 때에는 행주에 싸서 맷돌을 올려놓아 물기를 빼는 수밖에 없다. 명절 때에는 물기를 뺀 두부를 시장에서 팔기 때문에 두부를 쓰기에는 편하다. 이들 재료에 돼지고기 간 것을 섞으면 만두소가 완성된다.

만두소와 반죽이 완성되면, 안반(떡을 칠 때 받침대로 쓰는 넓고 두꺼운 나무판)처럼 크고 널찍한 도마를 놓고 둘러앉아 두세 사람이 만두피를 밀고 한편에서는 속을 싸서 상과 쟁반 위에 가지런히 놓는다. 여자 식구는 물론이고 아버지부터 오빠, 남동생에 이르기까지 고양이 손이라도 빌려야 할 정도다. 만두피 미는 것에서는 남동생을 따라갈 수가 없다. 어찌나 손이 빠르게 잘 미는지 거의 일당백 수준이었다.

빚은 만두는 물이 펄펄 끓는 솥에 넣어 삶아 건진다. 만든 즉시 끓여 먹는 것이 가장 맛이 있으나, 보관을 하자면 삶아 놓는 수밖에 없다. 명절 때에는 이렇게 삶아 놓은 만두를 떡과 함께 고깃국물에 끓이는 것이다.

만두는 삶아 건져 따끈할 때 그냥 먹어도 맛있고, 야들야들하고 매끄러운 떡을 함께 넣어 떡만둣국을 끓여도 맛있고, 냉장고에 보관했다가 튀겨 먹어도 김치 덕분에 느끼한 맛이 없으니 그것대로 매력이 있다. 나는 만두를 어찌나 좋아하는지 배가 탱탱할 때까지 먹어야 직성이 풀렸다.

이렇게 맛있는 만두는 어디 가서도 먹기 힘들다. 평양만두니 개성만두니 써붙인 유명한 집들을 찾아다녀 봐도 만두소가 너무 기름지거나 중국식 만두의 흔적이 있어 영 제 맛이 아니다.

개성만두 실패기

결혼 후에는 사정이 달라졌다. 개성 출신의 친정 분들과 달리, 울산과 부산이 고향인 시댁 분들에게는 만두가 낯설다. 설에도 만두는 먹지 않을 뿐 아니라 떡국 문화도 서울 문화가 전파되면서 생긴 것이라 한다.

남편은 가장 맛있는 만두의 기억으로 싸구려 분식집의 만두를 기억하고 있다. 서울 올라와서 처음 먹어 본 만두였다고 한다. 그건 무를 삶아 넣고 만든 만두여서 집에서 해 먹는 만두와는 전혀 다른 맛인데, 그게 맛있단다. 그에 비해 집에서 만든 만두는 아직도 '별로' 란다.

명절날 먹고 싶은 것을 먹어야겠다는 나의 집요함은 설날에도 발휘되었다. 어느 해인가는 내가 우겨서 만두를 한번 한 것이다. 만두피를 반죽하여 미는 것까지 하자고 우길 수 없었고, 제품화된 만두피를 사다 만들었다. 그런데 역시 토란국의 경우와 마찬가지였다. 시댁 어른들의 입맛에 영 맞지 않은 것이다. 나 역시 별로였다. 후둘거리는 제품화된 만두피도 마음에 안 들거니와 짜고 강한 맛의 경상도식 김치로 만두소를 만들다 보니 친정에서 먹던 부드러운 만두 맛이 나질 않았다. 만둣국도 한 차례의 해프닝으로 끝났다.

생전 처음 맛본 전병떡국

대신 시댁의 설날에는 듣도 보도 못한 설 음식이 있었다. 이름을 시댁 어른들은 '차노지' 인지 '찬호지' 라고 발음을 하셨는데 도대체 어디에서 나온 무슨 뜻의 말인지 알 수가 없어 어떻게 적어야 할지 알 수가 없다. 쉽게 설명하자면 찹쌀전병을 썰어 끓이는 떡국이니, 편의상 '전병떡국' 이라고 하자. 찹쌀가루와 멥쌀가루를 반씩 섞어 뜨거운 물에 익반죽을 한 후 프라이팬에 기름을 두르고 둥글넓적하게 부친다. 끈적임이 가실 정도로 식은 후 떡국용으로 썰어 놓은 흰떡 크기보다 조금 작게 썰어 놓았다가 떡국에 넣어 먹는 것이다. 보통 떡국에 전병을 조금 섞기도 하고, 이것만으로 떡국을 끓이기도 한다.

그런데 전병은 재료에 찹쌀이 섞인 것이므로 넣은 후 푹푹 끓이면 금방 풀어져 버린다. 전병떡국을 섞어 끓일 때에는 일단 고깃국물에 멥쌀 가래떡 썬 것을 충분히 끓이고 파와 마늘 양념까지 다 해 놓은 다음, 국을 푸기 직전에 찹쌀전병을 넣어 휘휘 젓는다. 찹쌀전병은 뜨거운 국물에 들어가면 금방 말랑해지는데, 그때 곧 퍼서 고명을 얹어 상에 올린다. 쫄깃하고 매끈한 가래떡과 달리 말랑한 찹쌀수제비 같은 매력이 있는데 기름에 부쳤으니 고소한 냄새가 감칠맛을 더한다.

결혼한 지 이십 년이 넘었으니 이 음식이 낯설지만은 않지만 그래도 내 입에는 친정집 떡만둣국만은 못하다. 그래서 사람들을 그 막히는 길을 마다하지 않고 고향을 찾는 것인지도 모른다.✽

개장국, 누구나 할 수 있다

운 나쁜 첫 만남

나는 육식을 좋아한다. 어릴 적부터 야채는 가리는 게 많았지만 고기는 거의 가리지 않았다. 지금은 그렇지 않지만 어릴 적에는 파나 양파, 마늘, 당근, 미나리, 쑥갓 등의 향이 강한 야채들을 거의 먹지 않았다. 그러나 고기는 소, 돼지, 닭을 가리지 않았고 그것도 부위별로 소 내장, 순대나 허파 삶은 것, 돼지머리고기의 귀, 닭의 볏과 발에 이르기까지 다 잘 먹는다.

이런 나도 결혼 전까지 못 먹어 본 고기가 있었으니, 그것이 바로 개고기이다. 집안 식구 중에서 개고기를 먹는 사람은 오로지 아버지뿐이었다. 시골에서 자란 어머니도 개고기는 냄새가 난다며 고개를 흔들었다. 그래서 보신탕 집에서 한 냄비 사다가 아버지만 드리는 것을 본 적은 있지만 온 식구가 먹어 보지는 못한 음식이었다.

게다가 하필이면 개라니! 그 초롱초롱한 눈빛을 보면서 어찌 먹을 수 있단 말인가! 당시에는 이런 생각을 했지만 지금 와서 생각하니 집에서 매해 닭을 열 마리씩 키우고 늘 잡아먹었던 것을 생각하면(그래서 나는 닭을 볏부터 발까지 다 먹어 볼 수 있었던 것이다.) 참 우스운 일이었다.

이렇게 자란 내가 개고기를 처음 먹은 것은 결혼한 첫 해 여름이었다. 시댁에서 온 식구가 모여서 개고기를 맛있게 먹은 것이다. 아니, 그 이전에 먹을 기회가 없었던 것은 아니다. 졸업 후 극단 연우무대에 들어가서 활동하기 시작할 무렵의 여름이었는데 지금은 남편이 된 당시 내 애인이, 연극반 후배들이 모여서 개를 한 마리 잡아 파티를 하고 있으니 가자는 거였다. 호기심과 두려움이 복잡하게 얽힌 채로 어느 식당에 당도했는데, 이미 주요 부위는 다 먹어치우고 뼈만이 어지럽게 굴러다니는 파장 분위기였다. 그래도 먹어 볼 양으로 자리에 앉았는데, 하필 내 앞에 놓인 부위가 개꼬리였다. 꼬리 형체가 그대로 드러난 것을 보자 갑자기 식욕이 뚝 떨어졌다.

개고기도 고기일 뿐

이야기를 길게 하는 이유는, 지금은 개고기를 즐기는 나 역시 개고기에 대한 편견과 혐오감 같은 것을 가지고 있었고 심지어 첫 만남도 꽤나 나빴다는 말을 하기 위해서이다. 개고기 논쟁을 하다 보면 개 먹는 사람과 먹지 않는 사람은 마치 태어날 때부터 종자가 다른 것처럼 싸우게 되지만 그것은 개고기를 이상스럽고 별난 음식으로 여겨서 그런 것이라고 생각한다. 나는 개고기 역시 그냥 평범한 음식이라는 이야기를 하고 싶다. 특별한 혐오 식품이 아닌 그냥 음식인 것이다.

결혼 후 시댁 식구들과 모여 시부모님부터 다섯 살 난 조카에 이르기까지 온 식구가 맛있게 먹다 보니 개고기는 단순한 음식일 뿐이란 것을 알게 되었다. 그 후로는 종종 보신탕집에 들어가서 전골 같은 것을 먹을 수 있게 되었다. 이 대목에서는 개고기를 잘 모르거나 보신탕집에 한번도 가 보지 않은 분들에게는 추가 설명이 필요하겠다. 대개 보신탕집에 가면 세 가지 메뉴가 있다. 수육, 탕, 전골이 그것이다. 수육은 삶은 고기, 탕은 국물을 많이 넣어 끓인 것에 밥을 말아 먹는 것, 전골은 전골 냄비에 고기와 야채를 많이 넣고 강한 양념을 넣어 먹는 것이다. 개고기 초심자라면 전골부터 권할 만한데 급수가 올라가면 역시 수육이 최고이다. 또 처음 먹는 사람들은 대개 살코기를 즐기지만 먹다 보면 역시 껍질 부위가 맛있다는 것을 알게 된다. 돼지족발보다 부드럽고 살이 허벅거리지도 않으며 깊은 맛이 있다.

이제 나는 개고기를 직접 집에서 끓여 먹는다. 내가 집에서 개장국을 끓인다면 사람들은 눈이 휘둥그레지지만, 이 역시 편견의 소산이다. 거듭 말하거니와 개장국은 보통 음식일 뿐이다.

개고기 맛있게 요리하는 법

개고기 요리는 결코 까다로운 요리가 아니다. 오죽 쉬우면 계곡에서 남자들끼리 끓여 먹었을까. 한 가지 어려운 점이 있다면 고기를 잘 사는 것뿐이다. 모든 음식이 그렇듯이 개 요리 역시 재료가 맛있어야 한다. 연전에 남북한과 조선족이 함께 참여하는 학술 대회 때문에 옌볜에 간 적이 있었는데 북한 참가자들이 먼저 선동을 하여 개고기를 먹으러 갔었다. 남쪽의 전골보다는 양념이 순하고 국물이 많은 탕과 전골의 중간쯤 되는 찌개였는데 어찌나 맛이 있던지. 양념이 순한데 고기 자체가 맛있는 것이었다.

집에서 직접 요리를 하기 위해서는 개고기를 잘 사야 하는데, 개고기는 아직 합법적으로 유통되지 않기 때문에 잘못하면 싱싱하지 않은 고기를 살 수도 있다. 가장 좋은 방법은 성남 모란시장 같은 큰 시장에 가서 살아 있는 개를 그 자리에서 잡아 오는 것인데, 그러려면 한 마리를 한꺼번에 먹을 정도로 '멤버'가 모여져야 한다. 그렇지 않으면 개소주집 같은 데에서 구입하는 방법도 있다.

개고기는 다른 고기와 근이 다르다는 것은 상식이다. 쇠고기, 돼지고기는 한 근이 600그램이지만 개고기는 야채처럼 375그램이다. 여름엔 근당 가격이 1만 원이 넘으니 엄청나게 비싼 고기이다.

고기란 원래 그 자체의 맛이 좋아서 요리하기가 별로 어렵지가 않다. 개고기도 마찬가지이다. 큰 들통이나 가마솥에 개고기를 덩어리째 넣고 예닐곱 시간 푹 삶는 게 요리의 전부이다. 특유의 개 냄새를 없애는 게 관건인데 이것은 개를 솥에 앉힐 때부터 생강과 된장, 토란 줄기 삶은 것을 함께 넣어 끓이면 된다. 나물로도 볶아 먹고 육개장에 넣기도 하는 토란 줄기 삶은 것은 희한하게도 고기 누린내를 깨끗이 제거해 주는데 어떤 사람들은 개 냄새가 너무 제거되기 때문에 맛이 없어진다고 꺼리는 사람도 있을 정도다.

잘 간직하세요!

살이 물컹하게 삶아졌으면 일단 고기 건더기를 건져서 수육으로 먹기 시작한다. 수육은 음식점에서 양념을 많이 해서 끓이는 전골에 비해 담백하고 연한 개고기의 진미를 맛볼 수 있어서 좋다. 수육을 찍어 먹는 양념은 좀 독특하다. 들깨가루, 고추반죽양념이나 고추장, 겨자, 들기름, 식성에 따라서 식초나 마늘 다진 것을 넣기도 한다. 쇠고기와 돼지고기는 뒷다리가 맛없고, 닭은 가슴살이 퍽퍽하지만 개고기는 모든 부위가 다 부드러우면서도 기름기가 없어 아주 맛있다. 그래도 개 마니아라면 쫄깃한 껍질을 즐기는데, 초심자들이 흐물거리는 개 껍질 먹기를 망설이는 듯하면 "안 먹으면 나 줘." 하며 냉큼 빼앗아간다.

먹고 남은 수육 고기를 남은 국물에 넣고, 파, 마늘, 부추, 깻잎을 송송 썰어 넣어 살짝 끓이면 그게 개장국이다. 이렇게 수육 먹고 개장국에 밥 말아 김치 얹어 먹으면 배를 퉁퉁 두드릴 정도로 포식을 하게 된다.

여러분! 어느 요리책에도 개고기 조리법은 없을 테니 이 페이지를 고이 간직하시고 꼭 한번 실천해 보시길.✲

달착지근한 가을 추어탕

가을 보양식 추어탕

여름 보양식이 개장국이라면 가을 보양식은 역시 추어탕이다. 가을은 미꾸라지들이 겨울잠을 자러 들어가기 직전이니 몸에 영양을 가장 많이 축적해 놓고 있다. 게다가 여름철 미꾸라지는 풀 같은 것을 먹어서 잘못하면 씁쓸한 맛이 강한데 가을철 미꾸라지는 잡냄새가 없고 맛이 진한 것이 특징이다.

추어탕의 재료인 추어, 즉 미꾸라지란 것도 어지간히 혐오감을 주는 동물이라 웬만한 여자들은 지레 겁을 내고 잘 먹지 않는다. 하지만 한번 잘 끓이는 추어탕집에 가서 걸쭉한 국물 맛을 보라. 달착지근하고 착 감기는 국물 맛에 금방 매료될 것이다.

개장국이 그러했듯이 나의 추어탕 취향도 결혼 후에 이루어진 것이다.

그 이전에 내 기억 속의 추어탕이 몇 개가 더 있기는 하지만 말이다. 결혼하기 전까지 이십 년을 내내 살던 곳은 서울의 동대문구 신설동과 종로구 숭인동, 성북구 보문동과 안암동이 만나는 삼거리였다. 안암동 쪽으로 대광고등학교가 있고 그 옆에 하천이 흘렀으며 안암교(옛날부터 살던 분들은 그 다리를 안감내 다리라고 불렀다.)가 있었다. 그곳에서부터 고려대 이공대 뒷산인 애기능을 거쳐 개운사까지가 어릴 적 뛰어다니며 놀던 곳이었는데, 안암교 부근에는 '곰보추탕' 이라는 허름한 간판을 건 음식점이 있었다. 어린 마음에도 '추탕' 이란 희한한 말에 '곰보' 까지 붙어 있는 이름이 신기해 보였는지, 기억에 남아 있다. 하지만 그 추탕집이 아주 유명한 곳이고, 서울 지방에서는 추어탕이란 말 대신 '추탕' 이라는 말이 보편적이었다는 것은 몇 년 전에야 알았다.

추어탕을 먹어 본 것은 대학 졸업 여행 때 남원에 갔을 때였지만, 해 뜨기 전부터 지리산 노고단을 출발하여 뱀사골을 지나 날이 다 저물어서야 남원에 당도했으니 하도 지쳐서 맛도 제대로 기억나지 않는다. 어머니는 추어탕을 끓일 줄 몰랐는데, 아버지는 박(호박이 아니라)을 넣고 얼큰하고 시원하게 끓인 서울식 추탕 이야기만 해서 어머니는 애초부터 추탕 같은 것은 만들 생각조차 안 하고 있었단다. 그러니 나는 서울내기이지만 추어탕 입맛은 시댁 분들을 따라 경상도식 추어탕이다.

된장과 산초로 맛을 내는 경상도식 추어탕

추어탕을 파는 음식점에 가면 대개 추어탕과 전골 그리고 미꾸라지 튀김 같은 것을 판다. 그런 곳에서 추어탕과 미꾸라지 튀김을 함께 먹는 것도 나쁘지 않지만 내 입맛에는 아무래도 음식점 양념이 너무 강하고 간도 짜서 덜 좋다. 시어머님이 집에서 끓인 담백한 추어탕이 훨씬 맛있는 것이다. 나는 그런 추어탕이 먹고 싶을 때면 미꾸라지를 사다 직접 끓인다.

미꾸라지는 웬만한 재래시장에 가면 언제든지 살 수 있다. 단 모든 것이 꽁꽁 얼어붙는 한겨울에는 가락시장이나 경동시장 같은 도매 시장에 가야만 한다. 하긴 옛날에는 한겨울에 미꾸라지란 상상도 할 수 없는 일이었을 것이다. 모두 겨울잠 자러 연못 진흙탕 속으로 들어가 버렸는데 어디에서 미꾸라지를 잡으랴. 요즘은 양식을 하니 사시사철 없는 때가 없다.

시장에서는 살아 있는 미꾸라지를 퍼덕거리는 채 그대로 비닐 봉지에 담아 싸주는데 여기에 기가 죽으면 안 된다. 가지고 오는 동안 장바구니 안에서 여전히 살아서 꿈틀거리고, 부엌에 들어와서까지 살아 있다.

부엌에 들어와서는 살아 있는 미꾸라지를 비닐 봉지에서 꺼내려고 하지 말고 봉지 안에 소금을 한 줌 뿌려 다시 봉지를 묶어 놓는다. 소금기에 몸이 닿은 녀석들은 죽을 듯이 퍼덕이면서 저희들끼리 소금을 다 묻힌다. 그대로 한참 두면 죽어서 얌전해지는데 그 과정에서 민물고기의 해감내 같은 것을 점액질과 함께 뱉어 놓는다. 미꾸라지는 내장을 제거하지 않고 통으로 끓이는 것이라 반드시 이런 과정을 거쳐야 한다.

그 다음 과정이 가장 힘든 일이다. 점액질투성이인 미꾸라지를 씻는 일이다. 수도꼭지 아래 서너 마리씩 손에 쥐고 두 손으로 싹싹 문질러 점액질을 씻어야 한다. 다 죽은 물고기이련만 하도 미끈거려서 손에서 자꾸 달아난다. 그래서 이 과정이 가장 시간이 많이 걸리는 일이다.

다 씻었으면 미꾸라지를 냄비에 앉히고 푹푹 삶는데 그때부터 벌써 구수하고 달착지근한 냄새가 난다. 숟가락을 대면 살이 물컹거려 흐드러지도록 푹 삶아야 한다. 미꾸라지는 참 맛있는 생선이어서 생선으로는 얼마 안 되는 것 같아도 끓여 놓은 국물 한 냄비가 쇠고기 국물 못지않게 달착지근하고 부드럽다.

여기에 된장과 온갖 야채를 넣어 끓이면 추어탕이 되는데 징그러운 건더기 모양이나 가시가 씹히는 것을 싫어하는 사람은 야채를 넣기 전에 미꾸라지 삶은 것을 식혀서 믹서에 넣고 곱게 간다. 그것에다 야채와 된장을 넣어 국을 끓이면 미꾸라지인지 뭔지 알 수가 없는 걸쭉한 해장국처럼 느껴진다. 그러나 추어탕을 진짜 좋아하는 사람들은 통미꾸라지탕을 더 좋아하는 편이다.

야채는 음식점에서 먹어 봐도 집집마다 넣는 것이 좀 다르다. 나는 시어머님께 배운 대로 넣는데 얼갈이배추 데친 것, 숙주나물 삶은 것, 고사리 삶은 것을 약간 넣는다. 어떤 사람은 풋고추나 호박 등을 넣기도 하는데, 매운 것을 싫어하는 나는 풋고추는 먹기 직전에 식성 따라 넣는 것이 좋고 호박도 너무 국물이 달아져서 싫어하는 편이다. 이렇게 야채를 넣고 된장으로 간을 하여 야채에 간이 충분히 밸 때까지 끓이다가 파와 마늘을 넣으면 추어탕은 완성된다.

육개장처럼 단백질 국물 맛과 뭉근하게 끓여진 야채 맛이 일품인데, 육개장처럼 벌건 고깃국물이 아닌 된장과 민물고기가 결합된 부드럽고 깔끔한 맛이다. 그래서 앓고 난 후나 너무 강한 것이 싫을 때에는 역시 추어탕이다.

먹을 때에 준비해야 하는 것도 많다. 홍고추와 청고추 다진 것과 산초가루를 마지막에 넣는다. 산초도 재래시장에 가면 판다. 산초 향내가 싫은 사람은 후추를 넣지만, 그래도 경상도식 추어탕에는 역시 향긋한 산초가 들어가야 제 맛이다. 짜고 맵지 않게, 진하면서도 부드러운 추어탕은 서너 끼 연달아 먹어도 질리지 않는다.

모기 애벌레 잡아먹는 미꾸라지

요즘 우리는 늦봄부터 여름까지 시장에 나가 미꾸라지를 두어 번 산다. 여기저기 물웅덩이에 풀어놓기 위해서다. 미꾸라지는 모기의 애벌레인 장구벌레를 먹고 산다는 말을 듣고 해 본 것인데, 그해부터 모기가 줄어든 것을 역력히 느낄 정도이다. 시장에서 사 온 미꾸라지를 생생한 놈들로 골라 절반은 웅덩이에 풀고 절반은 부엌에서 끓여 먹는다.

미꾸라지를 웅덩이에 풀어놓을 때마다 장구벌레를 먹고 산 순수한 자연산 미꾸라지를 잡아 추어탕을 끓여 먹으면 얼마나 맛있을까 하는 생각이 드는데, 도대체 어떻게 잡아야 할지 감이 안 잡혀 시도도 해 보지 못했다. 아무래도 이것만은 요원해 보인다.✻

진하고 고소한 전어회와 병어회

초등학교 앞 멍게 리어카의 기억

사실 나는 성인이 되어서야 겨우 회 맛을 보기 시작했다. 요즘이야 킬로그램당 1만 원씩 하는 대중적 횟집이 부쩍 늘어나면서 생선회가 삼겹살과 갈비 등 고기구이를 대신한 대중적인 외식 메뉴가 되었지만, 이십 년 전만 해도 꿈도 꾸기 힘든 일이었다. 어른들이 바닷가 출신도 아니고 그렇다고 외식을 잘 하는 집안도 아니니, 도대체 날생선이란 것을 먹는 일은 거의 해 볼 수 없었던 것이다.

그래서 나는 어릴 적 학교 앞이나 큰 길가에서 파는 멍게나 해삼이 참 이상해 보였다. 리어카에 나무판을 놓고 뻘겋고 울퉁불퉁한 껍질의 멍게와 그것을 까놓은 연주황빛 속살 그리고 멍게 껍질보다 훨씬 더 흉측하게 보이는 거무튀튀한 해삼을 늘어놓은 것 말이다. 더욱 흥미로운 것은 그것을 찍어 먹는 도구가 옷핀이었고, 사과를 절반을 잘라 바늘쌈처럼 그것들을 죽 꽂아 놓았다는 기억이다. 나는 그 해물들에는 전혀 구미가 당기지 않았고, 오로지 저 맛있는 사과를 왜 저렇게 놓았을까 하는 생각을 했었다는 기억이 생생하다.

그러나 부산 출신 남편을 만나고 보니, 그 학교 앞 멍게 리어카는 매우 유혹적이었던 모양이다. 지금 생각하면 냉장고도 없던 시절 깨끗이 씻을 수도 없는 리어카에서 파는 것이니 위생 상태가 엉망이었을 텐데, 그래도 이렇게 먹고 싶은 사람들이 있으니 그토록 흔했을 것이다.

생선회를 처음 먹어 본 것은 대학에 들어가서 그것도 낙산 바닷가에서 아나고회를 먹은 것이 시작이었다. 그러고도 오랫동안 나는 회와는 담 쌓고 살았다. 고추냉이(와사비)나 겨자 맛도 즐기질 않아 결혼 직후에도 누가 큰 마음먹고 사 준 생선초밥을 고추냉이 맛 때문에 아주 고통스럽게 먹었던 기억도 있다.

그러니 난 결혼과 동시에 완전히 다른 입맛과 만나게 된 셈이다. 이때부터 야금야금 먹기 시작한 생선회인데 일취월장, 괄목상대하게 발전하여 이제는 웬만한 회는 가리지 않고 먹는 경지에 도달했다. 이런 내가 회에 대해 쓰겠다고 하자 남편은 "너는 아직 그럴 수준에 달하지 못하였느니라." 하고 점잖게 타일렀지만, 그래도 나 같은 얼치기 마니아 이야기도 들어 볼 만하지 않겠는가.

생선회는 비린 맛으로 먹는 것

내가 처음 회를 먹기 시작할 때에는 확실히 흰살 생선과 살코기 중심이었다. 그러나 이제는 붉은살 생선도 꽤나 즐기며 무엇보다도 뼈째 썰어 먹는 세꼬시의 맛이 일품이라는 것을 알게 되었다.

흰살 생선에 살코기 중심의 회를 먹었다는 것은, 요즘 가장 대중적으로 먹는 광어나 우럭을 주로 먹었다는 이야기이다. 비리지 않고 맑은 맛을 내는 생선이기 때문이리라. 그와 비슷한 맛으로 민어, 도미, 숭어, 농어 등이 있는데 숭어는 한겨울에는 오돌오돌하는 맛이 일품이지만 다른 계절에는 광어나 우럭보다 맛이 떨어져 값도 조금 싼 편이다. 농어는 광어보다 맛이 윗길인데 워낙 비싸서 웬만해서는 사 먹을 엄두가 안 난다. 어쨌든 이들 생선은 비슷한 맛이 나는 흰살 생선이다.

그에 비해 붉은살 생선은 아주 다른 맛이 난다. 붉은살 생선은 대개 등푸른 생선으로 꽁치, 고등어, 삼치, 멸치, 청어, 참치 같은 종류의 생선인데 회로 먹는 것은 참치, 멸치, 방어, 고등어 정도이다. 흰살 생선보다 기름기가 많아 맛이 진하고 고소하지만 대신 비린내도 많이 난다. 그래서 신선도가 쉽게 떨어지는 여름보다는 겨울에 회로 먹기가 적당하다.

한편 광어나 우럭은 뼈는 먹지 않고 살코기만 발라서 먹는 것이다. 붉은살 생선 중에서도 참치, 방어, 고등어 같은 큰 생선들은 뼈가 너무 강해서 뼈째 먹을 수가 없다. 껍질 벗겨내고 뼈 발라 내고 곱고 부드럽게 먹는 방법이다.

그에 비해 세꼬시란 작은 생선을 뼈째 먹는 것이다. 껍질도 안 벗기고 내장이나 지느러미 정도만 떼어 낸 채 뼈까지 얄팍얄팍하게 썰어 먹는 것이다. 가재미나 도다리 작은 것들, 혹은 병어, 전어 등 웬만한 작은 생선(시할아버님은 이런 고기들을 '꼬시래기' 라고 했다는데, 혹시 세꼬시란 말도 거기에서 나온 말이 아닐까?)들은 다 이렇게 먹을 수 있다. 아무래도 살만 발라 먹는 것에 비해서 생선의 복잡한 맛과 비린내 같은 것이 훨씬 강할 수밖에 없다.

회를 먹다 보니 이제는 붉은살 생선이나 세꼬시가 좋아진다는 것은 생선회를 맑은 맛으로 먹는 게 아니라 그 특유의 싱싱한 비린내를 즐기게 되었다는 것을 의미한다. 사실 비린내가 전혀 없는 회란 얼마나 매력이 없는 것인가.

집에서 떠 먹는 병어회와 전어회

살코기만 깨끗하게 떠서 먹는 대표적인 붉은살 생선회는 방어(횟집 용어로는 '히라스')이다. 참치와 비슷하게 생겼는데 크기가 삼치 정도인 생선이다. 몸이 두껍고 살이 통통하여 먹음직스럽고 씹는 감촉도 쫄깃하다. 생선초밥을 해도 좋고 회만 먹어도 좋다. 광어나 우럭은 좀 싱겁고 그렇다고 세꼬시 먹기는 부담스럽고, 참치회 같은 냉동 고기도 싫은 사람들에게 권하고 싶은 회이다. 최근에 제주도 음식 전문점에서는 고등어회를 파는 경우가 늘어났다. 나는 아직 못 먹어 봤지만 회 좋아하는 사람들은 "죽인다!"고 평한다. 내 짐작에는 방어보다 살이 부드럽고 무를 테니 입에서 살살 녹을 것 같다.

살만 먹는 것을 좋아하는 사람이라면 방어나 고등어를 권할 만하지만 껍질과 뼈까지 썰어 먹는 이른바 세꼬시 계열을 즐기는 사람이라면 그러면서도 호주머니 사정이 넉넉지 못한 서민이라면 병어회와 전어회를 강력 추천한다. 바로 우리 집에서 애용하는 회이다.

병어는 은빛이 반짝거리는 예쁜 생선이다. 크기는 아이 손바닥만 한 것에서부터 큰 장정 손바닥만 한 것까지 있다. 살은 부드럽고 뼈도 연골이라 크기에 비해서 뼈째 먹을 수 있는 종류이다. 전어는 그것보다 작고 길쭉한 붉은살 생선이다. '10월 전어'란 말이 있듯이 전어의 제철은 가을부터이지만 활어 상태로 내륙으로 옮겨와 회 떠 먹는 처지에서는 초겨울부터가 안전하다. 큰 전어는 소금구이도 맛있는데 잔 가시가 좀 귀찮다. 그러나 작은 전어를 골라 뼈째 얄팍하게 써는 세꼬시가 전어 요리 중에는 가장 맛있다.

꽤 오래 전에 읽은 단편 소설에서 경상도 집안에 시집 간 여자가, 양동이 하나 가득 은빛 물고기를 담아 시아버지가 직접 수돗가에 앉아 회를 뜨는 모습의 충격을 생생하게 그린 작품(제목도 『병어회』였던가 『병어』였던가 가물가물하다.)이 기억나는데, 내가 시집가서 받았던 느낌도 그와 엇비슷하다. 회를 이토록 즐기는 것도 뼈째 썰어 먹는 회도 놀라운데, 생선을 통째로 사다가 집에서 회를 떠 먹는 것은 정말 놀랄 만한 일이었던 것이다. 분가한 아들 딸들이 다 모이면 양동이로 하나 가득은 아니지만 싱크대가 꽉 차도록 병어를 사서 몇 접시를 수북하게 쌓아 놓고 먹는 경우가 많다. 서울내기의 눈에는 놀라운 풍경이었다.

그런데 이제는 나도 그렇게 먹는다. 완전히 이 문화에 동화된 것이다. 세꼬시는 껍질을 벗길 필요가 없고 뼈를 발라 낼 필요도 없기 때문에, 도마와 잘 드는 칼만 있으면 집에서도 얼마든지 해 먹을 수 있는 음식인 것이다.

횟감 병어와 전어 사는 법

병어와 전어회를 해 먹으려면 싱싱한 생선을 사는 것이 관건이다. 두 생선 모두 횟감을 사려면 일반 시장이 아닌 노량진수산시장, 가락농수산물시장, 구리농수산물시장 같은 도매 시장에 가야 한다. 병어는 사철 나오고 전어는 늦가을부터 겨울까지 나온다. 병어는 활어가 없고 모두 죽은 생선이며 전어는 활어를 가져와 어항에 넣고 팔기도 하지만 죽은 것도 꽤 있다. 사실 죽은 생선을 회로 먹어도 관계는 없다. 싱싱하기만 하다면 말이다.(오히려 더 좋다. 죽은 생선은 활어에 비해 값이 월등히 싸다. 두세 식구는 1만 원어치만 사면 회로 배를 채우고도 남는다. 그러니 우리 같은 서민에게는 얼마나 좋은 회인가.)

사실 대형 도매 시장에서는 횟감이냐 아니냐를 물어보면 거의 속이지 않고 말해 준다. 이미 병어회나 전어회를 찾으러 다니는 사람은 회 마니아이므로 괜히 속였다가 나중에 욕이나 먹는다고 생각하고 있다. 눈으로 보아도 신선도는 웬만큼 알 수 있다. 그래도 미심쩍을 때에는 대가리 부분을 잡고 수평으로 들어 보라. 몸이 비교적 탱탱하게 수평을 지탱하고 있으면 횟감으로 적당하고 휘청하고 휘는 것들은 적당하지 않다. 횟감이라고 사 온 후에도 집에서 다듬다 보면 횟감으로는 적당하지 않은 것들이 가끔 발견되는데, 그럴 때에는 망설이지 않고 소금에 절여서 다른 음식으로 만들어 먹는다. 전어는 구워 먹으면 자글자글 기름이 나오는 맛있는 생선이다. 병어는 간장과 고추장에 조려도 좋고 소금 뿌려 푹 절인 것을 마늘과 풋고추 등을 넣어 하얗게 찌면 아주 맛있다. 찔 때에는 찜통이나 전자레인지를 이용하면 된다.

횟감 전어와 병어는 일단 깨끗이 씻으면서 칼로 비늘을 싹싹 긁어낸다. 대가리와 지느러미, 꼬리 등을 떼어 내고 내장까지 깨끗이 손질한 후 썰면 된다. 병어가 커서 썰기 힘들겠다 싶으면 등뼈를 따라 절반으로 나눈 다음 썰면 된다.

세꼬시는 얇게 썰어야 뼈가 입을 찌르지 않는다. 그러니 칼이 중요하다. 웬만한 부엌칼은 다 괜찮지만 정말 회를 즐기는 사람이라면 회칼을 하나 장만해도 좋다.

몇 년 전에 어느 행사에서 증평대장간 부스를 만났다. 명장 최용진이라는 할아버지가 아예 불을 피워 놓고 전통 방식으로 호미 같은 것을 만드는 시범을 보여 주면서 칼과 낫, 엿가위 같은 것을 팔고 있었다. 거기에서 식칼과 회칼을 하나씩 샀는데, 정말 기가 막히게 좋다. 최용진 명장은 그 칼을 팔면서 독일 쌍둥이칼은 댈 게 아니라고 자랑을 했는데 그 말이 거짓말이 아니다. 식칼은 날도 잘 들고 쇠가 단단하여 휘청거리지도 않는다. 회칼 역시 아주 예리하고 정교하게 썰어진다. 녹이 슬지 않으면서도 스테인리스 스틸이 아니어서 전통적인 숫돌로 칼을 갈면 칼 가는 맛까지 좋다.(인터넷으로 증평군 사이트에 들어가면 연락처 등을 찾을 수 있다.)

병어회와 전어회는 아주 고소한 회이다. 그러니 여기에 맛을 붙이면 광어나 우럭은 너무 싱겁다는 느낌이다. 고소한 것으로 치면 기름기 많은 붉은살 생선인 전어가 훨씬 더한데 대신 비린내도 더 난다. 병어도 산란기인 늦봄이 되면 고소함이 더해진다.

생선 다듬는 것이 영 싫은 사람이라면 손쉬운 방법이 없는 것도 아니다. 큰 시장에서는 전어회와 병어회를 떠서 파는 집이 꽤 있다. 나는 귀찮더라도 집에서 깨끗이 씻어 먹는 편을 택하지만, 그게 자신이 없다면 전문가의 능란한 손놀림에 맡겨도 괜찮다.

혐오스러운
날음식의 극치, 산낙지

꿈틀거리는 산낙지의 단맛

날생선을 먹는 나의 일취월장은 드디어 꽁치과메기와 산낙지에 이르게 되었다. 아마 날생선 중에서 눈으로 보기에 가장 끔찍한 것이 산낙지라면 비린내로 가장 최고를 점하는 것이 꽁치과메기가 아닐까 싶다.

산낙지는 이미 결혼 전에 남편이 나에게 산낙지를 사 주는 것으로 손쉽게 해결했다. 도대체 연애 초반부에 무슨 생각으로 여자에게 그런 몬도가네 같은 음식을 먹였는지 지금 생각해도 웃음이 나오는 일이다. 어디였는지도 잘 기억나지 않으나 하여튼 그 날은 우리가 결혼할 사이로 나아갈 것인가 아닌가를 타진하고 결정해야 하는 운명적인 날이었는데 그때 하필이면 산낙지라니, 정말 분위기 죽이지 않는가. 글쎄, 그때는 몰랐지만 나뿐만이 아니라 남편 역시 그날 너무나 산낙지가 먹고 싶지 않았을까.

우리는 둘 다 먹는 것에 관한 한 욕구를 참지 못하는 못 말리는 한 쌍이었던 셈이다.

산낙지는 먹을수록 맛있는 음식이었다. 오징어회나 한치회는 나중에야 맛보았지만, 그에 비해서 산낙지는 월등히 달착지근하고 오돌거리는 아주 매력적인 회였다. 아무래도 집에서는 손질하기 힘들어 밖에서 자주 사 먹게 되었는데, 특히 신촌에 마당극의 본거지인 한마당극장이 있던 1980년대 말에 신촌 골목길에 즐비한 횟집에서 아주 즐겨 먹었다.

그때 산낙지를 자주 먹으러 갔던 멤버는 문화 평론가 강영희였다. 강영희도 먹는 것에 관한 한 못 말리는데 내가 그를 처음 봤던 1980년대 초반 그는 늘 손에 찐 옥수수 따위를 들고 있었던 것으로 기억된다. 개고기도 엄청 좋아해서 "개는 역시 하얗게 삶은 백숙이 최고야."와 같은 말을 서슴지 않는 정도이다. 어느 날인가 후배들 몇몇과 어울려서 산낙지를 먹으러 갔는데 여자 후배 하나가 꿈틀거리는 산낙지를 보고 겁에 질렸다. 사실 그 모습을 보고 혐오감이 안 생긴다면 거짓말이다. 도막 난 다리들이 접시 가장자리를 타고 기어다니고, 참기름 섞은 소금에 넣으면 더욱 맹렬하게 꿈틀거리며 저희들끼리 엉기며 달라붙지 않는가. 그걸 억지로 떼어서 입에 넣는 것은 마치 기어다니는 살아 있는 벌레를 입에 넣는 것 같은 느낌을 받는 것이 당연하다. 그때 머뭇거리는 여자 후배에게 강영희가 한 말, "유물론적으로 받아들여. 관념론자처럼 눈으로만 보면 벌레와 다를 바 없지만 입에 넣으면 그냥 음식이야."

물론 그때 애용한 산낙지는 세발낙지는 아니었다. 그 비싼 세발낙지는 그보다 훨씬 후 광주나 목포에 가서야 먹어 볼 수 있었는데, 그때 나는 이미 산낙지라는 말만 들어도 입에 군침이 도는 경지에 도달해 있어서, 식당 주인 아줌마가 "쪼사 드리까 그냥 드리까?"(잘게 잘라 드릴까 통째로 그냥 드릴까?) 하고 물어봐도 당연히 "그냥 주세요."라고 할 정도가 되어 있었다.

피드거니 말린 꽁치

꽁치과메기를 맛본 것은 이보다 훨씬 후의 일이다. 결혼한 지 십 년이 넘었으니 웬만한 음식에는 놀라지 않지만, 그 비리디비린 꽁치를 날로 먹는다는 데에는 적잖이 놀랐다. 꽁치과메기는 남편도 먹어 보지 못한 음식이었다. 주로 포항을 중심으로 한 동해안 음식이었기 때문이다. 그러나 맛있는 생선에 관해서는 미각이 아주 발달되어 있는 남편이 이 음식을 싫어할 리가 없었다. 심지어 스페인에 가서 정어리절임을 넣은 샌드위치를 아주 맛있게 먹었다는 사람이니까.

과메기는 추울 때만 먹을 수 있는 것이다. 그래서 나는 하늘 파랗고 해가 잘 나는데 귀가 얼얼하도록 추운 겨울날이면 바닷바람에 말린 꽁치과메기가 얼마나 맛있을까 하고 입맛을 다신다.

과메기란 쉽게 말해 생선을 조기 말리듯 끈으로 엮어 스무 마리씩 매달아 추운 바닷바람에 꾸덕꾸덕(경상도 표현으로는 '피득피득' 혹은 '피드거니') 말린 반건조 생선이다. 예전과 달리 요즘은 포항 명물로 이름이 나면서 요즘은 전국의 시장에서 살 수 있게 되었다. 지금은 주로 꽁치과메기를 먹는데 옛날에는 청어를 많이 먹었다고 한다. 지금도 포항 죽도시장 같은 본토에 가면 청어과메기도 꽤 눈에 띈다. 몇 년 전 겨울에 포항 죽도시장에 가 보니 시장의 해안가 그 넓은 곳에 과메기만 가득 달아매어 놓은 장관을 본 적이 있다.

어쨌든 꽁치나 청어나 기름기 많은 등푸른 생선이므로 생선 맛은 아주 진하지만, 대신 날이 푸근하면 살이 무르고 기름 전내가 나서 먹을 수가 없다. 그래서 과메기는 꼭 겨울 한철, 그것도 아주 추운 한겨울에만 맛볼 수 있고, 입춘 지나고 날이 풀릴 듯 말 듯하면 벌써 맛이 없어진다. 그러니 날이 푸근한 겨울에는 과메기 생산에 초비상이 걸린단다. 생선을 냉동고에 넣었다 꺼냈다 하면서 말려야 하는 것이다.

과메기는 날것으로 먹는 것이다. 등푸른 생선을 그것도 꽁치를 날로 먹는다니 좀 엽기적이라고 생각할지 모르지만 전어회나 방어회, 고등어회 같은 붉은살 생선회를 좋아하는 사람이라면 아주 좋아할 음식이다. 회보다는 비린내가 조금 나기는 하지만 건조되면서 감칠맛이 진해지고 감촉이 쫀득해진다. 그러니 비린내를 맡아야 사는 것 같다고 느끼는 바닷가 사람들에게는 더 없이 좋은 음식이 아니겠는가. 게다가 회와는 비교할 수도 없을 정도로 값이 싸다. 산지가 아닌, 서울의 시장에서 사도 스무 마리에 8,000원에서 1만 원 정도밖에 안 하는데, 그 정도면 대여섯 명이 실컷 먹고도 남는다.

과메기 다듬기

과메기의 한 가지 나쁜 점은 다듬는 데에 손이 많이 간다는 점이다.

시장에서 사 온 과메기는 대가리부터 꼬리, 내장에 이르기까지 온 마리 그대로이다. 이것을 일단 가위로 지느러미와 꼬리 등을 가늘게 오린 다음 손으로 얇은 겉껍질을 벗겨 낸다. 평소에 꽁치 껍질을 한번도 벗겨

본 적이 없어서 그게 어떻게 가능할까 싶지만 지느러미와 꼬리를 오린 부분을 손톱으로 살짝 들춰 보면 희한하게 겉껍질이 살과 분리된다. 다음에는 내장을 제거하는데 엄청나게 기름기가 많고 아직도 물기가 많은 상태여서 널찍한 종이를 여러 장 펴놓고 해야 한다. 마지막으로 가시를 발라내는데, 손으로 눌러 보면 굵은 가시와 살이 떨어져 길쭉한 붉은 살코기가 두 쪽이 생긴다. 이것을 적당한 크기로 잘라 접시에 담으면 된다. 이렇게 비린내 나는 것을 한참이나 주물러야 먹을 수 있다.

손질 귀찮은 것은 내남 없는 일이라 최근 한두 해 사이에는 아예 말릴 때에 손질을 다 하여 말린 것이 나왔다. 가시와 대가리, 내장을 제거한 과메기가 있는 것이다. 사다가 껍질만 벗겨 먹으면 되니 아주 편하다. 과메기의 고향 포항에서는 아예 깨끗이 손질하여 알맞은 크기로 자른 과메기를 포장하여 몇몇 야채를 곁들여 야식으로 배달해 주기도 하는데(마치 서울에서 족발 배달을 해 주는 것처럼) 아무래도 제 맛은 금방 손질한 싱싱한 게 좋다.

맛이 진한 생선을 날로 먹으려니 아무래도 함께 먹는 야채가 넉넉해야 한다. 보통 생선회에는 상추와 깻잎 등 여름에 나는 잎채소를 먹지만 겨울에 먹는 과메기에는 물미역과 마른 김, 통배추 같은 겨울 야채가 곁들여진다. 마른 김은 마치 참치회 싸 먹듯이 생선을 싸서 참기름을 찍어 먹는 것인데 초심자는 이것이 무난하다. 그러나 급수가 올라갈수록 물미역이나 배추가 맛있다는 것을 알게 된다. 물미역도 당연히 데치지 않은 날것으로 갯내가 물씬 나는 것이다. 찬물에 부걱부걱 거품이 나도록 빨아 건진 싱싱한 물미역이나 움에 보관해 놓은 노랗고 달착지근한 통배추 속을 손으로 뜯어 과메기 살을 척 얹은 다음 초고추장을 찍어 먹으면 그 맛이 기가 막히다.

한 가지 더. 과메기 안주에 어울리는 주종은 역시 막걸리이다. 텁텁하고 시원한 막걸리에 과메기 한 접시, 거기에 따뜻한 난로 옆이라면 길고 추운 겨울밤도 남부럽잖다.✻

가자미 미역국과 맑은 조깃국

가자미로도 미역국을 끓인다고?

혹시 가자미 미역국, 갈치미역국, 생멸치 된장국 따위의 음식을 들어 본 적이 있는가? 이 음식 이름에 대한 반응은 거의 두 갈래로 확연히 갈라진다. 대개 서울을 중심으로 한 중부 지방과 내륙 사람은, 십중팔구 미역국과 가자미나 갈치가 도대체 어떻게 연결될 수 있느냐는 반응을 보인다. 그런데 간혹 갑자기 향수 어린 표정을 지으며 입맛을 다시는 사람들이 있다. 부산과 울산 등 남쪽 바닷가 출신들이다. 나와 남편은 바로 이 두 부류로 정확히 다른 반응을 보이는 다른 종류의 사람이었다.

할머니는 1 · 4후퇴 때 부산에 잠깐 살았던 기억을 더듬으며, 부산 사람 말투로 "시어마씨 생일날인데 갈치 넣고 미역국이라도 끓였능교?" 하더라는 흉내를 내시곤 했다. 물론 그런 음식을 어떻게 먹느냐는 분위기로 말이다. 결혼 후에 알게 된 일이지만 그 지역 사람들은 쇠고기 미역국보다 가자미 미역국이나 갈치미역국을 훨씬 좋아한다. 흔히 미역국에 생선을 넣으면 비릴 것이라고 생각하는데 이 지역 사람들은 해물 비린내에 비해 육고기 누린내를 별로 좋아하지 않아서 된장국에 쇠고기를 넣으면 싫어하는 사람이 많다. 나는 당연히 푹 고은 쇠고기로 끓인 미역국이 가장 좋은데 이제는 가자미 미역국도 매우 좋아하게 되었다.

생물 가자미에 재래식 마른 미역

생선으로 국을 끓이려면 생선이 아주 싱싱해야 한다. 가자미국에는 손바닥만 한 생물 참가자미가 있어야 한다. 가자미가 좋지 않으면 달착지근한 맛도 없고 살도 부드럽지 않거니와 비린내가 심하게 난다. 그런데 이런 가자미는 가격이 비싸서 재료비에서 쇠고깃국보다 더 비싸게 먹히고 손도 훨씬 많이 가는 음식이다. 요즘은 물 좋은 수입산 생물 가자미가 많이 들어와 값이 많이 싸졌다.

싱싱한 가자미를 다듬어 일단 물을 넣고 끓인다. 다 익으면 건더기만 건져 손으로 살과 가시를 일일이 발라 낸다. 발라 낸 살코기를 다시 국물에 넣고 이번에는 불린 미역을 넣고 함께 끓인다. 물론 미역을 좋은 것을 써야 맛있는 건 당연지사이다. 마른 미역은 데쳐서 말린 것과 그냥 말린 것의 두 종류인데, 당연히 그냥 말린 것이 맛있다. 데쳐서 말린 것은 대개 줄기가 없고, 색깔도 검푸르며 물에 불리면 파랗다. 보통 가게에서 파는 미역은 다 이런 것이다. 그러나 도매 시장이나 건어물 전문점, 무공해 식품점에 가면 재래식 마른 미역을 살 수 있다. 대개 산모용이라고 써 있고 줄기까지 말려져 있으며 색깔은 누런빛이 도는 검은색이다. 물에 불리면 누르스름하고 미역 냄새가 많이 난다. 이런 재래 미역은 물에 불린 후 여러 번 잘 빨아서 국을 끓어야 하는데, 데쳐 말린 미역에 비해 국을 끓이면 약간 풀어지는 듯 부드럽고 국물에 미역 맛이 잘 우러난다.

가자미 삶은 것에 미역을 넣고 미역이 무르도록 끓이면 가자미살에서는 노르스름한 기름이 동동 뜬다. 모든 미역국이 다 그렇듯이 간은 반드시 조선간장으로 해야 한다.

대접에 퍼서 상에 올려놓을 때 참기름을 한 방울 떨어뜨리면 그때까지 조금 남아 있던 가자미 냄새가 싹 가시고 고소한 맛이 더해진다.

갈치미역국도 마찬가지 방법으로 한다. 갈치는 가자미보다 더 비린데, 대신 맛은 훨씬 달착지근하다. 싱싱한 생물 갈치를 선택해야 하는 것은 두말할 나위도 없다. 회 뜰 만큼 싱싱한 갈치라면, 미역을 넣지 않은 제주도식 갈칫국을 끓일 수 있다. 미역이란 재료가 생선의 비린내를 많이 없애 주는데 제주도식 갈칫국은 늙은 호박과 배추 줄기 등을 넣고 맑은 국을 끓이는 것이니, 이거야말로 갈치가 싱싱하지 않으면 해 먹을 수 없는 음식이다. 그런데 제주도에 가서 먹어 보면 정말로 전혀 비린내가 나지 않는 환상적인 맛이다.

좀 더 비린 생선으로 끓이는 국도 있다. 생멸치로 국을 끓이는 것이다. 서울에서는 생멸치를 구경조차 하기 힘든데 마치 정어리 작은 것처럼 생겼다.(우리가 흔히 보는 마른 멸치는 데쳐 말린 것인데, 생멸치는 그것보다 서너 배 크다고 생각하면 된다.) 살이 붉은 등푸른 생선인 꽁치나 고등어처럼 비린내가 등천을 하지만 살이 부드럽고 맛이 있다.

역시 같은 방법으로 삶아 가시를 빼는데 멸치는 생선이 너무 잘아 조리나 체에 걸러야 한다. 살은 곱게 부서져 내려가고 가시가 조리에 걸린다. 이 과정이 귀찮으면 추어탕 끓이듯 믹서에 갈면 된다. 걸쭉해진 생선 국물에 된장을 풀고 줄기 기다란 봄 배추 삶은 것을 것을 넣어 다시 끓인다. 된장과 마늘 양념이 희한하게도 멸치 비린내를 없애 주고, 달착지근하고 구수한 국물 맛이 가을 추어탕 부럽잖다.

하지만 이것 모두는 싱싱한 생선이 흔한 곳에서나 가능한 일이다. 고향 떠나 타지에 사는 바닷가 사람들이 이런 음식에 향수를 느끼는 것은 너무도 당연하다.

조기로 매운탕이 아니라 맑은 국?

나도 이런 국을 먹어 보기 전에는 일단 이맛살부터 찌푸렸다. 그 비린 것으로 어떻게 국을 끓이냐고 말이다.

그러나 일단 맛을 들이니, 이런 반응이 얼마나 서울 중심적인 것인가를 생각하게 되었다. 생각해 보라. 중부 지방에도 생선으로 끓이는 국이 없는 것이 아니다. 단 생선 종류가 다를 뿐이다. 비리지 않은 생선이라고? 천만에. 조깃국을 생각해 보라. 게다가 비린내를 가시게 하는 된장이나 미역 등도 없이 그저 맑은 국을 끓여 먹지 않는가.

요즘엔 중국산 냉동 조기 덕분에 조기가 시도 때도 없이 나오지만 예전엔 6월이 조기 철이었다. 내가 초등학교를 다닐 때만 해도 서해 바다에서 조기가 한창 잡힐 때에 바다 위에서 열리는 시장인 '파시(波市)' 라는 용어를 배우기도 했다. 출어를 할 때면 배의 안녕과 만선을 기원하는 배연신굿이란 것을 하는데, 황해도 출신 큰무당인 김금화가 주재하는 배연신굿을 황해도 사람들이 많이 사는 인천 앞바다에서 본 적도 있다. 사람들은 초여름에 조기를 졸여 먹고 구워 먹고 또 왕소금 듬뿍 뿌려 조기젓을 담갔다.

이맘때면 우리 집에서는 맑은 조깃국이 상에 오르곤 했다. 아마 조깃국에 익숙지 않은 사람들은 매운탕도 아닌 국을 어떻게 끓이냐고 의아해할 수도 있다. 마치 내가 가자미 미역국을 의아해했듯이.

벌건 매운탕을 별로 좋아하지 않는 나는 이 맑은 생선국이 아주 좋다. 조기만이 아니라 어릴 적에는 하얗고 가느다란 뱅어(그것이 뱅어포를 만드는 재료인지 아닌지는 모르겠다.)로도 국을 끓여 먹었던 기억이 난다. 아마 조기의 품격 있는 맛을 워낙 좋아하는 서해안 사람들의 식성에다 맑은 국을 유독 좋아하는 서울 지역 입맛이 결합된 결과이리라. 하지만 결혼 후에는 오랫동안 해 볼 엄두가 나지 않아 일식집에서 '지리' 라는 이름으로 파는 복국이나 대구지리 같은 것으로 향수를 달래곤 했다.

비린내 제거의 비법

주부의 관록이 붙어 가자미 미역국을 끓여 먹는 수준에 도달하면서 나는 내 취향을 만족시키는 조깃국을 해 볼 생각을 했다. 슬슬 시도해 본 조깃국은 의외로 쉬운 음식이었다.

우선 참조기를 너무 잘지 않은 것으로 산다. 자잘한 조기새끼들은 지져 먹기엔 좋으나 국물 맛을 내기에는 좀 부족하기 때문이다. 수입산 냉동 조기는 그다지 비싸지 않다. 수조기나 백조기, 부서가 아닌 참조기를 사야 하는 것은 물론이다. 참조기를 고르기 위해서는 대가리에 다이아몬드 모양이 있는지를 보는 게 상식이라곤 하지만 초보자 눈에는 이런 것조차 잘 보이지 않는다. 가장 안전한 것은 배가 노란색이면서도 너무 크지 않은 값싼 것을 사는 것이다. 수조기와 백조기는 대개 크고 싸며, 참조기 큰 것은 무지무지하게 비싸다. 한 마리에 천 원에서 이천 원 하는 조기는 가짜 참조기일 가능성이 거의 없다. 가짜 만드는 품값도 안 나올 것 아닌가.

비늘과 대가리, 내장 등을 다듬은 후, 물에 넣고 끓인다. 연한 생선이므로 많이 끓이지 않아도 되며, 간은 조선간장으로 한다. 재료가 비린내 나는 생선이니 마늘을 넉넉히 넣어야 하는 것은 물론이다.

그러나 마늘만으로는 비린내가 충분히 제거되지 않는다. 그래서 조깃국에 반드시 들어가야 하는 양념이 있는데 그것은 다름 아닌 식초이다. 중간쯤 끓었을 때에 식초를 넣으면 희한하게도 비린내가 가신다. 복지리를 끓일 때에도 식초를 꽤 많이 넣는데 그 정도의 맛을 낼 만큼 식초를 넣으면 된다. 약간의 비린내도 싫으면 처음부터 청주를 조금 넣고 끓이다가 나중에 식초까지 넣으면 냄새는 거의 완벽하게 제거된다. 이때 주의할 점은 제품화된 맛술을 넣으면 안 된다는 것이다. 이 맛술은 주로 불고기나 생선조림 같은 데에 쓰는 것이어서 맛이 달기 때문에, 국 맛을 버릴 수가 있다. 국물 맛은 오로지 식초와 조선간장만으로 낸다.

조깃국의 매력은 맨 마지막에 넣는 야채 향이다. 펄펄 끓는 국에 싱싱한 쑥갓을 넣는 것으로 조깃국은 완성된다. 매운탕 끓일 때에도 그렇지만 이런 야채는 오래 끓이지 않고 상에 올리기 직전에 넣어 살짝 익혀야 한다. 쑥갓은 매운탕에 넣을 때만큼 넉넉히 넣어서 향을 많이 내는 게 좋다. 혹시 복지리의 미나리 맛을 좋아하는 사람이라면 쑥갓 대신 싱싱한 미나리를 다듬어 손으로 툭툭 꺾어 넣는 것도 좋다. 어느 것이든, 맑고 달착지근한 생선국물에 향긋한 냄새를 더해 준다. 따끈하고 시원한 국물을 훌훌 떠먹으면 달아났던 여름 입맛이 되살아난다.

나는 여전히 조깃국이고, 남편은 여전히 가자미 미역국이지만, 그래도 이제 우리는 서로의 문화를 야만시하지 않는다.✻

4

어릴 적 먹던 음식들

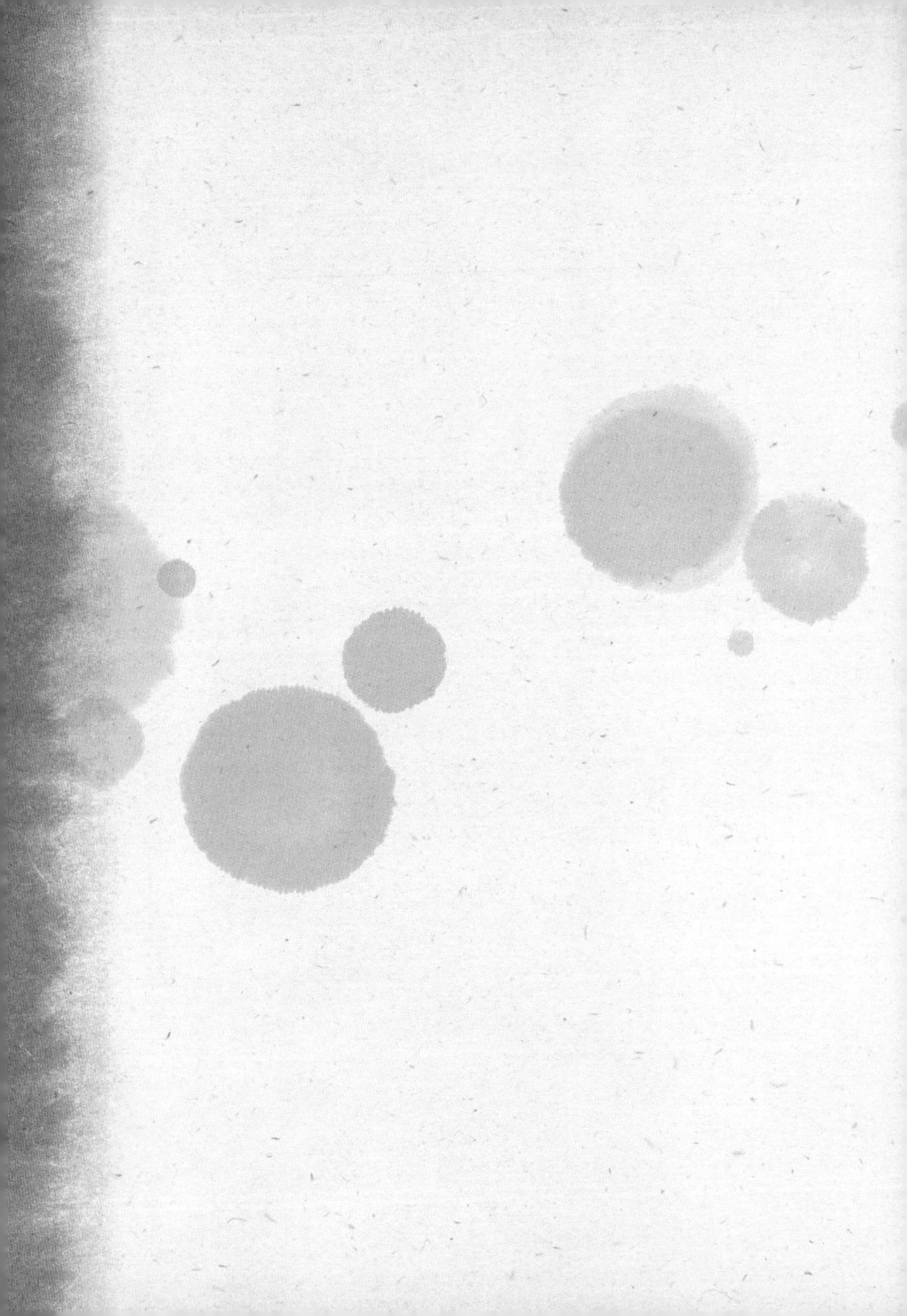

어릴 적 추억 속의, 그 화려한 떡들

구석구석 먹을 것

내 어릴 적 별명은 '먹미' 였다. 먹는 것을 꽤나 밝혔던 모양이다. 먹을 것 좋아하는 어린애의 눈으로 보면, 집안 구석구석은 온갖 먹을 것들이 감추어져 있는 보물 창고 같았다. 어른들은 집안 구석 어디엔가 맛있는 것을 늘 감춰 두고 있는 것 같았다. 게다가 한옥집이었으니 오죽이나 구석진 곳이 많은가. 요즘이야 먹을 것을 두는 곳이 부엌과 냉장고 정도에 불과하지만, 예전에는 마루에 찻잔 등을 놓아두는 그릇장, 마루 뒤에 놓인 시렁들, 안방 다락, 그리고 광과 뒤꼍까지 정말 곳곳에 먹을 것이 있었다. 나는 어디에 무엇이 있는지 기가 막히게 알고 있었다. 꿀은 마루 뒤 시렁에, 명절 때 차례상에 올렸던 약과와 산자, 색색의 사탕은 대청마루 그릇장 맨 아래칸에, 왕겨가 하나 가득 채워진 사과 궤짝은 다락에, 이런 식이었다.

명절 즈음에는 먹을 것이 더 많아졌고, 광은 늘 음식들이 즐비한 상태였다. 단것을 좋아하는 아이의 입맛으로 보자면, 광에서 눈에 띄는 음식은 단연 떡이었다. 다른 명절 음식은 계절에 따라 달라지는 것이 거의 없지만, 오로지 떡은 절기에 맞춰 각양각색이었다. 설, 한식, 추석, 아이들의 생일날까지 각기 다른 떡을 했으니, 아마 나는 그 시절 일 년을 떡의 사이클로 느끼고 있었을 것이다. 명절이 지난 후 광의 한구석에서 바구니에 놓인 떡이 말라갈 때의 아쉬움은 지금도 생생하다.

솔잎 내 은은한 달지 않은 송편

어릴 적 입맛으로 보자면 가장 아쉬운 떡은 역시 송편이다.

마지막으로 송편을 빚은 것이 언제였더라. 이제 시어머님도 송편 빚기를 포기하셨다. 추석 송편을 사다 먹는 것은 우리 며느리들이 계속 주장하던 바이기도 했다. 바쁜 추석 전날 송편까지 빚으려면 너무나 번거로웠기 때문이다. 이젠 동네마다 빵집처럼 '떡집' 이 있는 세상에 꼭 떡을 집에서 해 먹으란 법은 없지 않은가.

쌀가루 빻고 주문을 받아 떡하는 방앗간과 달리 개피떡, 시루떡, 인절미 등 갖가지 떡을 조금씩 파는 떡집이 생겼다는 것은, 이제 떡을 집에서 해 먹지 않는 시대가 되었음을 말해 주는 것이다. 편하기는 하지만 사다 먹는 송편은 깨송편 일색이어서 입에서는 좀 섭섭하다. 게다가 떡집 떡들이 얼마나 단지, 송편과 함께 구색 맞춰 사 온 경단은 아예 찹쌀가루에 설탕을 넣어 목이 따끔거릴 정도로 달았다. 이런 떡을 먹다 보면 어릴 적 집에서 해 먹던 말끔한 맛의 송편이 생각난다.

쌀가루를 펄펄 끓는 물로 익반죽을 하여 잘 주무른 다음 소를 넣어 떡 모양을 만들고 찜통에 솔잎을 깔면서 쪄 내는 떡이 바로 송편이다. 우리 친정집에서는 송편 소로 밤, 대추, 깨, 풋콩, 거피 팥, 이렇게 다섯 가지를 썼다. 이 중 가장 단 송편은 대추송편이다. 마른 대추를 연한 설탕물에 불렸다가 통으로 넣는데(시간이 넉넉하면 씨를 빼고 넣는다.) 대추 맛이 워낙 달고 강하기 때문에 맛이 달아질 수밖에 없다.

그 다음으로 단것은 역시 깨송편이다. 볶은 참깨를 절구에 빻아 깨소금을 만든 다음 소금으로 간을 하고 설탕을 섞어 송편에 넣는 것이다. 그런데 이때에도 설탕을 너무 많이 넣으면 안 된다. 왜냐하면 송편을 찌는 과정에서 소에 넣은 설탕이 지글거리고 끓기 때문에 송편이 터져 버리기 일쑤이다. 그런데 떡집의 깨송편은 그렇게 달아도 터지는 법이 없다. 그건 이유가 있다. 십오 년 전쯤까지만 해도 떡집에서는 마치 개피떡 하듯 다 익은 떡반죽에 그냥 소를 넣었다. 요즘은 소를 넣어 송편을 빚은 후 쪄 내는 정상적인 과정을 거치기는 하는데, 집의 송편보다는 겉의 떡반죽을 두껍게 하기 때문에 소에 설탕을 많이 넣어도 거의 터지질 않는다.

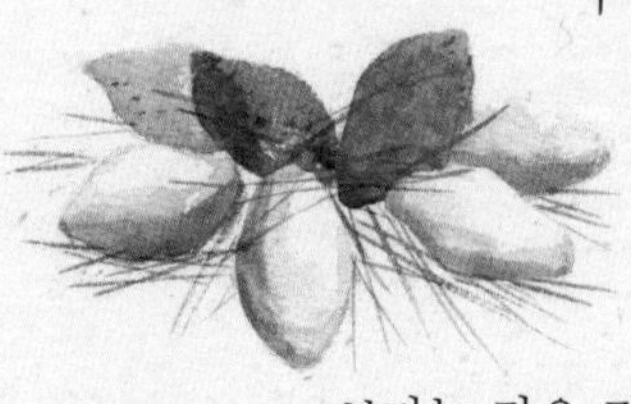

이 두 가지 것을 빼면 송편은 거의 달지 않은 떡이다. 우선 밤송편은 날밤을 깨끗이 까서 통밤을 약간의 소금과 설탕물에 버무렸다가 그대로 넣어 송편을 빚는다. 송편 속에 쏙 들어가야 하니 소로 쓰는 밤은 차례상에 올리는 생률보다는 작은 것을 써야 한다. 다 익은 송편을 한입 베어 물면 갓 익은 통밤이 포근하게 잘라지는 감촉을 느낄 수 있다. 싱싱하게 익은 밤 맛으로 먹는 송편이다.

콩송편은 추석 때쯤 나오는 풋콩을 소로 하는 떡이다. 추석 때에는 콩이 맛은 들었으되 단단하게 여물기에는 이른 철이다. 이때 웬만큼 알이 들어찬 콩을 줄기째 베어다 단으로 묶어 파는데, 이것을 사다가 일일이 까서 역시 약간의 소금으로 간을 하여 네댓 톨씩 넣어 송편을 빚는 것이다. 익은 송편을 한입 베어 물면 콩이 통으로 씹힌다. 밤의 고급스러운 맛과는 다르지만 순하게 달착지근한 콩의 순수한 맛이 일품이다. 역시 전혀 달지 않다.

요즘 떡집의 발상으로는 도저히 이해할 수 없는 송편이 바로 팥송편이다. 거피(去皮)하여 삶은 하얀 팥에다 설탕은 전혀 넣지 않고 소금 간만 하여 그대로 송편에 넣는 것이다. 팥이라는 게 달거나 짭짤하지 않으면 퍽퍽한 재료여서 다른 소에 비해 소금 간을 좀 많이 해야 한다. 설탕이 들어가지 않았으니 맛은 전혀 달지 않다. 이 이야기를 하면 사람들은, 그걸 무슨 맛으로 먹느냐고 한다. 그런데 짭짤하고 고소한 팥 냄새가 그대로 살아 있는 이 맛이 바로 팥송편 맛이다. 설탕 범벅을 하여 달게 만들면 개피떡이나 뭐가 다르겠는가. 소가 달지 않고 재료 맛이 그대로 살아 있어야 송편에 배어 있는 솔잎의 은은한 향기도 그대로 느낄 수 있다.

요즘 떡집에서 파는 송편은 솔잎 냄새가 거의 나지 않는다. 아마 제대로 솔잎을 쓰면 그 재료비가 만만치 않을 것이다. 이름은 송(松)편이건만 솔 향은 나지 않고 대신 달디단 설탕 맛이 사람을 유혹한다. 톡 쏘게 자극적이지 않으면 사 먹지 않는 세상, 입맛이 강팍하게 바뀌어 버린 세상에서 순한 송편은 추억 속으로 사라져가고 있다.

나무 절구에 찧은 인절미

한식 때에는 개피떡과 인절미를 했다. 요즘에는 이 두 가지 떡이야말로 집에서 하는 사람을 거의 본 적이 없다. 송편보다 훨씬 일찍 홈 메이드 품목에서 사라져 버렸다. 아마 그 이유는 손이 많이 가는 대신, 집에서 만든다 해도 떡집의 것보다 그리 더 맛있지 않기 때문일 것이다. 특히 인절미를 만들려면 손이 많이 갈 뿐 아니라 힘도 많이 든다.

대개 떡을 만드는 방법은 네댓 가지인 듯하다. 첫째는 찰진 곡물가루를 동그랗게 반죽하여 물에 넣어 순간적으로 익혀 건지는 방법, 경단 종류가 이러하다. 둘째는 곡물을 가루로 만들어 시루에 찌는 방법, 이른바 시루떡이라고 하는 것이다. 백설기로부터 팥시루떡 종류가 다 이러하다. 셋째는 시루에 쪄 낸 떡을 절구나 안반에 놓고 쳐서 쫄깃하게 만드는 방법, 대표적인 것이 흰가래떡과 절편이다. 넷째는 곡물가루를 반죽하여 찜통에 찌는 방법, 송편이나 개떡 종류가 이런 것이다. 마지막으로 곡물가루를 만들지 않고 밥을 하여 그것을 절구나 안반에 놓고 치는 방법인데, 우리 집에서는 인절미를 이 방법으로 해 먹었다.

방앗간이나 떡집에서 인절미를 주문하면 찹쌀을 가루로 내어 찐 후 기계로 찧어 끈적한 떡을 만들지만, 우리 집에서는 찰밥을 하여 절구에 넣고 치는 방법으로 인절미를 했다.(안반에 놓고 떡메로 치는 것이 더 좋은 방법일 텐데, 내가 자랄 때에는 이미 안반과 떡메는 다 없어진 후였다. 설날 같은 때에 텔레비전에서 떡 치는 시범을 보여 주는 경우가 있다. 이때만 되면 아버지와 할머니가 한마디씩 하신다. 떡메가 한쪽이 길고 다른 한쪽이 짧은 것을 쓰는 경우가 많은데, 그것은 일본식이라는 것이다. 우리 것은 양쪽이 같은 길이로 된 것이란다.) 하루 전에 불린 찹쌀을 찔 때까지는 그럭저럭 여자들이 할 수 있는 일이지만 절구에 찧는 일은 도저히 여자 힘으로는 부치는 일이다. 이 날은 뒤꼍에 있던 나무 절구가 일 년에 한번 쓰이는 날이다. 절구에 찰밥을 넣고 약간의 소금을 넣으면서 절구질을 시작하는데 한참을 쳐 대면 밥알이 다 뭉그러져 떡이 된다. 흰 찰밥을 그냥 치면 흰인절미, 떡 칠 때에 삶은 쑥을 넣고 같이 치면 쑥인절미가 된다.

떡을 칠 때에는 이인일조로 움직여야 한다. 힘 좋은 남자들이 떡을 치면 옆에서 여자가 물 한 그릇을 떠 가지고 앉아서 절구 속의 떡이 골고루 쳐지도록 손으로 뒤집어 주어야 한다. 절구공이의 오르락내리락하는 동작과 박자를 맞추어 절구에 손이 들락날락하는데 박자를 잘못 맞추면 영락없이 손을 찧는 대형 사고로 이어진다. 참 겁나고 아슬아슬한 과정인데 우리 집에서는 한 번도 사고를 낸 적이 없다.

다 만들어진 떡에 미리 준비한 노란 콩가루나 하얀 거피 팥고물을 묻히면 인절미는 완성이다. 이렇게 밥을 하여 친 인절미는 가루를 내어 만든 인절미에 비해 결이 곱지는 않지만 소화가 잘 되고 더 부드럽다. 그러나 아무리 맛이 좋아도 절구질은 너무 힘들고 번거로운 일이었고, 결국 우리 집도 1980년대로 넘어가면서는 방앗간 주문 방식으로 바꾸었다. 쓸모가 없어진 나무 절구는 도끼로 패어 아궁이에 넣었고 절굿공이만 남았다. 그 후에도 그 절굿공이는 자그마한 쇠절구와 함께 사용되었고 내가 이천으로 이사올 때에 쇠절구와 함께 가져왔다. 지금도 쇠절구에 청국장처럼 무른 것들을 찧을 때에 종종 쓴다. 그 짝 잃은 공이를 볼 때마다 나는 투박한 나무 절구통이 생각난다.

개피떡도 비슷한 시기에 방앗간 주문으로 바뀐 것 같다. 반달 모양의 개피떡은 애초부터 공정의 절반 정도를 방앗간에 의존하고 있었다. 절편을 하듯 떡을 방앗간에서 해 왔고, 집에서는 소를 넣고 싸는 일만 했던 것이다. 흰떡과 쑥떡 두 가지를 했는데 흰떡에는 붉은팥을 쑥떡에는 흰 거피팥을 소로 넣었다. 밀대로 떡을 밀어 납작하게 만들어, 동그랗게 주물러 놓은 소를 넣고 떡을 덮은 후 주전자 뚜껑으로 눌러 잘라 내었다. 마르기 전에 참기름을 발라 차곡차곡 담아 놓으면 서로 붙지 않는다. 개피떡의 소는 설탕을 넣어 달착지근했고, 그런 점에서 송편과는 달리 방앗간에 맡겨도 그리 맛이 달라지지 않는 떡이었다.

시루 바쁜 집

아이들의 생일에는 경단과 무지개떡, 백설기가 주요한 떡이었다. 아이가 커서 열 살이 될 때까지 나이만큼 붉은 수수경단을 해 먹이는 풍습을 할머니는 정성스레 지키셨다. 별로 어려운 일도 아닌데 귀한 손주들한테 그거 하나 못해 주겠냐 하시면서.

요즘은 찰수수와 메수수를 구별해 사기도 쉬운 일이 아니지만 수수경단은 반드시 찰수수여야 딱딱하지 않고 맛이 있다. 찰수수를 사다가 가루를 내고 반죽을 하여 동그랗게 경단을 빚었다. 설설 끓는 물에 경단을 넣고 삶으면 얼마 지나지 않아 경단이 동동 뜬다. 뜨는 것은 다 익은 것이니 조리로 건져 내어 물을 빼고는 팥고물을 묻힌다. 수수 반죽이나 팥고물이나 약간의 소금 간만 할 뿐 설탕은 전혀 넣지 않으니 강한 수수 냄새와 고소하고 짭짤한 팥고물 맛으로 먹는 떡이다. 나는 이 떡을 먹을 때마다 일제 강점기를 거쳐 온 어른들에게 늘 들었던 일본 설화 복숭아 아기(모모다로) 이야기가 생각났다. 복숭아 아기가 수수팥떡을 길양식으로 해 가지고 모험을 떠나는 이야기였는데, 어린 시절 혀 잘린 참새 이야기와 함께 가장 많이 들은 이야기였다. 글을 읽을 줄 알게 된 후 일본 설화집에서 이 이야기가 실린 것을 읽게 되었고, 어머니가 해 준 이야기가 우리 옛 이야기가 아니라 일본 이야기라는 사실 때문에 묘하게 불편했던 기억이 역력하다. 1931년 생인 어머니로서는 일본 설화를 들으며 어린 시절을 보낸 것이 당연했을 터인데도 어린 시절부터 훈련된 민족주의적 감정은 이런 것들을 헤아려 용납하지 못했다. 식민지를 거쳐 온 흔적은 이렇게 내 기억 속 수수팥떡에도 남아 있다.

나는 워낙 단것을 좋아했기 때문에 수수팥떡보다 그와 함께 만드는 찹쌀경단을 더 좋아했다. 찹쌀을 같은 방법으로 경단을 만드는데, 다른 고물을 쓰지 않고 조청을 묻힌 것이었다. 따끈한 찹쌀경단에 조청을 부으면 조청이 녹아 물처럼 흐른다. 찹쌀은 곧 굳으므로 식기 전에 숟가락으로 퍼먹으면 끈적하게 이에 붙으며 녹는 따끈한 찹쌀떡과 달디단 조청 맛이 잘 어우러졌다. 지금 해 먹어 보면 어찌나 단지 목이 따끔거릴 정도인 데도, 그때는 그게 얼마나 맛있었는지.

무지개떡은 생일상의 화려한 생일 케이크였다. 색색의 색소를 넣은 쌀가루를 켜켜로 올려 찐 떡으로 지금처럼 데커레이션 케이크가 흔치 않았던 때 아이의 첫 돌상에 시각적 화려함을 선사했다. 내 기억으로는 백설기보다 설탕을 더 많이 넣었던 것 같다. 백설기는 그야말로 하얗고 맑은 떡 맛이었다면 무지개떡은 화려한 색깔만큼이나 달착지근한 떡 맛으로 아이들을 유혹했다.

이뿐이랴. 우리는 철철이 시시때때로 떡을 해 먹었다. 가을에는 팥을 깔고 시루떡을 했고(가끔은 가을 무를 채 썰어 넣고 무시루떡도 했다.) 겨울이나 봄에는 서리태나 늙은 호박 오가리를 넣고 떡을 쪄 먹었다. 그래서 우리 집 시루는 어머니만큼이나 바빴다.

어느 날인가 인사동을 지나가다가 항아리 파는 가게에서 아주 앙증맞은 작은 시루를 발견했다. 큰 사발만이나 할까, 딱 두 사람이 먹으면 될 듯한 초미니 사이즈였다. 그걸 사면서 주인에게 "그런데 이렇게 작은 걸 어떤 그릇에 앉혀요? 이렇게 좁은 냄비는 없는데." 하고 물었더니, "진짜 떡 해 먹으려고 사 가우?" 하고 되묻는다. 대부분은 꽃을 꽂는 등 장식용으로 쓰려고 사간단다. 그러면서 "주전자에라도 앉히슈. 주전자 꼭지에까지 시루본을 붙여야 하니 좀 귀찮기는 해도 떡은 잘 돼요." 하고 답한다. 정말 주인 말대로 떡은 잘 되었다.

이 앙증맞은 시루를 매만지는 것은 내 식으로 어머니와 돌아가신 할머니를 생각하는 방식이다. 시루에서 갓 꺼내 놓은 따끈한 호박떡이 먹고 싶을 때에 나는 할머니와 어머니를 생각하며 소꿉장난하듯 떡을 찐다.✻

곰이 떨어질 날이 없는 집

곰국 중독

대개의 서울과 경기 지방 사람들이 그러하듯 우리 집도 고깃국을 엄청나게 좋아하는 집이었다. 결혼을 하고서야 그 사실을 알게 되었는데 된장국과 김칫국에까지 고기를 넣고 싶어 하는 나에게 남편은 도리질을 쳤고, 나는 미역국에 가자미나 멸치, 조개를 고집하는 남편을 신기하게 보았다.

우리 집은 늘 뭔가 고기 종류를 고아 먹었다. 특히 겨울에는 고아 먹는 국이 떨어질 때가 거의 없었던 것 같다. 사골, 족, 꼬리, 등뼈, 사태나 양지, 돈이 없으면 하다못해 값싼 돼지등뼈라도 고아 선지나 비지를 넣고 끓여 먹었다. 이렇게 자란 내가 결혼 후 얼마나 고깃국이 먹고 싶어 헛헛했겠는가. 돈은 없고 그렇다고 매번 친정에서 얻어먹을 수는 없고. 그래서 원당에 살 때에는 일부러 모래내시장에 나가 소대가리뼈를 사다 고아 먹었다. 소대가리에서 머리고기나 골 등은 떼어 내고 뼈만 파는 것이었는데 크기에 비해 값은 매우 싸다. 소 이빨이 붙어 있고 이리저리 부서진 시뻘건 머리뼈가 징그러웠고 무게도 만만치 않았지만, 뼈 곤 국물이 먹고 싶었던 마음에 비하면 그 정도는 문제가 아니었다. 모양에 비해 맛은 괜찮았다.

그리운 양곱창탕

겨울이 무르익을 때면 생각나는 게 양곱창탕이다. 쉽게 이야기하여 소내장탕이라고 하면 될 듯한데 우리 집에서는 양곱창탕 혹은 양국이라고 했다. 양이라고 부르는 소의 위(검은 털이 달려 있는 타월처럼 생긴 것)와 곱창, 대창, 홍창 등 여러 부위의 창자들을 함께 푹 끓인 것이다. 어느 동물이나 마찬가지이겠지만, 소도 가을에는 겨울을 나기 위해 열심히 먹고 몸에 지방을 많이 축적하게 되는데, 그래서 늦가을과 초겨울의 곱창은 유난히 고소하고 맛이 있다. 사람도 겨울엔 지방이 많은 음식을 찾게 되는데 그럴 때 딱 맞는 음식이다.

흔히 입맛 까다로운 사람들은 내장 종류를 못 먹기도 하는데 나는 어릴 적부터 집에서 양과 곱창을 많이 먹고 자랐다. 할머니가 편찮으실 때에는 어머니가 양만 푹 고아서(이걸 양즙이라고 했다.) 드리기도 했다. 지방질이 적은 동물성 단백질이었으니 좋은 보양식인 셈이다. 양즙을 들여간 후 우리 아이들에게는 남은 양 건더기를 송송 썰어 소금 간을 한 것을 주셨는데, 고기 귀한 그때에는 그게 어찌나 맛있었는지. 곱창 고소한 맛도 일찌감치 알아서 입가에 덕지덕지 기름이 굳으면 그것을 닦아가면서 열심히 먹었던 기억이 선명하다.

그래서 겨울이 되면 양곱창을 한 번씩은 해 먹는다. 사실 이 음식은 해 먹기가 매우 귀찮은 것이어서 웬만하면 사 먹고 싶지만, 내가 원하는 걸 파는 데를 찾기가 참 힘들다. 대개 음식점에서 파는 양곱창탕은 내장의 누린내를 없애기 위해 고춧가루와 들깨, 토란대 등을 넣고 벌겋게 끓인 얼큰한 것인데, 내가 집에서 먹던 것은 곰탕이나 설렁탕처럼 하얗게 끓인 양곱창탕이기 때문이다. 이런 양곱창탕을 파는 집을 꼭 한 군데 보았다. 안암동 로터리에 있는 개성집인데 꼭 우리 집에서 해 먹던 방식 그대로 하얀 내장탕을 내놓아서 어찌나 반갑던지.

흔히 곱창 다듬기가 힘들 거라고 생각하지만 더 골치 아픈 것은 양이다. 모든 고기가 그렇지만 특히 내장은 단골집에서 깨끗하고 좋은 것을 사야 한다. 그렇지 않으면 씻는 데에 진이 빠지고 아무래도 누린내가 가시지 않아 먹기가 힘들다. 깨끗한 곱창이라면 겉의 기름이나 웬만큼 떼어 내면 된다. 가정 시간에는 곱창 속에 있는 것을 다 씻어 내라고 배웠지만 난 절대로 안 씻는다. 그 고소한 곱을 씻어 내면 무슨 맛으로 곱창 요리를 먹는단 말인가. 돼지도 아니고 소 곱창은 그리 냄새가 심하지 않다. 홍창이나 대창 역시 겉의 기름만 떼어 내면 그만이다.

그런데 양은 아주 골치 아프다. 누린내의 원흉도 주로 양이다. 털이 북실북실하여 그 틈틈이에 있는 것들이 잘 씻어지지 않는다. 냄새를 없애는 방법은 마른 밀가루를 부어 빨래하듯 빠닥빠닥 문질러 헹궈 내고 다음에는 왕소금을 뿌리고 문질러 헹궈 내고 이런 과정을 몇 번씩 반복하는 것이다. 어떤 사람들은 아예 뜨거운 물에 살짝 데쳐 검은 털을 다 벗겨 버리기도 한다. 그러면 누린내는 훨씬 가시지만 역시 양을 먹는 맛은 좀 줄어든다. 그래서 사고 나서 꼭 후회한다. '내가 미쳤지, 왜 이 고생을 하누.'

그래 놓고는 일 년쯤 지나면 또 산다.

다듬기만 잘 하면 요리는 쉽다. 재료를 다 넣고 물과 청주를 조금 붓고 푹 고는 게 끝이다. 더 감칠맛을 원하면 양지머리나 사태 한 근을 넣고 같이 곤다. 뼈나 내장은 구수한 맛은 나지만 고기 특유의 달착지근한 맛은 나지 않기 때문에 이 맛을 원하면 고기를 넣어 함께 고는 것이 좋다. 물론 나중에 마늘 찧어 넣고, 먹을 때 파 넣는 건 기본이다.

이렇게 끓은 하얀 양곱창탕은 얼큰한 내장탕이나 뼈 곤 사골탕과는 다른 고소한 맛이 난다. 그런데 얼마 전부터 항생제 먹인 소의 내장이 나쁘다고들 하더니만, 근래에는 아예 광우병 파동까지 나니 참 맛있는 것 먹고 살기도 힘든 세상이 되었다.

헛똑똑이 인간들

그 후에도 나는 줄기차게 뭔가를 고아 먹었다. 돈이 생겨 고깃국이라도 끓일라치면 양지 한 근을 덩어리로 사다가 물을 조금만 붓고 네댓 시간 동안 푹 곤다. 이것을 냉장고나 냉동실에 보관하여 국 끓일 때마다 필요한 만큼 덜어서 쓴다.

곰국이든 양지 곤 국물이든 하여튼 고깃국물이 있으면 반찬 걱정이 없다. 곰국은 파와 김치만 있으면 다른 반찬이 필요없고, 양지 곤 국물도 표고나 대파 혹은 무나 미역, 약간의 재료만 있으면 금세 맛있는 국이 된다. 같은 질과 같은 양의 고기를 써도 푹 곤 국물은 짧은 시간 끓인 국과는 비교가 되지 않을 정도로 깊은 맛이 있다.

이렇게 재료 자체의 깊은 맛을 내야만, 복합 조미료를 쓰지 않고 음식을 할 수 있다. 그래서 '고향의 맛', '그래, 이 맛이야.' 어쩌구 하는 복합 조미료의 광고 카피는 참 가소롭다. 사람이란 존재는 얼마나 헛똑똑이들인가. 결국 광우병을 만들어 자신 스스로에게 양곱창탕의 즐거움을 빼앗아가고 어머니 깊은 손맛의 추억을 복합 조미료의 얄팍한 냄새로 바꿔치기한다.✲

제철 맛을 오랫동안 간직하는 장아찌

장으로 담근 김치

봄부터 여름까지는 장아찌의 계절이다. 입맛을 잃는 봄에는 신선한 야채도 맛있지만 역시 짭짤한 장아찌가 입맛을 돋운다. 야채가 지천으로 깔린 여름에도 찬밥에 장아찌 하나쯤이 있어야 제격이다.

장아찌란 이상스러운 말의 뜻을 제대로 유추할 때까지는 꽤 오랜 시간이 필요했다. 난 국문과 출신이지만 어학 과목은 싫어하여 요리조리 도망치면서 겨우 전공 필수만 들었는지라 아는 게 없다.(혹시 이때 '어학'을 영어 회화나 토익 같은 외국어 공부라고 착각하고 계신 것은 아니겠지? 내가 쓴 어학이란 말은 언어를 대상으로 하는 학문, 즉 언어학이라는 뜻이다. 국어국문학과는 국어학과 국문학 과목을 배우는 학과이다. 요즈음 외국어 공부를 어학 공부라고 부르는 것은 매우 부적합하다. 외국어 공부는 그저 언어를 익히는 기술 학습 수준일 뿐, 논리와 체계를 객관화하여 배우는 '학문' 이 아니기 때문이다.) 그래도 서당개 삼 년이면 풍월을 읊는다고 장아찌 정도의 뜻은 유추할 수 있다. '장아찌' 란 말은 간장이나 고추장, 된장 같은 '장' 으로 담근 '김치' 란 뜻이 아닐까 싶다. 김치의 옛말이 '지히' 여서 지금도 '지' 가 붙은 김치 이름이 많다. 짠지, 오이지, 석박지, 단무지 등이 그 예이다. 국물 김치 종류를 전라도 지방에서는 '싱건지' 라고 하는데 그것도 보통 김치나 짠지보다 싱겁게 담근 김치란 뜻이다.

장아찌는 배추 아닌 야채로 간장, 된장, 고추장 혹은 그 정도로 짠 소금물이나 식초, 젓갈 같은 것에 담가 오래 보관하며 먹는 반찬 종류이다. 장아찌는 하도 여러 종류라서 일일이 열거할 수도 없다. 간장에 담는 대표적인 것이 마늘장아찌이고 무말랭이도 말린 후 간장에 넣어 먹는 음식이다. 된장에는 깻잎이나 풋고추를 담고 남부 지방에서는 콩잎도 박았다가 꺼내 먹는다. 고추장에는 더덕, 도라지, 감, 늙은 오이(노각), 풋참외, 무 같은 것을 박는데, 경상도 해안 지방에서는 미역귀 말린 것도 박고 전라도 지방에서는 고추장에 박은 굴비장아찌가 별미이다. 젓갈에는 풋고추, 산초순 같은 것을 넣어 삭힌다. 하여튼 먹을 수 있는 것, 특히 맛이나 향이 강하고 수분이 적은 재료는 웬만큼 장아찌가 될 수 있다. 수분이 많아 시원한 야채는 그냥 먹고 질기고 강한 야채는 장아찌를 해 먹는 것이다.

옛날 사람들은 왜 그렇게 극성스럽게 온갖 장아찌들을 해 먹었을까? 야채란 것들은 늘 제철에 한꺼번에 나오므로 이를 적절하게 보관하는 방법이 필요했을 것이다. 요즘처럼 온상 재배를 할 수 없었던 시대에, 향기로운 제철 야채를 사시사철 먹는 가장 좋은 방법이었던 것이다. 어릴 적엔 밥상 위의 장아찌를 좀 우습게 봤지만 막상 해 보니 꽤 손이 가고 재료비도 많이 드는 음식이다. 무엇보다도 요즘처럼 장이 흔하지 않은 시대엔 더 그렇다. 장아찌를 박은 된장과 간장은 못 먹고 버리니 얼마나 비싼 음식인가 말이다. 그래도 고추장은 햇것이 맛있으므로 한두 해 묵으면 장아찌 재료로 나가는 것이 당연하다 해도 된장은 묵을수록 맛있는데 장아찌 박기는 정말 아깝다.

어머니는 어떻게 석 접을 깠을까?

장만 아까운 것이 아니다. 손은 또 얼마나 많이 가는가. 이 역시 해 보고서야 알았으니 나는 참 어리석기 이를 데 없다.

어느 해 봄, 시장에서 갓 뽑은 마늘을 파는 것을 보고 마늘장아찌를 담그고 싶어졌다. 겨우내 저장해 놓고 먹던 마늘이 다 떨어지고 싹이 트며 썩어갈 즈음, 건강하게 보랏빛으로 탱탱하게 살이 오른 마늘을 판다. 이때 나오는 마늘은 가을 추수한 논에 심은 논마늘이다. 논마늘은 일찍 나오지만 물러서 장마가 지나도록 저장하기 힘들고 늦게 나오는 밭마늘은 저장성이 높지만 값이 비싸다. 특히 가장 먼저 나오는 풋마늘은 양념을 하기에는 아직 마늘 냄새가 연하여 그냥 날로 된장을 찍어 먹거나 장아찌용으로 많이 쓰인다.

마늘장아찌는 겉껍질만 까고 통으로 담가도 되는데 아무래도 먹을 때 편리하기는 까서 담그는 게 낫다. 신선한 어린 마늘을 속껍질까지 깨끗이 까서, 식초와 소금 섞은 물을 부어 놓는다. 그 물이 노르스름하게 바뀔 즈음, 그 물을 반쯤 다른 그릇에 덜어 내고 진간장과 조선간장, 설탕 등을 적당히 넣는다.(마늘을 삭힐 때에 식초에 초록빛이 돌기 시작하면 상하는 징조이므로 빨리 다른 양념을 넣어야 한다.) 간을 맞추는 것은 역시 먹어 보면서 해야 한다. 모든 양념을 덜컥 다 넣지 말고, 짠맛 나는 간장과 단맛 나는 설탕, 반쯤 따라 놓았던 식초물을 조금씩 번갈아 넣으며 맛의 균형을 맞추어야 한다. 이때 간을 맞출 때에는 조금 달고 짜다 싶어도 된다. 왜냐하면 처음에 식초와 소금 약간으로 삭혔기 때문에 익으면서 마늘에 밴 식초 맛이 우러나온다.

그대로 두었다가 마늘 속까지 간이 들면 꺼내 먹는데 대개 8, 9월 정도면 먹을 만하다. 마늘장아찌는 보관성이 좋아서 냉장고에 넣지 않아도 이삼 년을 너끈히 보관할 수 있다.

이 시기 마늘종도 같이 나온다. 마늘종도 같은 방법으로 삭혀 마늘장아찌와 함께 넣어 놓고 먹어도 된다. 또 다른 방법으로는 소금과 설탕 섞은 물에 삭히는데, 노랗게 익으면 꺼내어 고춧가루, 물엿이나 설탕, 깨소금 등으로 무쳐 먹는다. 시장에서는 양념한 마늘종도 팔고 노랗게 삭힌 마늘종도 파는데, 내 입맛에는 아무리 양념을 다시 하려 해도 짜다. 집에서 만들어 먹어야 자기 입맛에 맞는 간을 할 수 있다.

나는 어머니가 해마다 마늘장아찌를 석 접씩 담그는 걸 보고 자랐다. 그래서 나도 겁 없이 마늘 한 접을 샀는데, 일요일 하루 종일 까고 또 까도 끝이 나지 않았다. 한 접이면 백 개, 한 개에 최소한 여섯 쪽 내지 열쪽이니 얼마나 많은 양인가. 어머니는 그걸 어떻게 석 접씩 깠을까? 얻어먹을 때는 하지 않던 어머니 생각을 했다.✻

자연이 베푸는 축복, 오곡의 진한 맛

휴가의 마지막 날을 멋지게

올해 설에 친정에 갔더니 어머니가 이러신다.

"올해 대보름에는 오곡밥 안 할란다. 검은 나물이나 조금 하든가…… 이제 힘도 들고 먹을 사람도 없고……."

하긴 어머니가 벌써 일흔여섯이다. 오곡밥이야 내가 해 먹으면 그만이지만 어머니가 힘이 들어 무언가를 자꾸 그만두어야 한다는 게 조금은 서글프다. 하지만 그것 또한 자연의 순리인 것을 어쩌겠는가. 설 지나고 대보름 오듯, 이제 오곡밥과 검은 나물을 모두 내 손으로 해야 할 날도 머지않은 듯싶다.

정월 대보름 음식은, 적(炙), 식혜, 한과 등 화려하고 격식을 갖춘 설 음식에 비하자면 참으로 소박하기 이를 데 없는 음식이다. 비싼 동물성 재료와 화려한 기교를 배제한 채 오로지 식물성 재료 그 자체를 즐기는 음식들이다.

우리 농경 사회에서 대보름이란, 농군들 겨울 휴가의 마지막 날이란다. 설부터 보름 동안 먹고 마시고, 대보름이 지나면 씨앗 고르고 논밭을 돌보며 농사일을 시작한다. 그러니 설이 지나면서 조금 잦아들었던 축제 분위기는 대보름을 앞두고 다시 뜨기 시작한다.

대보름의 세시 풍속은 앞으로 다가올 한 해를 대비하는 것들이다. 새벽부터 일어나 남들보다 먼저 더위를 팔고 풍물패들은 집집마다 다니며 지신을 밟고 액막이를 한다. 하루 종일 생야채는 먹지 않는데 김치조차 안 먹는다. 생야채를 먹으면 쐐기 같은 벌레에 쏘인단다. 부럼을 이로 깨물어 건강을 기원하고 쥐불을 놓아 해충을 없애고 봄을 앞당기며 달을 보고 풍흉을 점친다. 이날부터는 남들보다 일찍 움직일 자세를 가다듬어야 하고, 특히 덥디 더운 여름날을 대비해 마음을 단단히 먹어야 하는 것이다. 식전부터 귀밝이술을 한 잔씩들 했으니 하루 종일 분위기는 흥청거린다. 이날 정월 내내 놀던 연을 줄을 끊어 날려 보내면서 긴 휴가와 아쉽게 작별한다.

그러니 음식도 이러하다. 오곡을 고루고루 섞어 밥을 짓는 것은 온갖 곡식이 다 잘 되기를 기원하는 것이고, 흔히 검은 나물이라 부르는 말린 나물들은 따뜻한 계절에 겨울을 대비해 장만한 것들이니 이제 이것을 먹으며 겨울을 마감하자는 의미가 아닐까. 이제 조금만 지나면 우수, 경칩이 지나고 새로 봄나물이 돋기 시작한다. 자연이 내려 주신 식물들 그대로의 맛을 느낄 수 있는 음식들을 이날 먹는 것은 너무도 당연해 보인다.

쪄 먹는 온갖 찰곡식들

오곡밥은 부드럽지만 싱거운 흰쌀밥과 달리, 잡곡 자체의 진한 맛으로 먹는 음식이다. 콩, 팥, 차조, 기장, 수수, 찹쌀 등을 넣는데 대부분 찰곡식이므로 물을 붓고 끓이면 흐무러지지 쉬우므로 찜통에 찌는 방식으로 익힌다. 그러려면 모든 잡곡을 하루 정도 불리고 팥은 단단하여 자잘한 곡식에 비해 잘 익지 않으므로 미리 삶아 놓아야 하고, 아주 부드러운 밥을 원하는 사람은 수수도 한번 삶아 놓는 것이 좋다. 그렇기 때문에 슈퍼마켓에서 오곡밥용으로 여러 곡식을 섞은 채 파는 것을 사다 하면 모든 잡곡이 고루 잘 익은 질 좋은 오곡밥을 기대할 수 없다.

잡곡들은 돌 고르기(석발)가 안 되어 있으므로 씻을 때 반드시 조리질을 해야 하는데, 이것이 좀 귀찮은 일이다. 특히 조나 기장처럼 자잘한 것들은 돌도 흙이나 모래 수준의 것이 섞여 있다. 조리질을 겁내지 말 것. 나는 초등학교 5, 6학년 즈음에 처음 조리질을 해봤는데, 별 연습 없이 쉽게 할 수 있는 것이었다. 물과 곡식이 섞이면 곡식은 가라앉게 마련인데 (기름기 때문에 물을 먹지 않는 깨를 제외하고는) 윗물만 조리로 휘휘 저으면 곡식들은 물 흐름에 따라 약간 떠서 함께 움직이고, 돌과 모래는 아래에 여전히 가라앉아 있다. 위에서 움직이는 곡식만 건져 내는 원리인데, 한번만 보면 누구나 할 수 있는 일이다.

이렇게 준비된 재료는 모두 찜통에 넣고 찐다. 일단 웬만큼 익힌 다음 소금물을 위에서 골고루 뿌려 간을 맞추고 다시 한 번 가열하여 김을 올리면 완성이다.

찜통이 번거로우면 압력밥솥을 이용하는 편리한 방법이 있기는 하다. 앞서 약식을 압력 밥솥에 하는 방법을 설명한 바 있는데 오곡밥도 같은 방법이다. 모든 재료를 압력밥솥의 절반 이하로 넣고 물과 소금을 넣는다. 밥물은 재료가 겨우 잠길 정도이며 소금 간은 섞인 물을 조금 먹어 보고 적당한 수준으로 넣으면 된다. 가열을 하여 압력이 생기기 시작한 후, 추가 달랑거리고 움직이기 직전에 불을 끈다. 밥솥이 식어 스스로 압력이 다 잦아들 때까지 기다렸다가 밥솥을 열고 뜨거울 때에 아래와 위의 것을 고루 뒤섞는다. 이렇게 하면 솥 바닥까지 하나도 눌어붙지 않고 찰곡식도 흐무러지지 않는다.

고난도의 기술, 검은 나물

오곡밥은 기름에 볶은 검은 나물이나 기름 발라 구운 김과 먹어야 제맛이다. 도시 사는 사람들이 쐐기가 무서워 김치나 생야채를 먹지 못할 이유는 없지만, 희한하게도 김치를 오곡밥이나 찰밥과 함께 먹으면 쓴맛이 돈다.

검은 나물은 종류도 가지가지이다. 시래기, 토란대, 애호박 오가리, 가지, 아주까리처럼 밭에서 수확하여 말린 것들도 있고, 취, 다래순, 얼레지, 고사리처럼 산에서 뜯어 말린 것들도 있다.

이것들을 삶아 기름에 볶은 나물들은 고난도의 음식이다. 사실 고기나 생선은 재료 자체가 달착지근한 단백질 맛을 풍부하게 지니고 있어서 어떻게 익혀도 맛이 있다. 그러나 말린 나물들은 재료 자체가 얕은 맛이 있는 게 아니어서 요리 솜씨에 맛이 죽고 사는 음식이다. 쉽게 맛을 내자면 화학 조미료나 복합 조미료를 많이 쓰면 되겠지만, 그래서는 재료의 자연스러운 맛이 잘 살지 않는다. 게다가 나물을 삶는 정도, 기름의 종류와

양, 불의 온도, 볶는 시간, 조선간장의 양 등이 잘 맞지 않으면 뻣뻣해지거나 흐무러져 버리고 간도 잘 맞지 않는다.

이것저것 웬만큼 해 먹는 나도, 검은 나물만큼은 아무리 해도 어머니가 한 것처럼 되지 않는다. 특히 정월 대보름의 검은 나물은 특별히 맛있는데 그 이유를 어머니에게 물어봤더니 역시 비법이 있기는 했다. 들깨가루를 갈아 체에 밭쳐 나온 뽀얀 들깨국물에 볶는다는 것이다. 어머니는 그러고서도 성에 차지 않아 약간의 화학 조미료를 쓴다. 내가 해 보니 역시 들깨국물은 나물의 맛을 고소하고 부드럽게 해 주는 좋은 비법이었다. 그러나 나는 화학 조미료를 쓰지 않고 새우와 고운 멸치를 말려 가루를 낸 것을 조금 섞었더니 비교적 비슷한 맛이 되었다.

밀양백중놀이와 '빵과 인형 극단'

곡식 자체의 맛을 즐기는 것은 대보름 때에만 하는 것은 아닌 듯했다. 음력 7월 보름이 백중인데, 그때 밀양에 가면 밀양백중놀이를 볼 수 있다. 거기에서는 오곡밥에 넣는 것보다 훨씬 더 많은 종류의 온갖 잡곡들을 볶아 소쿠리에 담아 여기저기에 놓아둔다. 백중놀이를 구경하던 구경꾼들이 입이 심심하면 마음대로 집어먹으며 오독오독 씹어 먹는다.

대보름이 한 해 농사의 첫 시작 직전에 벌이는 축제라면, 백중은 논농사의 마지막 과정을 마치고 벌이는 축제이다. 요즘은 제초제를 쓰기 때문에 손으로 김매기를 하지 않지만 예전에는 논농사를 지을 때 김매기를 세 차례나 했다고 한다. 그중 세 번째 김매기는 음력 7월 초에 하게 되는데, 양력으로는 7월 말이나 8월 초이니 매우 더운 시기이다. 더운 김이 확확 올라오는 논에 엎드려 며칠 동안 김을 매는 일은 얼마나 힘들겠는가. 이렇게 세벌 김매기를 끝내고 나면 이제 추수 때까지는 김을 매지 않아도 된다고 한다. 이미 계절이 새로운 잡초가 많이 돋아나기는 힘든 때가 되었고 조금씩 돋아나는 잡초들도 벼에게 기세가 꺾여 그다지 큰 힘을 발휘하지 못하는 것이다. 음력 7월 보름인 백중은 바로 이때이다. 이제 호미를 씻고 추수 때까지 기다리기만 하면 된다. 이제는 하늘이 도와주기만 하면 되는 것이다. 이러니 백중이 어찌 즐겁지 않겠는가. 예전에 두레를 모아 일을 할 때에는 그 두레에서 가장 일을 잘한 일꾼을 뽑아 소에 태우고 축하했다고 한다. 밀양백중놀이에서 먹는 볶은 곡식의 맛은 꼭 대보름 오곡밥을 닮았다.

흥미롭게도 나는 이 비슷한 맛을 전혀 예상하지 않은 곳에서 맛보았다. 미국의 진보적인 극단인 '빵과 인형 극단' 의 내한 공연 때이다. 빵과 인형 극단은 이름 그대로 인형을 많이 쓰는 극단이다. 인형은 실내용의 작은 인형들도 있고, 야외에서는 사람이 직접 머리 위나 전신에 탈처럼 쓰고 나오기도 하고, 사람보다 몇 배가 큰 대형 인형을 여러 사람이 들고 행진을 하기도 한다. 1960년대 미국의 반전 운동과 학생 운동이 한창일 때에 빵과 인형 극단은 시위대에 앞장서서 거리를 휘저으며 다녔고 미국과 서구 근대 문명의 한계를 비판하는 작품들을 주로 만들었다. 1960년대 반전 운동의 분위기를 그린 영화 「헤어」에 시위대 행진 장면에서 잠시 등장하는 거대한 인형이 바로 빵과 인형 극단의 인형이다.

이름에서 '인형' 은 그렇다 치고, '빵' 은 뭔가 궁금하실 것이다. 이 극단은 공연 때마다 야외 무대 한구석에 벽돌로 화덕을 만들어 놓고 직접 빵을 구워 관객과 나눠 먹는다. 빵은 이스트를 넣지 않은 것으로, 성경에 나오는 그대로 '누룩 없는 빵' 이다. 말하자면 이들의 공연은 그저 날이면 날마다 돈만 내면 볼 수 있는 연극 시장의 상품이 아니라 같은 땅을 딛고 같은 하늘을 이고 살아가는 사람들과 공동의 관심사를 공유하는 의식이라는 생각일 것이다. 연극의 본연의 모습이 바로 이것이었으니까. 이렇게 보자면 이들의 연극관과 활동은 1970년대에 탄생한 우리의 마당극 운동과 매우 흡사하다. 서로 정보도 주고받은 바 없을 텐데, 어쩌면 지구의 반대편에서 이처럼 비슷한 운동을 하고 살았는지 신기하다. '빵과 인형극단' 이라는 이름도, 우리 식으로 하면 '밥과 탈 놀이패' 쯤 되지 않을까. 1960~1970년대가 전성기였던 이 극단은 이제 도시의 활동을 접고 스코트 니어링과 헬렌 니어링이 살던 버몬트 농장에 공동체를 이루고 산다.

이 극단이 1991년에 처음 한국에 와 공연을 했다. 국립극장 야외에서 공연을 했는데, 그때도 야외 한구석에 벽돌로 화덕을 만들고 빵을 구웠다. 공연이 끝나고 드디어 말로만 듣던 그 따끈한 빵을 한 쪽 먹어 봤는데 오곡을 거칠게 갈아 구운 빵이었다. 이스트를 넣지 않았고 설탕도 넣지 않았으니 빵이라고 하기보다는 오히려 구운 떡에 가까운 맛이었다. 이 잡곡 덩어리 빵 맛은 밀양에서 먹던 그 볶은 곡식 맛, 대보름 오곡밥 맛을 꼭 닮았다.

동서양을 막론하고 곡식을 상품이 아니라 자연의 축복으로 여기는 이들의 음식은 참 비슷하다.✻

파란 하늘, 빨간 지붕

싱싱한 것의 마지막 계절

어머니와 할머니가 바쁘지 않은 때가 있었으랴마는, 특히 가을이 되면 뭔가를 말리느라 아주 바빴다. 추석 전부터 김장 즈음까지 말리는 것이 수도 없었다. 여름에는 뭔가를 널어 말리기에는 기온과 습도가 너무 높아 썩기 일쑤고, 겨울이 되면 너무 추워서 얼어 버리니 가을에 모든 것을 다 말려야 했던 것이다. 싱싱한 것이 생산되는 마지막 계절인 가을, 어머니와 할머니는 이렇게 겨울을 준비했고 나는 서울내기였지만 수확의 계절, 가을의 부산하고 풍성한 분위기를 해마다 만끽했다.

고추 말리기

추석 전에 말려야 하는 가장 중요한 것은 고추이다. 어머니는 아파트로 이사를 간 지금까지도 고추는 직접 말려야 직성이 풀린다. 아무리 태양초라고 해도 집에서 말린 것처럼 빛깔 좋고 향이 살아 있는 고추를 어디서 구하겠는가.

경동시장 같은 큰 시장에 가서 붉은 물고추(마르지 않은 고추)를 일일이 꺾어 보고 냄새 맡아 보고 산다. 우리 식구 입맛에 딱 맞는 고추를 고르기 위해서다. 우리 집 식구들은 모두 매운 것을 못 먹는다. 사실 고추는 매운맛으로 먹는 것이고 매운 고추라야만 고추 특유의 달착지근한 맛과 향이 살아 있는 법이건만, 매운 것에는 질색을 하는 전형적인 서울 입맛이니 전라도 출신인 어머니도 어쩔 수 없다. 어머니는 고추 파는 아저씨에게 "이거 매워요?" 라고 묻고, 그 아저씨가 "네, 아주 맵고 맛있어요." 라고 대답하면 사지 않는다. 고추 장수는 어머니의 유도 심문에 걸린 셈인데 이런 유도 심문에도 걸리지 않고 "아녜요. 이건 안 매운 고추예요." 라고 답할 때에만 어머니는 고추를 꺾어 보고 흥정을 한다. 맵지 않으면서도 달착지근한 맛과 향이 살아 있는 고추를 찾기란 여간 어려운 것이 아니다. 물고추 한 관을 사다 말리면 마른 고추 한 근이 나온다.(물고추는 375그램이 한 근이고 마른 고추는 600그램이 한 근이니 이런 계산이 나온다.)

하늘이 높아지면서 파래지면 붉은 고추가 빨랫줄과 채반마다 널렸다. 곯아 썩기 전에 속전속결로 말려야 하므로 해가 드는 방향을 찾아다니며 채반을 이리 옮기고 저리 옮겼다. 어떤 때에는 대문 밖 골목에도 놓아두어야 하고 기와 지붕 위에도 올려놓아야 한다. 내가 네댓 살 무렵, 대문

밖에 거의 다 마른 고추를 마지막으로 널어놓으면서 나한테 "너 여기서 흙장난하면서 고추 좀 봐라." 하셨단다. 아직 골목들이 포장이 되지 않아 여기저기에 앉기만 하면 흙장난을 할 수 있었던 시절이었다. 나의 어렴풋한 기억에도 젊은 아저씨 한 분이 오셔서 흙장난하는 나에게 이런저런 말을 걸면서 놀아 준 기억이 있다. 다 마른 고추는 그 틈에 사라졌다. 이인일조 고추 도둑이었다. 남의 집에 널어놓은 고추까지 도둑질해 가던 시절의 이야기이다. 1960년대 중반만 해도 그랬다. 대문을 잠깐 열어 놓은 틈에 부엌까지 들어와 은수저를 싹쓸이해 간 적도 있으니 대문 밖 고추야 무슨 대수랴.

고추 말리는 며칠 사이에 어쩌다 날이라도 궂으면 온 집안이 부산을 떨어야 했다. 덜 마른 고추는 방에 들여 불을 때면서 며칠을 말려야 했기 때문이다. 아직 날이 추워지지 않았는데 방은 덥고 고추 매운내가 진동했다. 태양초로서는 조금 하자가 생겼으나 그래도 어쩌겠는가, 날씨 탓인 것을.

이렇게 어렵사리 말린 진짜 태양초는 고추 꼭지가 파르스름해서 금방 티가 나고 가루를 빻아도 아주 색이 검지 않고 주홍빛이 돈다.

도리지로 하얀 지붕

추석 즈음에 말려야 하는 것이 가지와 애호박이다. 가지는 껍질째 길쭉길쭉, 애호박은 생긴 대로 동글납작하게 썰어 날것 그대로 말린다. 서울 지방 사람들은 별로 좋아하지는 않지만 영남 지방 사람들은 고구마순과 토란대도 이 계절에 말린다. 이보다 좀 앞서서 고춧잎, 아주까리잎 같은 것들도 차례차례 손질해서 데쳐 말려야 한다.

이렇게 썰어 말리거나 데쳐 말리는 정도는 일도 아니다. 정말 손이 많이 가는 것은 도라지이다. 우리 집은 도라지볶음을 말린 도라지로 했다. 생도라지를 볶으면 도라지의 뻣뻣한 느낌이 가시질 않고, 쓴맛과 단맛이 아주 강하다. 그에 비해 말린 도라지를 불려서 볶으면 도라지의 향은 살아 있으면서도 쓴맛과 단맛이 줄어들고 볶은 나물의 감촉도 부드럽다.

도라지도 경동시장에서 산다. 요즘은 껍질째 있는 도라지는 일반 시장에는 없지만 경동시장에는 아직도 포댓자루에서 막 풀어놓은 도라지를 판다. 이런 도라지를 몇 관씩 사 와 마당에 펼쳐 놓으면 손 가진 사람들은 다 나와서 껍질을 까야 한다.

지금이라면 진초록색 수세미로 문질러 까면 될 듯한데, 그때는 그런 수세미가 없었기 때문에 깔깔한 망사 옷감 조각으로 문질러 껍질을 벗겼다. 가느다란 도라지를 하나하나 손을 대어 까는 것은 손이 엄청나게 많이 가는 귀찮은 일이다. 굵직하게 잘생긴 놈이면 그래도 나은데 두세 갈래로 뿌리가 갈라진 것들은 정말 귀찮다. 이렇게 깐 도라지를 죽죽 결대로 찢어 널어 말린다.

채반은 있는 대로 다 나와야 하고 심지어 여름에 쓰던 대발이나 왕골자리까지 다 끌어내어 장독대와 지붕 위에 펼쳐 놓고 나물들을 널었다. 9월에 고추 말리느라 붉었던 지붕은 10월 내내 하얗다.

이것이 끝이 아니다. 도라지가 끝나고 나면 엿기름을 길러 말렸다. 겉보리를 사다가 며칠 동안 푹 불렸다가 우묵한 바구니에 담아 축축한 면보자기 같은 것을 덮어놓으면 뾰족하게 싹이 트기 시작한다. 싹이 트기 시작하면 바구니 속이 뜨뜻해지도록 온도가 올라가는데 너무 온도가 올라가면 썩어 버리므로 자주자주 바구니를 흔들어 뒤섞어 주어야 한다. 너무 말랐다 싶으면 물을 좀 더 적셔 주어야 하는데, 그렇다고 물에 담가 놓아도 안 된다. 하얀 뿌리와 뾰족한 싹이 6, 7밀리미터 정도 자라면 채반에 쫙 펴서 바짝 말린다. 다 마른 엿기름은 더 싹이 트지 않으니 그대로 보관하면 된다.

이렇게 말린 나물 거리들과 엿기름 말린 것은 이제 설날부터 대보름, 한식 때까지 큰 명절 때면 톡톡히 제 몫을 할 거리들이었다.

아직도 뭘 말려?

김장 때까지는 말리는 일이 끝나질 않는다. 10월 말에는 늙은 호박을 사다 길게 썰어 말려 오가리를 해야 겨울에 떡을 해 먹을 수 있다.

늙은 호박 오가리를 말린 후 11월이 되면 메주를 쑤는 계절이다. 메주 덩어리들도 초장에 바짝 잘 말렸다가 띄워야 푸른곰팡이가 생기지 않고 잘 뜬다.

11월 하순 김장철이 가까워오면 무가 맛있어진다. 이때 무말랭이를 말린다. 무를 썰어 말리느라 또 지붕이 하얗다. 이제 마지막으로 김장철에 나온 무시래기만 말리면 한 해의 채소 말리기는 끝이 난다. 이제 김장을 마치고, 연탄 들이고 연탄 배달 아저씨들이 흘린 검댕이를 닦아 내느라 집안 전체의 물청소를 하고 나면 어머니도 한숨은 돌릴 수 있었을 게다. 신정 때까지 스무 날도 더 남았으니까.(그때 우리는 신정을 쇠었다.)

가을 내내 집안에 온갖 채소들이 마르느라 그 냄새로 진동하는데, 학교에서 돌아온 나는 냄새만으로도 오늘은 무엇을 말리고 있는지 다 알 수 있었다.

나도 그 흉내를 내느라고 뭔가 조금씩은 말린다. 밭에서 난 고추와 고춧잎이 아깝고, 깨끗하고 맛있는 시래기가 먹고 싶어 김장하고 난 무청을 널어 말린다. 물론 어머니에 비하면 소꿉장난 수준이지만.✻

우리 집 비법, 오이냉국과 게장

백인백색 손맛

음식은 마치 사람의 얼굴 같다. 사람 얼굴이 백인백색인 것처럼 음식 맛도 집집마다 다 다르다. 김치 안 먹고 사는 집이 없건만 집집마다 김치 맛이 모두 다른 것을 보면 정말 신기하다. 하긴 사람 손맛이 어떻게 똑같을 수가 있겠는가. 규격화되지 않은 핸드 메이드만이 가지고 있는 매력이 바로 이것이리라.

우리 친정집도 다른 집과 다른 독특한 음식들이 몇 가지 있다. 아주 평범한 음식인데, 우리 집만의 독특한 방법으로 독특한 맛을 내는 음식 말이다. 차갑게 먹는 음식으로 두 가지만 소개할까 싶다.

조선간장으로 간을 한 오이냉국

하나는 냉국이다. 한 끼라도 국 없이 못사는 대한민국의 애 '국' 자들은 여름엔 냉국을 찾는다. 사실 냉국이란 게 별 것 아닌 것 같은데 맛있게 하기는 쉽지 않다. 대개 음식점에서 나오는 냉국은 소금물에 오이만 띄워 아무 맛이 없거나 지나치게 새콤달콤하여 오이 자체의 맛을 없애 버리거나 하는 경우가 많다. 우리 집은 전혀 다른 방법으로 냉국을 만든다.

냉국 재료로는 오이나 미역을 기본으로 하는데 가지나 다른 야채를 쓰는 사람들도 있다. 나는 오이와 미역을 섞는 냉국을 가장 좋아한다. 오이의 차고 신선한 기운과 미역의 부드러우면서도 상큼한 느낌의 조화가 좋기 때문이다.

냉국을 먹는 여름철에 오이는 제철이어서 지천에 깔렸지만, 미역은 물미역이 나는 철이 아니어서 마른 미역을 불려서 써야 한다. 보통 많이 쓰는 양식 미역 말린 것을 쓰는 것이 무난하다. 줄기까지 붙은 것을 넓적하게 말린 비싼 자연산 미역은 미역국을 끓일 때에는 맛이 있지만 냉국으로는 별 차이가 나지 않기 때문이다.

우선 양식 미역 말린 것을 물에 넣어 새파랗게 불려 놓는다. 오이 채 썬 것과 잘게 썬 미역을 찬물에 넣는 것까지는 누구나 안다. 문제는 국물 맛이다. 우리 집 냉국 맛의 핵심은 간장이다. 집에서 담근 조선간장을 쓰는 것이다. 들척지근한 맛을 좋아할 경우에는 왜간장을 약간만 섞어도 좋으나, 너무 많이 섞으면 왜간장 냄새가 많이 나서 조선간장의 깔끔한 맛이 살지 않는다. 간장으로 간을 하면 국물 색깔부터 맛깔스럽고 설탕이나 화학 조미료를 안 넣어도 된다. 소금으로 간을 하는 냉국에는 설탕과 식초로 간을 하고 그러고서도 맛이 나지 않으면 화학 조미료를 넣게 된다. 그러나 간장을 넣은 냉국은 간장 자체가 만들어 내는 복잡한 맛 덕분에 설탕이나 화학 조미료를 넣지 않아도 그런 허한 느낌이 없다. 오히려 설탕을 넣으면 개운한 느낌이 사라지고 얕은 맛만 생긴다.

요즘은 조선간장을 쓰지 않는 사람이 워낙 많아지다 보니 간장 푼 찬 국물이 맛이 있을까 생각할 수도 있겠다. 하지만 옛날에는 땀 많이 흘려 맥 빠진 사람에게 우물물에 간장 풀어 마시게 했다고들 하니 소금보다는 간장 푼 국물이 훨씬 먹을 만하다는 걸 옛날 사람들은 알았던 모양이다.

식초는 당연히 들어간다. 거기에 파와 마늘, 깨소금을 넣고 식성에 따라 고춧가루를 약간 넣어도 괜찮다. 이런 오이 미역냉국은 그냥 먹어도 좋고 찬밥을 말아 먹어도 맛있다.

달지 않은 양념게장

우리 집의 또 하나 독특하게 맛깔진 음식은 게장이다. 흔히 게장이라고 하면 두 가지를 떠올린다. 하나는 간장에 담근 짭짤한 간장게장, 다른 하나는 고춧가루와 물엿 등을 듬뿍 넣어 매콤달콤하게 무친 양념게장이다. 그러나 나는 또 한 가지 방법을 알고 있다. 양념을 넣어 무치는 게장인데 전혀 달지 않고 개운하다. 우리 친정집에서 게장은 이 또 한 가지 방법으로만 해 먹었다.

맛있는 활어 꽃게를 사는 것까지는 어느 게장이나 마찬가지이다. 날것으로 먹으려면 게가 싱싱해야 한다. 솔로 게를 구석구석 깨끗하게 손질해야 하는 것도 기본이다.

관건은 양념인데, 우리 집의 비법은 보통의 양념간장과 똑같이 하는 것이다. 조선간장, 진간장, 고춧가루, 파, 마늘, 깨소금을 섞는다. 설탕이나 물엿은 전혀 넣지 않고(심지어 할머니는 게와 설탕이 상극이라 함께 먹으면 죽는다는 말이 있다고까지 하셨다. 그러고는 "죽기는 왜 죽냐, 못 먹어 죽지." 하는 말을 덧붙이시면서.) 고춧가루도 과다하게 넣어 걸쭉해지면 안 된다. 그저 양념간장을 만든다고 생각하면 가장 적당하다.

여기에 게를 무쳐서 바로 먹는 것인데, 어머니는 먹기 편하게 하기 위해서 게 몸통의 살을 일일이 손으로 빼내어 무쳤다. 간장과 어우러진 싱싱한 게살은 달착지근하기 이를 데 없는데, 비싼 암게로 무치면 주황빛의 달착지근한 장(알) 맛은 어디에도 비할 바가 없다. 간장게장의 게살은 이미 짭짤하게 절여진 맛이지만, 이 방법의 게장은 게살의 달착지근함이 고스란히 살아 있다. 또 달고 매운 양념게장은 밥을 비벼 먹을 수 없지만 이렇게 간장에 무친 게장은 어리굴젓 먹듯이 밥 위에 얹거나 비벼 먹는 것이 가장 맛있다.

간장게장처럼 손이 많이 가는 것도 아니고 양념게장처럼 양념 배합이 복잡한 것도 아니다. 게는 재료 자체가 맛있는지라 그저 깔끔한 양념을 해도 맛있다. 이 방법이야말로 생생한 게 자체의 맛을 가장 확실하게 즐길 수 있는 방법이다.

덤 하나, 밥도둑놈 간장게장

그러나 게무침은 딱 하루 이틀뿐이다. 사흘 정도 지나면 싱싱한 맛이 사라진다. 그래서 나는 시장에 가서 게를 사는 김에 두 가지를 한꺼번에 한다. 무쳐서 바로 먹을 게장과 열흘 이상 두고 먹을 게장. 열흘 이상 두고 먹을 게장은 짭짤한 간장게장밖에 없다.

간장게장의 재료로는 원래 민물에서 나는 참게를 최고로 친다. 하지만 국산 참게는 놀라 자빠질 정도로 비싸다. 양식도 아닌 자연산, 공해 없는 민물에서 일일이 손으로 잡아야 하니 그 값이 무리는 아니지만, 나 같은 서민은 도매 시장에서 저게 참게구나 하고 그냥 지나쳐야 한다. 그럼 음식점에서 참게게장이라고 파는 것은? 당연히 대부분은 중국산 참게이다. 보통 많이 쓰는 것은 꽃게인데 사실 활어 꽃게 값도 장난이 아니니 가장 만만한 것이 돌게이다.

사실 돌게로 담근 간장게장은 꽃게게장에 비해 독특한 매력이 있다. 껍질이 좀 얇고 살이 많은 꽃게와 달리, 돌게는 크기가 작고 껍질이 두껍고 딱딱하며 색깔도 거무튀튀하거나 불그죽죽하다. 찌개를 끓이면 별로 먹을 게 없고 양념게장도 할 수 없지만 간장게장을 담그면 살이 무르지 않고 쫀득해서 아주 맛있다.

간장게장을 잘 담그려면 여러 약재나 재료를 간장과 함께 달여 담근다고 하지만, 집에서야 어찌 그렇게까지 해 보겠는가. 나는 그저 기본적인 맛을 내는 방법으로 한다. 그것은 그리 복잡하지 않다.

살아서 버르적거리는 돌게를 사다가 칫솔 같은 것으로 깨끗이 닦는다.(그때까지도 힘센 놈들은 살아 있다.) 병에 게를 차곡차곡 넣고 조선간장과 왜간장, 끓인 물을 넣는다. 간장게장에는 반드시 집에서 담근 조선간장이 들어가야 하며, 따라서 간을 맞추기 위해서는 약간의 물을 섞어야 한다. 감칠맛을 위해 약간의 설탕을 넣기도 하는데 그것은 지나친 짠맛이 약간 가실 정도로만 조금 넣어야 한다. 대개 음식점이나 시장에서 파는 간장게장은 첫 맛이 혀에 착 감기라고 설탕이나 인공 감미료를 과도하게 넣어 금방 질려 버린다.

게가 푹 잠기도록 간장물을 부은 후 하루 뒤에 간장국물만 따라 팔팔 끓인다. 끓이지 않은 음식이라 사나흘 놓아두면 상해 버릴 수가 있기 때문이다. 간장국물을 끓일 때에 마늘이나 양파 등의 양념을 넣는다. 끓인 국물은 차게 식혀서 다시 게에 부어 놓는다. 다시 이틀쯤 후에 한번 더 같은 방법으로 끓여 붓고는 냉장고에 보관하면서 먹는다.(게장을 꺼내 먹다가 신선도가 떨어질 듯하면 이런 방법으로 국물을 끓여 다시 부으면 된다.)

담근 지 일주일 정도가 되면 간장이 게의 속살까지 배어들어 먹을 만해진다. 요즘 간장게장의 인기가 높아지면서 음식점에서 간장게장을 많이 파는데, 어떤 곳에서는 속까지 간장이 푹 배지 않고 살짝 절이기만 한 게장을 내놓는 것을 보았다. 게장 맛이 너무 짜서 부담스럽다고 생각했던 모양이다. 하지만 속살에 간이 배지 않으면 빨갛게 양념에 무친 양념게장의 시원한 맛과 차별성이 사라져 간장게장으로서의 매력을 느끼기가 힘들다. 아무래도 간장게장 맛은 짭짤한 맛으로 먹는 것이다.

무친 게장이든 간장게장이든 그런 밥도둑놈은 없다. 아무리 입맛이 없는 날이라도, 그것 한두 도막이면 밥 한 공기는 뚝딱 사라진다. 작년에는 넉넉히 만들어 두었다가 직장에 가져와 점심시간에 동료들과 함께 먹었다. 구내식당 반찬을 투정하다가도 게장만 꺼내 놓으면 두말 않고 간장까지 숟가락으로 퍼다가 싹싹 밥을 비벼 먹는다. 여름 내내 우리 집 게장에 길든 내 옆방 사람들은 가을 회식 때 고급 한식집에서 내놓은 냉동 꽃게로 담근 간장게장을 먹으면서 (나는 잠자코 있었는데) 다들 한마디씩 타박을 했다. 너무 달다, 살이 물렁거린다, 너무 싱겁다 등등. 참, 입맛들은 귀신이다.✻

정성덩어리, 도토리묵

대단한 우리 할머니

대부분의 열매가 그러하듯 도토리도 해거리를 한다. 한 해에 흉년이 들면 그 다음해는 반드시 풍년이다. 매해 많이 열리는 것이 나무에게도 부치는 일인 모양이다. 다람쥐도 아닌데 도토리를 놓고 풍년이니 흉년이니 할 일이 뭐 있겠는가 하겠지만, 도토리묵을 직접 만드는 우리 어머니 같은 사람에게는 신나는 일임에 틀림이 없다. 가을이 되면 청설모나 다람쥐들과 경쟁이라도 하듯 도토리를 주우신다. 하지만 노인이 주우면 얼마나 줍겠는가. 몸살 나지 않을 만큼 산짐승들의 겨울 먹이는 남겨 놓고 줍는다. 양이 모자란다 싶으면 도매 시장에서 도토리를 더 산다. 이것으로 어머니는 도토리묵을 만든다. 집에서 만든 도토리묵은 전국 어느 것과도 비교할 수 없도록 정말 맛있다.

도토리묵 이야기를 하면 돌아가신 할머니 생각이 난다. 십수년 전 돌아가신 우리 할머니는, 칠 년 동안 자리 보전을 하다 돌아가셨는데, 자리에 눕기 시작한 것이 바로 도토리묵 때문이었다. 도토리묵을 한다고 양동이로 물을 길어 붓는 일을 과도하게 하셨던 모양이다. 몸살이 나서 누우시더니, 그러고서는 일어나시지 못한 채 칠 년을 앓으시다가 돌아가셨다.

할머니는 성격이 대단했다. 매우 논리적이고 깔끔했으며 새로운 것을 배우는 일을 두려워하지 않는 분이었다. 언변도 좋았고 부지런했으며 결단력도 대단했다. 돌아가신 후에는 칠팔 년 동안은 가끔 내 꿈에 출연하셔서 뭔가를 제대로 안 했다고 다그치곤 하셨다.(멀리 가셨는지 요즘은 잘 안 오신다.) 그런 시어머니를 모시느라 우리 어머니는 매우 고생을 하셨겠지만 나와 언니는 가끔 "우리 할머니가 신교육을 받았으면 아마 대학 총장 정도는 했을 거야." 하고 아쉬워했다. 아흔이 가까워지는 연세에도 "죽으면 썩어질 몸뚱아리, 아끼면 뭐 하냐?" 하시면서 쉬는 법이 없으시더니 마지막까지 그 성격대로였다.

우리 할머니를 과로로 몸져눕도록 만들 만큼 도토리묵 만드는 건 참 힘들고 손이 많이 가는 일이다. 그래서 나처럼 먹는 거라면 물불을 안 가리는 사람도 아예 해 먹을 생각조차 안 하는 종목 중의 하나인데, 그래도 눈은 있어서 어떻게 해야 맛있는 묵이 되는지는 안다.

100퍼센트 도토리면 다 같은 묵이라고요?

단풍놀이하면서 도토리 줍는 것까지는 재미있는 일이다. 도토리는 대개 두 가지 종류이다. 하나는 동그랗고 굵은 상수리이다. 참나무에서 열

리는 열매인데, 잎이 길쭉하여 밤나무 잎과 비슷하다. 다른 하나는 할머니가 가닥도토리라고 불렀던 그림책에 많이 나오는 뾰족하게 생긴 도토리 마치 팽이처럼 생긴 도토리가 있다. 나뭇잎이 넓적하고 알은 자잘하다. 지금이야 두 가지를 구별해서 묵을 만들지는 않지만, 할머니는 상수리묵과 가닥도토리묵을 늘 구별해서 말씀하셨던 것으로 보아 맛이 꽤나 차이가 났던 모양이다. 당연히 굵고 통통한 상수리가 맛있단다.

주워 오든 사 오든, 하여튼 도토리가 몇 말이 되어야 일단 일을 시작해 볼 수 있다. 몇 말이나 되는 도토리 껍질 까는 데부터 큰일이다. 겉껍질이 약간 마른 후에 널찍한 돌멩이로 문질러서 대충 깨 버리고 나머지를 골라 일일이 손으로 까야 한다. 알이 좀 굵은 상수리는 좀 나은데 뾰족하게 생긴 가닥도토리들은 정말 귀찮다. 밤처럼 속껍질까지 깔 필요는 없다. 겉껍질만 까기도 힘이 든다.

그 다음 공정은 그것들을 믹서에 곱게 갈아 거르는 일이다. 좀 많이 할 때에는 일일이 믹서를 돌릴 수 없어서 아예 방앗간에서 갈아 오기도 했다. 이렇게 갈아 놓은 도토리를 체와 무명 헝겊을 이용하여 잘 걸러 뿌연 물만 남긴다.

도토리묵의 쫀득한 맛을 내는 것은 이 공정에서 결정된다. 흔히 사람들은 도토리 100퍼센트만 따진다. 하지만 같은 도토리로 해도 맛이 달라지는 것은 얼마나 곱고 세심하게 거르느냐에 달려 있다. 파는 도토리가루는 고운 체로 거르고 만 것이지만, 어머니는 체로 거른 다음 다시 무명 자루에 넣고 한약 짜듯 쥐어짜서 정말 곱디고운 도토리물만 모은다. 그래야만 고운 녹말만 모을 수 있고 묵을 쑤어도 쫀득한 맛이 살아 있는 것이다. 이 거르는 과정을 대충대충하면 그리 쫀득해지지 않는다.

이렇게 거른 도토리물을 가만히 놓아두면 녹말 앙금이 가라앉고 위에는 누런 물이 생긴다. 윗물을 따라 버리고 다시 새 물을 부어 놓으면 또 앙금이 앉는다. 그러면서 윗물 색깔이 점점 맑아지는데 하루에도 여러 번씩 물을 갈아 대면서 한 사흘 정도 계속해야 한다. 이걸 하려면 온 집안의 함지박과 양동이를 다 꺼내 놓고 양동이로 물을 길어다 나르는 고된 일을 계속해야 한다. 할머니는 바로 이걸 하시다 몸살이 난 것이었다. 이 공정은 도토리 앙금에서 떫은맛을 우려내는 것이므로 이걸 성실하게 안 하면 묵이 떫어진다.

사나흘 이 과정을 반복한 후 윗물을 따라 버리면 아래의 단단한 앙금만 남는다. 이 앙금을 방바닥에 한지나 비닐을 펴고 며칠 동안 정성 들여 말리면 빠닥빠닥한 묵가루가 된다. 이것을 일 년 내내 보관하면서 필요할 때마다 묵을 쑤어 먹는다.

그냥 사 먹고 만다?

묵을 쑬 때는 가루와 물을 6:1 혹은 7:1 정도의 비율로 섞어 쑤는데 앙금 거르는 것을 곱게 한 것일수록 가루를 적게 풀어도 된다. 덩어리가 지지 않도록 찬물이 잘 푼 후, 약간의 소금을 섞어 주걱으로 저으며 가열한다. 풀떡풀떡 끓기 시작하면 불을 낮춰 사오 분 정도 뜸들이듯 저으며 끓인다. 그것을 하루 정도 식히면 쫀득한 묵이 되는 것이다.

묵 양념은 담백해도 좋다. 흔히 음식점에서는 오이나 양파 등을 섞고 달착지근하게 무쳐 내오는 경우가 많다. 그것도 괜찮은 맛이다. 그러나 집에서는 조선간장과 왜간장을 섞어 파, 마늘, 깨소금, 고춧가루, 참기름을 섞은 양념장에 담백하게 무치는 것을 더 좋아한다. 워낙 묵 맛이 좋으니 그 자체를 즐기고 싶은 것이다.

아직도 나는 도토리묵을 해 볼 엄두가 나지 않는다. 맛있는 가루를 판다면 나는 그냥 사 먹고 말 것이다. 글쎄 모르겠다, 어머니가 더 늙으시고 시장 묵가루가 마음에 들지 않으면 이 맛을 못 잊고 나도 도토리 주우러 다닐지도…….✻

사라질 듯 사라질 듯, 홍옥과 고산시

홍옥을 기억하시나요?

어릴 적 기억 속의 먹을거리가 어찌 요리된 음식뿐이겠는가? 사람의 손을 거쳐 가꾸어지고 품종 개량이 되는 과일도 세월 따라 사라지고 생겨나는 것들이다. 어릴 적 입맛을 상기시켜 주는 과일을 고르자면 무엇보다도 홍옥 사과가 아닐까 한다.

뭐니뭐니 해도 우리 나라 과일의 대표 선수는 사과와 배이다. 그중 사과야말로 품종에 따라 맛이 아주 다양한 과일이다. 우리는 삼십 년 전만 해도 지금과는 아주 다른 사과를 먹고 살았다.

혹시 '홍옥' 이라는 이름을 기억하는가? (지금 새삼스레 말하고 보니, 꼭 예쁜 여자 이름 같다.) 나는 아직도 사과 중의 최고는 홍옥이라고 생각한다. 이름처럼 새빨간 구슬(紅玉)처럼 고와서 과일 가게에서 유난히 돋보이는 사과이다. 삼십 년 전만 해도 사과의 대표 품종은 홍옥이었다. 크기가 작지만(그땐 지금처럼 알이 굵은 품종이 별로 없었다.) 맛은 달면서도 새콤한 맛이 강하다. 신맛으로 치자면 아마 사과 중에 으뜸일 것이다. 그러나 그만큼 단맛도 강하여 아주 맛이 진한 사과이다.

무엇보다도 기막힌 것은 향기인데 그 향은 타의 추종을 불허한다. 신맛과 단맛이 어우러진 강한 향은 이 사과를 다시 찾게 하는 매력 포인트이다. 다른 사과보다 껍질도 얇고 육질도 연하며 속살은 노르스름하다. 어릴 적에는 어디 깎을 틈이나 있었는가. 그저 사과를 하나 통째로 들고 껍질째 와작 깨물어 그 시고 달고 향기로운 즙을 빨아먹는 걸 좋아했다.

그런데 홍옥은 육질이 너무 연해서 오래 보관을 할 수 없는 게 흠이다. 조금만 부딪쳐도 금세 벌겋게 멍이 들어 버리고, 가을 한 철이 지나면 물컹하게 썩어 버린다.

초가을이 지나면 빨간 단풍잎과 함께 홍옥은 사라진다. 그러고 나면 겨울 내내 국광이라는 사과를 먹게 된다.(이 이름은 더더욱 새삼스러울 게다.) 신맛이 적은데 단맛도 향기도 모두 적고 육질이 단단하지만 물이 많지 않아 요즘 부사에 비하자면 아작거리는 맛이 적다. 그러나 어쩌랴, 그 시절엔 그것밖에 없었는데. 그렇지 않으면 비싸기만 하고 더 맛이 없는 연둣빛 나는 인도사과란 품종을 먹어야 했다. 인도사과는 그저 시지 않고 당도가 매우 높다는 것밖에는 아무런 장점도 갖고 있지 못한 뻑뻑한 사과였는데, 시지 않고 달다는 이유만으로 고급 사과 취급을 받았다. 귀한 것은 더 먹고 싶은 법. 아이 시절에는 이것이 꽤나 먹고 싶은 신기한 사과였다. 1970, 80년대의 아이들 고무줄 노래 중 '딱따구리구리 마요네즈 / 마요네즈 케첩은 맛있어 / 인도 인도 인도사이다……' 하는 우스꽝스러운 노래가 있다. 서양식 먹을거리에 대한 아이들의 넘쳐흐르는 욕구를 잘 보여 주는 노래인데, 아마 여기에 나오는 '인도사이다' 도 '인도사과' 에 '사이다' 가 결합된 말이지 않을까 싶다. 그것 말고는 또 무슨 사과가 있었나……. 가을철 한때 잠깐 보였다 사라지는 노란 사과인 골덴과 요즘 '홍월' 과 비슷한데 모양은 번지르르하나 정말 맛이 없는 스타킹이라는 종류도 생각난다.

상황이 이러하니 부사라는 사과가 중원을 평정한 것은 너무도 당연해 보인다. 홍옥이나 인도사과만큼 달고 물도 많고 아작아작한데 게다가 육질까지 단단하여 오래 보관할 수 있으니 말이다. 하지만 부사는 국광처럼 별 향이 없는 사과이다. 기본을 충실히 갖춘 우수한 모범생이지만 새콤한 자극과 매혹적인 향이 사람을 자극하는 홍옥의 매력 같은 것은 갖고 있지 않은 사과인 것이다.

흘러간 매혹의 스타

흘러간 옛 노래 못 잊듯이 흘러간 매혹의 스타 홍옥을 잊지 못하는 나 같은 사람들이 꽤 있는 모양이다. 부사가 완전히 사과계의 지존으로 떠오른 후에는 홍옥이 가게에서도 자취를 감추었는데 근래 들어 10월 중순부터 말까지 아주 잠깐 홍옥이 얼굴을 내민다. 찾는 사람이 있다는 이야기다.

상인들이 면장갑 낀 손으로 몇 번만 문질러 놓으면 그 새빨간 것이 어찌나 반짝거리는지 과일 가게 전체가 환해진다. 그걸 본 사람들은 도저히 그냥 지나칠 수가 없어 발길을 멈춘다. 크기에 비해서 값도 꽤 비싼데 나이 지긋한 아주머니들이 홍옥을 만지작거린다. 상인들도 "이거 팔면 홍옥은 끝이에요." 하면서 유혹한다. 사과를 고르는 아주머니들은 "아유, 홍옥이 다 있네!" 하고 감탄하며 향수 어린 표정을 짓고 "잼 만들면 향이 좋아서 맛있어." 하면서도 사과잼 만들기에는 아깝게 예쁜 놈으로 고르기에 여념이 없다.

아주머니들 말마따나 사과잼은 새콤하고 향도 있어야 하니 홍옥을 따라갈 게 없다. 사과를 분쇄기나 녹즙기, 강판 등으로 갈아서 설탕 넣고 끓이면 되는데 얄팍얄팍하게 썰어서 끓여도 쫄깃하게 씹히는 맛이 있어 좋다. 물은 넣지 말아야 하며 설탕을 사과와 같은 비율로 거의 들이붓듯이 넣어야 한다. 설탕을 넣고 타지 않게 약한 불에서부터 시작하여 불을 올리면서 한참을 저으며 끓인다. 처음에는 설탕 때문에 사과에서 우러나온 액즙이 냄비에 흥건하다가 계속 끓으면 증발되고 사과잼의 걸쭉한 형태로 변한다. 설탕의 양과 끓이는 시간이 충분하면 상온에 두어도 상하지 않는다. 좀 덜 단 사과잼을 먹고 싶으면 설탕을 적게 넣고 만들어서 소포장으로 냉장실과 냉동실에 나누어 보관하면 된다.

아무리 잼이 맛있어도 싱싱한 홍옥을 처음부터 끓이는 것은 너무 아깝다. 여러 개를 사다가 날로 깎아 먹고 즙을 짜 먹으며 싱싱한 향을 즐기다가 육질이 물러진 것이 있으면 그것으로 잼을 해도 좋을 것이다.

작고 까만 못생긴 곶감

어머니가 애써 골라 사 준 곶감 맛도 잊을 수가 없다. 해마다 겨울이 되면 그 곶감 맛이 생각나서 괜히 경동시장을 어슬렁거리기도 했다. 어머니가 골라 준 곶감이 특별히 맛있는 이유가 있다. 일일이 먹어 보며 애써 골랐기 때문이기도 하지만, 특별히 맛있는 종류를 기억하고 있다가 반드시 그것을 샀기 때문이다. 그게 바로 고산시이다.

대표적인 곶감의 명산지는 상주나 영동이다. 시장에서 곶감이라고 하면 무조건 상주시(尙州柿)라고 할 만큼 상주시는 우리 나라 곶감의 대명사이다. 그에 비해 고산시는 요즘은 구경도 할 수 없을 정도로 귀하다.

고산시(高山柿)는 전북 완주군 고산면과 동상면 등지에서 나는 곶감을 말하는데, 시장에서는 주로 고산시라고 하지만 그곳에서는 고종시라고 한다. 아예 지역만 다를 뿐 아니라 감의 종류가 다른 것이어서 이제는 원산지와 무관하게 특정 종류의 곶감을 일컫는 말이 되었다. 말하자면 상주에서 나는 곶감이라고 해도 상주시와 고산시가 따로 있는 셈이다.

둘의 차이는 눈으로도 확인된다. 상주시는 약간 투명한 느낌의 발간 빛깔이어서 보기에도 맛깔지다. 그런데 고산시는 크기가 작고 검은빛이 돌 정도로 육질의 색이 진하고 하얀 시설(柿雪)이 많이 앉아 있다. 그러니 외양의 볼품은 별로 없고 잘 모르는 사람은 말라비틀어진 묵은 곶감이라고 여기기 쉽다. 외관의 차이는 시장에서만이 아니라 인터넷에 올려진 사진으로도 확연히 구별될 정도이다. 당장 우체국 쇼핑몰처럼 토산품이 많은 사이트에 가서 곶감을 검색해 보라. 수백 종의 곶감 중 주로 상주와 영동에서 나는 발그스름한 곶감이 주를 이루고 두어 가지만 고산시인데 동상곶감, 고산곶감, 고종시라는 이름이 있으면 그게 고산시이다. 사진에서부터 까만 것에 흰 칠을 해 놓은 것 같고 자질구레하고 못생긴 곶감인데 값은 비싸다.

보기에는 영 상품성이 떨어져 보인다. 그러나 맛을 보면 아주 다르다는 것을 알 수 있다. 다른 곶감과는 비교할 수 없을 정도로 아주 달고 쫀득하다. 보통 가끔 속이 비어 있거나 껍질이 질긴 느낌의 곶감을 만나기도 하는데, 고산시는 그런 법이 없다. 늘 속은 꽉 차고 껍질 부분까지 고르게 쫀득하다.

고산시로 담근 환상적인 수정과

고산시는 다른 곶감에 비해 값이 비싸고 물량도 많지 않다. 특히 최근에는 더더욱 찾기가 힘들어져, 경동시장의 그 많은 곶감 가게 중 두어 군데 있을까 말까이고, 그나마 늘 있는 것도 아니다. 어머니는 내가 결혼한 직후에도 곶감 좋아하는 작은사위 먹으라고 고산시를 사다 주었는데, 이삼 년 전에 그 생각이 나서 경동시장을 헤맨 적이 있었다. "고산시 있어요?"를 입에 달고 다니면서 가게마다 들락거렸는데, 대부분의 상인은 거두절미하고 "없어요." 한다. 그런데 어떤 좌판 상인 하나가 고산시가 있단다. 그러더니 빨갛고 굵은 좋은 곶감을 꺼내 놓고 고산시라고 거짓말을 한다. 아무 말 안 하고 그냥 나왔다. 아마 젊은 여자가 고산시를 찾으니 무언지도 모르고 그냥 이름만 듣고 찾는 것이라고 생각한 모양이다.

결국 딱 한 군데에서 고산시를 만났는데 품질에 비해 너무 값이 비싸서 포기했다. 그날 산 건 결국 만만한 중국산 곶감이었다. 중국산 곶감도 쫀득한 맛이 좀 떨어질 뿐 그럭저럭 먹을 만한데, 우리 나라 곶감 기술자들이 중국에 가서 생산을 하여 질이 좋아졌기 때문이란다. 동네 과일 가게에서 낱개로 파는 납작한 모양의 곶감은 거의 중국산이다.

곶감은 반건조되어 말랑할 때부터 쫀득해질 때까지 모두 맛있다. 그래도 겨울에 곶감으로 할 수 있는 가장 맛있는 음식은 역시 수정과일 것이다. 생강 저민 것과 통계피를 끓여 생강물을 만드는데 차게 식히면 매운 맛이 줄어들므로 보통 생강차보다는 좀 진하게 만든다. 여기에 설탕을 넣어 간을 맞춘다. 완성된 수정과의 물보다 조금 덜 달다 싶게 설탕을 넣어야 한다. 곶감을 넣으면 곶감의 단맛이 우러나와 더 달아지기 때문이다. 그렇다고 너무 싱겁게 만들면 곶감에서 단맛이 다 빠져나와 곶감 맛이 없어진다.

곶감은 꼭지를 따고 가운데에 잣을 박아 놓는다. 식은 생강물에 곶감을 넣고 닷새 정도가 지나면 곶감에 생강물이 배어 말랑해지고 맛도 어우러진다. 취향에 따라 다르겠지만 나는 숟가락으로 건드리면 탁 터져 물에 풀어질 정도로 말랑해진 곶감을 좋아한다. 그러나 수정과가 이 상태가 되면 그다지 오래 보관할 수가 없다. 그래서 전통 찻집에서는 생강물을 끓여 놓았다가 호두말이를 한 곶감 한 쪽을 띄워 놓고는 수정과라고 내놓는 경우가 많다. 그래서 나는 밖에서는 수정과를 사 먹지 않는다.

단맛이 강한 고산시는 수정과를 해 놓아도 맛있다. 곶감이 풀어져 생강물과 섞인 매콤달콤 향긋한 수정과는 거의 예술이다. 하지만 그냥 먹어도 너무 맛있는 고산시는 수정과를 해 먹기 아깝다 싶을 정도이다.✻

5

즐거운 시장 구경

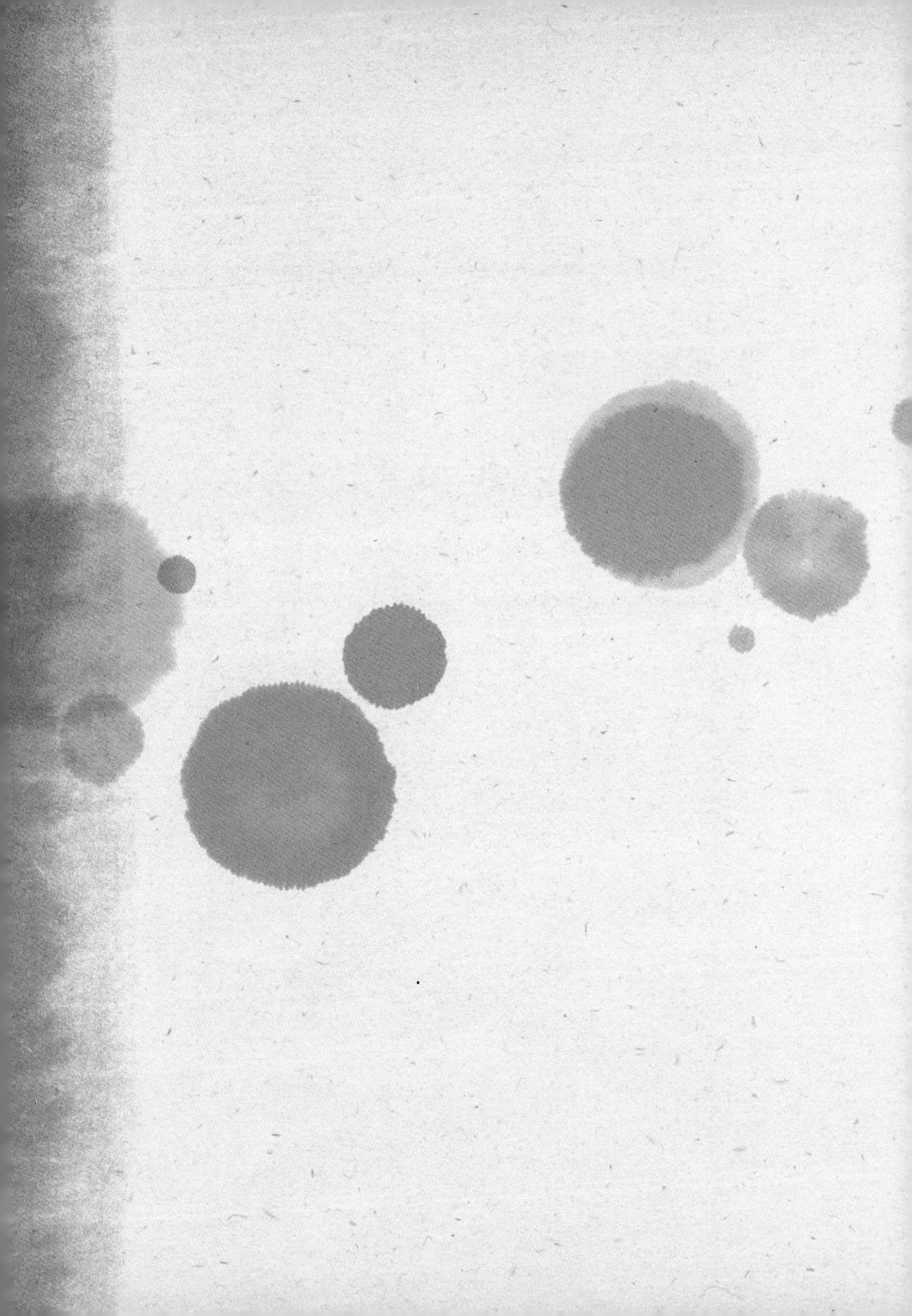

나의 시장 편력기

재래시장 어슬렁거리기

나는 재래시장 구경하기가 취미이다. 기분이 울적해지면 버스를 타고 경동시장이나 청량리시장에 가서 한 보따리 사 가지고 들어온다. 북적거리는 사람들 틈에서 싱싱한 먹을거리들을 보면 기분이 상쾌해진다. 어쩌다가 대형 슈퍼마켓에 가게 되어도 물건들을 스티로폼 용기와 랩으로 깨끗하게 포장하여 진열해 놓은 냉장 진열대가 아니라 매장 가운데에서 제철에 많이 나오는 물품들, 표고니 느타리 따위를 왕창 쏟아 놓고 파는 곳을 더 좋아한다. 생기발랄한 북적거림도 좋지만 직접 물건을 만져 보고 사는 그 기분이 무엇보다도 좋다.

어릴 적 어머니를 따라 주로 다니던 시장은 안암동시장이었는데 좀 많은 물건을 사야 하는 때에는 경동시장을 갔다. 경동시장은 농산물이 많이 모이는 도매 시장으로 고추나 마늘, 인삼 등이 유명하고 서울의 동북부 지역의 상인들이 이용하는 가장 큰 시장이다. 시장의 크기도 매우 넓어 제기동 끄트머리의 경동시장부터 청량리 로터리의 청량리시장으로 연결되어 있기 때문에 커다란 한 블록 전체가 모두 시장이다. 골목골목마다 품목의 종류가 달라서 생야채 파는 골목, 과일 파는 골목, 해물, 약재, 마른 고추, 어떤 곳은 아예 식당 납품용 공산품만 파는 골목도 있다. 게다가 답십리 방향으로 길을 건너면 수산물 시장까지 있으니 그 일대가 모두 도매 시장인 셈이다.

내가 자라던 1960, 70년대에는 지금처럼 유통 체계가 발달하지 않아서 우리 어머니들은 꼭 유명한 시장에 직접 가서 샀다. 예컨대 한복감은 동대문 광장시장으로 가야 했고, 기성복은 남대문시장으로 가는 식이었다. 먹을거리도 고추나 마늘, 야채는 경동시장을 이용했지만, 김이나 마른 미역, 북어, 곶감 등 건어물을 사려면 을지로 4가의 중부시장으로 가야 좋은 물건을 살 수 있었다.

어머니를 따라 늘 경동시장을 다니며 살았기 때문에 웬만큼 작은 시장이나 가게들은 성에 차지 않는다. 값은 비싼데 물건이 다양하지도 싱싱하지도 않은 것이다. 마치 요즘 대형 할인점을 이용하다가 동네 구멍가게로 발길이 가지 않는 것과 같은 이치이다.

중앙시장을 어슬렁거리다

시장과의 인연은 참 깊다. 나는 초등학교 때부터 차를 타고 학교에 다녔다. 집은 신설동이고 학교는 을지로 6가였다. 버스를 타려면 청계천 5

가나 6가까지 와야 했는데, 그러다 보니 늘 시장통을 통과해야 했다. 땅콩을 볶아 파는 도매상, 타월 전문점, 맞은편에는 포장재나 문구 도매상들이 즐비한 곳을 지나면 본격적으로 평화시장과 방산시장이 있는 청계천에 도달한다. 그곳은 털실 도매상, 단추 등 봉재 부자재 도매상 등 온갖 전문 상가들이 늘어서 있다. 6가의 끄트머리에는 유명한 헌책방 블록이 있었다.

재수가 없었던지 중학교도 멀리 배정되었다. 이번에는 약수동 로터리이다. 버스가 있기는 하지만 친구들과 재잘거리는 재미로 그 먼 거리를 종종 걸어다녔다. 친구들 집은 주로 신당동이었고, 나는 중간쯤에서 친구들과 작별하고 혼자 신설동까지 걸어왔다. 그 중간에 중앙시장이 있다. 그때에서야 중앙시장도 경동시장 못지않은 엄청난 규모의 시장임을 알았다.

역시 농산물이 주 품목인 중앙시장도 골목골목이 다른 품목들이었다. 어느 골목에 들어서면 개고기만 즐비하고, 또 어느 골목은 배추와 무뿐이었다. 또 어떤 곳에 잘못 들어가면 대낮부터 호객 행위하는 색시집들이 즐비했다. 큰 길로 돌아 배명고등학교 쪽으로 걸어가면 자개장에 박는 자개만 전문으로 파는 가게가 즐비했다. 거꾸로 한양공고 쪽으로 가면 식칼, 흙손, 괭이 등을 만들어 파는 대장간과 철공소들이 있다. 지금 생각하면 무슨 마음이었는지 모르지만 중학교 교복을 입은 채로 가끔 시장에 쭈그리고 앉아 사과를 골라 사 오기도 하고 작은 종지 같은 값싼 그릇을 사다 어머니에게 주기도 했다. 참 그때 중학생들은 시간이 많았다.

고등학교 배정은 더 재수가 없었다. 학교가 구의동이어서 버스를 두 번씩 갈아타고 한 시간 반이나 걸렸다. 학교에서 버스로 한번에 올 수 있는 곳이 하필 경동시장이었고 다시 버스를 기다리기 싫으면 천천히 걸었다. 일과가 피곤해진 고등학생 때부터는 시장에서 어슬렁거리는 짓은 하지 않았는데, 그래도 일 년에 한 번씩은 경동시장에 들렀다. 작약꽃을 아주 싸게 파는 때가 있는 것이다. 경동시장에 어울리지 않게 웬 작약꽃이냐고 하겠지만 그 골목은 약재를 파는 골목이었고 약재로 쓰는 작약 뿌리를 수확하는 시기에 그 위에 달린 탱탱한 작약 꽃망울을 단으로 잘라 함께 팔았다. 물론 값은 무지무지 싸고(한 단에 50원이었던가 100원이었던가?) 그냥 야채처럼 신문지에 둘둘 싸 주는 식이었다. 물을 채워 놓고 팔던 것도 아니었으니 꽃망울은 시들시들한데 집에 들어오자마자 물을 가득 채운 양동이에 넣고 물을 뿌려 주면 한두 시간 후에 꽃들이 생기를 되찾는다. 그 한 단의 양이 어찌나 많은지 거의 한 항아리 가득이다. 송이로 치면 시른에서 마흔 송이 이상은 될 듯하다. 하루가 지나면 모두 꽃망울을 터뜨린다. 장관도 그런 장관이 없다.

유일하게 시장을 즐기지 못한 때가 대학 때였던 것 같다. 민족과 민중과 예술을 생각하느라 정신이 없었을 때였으니까.

결혼을 한 후 신혼 살림을 차린 정릉은 시장이 작았는데 다음 해 이사간 아현동은 커다란 도매 시장이 있는 곳이었다. 그곳은 주로 야채와 과일이었고 무거운 줄도 모르고 커다란 수박을 낑낑거리며 사다 먹었다.

고양시 원당의 신개발지 아파트로 이사를 간 후 얼마 동안은 시장도 없이 가게에서 물건을 사려니 정말 성에 차질 않았다. 그러다 가게 된 곳은 버스로 40분이나 걸리는 모래내시장이나 불광동 대조시장이었다. 그리고 지금 이천의 시골로 이사를 왔고 서울로 출퇴근을 하게 되었다. 이천에서는 텃밭에서 야채를 심어 먹게 되니 시장에서 모종이나 호미 같은 것을 파는 곳에도 기웃거리게 되었고 자동차를 가지고 다니니 출퇴근길에 구리 농수산물시장이나 가락동 농수산물시장 같은 대형 도매 시장도 다니게 되었다.

광천장의 해물과 젓갈

시장의 재미는 그 시장만이 가지고 있는 특산물을 발견할 때이다. 대형 도매 시장은 싱싱하고 많은 물산들이 흥미롭고 지방의 시장들은 그 지역 특산품들을 만나게 되어 반갑다.

그래서 나는 지방에 갈 때 반드시 그 지방의 시장을 들렀다 온다. 여행 다닐 주제는 못 되니 그저 특강 같은 일 때문에 지방에 간혹 가게 된다. 그런 경우는 시간이 빠듯하게 그저 정해진 일만 하고 다시 차를 타기 마련인데 나는 어쩌다가 한 시간이라도 짬이 나면 택시를 잡아 가까운 재래시장에 가자고 한다.

다른 시장에 다 있는 평범한 물건들은 그냥 지나치고 다른 곳에 없는 그곳만의 독특한 것을 구경하고는 짐이 되지 않을 정도로 부피가 작은 것을 한두 가지 정도 사 온다. 제천에 들렀을 때에는 생물 도감에서나 보던 싸리버섯을 처음 보고 신기한 마음에 사 왔고 제주도에서는 자리젓을, 목포에서는 갈치속젓을 사 왔다. 강원도에서는 시장통에 앉아 옥수수나 메밀전병을 사 먹고 포항에서는 시장의 허름한 식당에 들어가 물회를 시켜 먹는다.

최근에 재미를 붙인 시장은 충남 홍성과 광천이다. 어느 해 그곳의 대학에서 강의를 한 과목 맡아 매주 차를 몰고 내려가게 되었는데, 거기까지 갔다가 심심하게 그냥 올 수 없지 않겠는가. 주유소에서 기름을 넣으며 부근의 오일장 서는 곳을 물어보았다. 해미, 홍성, 광천 등이 모두 자동차로 15분 정도의 거리였는데, 장 서는 날이 각기 달라 잘만 하면 매주 다른 장을 구경할 수 있을 터였다.

세 군데 중 가장 재미있는 장은 광천장이었다. 바닷가 마을답게 독특한 서해안의 해산물이 풍부했다. 서울에서는 볼 수 없는 밴댕이가 생선가게마다 궤짝으로 쌓여 있고 그 지방 사람들이 '갱개미' 라고 하는 가오리 비슷한 생선(서울 사람들이 간제미라고 부르는 게 아닐까 싶다.)이 산 채로 그릇 속에 엎어져서 눈을 꿈적꿈적하고 있다. 주꾸미가 꾸물거리고 기어다니는 것도 처음 보았고, 회색빛으로만 알고 있던 바닷가재가 살아 있을 때 그렇게 찬란한 무지갯빛을 뿜어내는지도 처음 알았다.

아주머니들이 이고 나온 좌판의 해산물들은 갯가에서 갓 잡은 것답게 아주 싱싱하고 맛이 있다. 바지락과 굴은 값이 쌀 뿐 아니라 서울에서는 구경할 수도 없는 맛있는 것들이었다. 서울에서는 굴을 겨울에만 먹게 되는데, 그곳에서는 4월이 되기까지 자잘하면서 탱탱한 굴을 횟감으로 팔았다. 함지박에 담긴 채 분수처럼 물을 뿜어대는 바지락을 1~2킬로그램씩 사다가 집에서 끓여 먹어 보았다. 세상에! 이토록 통통하게 살 많은 바지락은 처음이다. 그저 조개만 끓이다가 소금과 마늘, 부추만 넣어 먹으면 되니 얼마나 편안한 음식인가. 밴댕이는 소금을 뿌려 구워 먹으면 고소하고, 소라는 데쳐서 초고추장에 찍어 먹으면 입에 달착지근한 맛이 퍼진다.

오일장이 서지 않는 광천장에서는 젓갈과 김을 전문으로 판다. 새우젓이 기본인데 광천 토굴에서 삭힌 것이라 아주 잘 삭은 맛있는 젓갈이다. 놀랄 만한 맛은 조개젓이었는데, 그곳 바지락이 그토록 맛있으니 조개젓 맛이 없을 리 없다. 김도 내가 좋아하는 반짝거리는 얇은 김이 서울의 도매 시장보다도 싸다. 잘 찾아보면 곤쟁이젓이나 자하젓, 낙지젓 같은 말로만 듣던 젓갈도 있다.

몇 푼 안 되는 강사료는 교통비와 점심값, 그리고 해산물 사는 값으로 다 쓰게 된다. 그래도 손해는 아니다. 먹는 게 남는 것 아닌가.✽

철 없는 딸기, 제철 시금치

흰 눈 속의 붉은 딸기

내가 재래시장을 좋아하는 까닭은 또 있다. 인공적으로 사시사철 밤낮없이 쾌적한 온도와 환한 불빛을 유지하는 대형 마트에서는 계절의 감각을 느끼기가 힘들지만, 춥고 덥고 바람 불고 비 오는 재래시장에서는 나의 감각이 제 계절의 감각으로 되돌아온다. 과일이고 야채고 모두 제철을 찾아 먹는 것은 매우 중요하다. 가장 건강하고 알찬 것들이기 때문이다. 하지만 요즈음은 오히려 제철을 찾아 먹는 것이 결코 쉬운 일이 아니다. 사람들은 모두 계절 감각을 잃어버렸다.

딸기를 엄청나게 좋아하는 네 살 난 어느 아이는 빨리 겨울이 와서 눈 오기를 학수고대한단다. 늦가을부터 딸기 사 달라고 조르는 아이에게 그의 부모가 "눈이 와야 딸기가 나온다. 그때 사 주마."라고 달랬기 때문이다. 젊은 그 부모는 실제로 눈이 올 때에 트럭마다 딸기를 내놓고 팔기 시작하기 때문이라고 말했다. 어릴 적 들은 옛 이야기 중에 병으로 죽어가는 부모가 한겨울에 딸기가 먹고 싶다고 하자 효자가 눈 쌓인 산을 헤매어 딸기를 따 오는 이야기가 있다. 흰 눈이 펄펄 날리는 겨울날 길가에 트럭을 세워 놓고 '인삼딸기', '한방딸기' 등의 이름으로 팔고 있는 딸기 장수들을 볼 때에 늘 이 이야기가 생각난다.

"눈이 와야 딸기가 나온다."라고 말했던 그 부모는 아마 "개나리 피면 참외 사 주마.", "4월 되면 수박 사 주마." 하고 말했을지도 모른다. 2월부터 토마토가 3월엔 참외가 과일 가게에 널렸고 4월에 들어서자 수박까지 그 대열에 동참한다. 4월에 교외로 조금만 나가 보면 '수박 두 통에 5,000원' 이란 팻말까지 붙여 놓고 이른바 '산지 판매' 를 하고 있다.

밭딸기는 없다

겨울부터 나오기 시작한 딸기를 나는 4월까지도 사 먹지 않는다. 나라고 곱고 향기로운 딸기를 먹고 싶지 않을 리 없다. 하지만 제철 과일을 먹겠다는 굳은 신념(?)으로 꾹 참는다. 5월이 되면 비로소 딸기를 사 먹을 것이다.

딸기철은 5월이다. 상인들은 이제 밭딸기, 노지(露地) 딸기란 없다고 단정적으로 말한다. 비닐하우스에서 재배한 딸기 다 팔고 나면 그만일 뿐 노지에서는 딸기를 키우지 않는다는 것이다. 하지만 아마추어인 내 눈으로 보더라도 제철인 5월이 되면 딸기 빛깔이 좀 달라진다. 초봄처럼 선명한 빨간색이 아니라 씨가 금빛으로 건강하게 반짝거려서 전체 색깔도 금

적색으로 바뀐다. 생김새도 좀 자연스러워지고 맛도 무조건 달기만 한 것이 아니라 딸기의 신맛이 살아 있고 향기도 강해진다.

상인 말대로 그게 진짜 노지 딸기는 아니겠지만 그래도 제철에 가까워 올수록 낮이 길어져 자신의 생육 조건에 가까워지고 비닐을 자주 열어 놓음으로써 햇빛이나 봄철 훈풍을 직접 쐬는 기회가 많아지지 않겠는가. 자연적인 조건에 가까워지면 식물은 제 빛깔을 내기 마련이다. 물론 그건 노지 딸기가 아니라 하우스 딸기의 끝물이기 때문에 내가 딸기를 사 먹기 시작하자마자 딸기는 시장에서 자취를 감춘다.

그러면 나는 손바닥만 한 우리 집 딸기밭에서 딸기가 나기를 기다린다. 우리 집의 진짜 노지 딸기는 그제서야 파란 빛깔에서 붉은 빛깔로 바뀌기 시작한다. 딸기가 많이 달릴 때에는 아침밥이 끓는 사이에 대접으로 하나 가득 따 온다. 물론 그 딸기는 매우 시고 향이 강하다.

철 없는 딸기, 누구에게 이득인가?

사람들은 왜 이렇게 어리석은 짓을 하는 걸까?

남들보다 빠르게 과일을 내놓고 비싼 값에 팔려고 돈 들여 인공적인 온실 재배를 하는 게 아닌가? 그런데 이제는 누구나 제철보다 빨리 재배하므로 값도 헐값이다. 한 근에 천 원에서 이천 원이라니, 그건 제철 가격인 것이다. 그럼 도대체 왜 온실 재배를 한단 말인가?

온실의 인공적인 조건에서 키운 작물은 허약하기 마련이고, 더 많은 농약과 비료를 써야만 키울 수 있다. 당도를 높이고 빛깔을 내기 위해 또 어떤 비법을 쓰는지 비전문가인 나로서는 알 수 없는 일이다. 남편은 초봄에 오이를 재배하는 비닐하우스에 들어가 본 적이 있는데 더운 공기에 농약이 안개처럼 뽀얗게 차 있더란다.(하긴 오이는 제철에도 병충해가 아주 많은 작물이니 온실 재배는 오죽하겠는가.) 그 끔찍한 광경을 본 후 절대로 여름이 아니면 오이를 먹지 않는다.

그렇게 키워 싼값에 팔자니 농민은 농민대로 곯고 그런 걸 먹자니 소비자는 소비자대로 곯는다. 정작 제철이 되면 건강한 제철 과일은 없다. 이 얼마나 바보 같은 짓인가. 누구에게도 이익이 되지 않는 일을 하고 있는 것이다. 단지, 봄이 가기 전에 봄옷이 지겨워져 남보다 먼저 여름옷 입고 나서야 직성이 풀리는 자본주의 사회의 속도 중독증, 남보다 조금 앞서가야 한다는 쓸데없는 조급증이 서로의 발목을 잡고 그 굴레에서 벗어나지 못하게 하고 있을 뿐이다.

시금치는 겨울에

아예 계절 감각을 잃어버리면 제철의 좋은 먹을거리가 있어도 발견하지 못한다. 마치 사철 국화나 장미가 나오니 가을 국화의 소중함을 모르고 오월 장미의 향기로움을 알지 못하는 것과 마찬가지이다.

어느 겨울날 음식점에서 산채정식을 사 먹었는데 상에 놓인 나물의 절반 이상이 제철이 아니었다. 애호박볶음, 생취나물 볶음, 돌나물(돈나물이라고 하기도 한다.)무침, 오이무침 등은 겨울철에는 온실 재배를 한 것이 분명하고 숙주나물과 콩나물 등은 늘 제철 없이 먹는 것이다. 산채정식이라고 이름을 붙였으면 겨울철엔 마른 취나 다래순, 고사리, 도라지 같은 것을 볶아 올리는 그야말로 겨울에 먹을 만한 산채가 몇 개는 올라와야 할 게 아닌가. 산채도 아닌 콩나물에 제철 아닌 생취가 웬 말인가.

음식점에서는 제철 나물을 선택하여 반찬을 바꾸는 일이 참 불안하고 번거로운 일인가 보다. 산채가 아니더라도 겨울철에 먹을 만한 나물은 꽤 여러 가지가 있다. 앞에서 말한 말려서 볶아 먹는 검은 나물만이 아니다. 물론 날이 추우니까 가짓수가 적기는 하다. 하지만 푸른 나물 중 시금치 같은 것은 겨울이 제철이고 단단한 육질로 짝 벌어진 봄동배추도 남부 지방에서는 겨우내 노지에서 키운다. 돌나물, 보리싹, 냉이 등이 제철이 되는 봄이 될 때까지도 얼마든지 싱싱한 나물을 해 먹을 수 있다.

한겨울 추운 날 시장에 가 보라. 짝 벌어져 푸른 이파리 속에 빨갛고 노란 심을 드러낸 시금치가 지천으로 깔려 있다. 깨끗한 것 고른다고 단정하게 묶인 시금치 사다가 다듬기 귀찮다고 밑동을 뚝 잘라 버리고 먹는 것, 특히 여름철에 퍼렇고 기다랗게 자란 시금치를 사 먹는 것은 정말 어리석은 짓이다. 시금치가 여름에 제철이 아닌 것은 아니다. 그러나 겨울 시금치는 대개 '포항초', '섬초' 같은 이름으로 나오는데 이것을 사 먹는 것이 현명하다. 흙이 묻어 지저분해 보이는 옆으로 짝 벌어진 시금치 맛과 비교하면 여름 시금치는 시금치도 아니다. 시금치는 전남 지방에 내려가면 푸른 이파리를 드러낸 채 밭에서 월동을 하는데 겨울을 나기 위해 온 힘을 다해 육질을 단단하게 하고 겨울 찬바람을 덜 맞기 위해 옆으로 퍼져 땅에 붙은 그 시금치가 진짜 맛있는 것이다.

뿌리 쪽의 붉은색 나는 부분을 가능한 한 잘라 내지 말고 다듬어서 미지근한 물에 씻으면 흙이 잘 씻긴다. 데칠 때에 뚜껑을 덮지 않는 것은 상식인데, 식성대로 먹기 좋을 만큼 데친다.

시금치 무칠 때 양념은 단순한 것이 좋다. 워낙 재료 자체가 맛있기 때문이다. 왜간장과 깨소금, 참기름 약간만 넣으면 된다. 식성에 따라서 파를 넣는 사람도 있고 고춧가루나 조선간장을 넣는 사람도 있는데, 맛이 하도 순해서 마늘조차 필요 없다. 양념을 많이 안 하는 것이 오히려 시금치 맛을 제대로 느끼게 한다. 이렇게 무친 겨울 시금치는 색도 곱고 예쁘려니와 고소하고 달착지근한 맛이 기가 막히다.

제철을 아는 것은 별로 어려운 일이 아니다. 조금만 눈여겨보면 알 수 있다. 재래시장에 물건이 싸고 많은 계절이 제철인 것이다.(딸기처럼 예외도 있지만.) 4월에 표고버섯은 가장 탱탱하고 양배추는 포기배추처럼 늦가을부터가 제철이고 토마토는 6월 말이 되어야 제 향기를 낸다. 철 없는 인간들이 철 없는 세상을 만든다.✻

먹갈치냐 은갈치냐, 그것이 문제로다

갈치조림은 사 먹는 음식?

늙은 호박이 있는 날, 나는 갈치를 사러 나선다. 갈치와 호박은 여러 가지로 잘 어울리는 재료이다. 모두 가을철에 맛이 있으며 두 가지를 함께 요리할 때 환상의 콤비가 된다. 우선 갈치 이야기부터 하자.

몇 년 사이에 갈치 요리를 파는 곳이 부쩍 늘었다. 이제는 웬만한 음식점 밀집 지역에는 다 갈치 전문점들이 들어섰다. 갈치 전문점은 육지 사람들에겐 낯선 음식인 '갈치회'와 낯익은 음식인 '갈치조림'을 주 메뉴로 내놓고 있다는 점에서 히트의 요소를 갖추었다 할 만하다. 새로움과 익숙함의 조화야말로 모든 대중적 소비의 근원이 아니던가.

그러나 사람들을 갈치 전문점으로 이끄는 건, 아무래도 낯선 갈치회보다는 익숙한 갈치조림 쪽인 듯싶다. 갈치회 하면 "그 비린 생선을 어떻게 회로 먹어?" 하던 사람들도 갈치조림에는 달착지근한 붉은 양념국물이 떠오르면서 군침이 돌게 마련이다. 그래서 그런지 갈치 전문점들이 성업을 하기 시작하자 무슨 가든, 무슨 회관이라고 이름 붙은 집에서도 너도 나도 '갈치조림 백반'을 내놓기 시작했다.

갈치조림이란 메뉴를 보면서 나는 '세상에! 갈치조림을 음식점에서 요리라고 내놓는 세상이 되었구나.' 하는 생각을 했다. 생선조림이란 집에서나 먹는 반찬이지, 음식점 메뉴 한복판을 장식하는 주 요리는 아니었으니까. 음, 이제는 집에서 갈치조림을 거의 해 먹지 않는다는 이야기구나 싶다. 왜 그럴까? 갈치가 워낙 비싸서? 한 마리에 칠팔천 원에서 1만 원은 주어야 웬만한 것을 만져 보니, 비싸기는 비싸다. 하지만 그보다는 집에서 해 먹기 귀찮아서가 주 이유일 듯하다. 미끄덩거리고 비린 생선 주무르기 싫어하는 사람들이 갈수록 늘어나는 것이 아닐까. 주무르기는 싫고 예전의 갈치조림 맛은 그립고, 그러니 음식점을 찾을 수밖에.

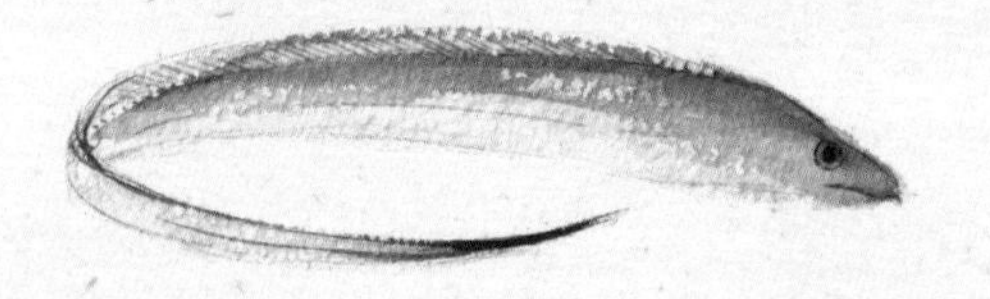

하지만 난 사시사철 갈치조림을 파는 것에는 그다지 구미가 당기지 않는다. 음식의 맛은 절반이 계절 맛이다. 갈치는 가을에 가장 맛있다. 그냥 소금에 절여 구워도 기름이 자르르 돈다. 여름철 갈치는 겉보기에는 멀쩡해도 구워 놓으면 빠닥빠닥 기름기 없는 갈치이기 십상이다. 사시사철 동일한 메뉴를 내놔야 한다는 것은 음식점의 딜레마이다.

은갈치 대 먹갈치

또 하나, 음식점 갈치조림이 그다지 내키지 않는 이유는 그것이 대부분 제주도 은갈치이기 때문이다. 이런 전문점들은 모두 '제주도에서 직송한 싱싱한 갈치'를 내세운다. 그게 좋은 횟감이기는 하다. 하지만 익혀 먹을 것이라면 난 은갈치보다는 먹갈치 쪽을 선택하겠다. 은갈치와 먹갈치는 눈으로도 식별이 가능하다. 은백색이 하얗게 선명한, 갈치치고는 너무도 예쁜 갈치가 은갈치이다. 제주도에서 낚시로 건져올린 것이어서 비늘 손상이 거의 없다. 어찌나 싱싱해 보이는지 금방 살아 움직일 것 같다. 그에 비해 목포에서 잡는 먹갈치는 그보다 색이 거무튀튀하고 그물로 건져올려 은색 비늘이 많이 벗겨져 덜 싱싱해 보인다. 하지만 맛은 먹갈치가 더 고소하고 달착지근하다. 값도 먹갈치가 더 비싸다.

제주도식 갈칫국을 끓일 요량이 아니라면 먹갈치 쪽이 낫다. 물론 이건 나의 입맛이다. 제주도 사람들은 너무도 당연하게 은갈치를 맛있는 것으로 친다. 먹갈치는 맛이 없다고 잘 먹지 않는단다. 제주도에서 살아 보지 않아 제주도에서 팔리는 먹갈치가 어떤 질인지는 알 수 없지만, 적어도 서울에서 구입하기에는 은갈치보다는 먹갈치가 조림용으로 낫다는 이야기이다.

나도 매번 먹갈치로만 조림을 해 먹는 것은 아니다. 그냥 시장에 있는 것을 사 와야 하니까. 그러나 가을에 마음먹고 수산 시장에 나갈 때면 가급적 먹갈치로 한 짝 산다.(이렇게 사려면 돈이 좀 들기 때문에 크게 마음을 먹어야 한다.)

늙은 호박 넣은 갈치조림

갈치 한 짝을 사 오면 일단 싱싱한 것을 도막내 조려 먹는다. 모든 생선조림이 그러하지만, 갈치조림의 양념하는 법도 대개 두 가지가 있다. 하나는 왜간장과 고추장, 설탕을 넣고 조리는 방법이다. 달착지근하고 입에 착 감기는 맛이 있다. 다른 하나는 조선간장과 고춧가루, 설탕을 넣고 조리는 방법이다. 왜간장과 고추장을 넣었을 때보다 맛이 칼칼하고 시원하다.

갈치조림에 빠질 수 없는 게 바로 무다. 사실 갈치와 무를 함께 조려 놓으면 갈치보다 무가 더 맛있다. 날이 쌀쌀해져서 맛이 들기 시작하는 가을 무 몇 쪽을 깔고 양념을 부어 조리면 갈치와 구수한 무 맛이 잘 어우러진다.

그런데 무만큼이나 잘 어울리는 야채가 바로 늙은 호박이다. 무 대신 늙은 호박을 넣으면 맛이 더 달고 구수하며 부드럽다. 무 넣고 조릴 때처럼 설탕을 넣었다가는 너무 달아진다. 물론 갈치보다도 호박이 더 맛있다. 그러니 내가 늙은 호박 있을 때에 갈치 사러 가는 것이다.

갈치가 은갈치일 때에는 해 먹을 음식이 한 가지 더 있다. 바로 제주도식 갈칫국이다. 갈치로 국을 끓이려니 아주 싱싱하고 비린내가 없는 것이어야 한다. 아무래도 싱싱한 은갈치가 낫다. 갈칫국은 제주도에 가서 딱 한번 먹어 봤는데, 예상 외로 시원하고 맛있는 국이었다. 집에 돌아와서 그때의 맛을 생각하며 끓여 보니 먹을 만하다. 은갈치에 늙은 호박을 숭덩숭덩 썰어 넣고 달착지근한 배추를 줄기와 잎째 결대로 손으로 찢어 넣어 끓이는 것이다. 여기에서도 늙은 호박은 갈치와 찰떡궁합이다. 제주도에서 먹어 본 것은 맑은 국물이었으니 소금 간이었을 터인데 나는 워낙 조선간장으로 간을 하기를 좋아해서 조선간장을 넣어 보았다. 끓일 때에 청주를 조금 붓고 끓였더니 비린내도 없고 화학 조미료가 없어도 간장 맛으로 감칠맛이 돈다. 이 정도면 짐작으로 끓인 국으로서는 훌륭하다.

싱싱하게 먹을 것을 남기고는, 나머지는 모두 깨끗이 다듬어 소금에 절인다. 한 짝이라고 해봤자 그리 많은 것이 아니니 긴 시간이 걸리는 것은 아니지만 그래도 싱크대와 도마에 비린내 묻히며 대가리 따고 내장 꺼내는 일이 번거롭기는 하다. 하지만 절인 갈치를 냉동실에 넣어 두고 몇 주일 동안 구워 먹을 일을 생각하면 이 정도를 못 참으랴. 한두 시간 비린내를 참으면 가을 내내 행복하다.✽

어떻게 해 먹어도 맛있는 굴

귤 한 상자를 어디에다 쓰려고?

지나가다가 트럭에 물건을 싣고 오는 행상을 만나면 곧잘 사곤 한다. 하루 종일 학교에서 보내고 오밤중에야 집에 들어가기 때문에 행상을 만나는 곳도 대개 점심 때 학교 앞 골목길 부근이다. 직장이 있는 석관동은 아직도 구멍가게와 연탄 보일러 쓰는 집이 남아 있어 트럭 행상들도 자주 드나들고 스피커로 호객 행위를 하면 동네 아주머니들이 모여들어 물건을 구경한다. 대개는 그냥 지나치지만 내가 필요한 물건이면 적극적으로 고개를 들이밀고 물건을 고른다.

물론 아무 행상에서나 물건을 사는 건 아니다. 식품 가게 품목을 이것저것 다 싣고 다니는 행상은 일반 가게보다 별로 싸지 않다. 단지 시장 가는 품만 덜어 줄 뿐이다. 그러나 한 가지 품목만 가지고 오는 행상, 즉 트럭 전체에 마늘만 가득, 동태만 가득, 총각무만 가득, 이런 식으로 싣고 다니는 행상들은 품질도 괜찮고 싱싱하며 값도 싼 경우가 많다. 그러면 점심 먹으러 가는 길이라도 물건을 골라 본다. 그래서 어느 날은 커다란 마늘 보따리를 들고 음식점에 들어가는 경우도 있다. 단골 식당 아주머니는 물건을 보고 싸게 샀네, 비싸게 샀네 하고 품평을 해 준다.

겨울에는 가끔 굴을 싣고 다니는 행상이 있다. 트럭 하나 가득 굴을 담은 스티로폼 상자를 싣고 다니며 판다. 트럭 옆에 '산지 직송' 같은 현수막이 걸려 있기도 하다. 이런 경우는 한두 근 단위는 팔지 않고, 최소 단위가 너 근을 담은 비닐 봉지 하나이다. 값이 싸고 질이 좋은 굴이면, 망설이지 않고 한 상자를 산다. 한 상자를 비닐 끈으로 묶어 들고 돈을 지불하면, 옆에 서서 물건을 고르던 아주머니들이 싱싱한 맛으로 먹는 굴을 저렇게 많이 사서 어쩌자는 건가 하고 걱정스러워하는 눈치이다.

하지만 별 걱정 없다. 굴은 먹을 수 있는 방법이 아주 많은 데다가, 어떻게 해 먹어도 맛있는 재료이기 때문이다. 굴을 많이 사서 후회해 본 적은 거의 없다.

생굴, 싱싱한 바다 냄새

아니다. 잠깐 후회하기는 한다. 일단 집에 갖고 오고 나서부터 할 일이 많아져 조금 괴롭다. 그 많은 굴을 다듬는 일이 매우 귀찮다. 짠물이 채워져 있는 채 그대로 냉장고 신선실에 보관하면 하루 이틀은 괜찮지만 그 이후엔 좀 불안하니 빨리 다듬어서 먹기 시작하는 게 좋다. 굴은 겨울이 제철인데, 겨울에 굴을 다듬으면 손이 무

척 시리다. 그렇다고 해물을 온수에서 다듬을 수는 없는 노릇이고, 굴 껍질까지 먹을 수는 없으니, 그냥 참고 잘 다듬는 수밖에 없다. 이런 과정이 귀찮으면 슈퍼마켓에 나와 있는 포장된 굴(대개 1,500원 정도)을 사 먹어야 하는데, 이것은 값도 비싸고 엄청나게 굵은 양식굴뿐이어서 용도가 한정적이다.

굴은 다른 조리가 필요 없다. 생굴 그대로 먹어도 얼마나 훌륭한 음식인가. 다듬은 생굴을 잘 씻어 초고추장과 함께 상에 놓으면 그것으로 족하다. 초고추장보다 깔끔한 양념을 원하면 초간장에 고추냉이를 넣어서 먹어도 좋다. 나는 이런 데에 쓰는 초간장을 만들 때에, 왜간장에 마늘장아찌 국물을 조금 섞는다. 어차피 마늘장아찌 국물은 늘 남게 되어 있는 것이니 이렇게 쓰면 참 좋다. 마늘의 향긋한 냄새와 새콤달콤한 맛이 그냥 간장보다 훨씬 품격 높은 음식 맛을 만들어 준다.

재수 좋게 김치를 담그는 날이라면 더욱 좋다. 김칫속과 함께 버무린 굴이야 더 말해 무엇하랴. 그 맛이 그리우면 무를 채 썰어서 굴과 함께 무쳐 먹어도 아쉬운 대로 먹을 만하다.

굴이 많이 나는 남부 지방 사람들은 순수하게 굴만 무쳐 먹는 것을 즐긴다. 다른 야채를 넣지 않고, 생굴에 소금과 고춧가루, 파, 마늘, 깨소금만 넣어 무치는 것이다. 굴이 워낙 맛있는 재료라서, 싱싱한 바다 냄새에 달착지근한 맛을 만끽할 수 있다. 이렇게 무친 굴은 냉장고에 보관하면 이삼 일에서 일주일 정도는 두고 먹을 수 있다. 그래서 만약 생굴을 초고추장에 찍어 먹다 남는다면 이렇게 소금에 무쳐서 보관하는 것이 좋다. 물론 소금기가 굴에 배어들어 맛이 좀 달라지는데 취향에 따라서는 그것을 더 좋아하는 사람들도 있다.

굴전, 굴튀김

생생한 날것을 좋아하는 사람들은 생굴을 최고로 치지만 나는 익혀 먹는 굴도 참 좋아한다.

가장 맛있는 음식으로는 단연 굴전을 꼽을 수 있다. 생굴을 먹을 때에는 좀 비싸더라도 자질구레하면서 또랑또랑한 자연산 굴이 좋은데 전을 부칠 때에는 양식굴도 괜찮다. 기름에 지지는 것이기 때문에 맛이야 그럭저럭 비슷해지고, 굴 하나가 굵기 때문에 다듬거나 부칠 때에 덜 귀찮다.

부치는 방법은 일반적인 전 부치기와 다를 바 없다. 밀가루와 계란물을 씌워 기름 두른 번철에 부치면 된다. 고소한 기름내 속에서 나오는 따끈하고 달칙지근한 굴 맛은, 생굴에서는 맛볼 수 없는 고상하고 품격 있는 또 다른 맛이다. 굴전뿐 아니라 굴튀김도 참 맛이 있는데(하도 달착지근해서 느끼하다는 사람도 있지만 말이다.) 튀길 때 하도 혼이 나서 이제 엄두가 나지 않는다. 굴에 포함된 물기가 워낙 많아서 뜨거운 기름에 넣으니 기름이 펑펑 튄 것이다. 이젠 튀김은 포기하고 굴전에 만족하는 편인데 이 역시 노하우를 알면 굴튀김 다시 한번 시도해 볼 만큼 매력적인 맛이다.

환상적인 맛, 굴젓

여기까지는 아무나 할 수 있는 쉬운 음식들이다. 음식에 조금 자신이 있는 사람이라면 조금 급수 높은 것도 해 볼 수 있다. 발효 음식은 미생물이 만들어 주는 것이어서, 음식 만드는 사람 맘대로 되지 않는 까다로운 것인데, 굴젓 역시 그러하다.

굴젓은 왜 꼭 '어리굴젓' 이라고 하는지는 잘 모르겠다. 글쎄, 짐작컨대, '어리' 라는 말이 덜 되었다는 뜻의 '얼' 에서 나온 말이 아닐까 싶다. 얼치기, 얼뜨기 같은 말에서 '얼' 은 똑똑치 못하게 덜 되었다는 뜻이지만, '얼갈이배추' 는 제대로 키우지 않고 미리 뽑아 먹는 배추를 말하고 '얼간' 은 심심하게 간을 한다는 말이니까 어리굴젓도 아마 그런 의미로 이해하면 될 듯하다.

보통 젓갈은 소금을 많이 넣어 푹 삭히는 것임에 비해 굴젓은 간을 좀 심심하게 하여 살짝 발효시켜 빨리 먹는 젓갈이다.

굴젓을 담그려고 해도 일단 굴은 깨끗이 다듬어 씻어야 한다. 체에 밭쳐 물기를 뺀 굴을 뚜껑 있는 그릇에 담아 실내의 보통 온도에 놓아둔다. 하루 이틀이 지나면 굴의 표면이 허옇고 노르스름한 빛깔로 살짝 변한다. 마치 상한 굴처럼 되는 것이다.

싱거운 해물을 실온에 방치하는 것이 좀 불안하기는 하다. 상하면 어쩌나 하는 생각이 드는 것이다. 이것이 정 불안하면 소금을 살짝 섞어 두어도 된다. 그러면 발효 속도가 좀 느려지는데, 마음으로는 안심이 된다.

이렇게 살짝 발효된 굴에 소금, 고춧가루, 파, 마늘, 깨소금, 무를 엄지 손톱만 하게 납작납작 썰어 소금에 절였다가 꼭 짠 것을 함께 섞는다. 이때에는 보통 굴젓 정도의 간으로 먹어 보면서 맞추면 된다. 이런 양념들이 충분히 섞여 어우러질 정도로 몇 시간이 지나면 바로 먹을 수 있다.

굴젓은 아주 맛이 진하고 환상적이다. 재료가 굴이니 들척지근한 맛은 기본이고, 약간 새콤한 기운이 돌면서 고춧가루의 매운맛이 잘 어울린다. 따끈한 밥 한 술에 굴 건더기 얹어서 먹고, 나중에는 걸쭉한 국물에 밥 비벼 먹겠다고 설치게 되는 것이 바로 이 굴젓이다.

한 가지 주의할 점이 있다. 이 굴젓은 그야말로 '얼간'을 한 것이기 때문에 오래 보관하여 먹을 수가 없다. 삼사 일 만에 빨리 먹어야 한다. 그 기간이 지나면 금방 시어져 버린다.

굴국이 이렇게 맛있는 거야?

굴 한 상자를 사면 아무리 이것저것 해 먹어도 남는다. 회로 먹고, 무쳐 먹고, 부쳐 먹고, 튀겨 먹고, 발효하여 무쳐 먹고, 그러고도 남는 것은 모두 국거리이다.

굴은 국에 넣으면 국물을 맛있게 해 주는 재료이다. 대개 조갯국물을 낼 때에는 바지락이나 모시조개를 쓰게 되는데 굴은 웬만한 조개들보다 달착지근한 맛이 강하다. 단, 굴 특유의 냄새나 쌉싸름한 맛이 도는 게 흠이라 할 수 있는데 그 맛을 즐기는 사람에게는 별 문제가 되지 않는다.

다른 국거리도 없고 시간마저 없는데 시원한 국물을 먹고 싶으면, 굴국을 끓이면 된다. 달걀 푼 물에 굴을 담갔다가 끓는 물에 하나씩 떠넣어 끓인다. 물에 넣자마자 금방 굴을 싸고 있는 계란이 하얗게 익고 굴국물이 뽀얗게 우러나온다. 여기에 마늘 약간과 파를 좀 썰어 넣으면(이땐 아무래도 쪽파가 좋다.) 굴국은 완성된다. 시간은 십 분 남짓이어도 충분하다. 간은 소금으로 해도 되고 조선간장을 해도 좋다. 세상천지에 가장 간단하고 빠르고 쉬운 국이다.

그래도 남은 굴은 한 주먹씩 비닐 봉지에 넣어 냉동실에 보관했다가 시원하고 맛있는 국물이 필요할 때 쓴다. 쇠고기 넣은 미역국의 기름기가 느끼해서 싫을 때나 혹시라도 광우병 걱정에 쇠고기가 꺼려질 때는 굴을 넣고 미역국을 끓이면 뽀얗고 시원한 국물을 맛볼 수 있다. 특히 겨울에 싱싱한 굴과 싱싱한 물미역을 함께 넣어 국을 끓이면 살짝 끓인 새파란 미역국의 싱싱한 맛이 일품이다. 순두부찌개를 시원하게 끓이고 싶은데 별다른 재료가 없을 때에도 굴은 아주 긴요하다. 또 콩나물국에 넣어도 아주 좋다. 사실 콩나물국이란 재료 자체에 달착지근한 맛이 적어서 화학 조미료를 쓰지 않고 끓이기가 매우 힘든데, 굴이나 조개를 넣으면 콩나물 덕분에 해물 비린내가 하나도 나지 않고 아주 시원한 콩나물국을 맛볼 수 있다.

그래서 겨울에 산 굴 한 상자는 결코 후회하지 않는다.✻

사 먹는 즐거움, 떡볶이와 냉면

시장판 음식의 유혹

나처럼 식탐이 있는 사람은 시장판에서 온갖 재료가 유혹한다고 느끼지만, 그중 꼭 한 가지 지나치지 못하고 꼭 걸려들고 마는 것이 있다. 떡볶이와 순대, 부침개 등을 파는 좌판이다. 사실 시장 보는 재미 중의 하나가 바로 사 먹는 재미 아니겠는가. 앞에서도 말했지만 여러 지방의 시장에 다니면서 그 지방의 독특한 시장판 음식들을 맛보는 것도 아주 즐거운 일이다.

그중에서 나는 왜 그렇게 떡볶이의 유혹을 견디지 못하는지 모르겠다. 지금 나는 자연식 중심의 고상한 입맛이 되었지만 아직도 내 입맛에 남아 있는 청소년기의 흔적이 그것이다. 나는 일주일 이상 떡볶이를 먹지 않으면 못 견디는 심각한 '떡볶이 중독자'이다.

즉석떡볶이의 열기

나는 중학교에 들어서면서 본격적으로 떡볶이 대열에 합류했다. 학교 앞 떡볶이집으로는 성에 차지 않아 아이들과 어울려 학교가 있던 약수동과 가까운 번화가 신당동으로 진출했다. 그때 신당동은 지금처럼 떡볶이촌이 되기 이전이었고 고등학교 인접 지역 분위기의 떡볶이집이나 분식센터가 여러 군데 있던 정도였다. 우리 패거리의 단골은 연탄불에서 직접 휘저으며 먹는 요즘 말로 '즉석떡볶이' 를 하는 할머니 집이었다. 개천가에 있던 작은 한옥집이었고 나무로 된 여닫이 대문을 열고 들어가 연탄화덕 위에 프라이팬을 얹고 펄펄 끓는 떡볶이를 먹는 그런 방식이었다. 그때 그 할머니가 요즘 그 유명한 신당동 원조집 할머니인지는 잘 기억나지 않는다. 엄지손가락 굵기의 밀가루 떡볶이에 벌건 고추장 양념에 파와 마늘 정도 넣은 것이어서 야채나 자장양념 같은 것을 많이 넣은 요즘 신당동 맛과는 상당히 달랐다는 건 확실하다.

삼삼오오 모여 앉아 맵고 뜨끈한 것을 허겁지겁 먹을 때 풍기는 그 이상스런 삶의 열기 같은 것이 좋았을까. 이 버릇은 고등학교를 거쳐 대학에 들어가서도 고쳐지지 않았다. 위장병을 앓을 때에도 최고의 금기 식품인 즉석떡볶이만은 포기하지 못했다.

지금도 혼자 길을 가다가 떡볶이집을 발견하면 들어가서 먹곤 한다. 그렇게 먹으려니 여럿이 둘러앉아 먹는 즉석떡볶이를 먹기는 힘들다. 직업상 대학로를 자주 가므로, 요즘 즐겨 먹는 떡볶이는 성균관대 앞의 말랑한 쌀떡볶이이다. 부산오뎅집이 이름난 원조이지만, 그 바로 옆집도 비슷한 맛을 낸다. 단 한 가지, 원조집은 고추장에서 청양고추 맛처럼 톡 쏘는 맛이 있는데 그 옆집은 그 맛이 현격히 적은 것이 확연한 차이이다.

눈물 흘리며 먹은 비빔냉면

고등학교 때 새로 접하게 된 음식은 비빔냉면이었다. 나보다 몇 년 위 또래들로 서울 강북에서 학교를 다녔던 사람들은 광화문 당주당 냉면 이야기를 한다. 당시에는 명문 고등학교가 북촌에 밀집해 있었고, 그래서 그 아이들이 쏟아져나오는 광화문과 종로 거리는 온통 고등학생들의 거리였다. 종로 2가에는 단과반 학원들이 밀집해 있었고, 광화문에는 그 이름도 유명한 대성학원이 자리하고 있었으니까. 당주당은 바로 대성학원 골목에 있었던 모양이다.

'고등학교 뺑뺑이 세대' 인 나는 머나 먼 변두리 구의동에서 학교를 다니게 되었는데, 그땐 고등학생 된 게 무슨 어른이라도 된 느낌이어서 툭하면 시내에 진출했다. 바로 종로와 광화문 거리에 나와야만 세상에 뒤처지지 않는다는 느낌이었으니까. 알아듣지도 못하는 프랑스 영화 본다고 프랑스 문화원에 기웃거리고 이제는 사라진 종로서적에서 자그마한 삼중당 문고를 고르는 척하며 시간을 보냈다. 그리고 가끔 비빔냉면의 명소에 가서 중심지의 입맛을 만끽하곤 했다. 우리 패거리들이 간 곳은 옛 서울예식장 맞은편 상아탑학원 부근에 있는 참분식이란 데였고, 또 다른 패거리들은 아예 광화문에 있는 유명한 분식집 미셸(후에 '미리내' 로 이름을 바꾸었다.)을 드나들었다.

아마 비빔냉면 맛은 비슷했으리라. 아주 달고 시고 매운 냉면에 무와 달걀 한 쪽이 전부인 그것은, 정말 최루탄 가루를 뿌린 듯 엄청나게 매워 먹고 나서 얼음 한 덩이를 입에 물고 있어도 눈물이 찔끔거려졌다. 지금 쫄면이란 음식의 원조가 바로 이 비빔냉면이 아닐까 싶다.

왜 그 나이 땐 이런 자극적 음식에 탐닉했을까. 자연의 맛을 느끼기에는 너무 어렸고 과자만 씹기에는 너무 나이 든 그 시절, 유아기 사탕 입맛에서 어른 입맛으로 넘어가는 과정의 통과의례라고나 할까. 사는 재미라곤 하나도 없던 그 팍팍한 청소년 시절, 우리는 달고 맵고 신 자극적인 것을 집단적으로 허겁지겁 먹는 그 열기로 살아 있음을 확인하곤 했던 게 아닐까.

아무 맛이 없는 평안도식 막국수

그런데 참으로 신기한 노릇이었다. 나이가 들면서 비빔냉면은 점점 멀어졌다. 대신 시원한 물냉면과 막국수 쪽으로 기우는 게 아닌가. 그것도 점점 시원하고 심심한 쪽으로 기울어져 간다. 옛말에 밥맛 알고 물맛 알면 어른이 된 거라고 했는데, 내가 나이가 들어서 이렇게 심심하고 밍밍한 맛을 민감하게 느끼게 되는 것일까.

자극적이기 이를 데 없는 비빔냉면을 즐기던 청소년 시절에 물냉면이란 참 매력 없는 것이었다. 그런데 스무 살을 넘기니 벌써 시원한 물냉면이 끌렸다. 그때까지만 해도 내가 매력을 느끼는 부분은 시원하면서도 새콤달콤한 국물이었던 것 같다.

대학 시절 지도 교수님을 따라 평안도식 막국수하는 집에 간 적이 있었다. 안암동에서 용두동 가는 길에 골목 안쪽으로 간판도 없는 집이었는데, 찜닭과 막국수, 빈대떡 등 몇 가지 종류만 만드는 집이었다. 그 막국수를 처음 먹어 본 느낌은 정말 이상했다. 그저 맑은 동치미국물에 메밀국수를 말아 내놓는 것이 전부였던 것이다. 달콤은커녕 새콤한 자극도 없는 그냥 밍밍한 맛이었다. 고추양념을 넣어 봐도 겨자를 넣어 봐도 별

맛이 나지 않았다. '도대체 이런 걸 무슨 맛으로 먹지?' 하면서도 어른 앞이라 한 그릇을 억지로 먹었다.

그 후 나는 그 맛을 오랫동안 잊고 지냈다. 이후 나는 국물보다는 면발에 집착하는 경향을 보였다. 제품화된 면은 고무줄처럼 질기면서도 별 맛이 없는데, 주문을 받는 즉시 국수틀에다 눌러 주는 면은 쫄깃하면서도 부드럽기 때문이다. 그래서 한동안 냉면보다는 막국수집을 선호했다. 냉면은 웬만한 한식집 메뉴에 구색을 갖추어 끼어 있어 국수틀을 놓은 집은 흔치 않았지만(어쩌다 들어간 음식점에서도 주방을 기웃해 보고는 국수틀과 물 끓는 솥이 없으면 '죄송합니다.' 하고 그냥 나와 버리곤 했다.) 막국수는 닭갈비, 보쌈 등 몇 종목만 취급하므로 국수를 믿을 만했기 때문이다. 진분이 적게 섞이고 메밀이 많이 든 부드러운 국수에, 진한 양념을 얹어 차게 식힌 닭국물을 부어 주는 춘천식 막국수는 찬 음식이면서도 시원하기보다는 강하고 자극적인 맛으로 먹는 음식이었다.

맑은 동치미국물에 말아 놓은 국수에 맛을 들인 것은 삼십 대 중반을 넘기면서이다. 메밀로 반죽해 갓 뽑은 구수한 국수에 맛을 들이고 나니 국물도 점점 맑은 국물을 찾기 시작했다. 구수한 메밀 자체의 맛을 즐기려니 국물에 참기름이니 깨소금 같은 향이 강한 양념이 든 춘천식 막국수보다는 별 양념이 없는 편이 나았던 것이다. 당연히 물냉면도 오장동 냉면 같은 것이 아니라 장충동 평안면옥 냉면의 맑은 맛이 좋아졌다.

그러다가 결국 나는 평안도식 막국수에 맛을 들이고야 말았다. 장충동 족발집에서 유일하게 '원조의 원조'를 내건 집이 '평안도집'인데, 그 집의 막국수가 옛날 안암동에서 억지로 먹던 그 평안도식 막국수 맛이었다. 겉으로 보기엔 마치 맹물처럼 맑은 동치미 국물에 말아 놓은 메밀국수가 지금은 왜 그렇게 맛있는지, 이제 나도 나이가 들 만큼 들었나 보다.✻

타이베이 야시장과 석관동 춘방관

외국에서도 시장 구경

시장 돌아다니기 좋아하는 버릇은 외국에 놀러가서도 그대로 나타난다. 프랑스에 갔을 때에도 남들은 값비싼 명품에 눈이 팔려 있는데, 나는 그저 거리를 싸돌아다니며 길거리 음식을 먹거나 값싼 옷가게를 기웃거리는 게 훨씬 재미있었다.(프랑스에서 사 먹는 빵은 어찌나 맛이 있던지.) 그래서 함께 여행하는 사람이 나와 취향이 맞지 않으면 아주 피곤하다. 며칠이라도 함께 생활을 하는 것이니 여행만큼은 생활 습관이 같은 사람과 함께 해야 한다.

타이베이 여행은 그런 경우였다. 문화 평론가 강영희와 단 둘이 한 여행이었는데, 둘이 죽이 잘 맞아 밤마다 시장판을 돌아다녔다. 왜 하필 타이완이었는지도 알 수 없게 무작정 갔다온 여행이었다. 12월 안에 마쳐야 하는 일들을 허겁지겁 치르느라 나의 일터가 끔찍했던 차에 강영희가 꼬드기기에 미친 척하고 넘어갔다. 타이완은 강영희의 선택이었다. 박물관 구경을 하는 것이 그의 주 목적이었는데 혼자 가기 심심하니 같이 가자는 거였다. 업무를 겸하는 것도 아니고 귀한 휴가 일수와 생돈을 쓰면서 하필 타이완이냐고 하는 사람도 있었으나 그런 건 중요하지 않았다. 난 12월 31일 종무하자마자 1월 2일 시무하기가 끔찍했을 뿐이다. 일에서 떠나니까 참 좋았다. 2박 3일 동안 한 일이란 그저 타이베이 시내의 박물관을 구경하고 밤에는 야시장 거리에서 이것저것 사 먹은 것밖엔 없건만 일의 강박증으로부터 벗어나니 살 것 같았다.

타이베이의 스린(士林) 야시장

타이베이 시내에서 가장 유명한 야시장인 스린 야시장은 꼭 작은 남대문시장 같았다. 예부터 시장이 있었던 흔적이 가게들과 도교 사원으로 남아 있고 밤에는 새벽 2시까지 거리에서 온갖 음식과 옷가지, 일상용품을 파는 가판대들이 성황이었다. 심지어 '잡아 잡아 골라' 하는 식으로 시끄럽게 떠들며 옷을 파는 가게도 많았고 자정이 가까워오면서는 인파가 밀려 걸을 수 없을 정도였다. 시장 한 켠에는 어김없이 십 대나 이십 대 취향의 쇼핑몰이 자리잡고 있었다.

우리는 마치 음식 순례라도 하듯, 스낵 코너 스타일의 작은 음식점과 길거리 포장마차에서 파는 음식들을 먹으며 다녔다. 우리 나라의 시장 거리 음식의 대표적인 것이 떡볶이, 순대, 어묵, 풀빵, 잡채, 맛탕, 만두, 핫도그, 호떡, 밀전병, 빈대떡 등이라면, 스린 야시장의 메뉴는 그보다 두어 배는 많아 보였다.

박물관 앞이나 길거리 어디에서나 볼 수 있는 것은 열구(熱狗, 핫도그의 중국식 번역어인 모양이다.)를 파는 리어카였다. 그것과 함께 파는 향장(香腸)은 소시지 모양으로 빚은 돼지고기 떡갈비구이 같은 거였는데, 특유의 냄새 때문에 하루 정도 망설이다가 결국 야시장에서 사 먹어 보았다. 달착지근한 맛이 먹을 만했다. 중국 음식 특유의 강한 향이 돼지고기 냄새를 없애 주는 좋은 향신료란 사실을 알았다.

중국의 만두 종류가 많다는 것은 익히 들어 알고 있었지만 종류에 따라 명칭이 다르다는 것도 거기에서 처음 알았다. 포자, 교자, 만두 등이 다 각기 다른 의미로 쓰이고 있었다. 가판대에서 파는 것은 주로 양배추를 잔뜩 넣은 포자(包子)를 기름에 지진 것과 거의 머리만 하게 빚은 큰 찐만두, 손가락 굵기로 빚어 기름에 지진 만두 등 대여섯 가지였다. 우리는 이런 만두들과 옥수수나 버섯, 콩 등 여러 재료로 걸쭉하게 끓인 수프 종류, 찰밥을 표고 등과 섞어 양념하여 볶은 듯한 밥, 부추 넣어 부친 밀전병을 사 먹었다. 음식에서도 동아시아적 친밀감이 느껴졌다. 찬 우유에 시리얼, 딱딱한 빵을 먹고 다녀야 하는 서양에 비하자면 아시아의 따뜻한 음식은 속을 편하게 해 주었다.

타이베이의 한국 요리

강영희와 나는 정말 막상막하의 식성이었다. 비위 좋고 호기심 많으니 이것저것 골라 먹으며 즐겁게 다녔다. 그래도 이틀이 지나니 낯선 음식이 금방 물리기 시작했다. 그네들 음식의 들척지근하고 느끼한 냄새가 벌써 지겨워지기 시작했다. 칼칼하고 시원한 동태찌개나 김치 같은 게 없을까? 그때 바로 두부과(豆腐鍋, 두부 냄비전골)를 제목으로 내건 리어카를 발견한 것이다.

가판대에 갖은 해물과 고기, 두부, 야채 등을 늘어놓고 당면 국수를 넣어 작은 냄비에 맑게 끓여 주는 70원(우리 돈으로 약 2,800원)짜리 음식이었다. 우리는 해물 재료를 주로 한 해선과(海鮮鍋)를 선택했다. 좀 들척지근하기는 했지만 새우나 오징어 등 해물 맛이 시원했고 그 속에 든 당면도 괜찮았다.

허겁지겁 먹다가 냄비 바닥이 드러날 때쯤 '한식 두부과' 란 리어카에 붙은 제목에 '한식(韓式)' 이란 수식어가 있음을 발견했다. 설마 한나라식은 아닐 테고, 그럼 이게 한국식이란 말야? 주인에게 물어보자 한국식이란다. 어쩐지. 좀 입에 맞더라 했더니만. 그리고 나오면서 그 골목에 즐비한 음식을 파는 가게를 보니 '조선식' 이라 써 붙인 집도 있었다. 우리는 입맛의 완고함에 킥킥 웃었다.

중국 음식은 역시 화상(華商)

타이베이에서는 한국식 국물을 찾았건만 한국에 오면 다시 중국 음식이 먹고 싶어진다. 요즈음은 중국집도 하도 여러 층위로 나뉘어져, 아예 고급 중국집에서는 중국식 향료를 많이 써서 '본토' 느낌을 내기도 한다. 해외 여행으로 입맛이 국제화된 탓이리라. 그런 걸 보면 우리 나라 중국 음식은 엔간히 토착화된 모양이다.

지금은 '중국집' 이란 말을 누구나 당연히 '중국 음식을 파는 집' 이라는 의미로 받아들이지만, 나 어릴 적에는 '중국 사람 가게'라는 의미를 덧붙여 가지고 있었던 듯싶다. 그만큼 중국 음식점 주인의 태반은 중국인 즉 화교였다. 손님과는 멀쩡하게 우리말을 쓰던 점원들이 음식을 주문받아 돌아서서는 주방과 카운터에 중국어로 말하는 것이 아주 신기했다. 그런데 언제부턴가 중국집 주인이 한국인들로 바뀌기 시작하더니 이제는 중국인이 경영하는 중국집을 만나기가 아주 어려워졌다. 물가 인상에 영향을 준다고 자장면 값을 마음대로 올리지 못하게 하고 화교학교에 정식 중고등학교 인가를 내주지 않아 화교를 저학력으로 묶어 두며 화교의 성장을 가로막았기 때문이다. 그동안 눈썰미 좋은 한국인들이 요리를 배워 도처에 중국집을 열었다.

그럼에도 불구하고 나는 중국 음식은 화상(華商, 화교가 하는 상점)을 찾아다닌다. 왜냐하면 중국인이 하는 중국집의 음식은 확실히 다르기 때문이다. 그래서 중국 음식은 집에서 해 먹을 염도 내지 않는다. 그 어마어마한 팬을 달궈 화끈하게 볶아 낼 엄두도 나지 않지만 시장을 장악한 한국인들이 아직도 맛에서는 화교들을 따라가지 못하는 것을 보면 음식 문화란 의외로 끈질긴 측면이 있다고 생각되기 때문이다.

종로나 광화문통에 나가 보면 화상은 금방 티가 난다. 건물이나 외양은 꼭 1960년대 중국집 그대로이다. 그런데 손님은 바글바글하다. 왜 그럴까 하고 간판을 다시 보면 조그만 글씨로 '화상(華商)'이라고 써 있는 곳이 많다. 이런 곳에서 자장면과 짬뽕을 먹는 것은 좀 어리석은 일이다. 자장면과 짬뽕은 한국인의 입맛에 개발된 것이라 한국인의 중국집에서 더 잘한다.(심지어 어떤 화상은 아예 메뉴에서 짬뽕을 없애 버린 소신파도 있다.) 그러나 물만두와 볶음밥에 들어서기 시작하면 한국인의 손맛과는 다른 맛을 느낄 수 있다. 요리 계열로 들어서면 더 말할 것도 없다.

내가 근무하는 성북구 석관동에도 화상 중국집이 하나 있다. 신이문 삼거리와 석관 사거리의 중간 지역에 있는 '춘방관(春芳館)' 이란 허름한 곳이다. 노인분들이 경영하는 곳이라 배달도 하지 않고 심지어 신용 카드 결제도 안 되는 곳이다. 인터넷에 소개되어 있지 않은 건 물론이고 음식이 번개처럼 나오지도 않고 싹싹한 강남 음식점 매너에 비하자면 뚱하고 불친절해 보인다. 그러나 음식 맛은 기가 막히다. 볶음밥은 고슬고슬한 밥알에 달걀이 고루 묻혀져 있고 물만두도 느끼하지 않고 고소하고 담백하다.

무엇보다 맛있는 것은 요리이다. 류산슬은 죽순, 버섯, 고기, 해삼, 새우 등 보통 중국집 재료에 소라, 생선살, 오징어(어떤 때에는 낙지) 등이 듬뿍 들어가 있고, 국물이 흥건하지 않게 생생하게 볶아 냈다. 라조기도 연한 닭고기에 온갖 야채가 맛을 내고, 부추잡채는 재료가 있는 대로 가리비에 볶기도 하고 고기에 볶기도 한다. 깐풍기와 라조기에서는 고기 누린내가 전혀 나지 않는다. 고춧가루를 뺀 맑은 국물의 부추짬뽕도 일품이다. 질과 양을 생각하면 시내 유명 음식점의 절반 이하 가격이다.

배달을 하지 않다 보니, 손님이 그리 많지 않았다. 그래도 요리를 시키면 재료는 언제나 싱싱하다. 이런 음식을 이 정도 가격에 먹어 즐겁기는 하지만, 한편으로는 내가 가슴이 탔다. 이렇게 장사하다 망하면 어쩌나. 그것을 아는지 모르는지, 주인 할머니는 내가 가기만 하면 단골 왔다고 서비스 음식을 더 해 주지 못해 안달이었다.✻

맺으며

맛있는 음식에 맛있는 그릇

슬로푸드가 호사?

이제 나의 음식 이야기를 끝낼 때가 되었다.

앞에서도 말했듯이 내 이야기 속의 음식은 화려하게 잘 차려 낸 음식이 아니라 그저 우리가 늘 먹고 살아온 그런 음식들이다. 지금은 이렇게 해 먹기 힘들다는 점에서 호사라고 하면 할 말은 없지만 말이다. 하긴 지금은 긴 시간을 할애하는 것 자체가 호사이다. 어쩌면 요즘 이야기하는 슬로푸드야말로 가장 호사스러운 음식일지 모른다.

마지막이니 좀 더 호사스러운 이야기를 해도 용서해 주시리라 믿는다. 다름 아닌 그릇 이야기이다. 그릇이야 음식 담는 용기일 뿐이지만, 음식과 짝이 맞는 기분 좋은 그릇은 밥상 앞의 즐거움을 배가시킨다.

서당개 삼 년에 풍월을 읊는다고

결혼한 지 이십 년이 되니 혼수품 그릇은 거의 사라지고 새 그릇들이 그 자리를 채웠다. 신혼 때는 아무래도 그릇을 자주 깼다. 살림이 서툴고 비좁은 단칸방 부엌에서 일하다 보니 이리저리 부딪치고 깨먹었다. 혼수품은 짝이 맞지 않는 그릇들이 되어 버렸지만 예쁘고 탐나는 그릇을 보아도 그냥 눈 감고 지나쳤다. 부지런히 이사를 다니던 때에는 그릇을 살 엄두가 나지 않았다.

이천으로 이사를 오면서, 다시는 엄청난 양의 책들을 끌고 이사 다니는 짓은 하지 않겠다고 마음먹었다. 다시는 이사 가지 않고 여기서 늙어 죽으리라 공언을 했다. 우리가 구입한 땅은 농지였고 집을 지을 조건도 돈도 여의치 않아 오 년 동안 비닐하우스를 짓고 살았다. 오 년이 지난 후에야 제대로 된 집을 지을 수 있게 되었는데, 그러고 나니 이제 그릇을 살 마음이 나기 시작했다. 지금 내 찬장은 청자, 백자, 분청 같은 그릇들로 가득 차 있다.

왜 하필 청자, 백자, 분청이냐고? 아주 단순한 이유이다. 내가 사는 곳이 이천이기 때문이다. 이곳 신둔면은 이천 중에서도 도자기하는 사람들이 가장 많이 밀집해 살고 있는 곳이다. 청자로 유명한 해강요와 지순택요, 그리고 큰 공장을 운영하고 있는 광주요 등이 모두 신둔면에 있다. 열 몇 가구 사는 이 작은 마을에 도자기하는 집이 세 가구나 된다.

한 가지 이유가 더 있다. 금속의 그릇보다 무겁기는 하지만 훨씬 질감이 좋다. 이곳에 와서는 가능한 한 합성수지의 제품들을 자제하게 된다. 무지막지한 쓰레기의 폭력성이 느껴지기 때문이다. 주걱도 쟁반도 가능하면 죽제품이나 목기를 쓴다. 흙과 나무로 만든 그것들은 수명이 다하면 다시 자연으로 돌아가지 않는가.

이천에는 널린 것이 도자기이다. 곤지암에서 이천으로 이어지는 3번국도에서 신둔면의 큰 길가에는 크고 작은 도자기 전시장들이 즐비하다. 정말 거짓말 안 보태고 개밥그릇으로 청자나 분청사기가 굴러다닐 정도이다.

이렇게 늘 도자기를 접하다 보니 문외한이었던 나도 도자기를 보는 눈이 조금씩 늘기 시작했다. 정말 서당개 삼 년이 그른 말이 아니다. 요즘은 도자기 가게에 가서 눈에 든다 싶은 것을 골라 값을 물어보면, 주인이 웃으며 "그건 비싼 거예요." 한다. 비싼 도자기는 비싼 이유가 있다. 기계 작업을 전혀 하지 않고 일일이 손으로 만들었다거나, 제품화된 유약을 쓰지 않고 스스로 만든 유약을 썼다거나 하는 것이다. 이런 도자기는 기계의 냄새가 나지 않는 인간적인 느낌에 부드러우면서 품격 있는 광택이 느껴진다. 내가 뭔가를 특별하게 볼 줄 아는 게 아니다. 예전에는 느끼지 못했던 예민한 차이가 감으로 느껴지는 것일 뿐이다.

식기로 쓰기에는 너무 화려한 청자

청자, 백자, 분청 같은 그릇은 색이 대중적인 서양식 도자기 식기에 비해 화려하지 않다. 그 이유도 이천에 와서야 알게 되었는데, 도자기를 굽는 고온의 환원 불로 구우면 색이 변색되어 그처럼 화려한 색이 나지 않는다는 것이다. 그러고 나면 우리가 흔히 볼 수 있는 청자, 백자, 분청 같은 색들, 거기에 가미된 푸른색, 붉은색, 검은색 정도만 낼 수 있다는 것이다. 그런데 놀랍게도, 내가 사는 이천의 흙집, 닥나무 한지를 바른 벽, 나무로 짠 싱크대, 돗자리 깔린 바닥과는 이런 수수한 색감이 훨씬 잘 어울린다.

이렇게 수수한 색깔 속에 살다 보니 청자는 정말 화려한 그릇이라는 것을 깨닫게 되었다. 그냥 보기에도 너무 화려해서 오히려 음식을 담으면 음식이 빛나지 않는다. 생각해 보면, 고려청자로 남아 있는 것들 중 식기를 본 기억은 거의 없다. 화병, 향로, 기껏해야 술병 정도가 아닌가 말이다. 화려한 청자는 향기로운 청주를 담아 마시는 술병과 술잔, 혹은 하얀 밥알이 동동 뜬 식혜 그릇 정도가 가장 어울린다 싶다.

음식을 돋보이게 하는 백자

밥상 차리기에 가장 좋은 그릇은 역시 백자인 듯하다. 하얀 그릇은 김치 한 쪽을 놓아도 시금치나물 한 젓가락을 놓아도 음식을 화려하게 돋보이도록 만들어 준다. 그래서 그릇 자체로는 화려할 게 없어 살 때에는 망설이게 되는 백자가, 막상 부엌에서는 가장 사랑받는 그릇이 된다.

하지만 막상 그릇으로 보기에는 좀 심심한 것이 백자이다. 그런데 그림이나 무늬를 놓았을 때에 유치해지기 쉬운 것도 백자이다. 그래서 참 좋은 백자를 사기가 힘들다.

너무 난하지 않은 그러나 품격 있게 공들인 백자가 좋다. 예컨대 옆집의 요산요(樂山窯)에서 사 온 백자 밥그릇은 백자에 같은 색깔의 양각(陽刻)을 넣었다. 그 양각은 연꽃과 연잎인데, 모두 하얀 제 색깔이기 때문에 난하지 않다. 색깔이란 진사의 검은 몇 개의 점을 꽃 가운데에 박았을 뿐이다. 회색빛 상감으로 완자무늬를 넣은 백자 종지도 하나 있다. 이런 그릇이면 식기로는 정말 환상적이다.

반짝거리지 않는 보얀 무광의 백자도 좋다. 구울 때에 가마에서 손이 몇 배 더 많이 가야 이런 질감이 나온다고 한다. 반짝거리며 빛나는 질감과 달리 부드럽게 미소짓는 듯한 질감 때문에 정감이 느껴진다. 이런 식기로 밥을 먹으면 임금님 밥상이 부럽잖다.

하지만 도공들은 한숨을 쉰다. 이런 것들은 정말 만들어 팔 수가 없단다. 매우 손이 많이 가는 그릇이라 밥그릇 하나라도 비싼 값을 받아야 하는데, 식기에 값을 매기면 얼마를 매길 수 있겠냐는 것이다. 장식품도 아닌 식기에 그렇게 비싼 값을 치를 사람이 몇이나 되겠는가. 노동력 값도 안 나오는 그릇을 만들 수는 없다는 것이다.

자유로운 분청 찻잔의 여유

식기로 분청도 괜찮다. 백자만은 못하지만, 접시나 보시기가 지나치게 화려하지도 않고 그렇다고 그릇 자체로 볼 때에 심심하지도 않다.

그러나 나는 분청을 찻잔으로 쓸 때가 가장 좋다. 청자나 백자처럼 깔끔하지 않고, 붓질의 우연성이 살아 있어 무정형의 자유로움이 느껴진다. 백자나 청자는 반드시 높은 온도에서 흠집 하나 없이 깨끗하게 구워 내야 한다. 그러나 분청은 다르다. 같은 가마에 들어 있어도 가마의 위치에 따라 온도가 조금씩 차이가 난다는데 그 온도 차이에 따라 표면의 질감이 달라진다. 좀 낮은 온도에서 구우면 유약이 덜 녹아 거칠거칠하고

높은 온도에서 구우면 쨍쨍하게 반짝거린다. 분청은 이래도 좋고 저래도 재미있다. 분청의 세계는 우연성이 만들어 내는 다양한 변이를 너그러이 인정한다.

그 자유로움은 차를 마시면서 긴장을 푸는 그 기분과 잘 조화를 이룬다. 조금 거친 듯 부드러운 촉감의 분청 찻잔에 따뜻한 차를 담고 손으로 만지작거리면 얼마나 만족스러운지. 마치 강물에 닳고 닳은 차돌멩이를 만지작거리는 것 같고 수수한 색깔 역시 그와 다르지 않다. 분청 찻잔에 담은 향기로운 차 한 모금에, 따뜻한 새해 햇살이 기분 좋게 비춰 준다면 얼마나 행복할 것인가.

참한 한국 음식에 소박한 한국 그릇들

그러고 보면, 이런 그릇은 우리 음식과도 참 많이 닮아 있다. 깔끔한 모양의 일본 음식을 담은 깨끗한 디자인과 상큼한 색깔의 일본 그릇은 그것대로 어울리고, 무늬를 빈틈없이 색색가지로 그려 낸 중국 식기들은 뭔가 빈틈없이 꽉 차 겉으로까지 넘쳐흐르는 화려한 맛과 향의 중국 요리와 어울린다.

그에 비하면 소박한 질감의 우리 그릇과 뭉근하게 발효된 우리 음식은 그대로 참 제짝이다 싶다. 소박하지만 결코 화려할 줄 몰라서 소박한 것이 아닌, 하수들의 미숙함과는 구별되는 고수들만이 보일 수 있는 소박함이 거기에 있다. 우리 음식도 그러하지 않은가. 화려한 향료나 색깔을 쓸 줄 모르는 것이 아니라, 미생물을 운용하여 그들에 의해 무언가가 이루어지도록 유도하고 그러한 발효의 냄새와 모양과 색깔을 고스란히 보여 주는 고수급의 자연스러움이 있다.

나의 소박하지만 화려한 밥상은 늘 행복하다.✽

팔방미인 이영미의 참하고 소박한 우리 밥상 이야기

1판 1쇄 찍음 2006년 4월 25일
1판 1쇄 펴냄 2006년 5월 1일

지은이 이영미
편집인 장은수
발행인 박근섭
펴낸곳 (주) 황금가지

출판등록 1996. 5. 3 (제16-1305호)
주소 135-887 서울 강남구 신사동 506 강남출판문화센터 5층
전화 영업부 515-2000 편집부 3446-8773 팩시밀리 515-2007
홈페이지 www.goldenbough.co.kr

값 15,000원

ISBN 89-8273-373-6 03810